おおえ
けんざ
ぶろう

大江健三郎
文集

おおえ
けんざぶろう

晚年様式集

In Late Style

晚年样式集

[日] 大江健三郎／著

许金龙／译

人民文学出版社

著作权合同登记号　图字　01-2023-1674

BANNEN YOSHIKISHU – IN LATE STYLE
by OE Kenzaburo
Copyright © 2013 OE Kenzaburo
All rights reserved.
Originally published in Japan.
Chinese（in simplified character only）translation rights arranged with
OE Kenzaburo，Japan
through THE SAKAI AGENCY.

图书在版编目（CIP）数据

晚年样式集/（日）大江健三郎著；许金龙译.—北京：人民文学出版社，2023
（大江健三郎文集）
ISBN 978-7-02-017901-5

Ⅰ.①晚… Ⅱ.①大…②许… Ⅲ.①长篇小说—日本—现代 Ⅳ.①I313.45

中国国家版本馆 CIP 数据核字（2023）第 045606 号

责任编辑　陈　旻
装帧设计　李思安
责任印制　张　娜

出版发行　人民文学出版社
社　　址　北京市朝内大街 166 号
邮政编码　100705

印　　刷　北京汇林印务有限公司
经　　销　全国新华书店等

字　　数　310 千字
开　　本　880 毫米×1230 毫米　1/32
印　　张　13　插页 3
印　　数　1—5000
版　　次　2023 年 5 月北京第 1 版
印　　次　2023 年 5 月第 1 次印刷

书　　号　978-7-02-017901-5
定　　价　55.00 元

如有印装质量问题，请与本社图书销售中心调换。电话:010-65233595

"大江健三郎文集"编委会名单

（按姓氏拼音排列）

代 总 序

大江健三郎——从民本主义出发的人文主义作家

许金龙

在中国翻译并出版"大江健三郎文集",是我多年以来的夙愿,也是大江先生与我之间的一个工作安排:"中文版大江文集的编目就委托许先生了,编目出来之后让我看看是否有需要调整的地方。至于中文版随笔·文论和书简全集,则因为过于庞杂,选材和收集工作都不容易,待中文版小说文集的翻译出版工作结束以后,由我亲自完成编目,再连同原作经由酒井先生一并交由许先生安排翻译和出版……"

秉承大江先生的这个嘱托,二〇一三年八月中旬,我带着与人民文学出版社外国文学编辑室负责人陈旻先生共同商量好的编目草案来到东京,想要请大江先生拨冗审阅这个编目草案是否妥当。及至到达东京,并接到大江先生经由其版权代理人酒井建美先生转发来的接待日程传真后,我才得知由于在六月里频频参加反对重启核电站的群众集会和示威游行,大江先生因操劳过度引发多种症状而病倒,自六月以来直至整个七月间都在家里调养,夫人和长子光的身体也是多有不适。即便如此,大江先生还在为参加将从九月初开始的新一波反核电集会和示威游行做一些准备。

在位于成城的大江宅邸里见了面后,大江先生告诉我:考虑到上了年岁和健康以及需要照顾老伴和长子光等问题,早在此前一年,已

经终止了在《朝日新闻》上写了整整六年的随笔专栏《定义集》,在二
〇一三年这一年里,除了已经出版由这六年间的七十二篇随笔辑成
的《定义集》之外,还要在两个月后的十月里出版耗费两年时间创作
的长篇小说《晚年样式集》(*In Late Style*),目前正紧张地进行最后的
修改和润色,而这部小说"估计会是自己的'最后一部长篇小说'"。
对于我们提出的小说全集编目,大江先生表示自己对《伪证之时》等
早期作品并不是很满意,建议从编目中删去。

在准备第一批十三卷本小说(另加一部随笔集)的出版时,本应
由大江先生亲自为小说全集撰写的总序却一直没有着落,最终从其
版权代理人酒井先生和坂井春美女士处转来大江先生的一句话:就
请许先生代为撰写即可。我当然不敢如此僭越,久拖之下却又别无
他法,在陈旻先生的屡屡催促之下,只得硬着头皮,斗胆为中国读者
来写这篇挂一漏万、破绽百出的文章,是为代总序。

在这套大型翻译丛书即将出版之际,我想要表达发自内心的深深
谢意,也希望亲爱的读者朋友们与我一同记住并感谢为了这套丛书的
问世而辛勤劳作和热忱关爱的所有人,譬如大家所敬重和热爱的大江
健三郎先生,对我们翻译团队给予了极大的信任和支持;譬如大江先
生的版权代理商酒井著作权事务所,为落实这套丛书的中文翻译版权
而体现出良好的专业素养和极大的耐心;譬如大江先生的好友铁凝女
士(大江先生总是称其为"铁凝先生"),为解决丛书在翻译和出版过程
中不时出现的问题而不时"抛头露面",始终在为丛书的翻译和出版保
驾护航;譬如同为大江先生好友的莫言先生,甚至为挑选这套丛书的
出版社而再三斟酌,最终指出"只有人民文学出版社才是最合适的选
择";譬如亦为大江先生好友的陈众议教授,亲自为组建丛书编委会提
出最佳人选,并组织各语种编委解决因原作中的大量互文引出的困
难;譬如翻译团队的所有成员,无一不在兢兢业业地辛勤劳作;譬如这

套丛书的责编陈旻先生,以其值得尊重的专业素养,极为耐心和负责且高质量地编辑着所有译文;又譬如我目前所在的浙江越秀外国语学院,为使我安心主编这套丛书而提供了良好的工作环境并协助成立"大江健三郎文学研究中心"……当然,由于篇幅所限,我不能把这个"譬如"一直延展下去,惟有在心底默默感谢为了这套丛书曾付出和正在付出以及将要付出辛勤劳作的所有朋友、同僚。感谢你们!

另外,为使以下代序正文在阅读时较为流畅,故略去相关人物的敬称,祈请所涉各位大家见谅。

一、从民本主义出发

1.古义人:一个日本婴儿的乳名及其隐喻

日本四国岛松山地区的大濑村是座依山傍水的小山村,建于峡谷中一块纺锤形盆地。这座小村庄位于内子町之东,石锤山西南,为重峦叠嶂所围拥。小山村只有一条东西走向的街道,与从村边流淌而下的小田川大致平行。由于河流的上游和下游分别为群山所遮掩,盆地里的小村庄看似被山峦和森林完全封闭,状呈口小腹大的瓮形。一九三五年一月三十一日,一个小生命就在这个村子里的大江家呱呱坠地,曾外祖父随即为襁褓中的婴儿取了"古义人"这个含有深意的乳名。

所谓"古义人"之"古义",缘起于日本江户中期古学派大儒伊藤仁斋(一六二七年八月——七〇五年四月)的居所兼授学之所"古义堂"。在位于京都堀川岸边的那所小院里,伊藤仁斋写出了其后成为伊藤仁斋学系重要典籍的《论语古义》《孟子古义》和《语孟字义》等论著,继而与其子伊藤东涯共同创建了名震后世的堀川学派,陆续拥有弟子多达三千余人。这位古学派大儒(或曰堀川派创始人)肯定不会想到,《孟子古义》等典籍及其奥义,会经由自己学系的后人,传给乳名为古义人的婴儿——五十九年后获得诺贝尔文学奖的大江健三郎,并被其内化为自己的道德观和伦理观,成为静静流淌于其文学作品底里的一股强韧底流,而"古义人"这个儿时乳名,则不时以"义""义兄"和"古义"以及"古义人"等人物命名,不断出现在《万延元年的 Football》(1967)、《致令人眷念之年的信》(1987)、《燃烧的绿树》(三部曲)(1993—1995)和"奇怪的二人配"六部曲(2000—2013)等诸多小说作品中。譬如长篇小说《别了,我的书!》开首第一句便开门见山地表示:"虽说已经步入老年,可长江古义人还是因暴力原因身负重伤后第一次住进了医院。"为了更清晰地暗示读者,作者大江特意在日文原版正文第一行为"長江古義人"这几个日文汉字加了旁注"ちょうこうこぎと"。这里的"ちょうこう"是固有名词,指涉中国的"长江",而"こぎと",则是"古义人"之音读,在日语中与"古義堂"谐音,作者借此清晰地告诉读者,文本内外的古义人经由曾外祖父和古义堂所接受的民本思想,其源头在于长江所象征的中国。关于"古义人"这个名字的缘起,大江本人曾在《大江健三郎口述自传》里作如此回忆:

　　古义人的名字中,就融汇了这个学派的宗师伊藤仁斋的古学思想。我从阿婆那里只听说,曾外祖父曾在下游的大洲藩教过学问。他处于汉学者的最基层,值得一提的是,他好像属于伊藤仁斋的谱系,因为父亲也很珍惜《论语古义》以及《孟子古义》等书,我也不由得喜欢上了"古义"这个词语,此后便有了"奇怪的二人配"这三部曲①中的 Kogi②,也就是

① 在写作《大江健三郎口述自传》时,大江已发表同以长江古义人为主人公的《被偷换的孩子》《愁容童子》和《别了,我的书!》这三部长篇小说,后三部长篇小说《优美的安娜贝尔·李 寒彻颤栗早逝去》《水死》和《晚年样式集》尚未创作和发表,故此处有"三部曲"之说。
② Kogi 为"古义"的日语读音。

古义这么一个与身为作者的我多有重复的人物的名字。①

"古义"这个字词所承载的民本思想，与其后接受的日本战后民主主义思想以及经大江本人丰富和完善过后的人文主义思想一道，浑然形成大江健三郎之宏大博深且独具特色的文艺思想——勇敢战斗的人文主义和果敢前行的悲观主义。

2.由莫言引发的思考和回溯

大江的曾外祖父与孟子学说结下的不解之缘，要从其家族所从事的造纸业说起。大江的故乡大濑村所在地区的经济主要依靠农业和林业支撑，历史上曾是全国木蜡的主要产地，这里还生产利用森林中的黄瑞香树皮制作的纸浆，用以生产优质和纸。日本学者黑古一夫教授曾多次前往此地做田野调查，他认为"江户时代的大江家以武士身份采购山中特产，到了明治仍然继承祖业从事造纸业"②。其实，大江家作为批发商除了收购山中的柿干等山货外，从江户时代传承下来的造纸业才是其主业，自山民手中收集黄瑞香树皮并在河水中浸泡过后，将从中撕下的真皮加工为特殊纸浆，再向内阁造币局提供这种特殊纸浆以供其制造纸币。当时，日本全国一共只有几家作坊能够生产这种特殊纸浆原料。战后，由于货币用纸发生了变化，便不再使用这种纸浆原料。

为了更好地经营祖传产业，大江的曾外祖父年轻时曾前往大阪（或是京都），在古学派大儒伊藤仁斋学系开办的学堂里研习儒学，更准确地说，是研习孟子的相关学说，尤其是其中的民本思想和易姓

---

① 大江健三郎著，许金龙译《大江健三郎口述自传》，贵州人民出版社，二〇一九年三月，第10页。

② 黑古一夫著，翁家慧译《大江健三郎传说》，中国广播电视出版社，二〇〇八年三月，第22页。

革命思想。二〇〇八年二月二十一日下午,在东京都郊外小田急沿线的成城宅邸里,大江对来自中国的老朋友莫言这样解释曾外祖父专程学习儒学的原委:

> 曾外祖父年轻时曾在大阪的新兴商人间开办的私塾里学习孟子的相关学说。在当时的日本,普遍认为孔子的《论语》有利于天皇制,因而比较欢迎《论语》,同时认为孟子学说中含有反天皇制的因素,便对孟子及其学说持反对态度。不过也有个例外,那就是江户时期的儒学家伊藤仁斋对孟子持肯定态度,认为后世诸家大多根据其时的统治阶层利益来阐释儒学,比如对朱子学也是如此,这就越来越背离了儒学的真义,所以需要回到原典中去寻找古义,想要以此为据,用以构建自己的思想体系,他还写了一本题为《孟子古义》的研究类专著。相较于宣扬孔子及其《论语》的私塾古义堂所授教材《论语古义》,曾外祖父选择了《孟子古义》的学术观点,并将这些观点传给了儿时的我。早在孩童时代,我就觉得《孟子古义》中的"古义"是个好词,就接受了这其中的"古义"这个词语。①

在被莫言的同行者问及"你的曾外祖父是个商人,为什么要去学习儒学?"时,大江则这样对他的老朋友莫言解释道:

> 当时的日本商人都认为,经商是为得利,而若想得利,首先便要有义。若是不能义字当头,即便获利,也不会长久。本着这个义利观,曾外祖父就专程前去学习儒学中的"义",却不料被儒学的博大精深所深深震撼,更是与《孟子古义》中有关易姓革命的理论产生共鸣,在学习结束后,就带着据说是伊藤仁斋手书的"義"字挂轴回到家乡,却不再经商,而是在村里挂上那个"義"字挂轴,就在那挂轴下教授村里人学习儒学。再往后,就去邻近的大洲藩教授儒学去了。

---

① 根据二〇〇八年二月二十一日下午大江健三郎与莫言对谈现场所录文字整理而成。

莫言的访问引出大江对自身家学渊源的关注和回溯,那次访谈结束后,或许是认为自己未能更为透彻地向莫言阐释古学派的义利观,两年后的二〇一〇年三月,大江在刊于《朝日新闻》的专栏文章里,如此引用了三宅石庵①在怀德堂发表的讲义:

> 所谓利,是人的合理之判断,无外乎"正义"——义——的认识论之延长。实际上,商人绝不应考虑利用彼等职业追求利益,而应考虑从"义"这种道德原理出发之伦理性活动。义在客观世界中被转为行动之际,利无须努力追求亦不为欲望所乱便会"自然"呈现。"利者,纵然不使刻意相求,利亦将如影随形也。"②

这显然是日本近世儒学教育家对《易经》中"利者,义之和也"的解读,典出于《易经》"为乾之四德"中"元者,善之长也。亨者,嘉之会也。利者,义之和也。贞者,事之干也"。孟子在《孟子·梁惠王上》中亦曰:"王!何必曰利?亦有仁义而已矣。王曰'何以利吾国?'大夫曰'何以利吾家?'士庶人曰'何以利吾身?'上下交征利而国危矣。"我们也可以将孟子向梁惠王所作谏言,理解为孟子学说在《易经》义利观的基础上所做的寓言式诠释。

3.大江对"古义"的再阐释

与莫言的访问时隔大约一年半后的二〇〇九年十月六日,在台北举办的第二届"大江健三郎文学学术研讨会"上,大江对莫言、朱天文、陈众议、小森阳一、许金龙、彭小妍等中日两国作家和学者更为详尽地讲述了曾外祖父学习儒学的背景:

---

① 三宅石庵(1665—1730),日本江户中期的儒学家,曾任怀德堂第一任堂主。
② 大江健三郎著,许金龙译《定义集》,贵州人民出版社,二〇一九年三月,第280页。

……我在孩童时代有个名为"古义人"的乳名。我的曾外祖父是中国哲学的研究者。……伊藤仁斋作为研究日本近世的中国哲学的学者而广为人知,他运用中国古典的正统解读法,写了"古义"(系列)的论著,准确地说,是《论语古义》和《孟子古义》等论著。

江户时代,有着基于近世的领导人和政治家的中国哲学意识形态。日本一直存在来自中国朱子的朱子学传统,及至日本近世,就出现了两个不同于朱子学的、对于古典的理解。其一,是作为学者而出现的著名的荻生徂徕这个人物,他主张把中国哲学真正视作古老的文本,遵循文本的本义进行解读。他的这种解读就成了武士和知识阶层的哲学,当德川幕府封建体制崩溃、发生明治维新、发生叫作明治维新的革命之际,就成了赋予日本知识分子力量的思想来源之一。……不过在这同一时期,另有一个对民众传授中国哲学的人,传授与政府的、权力方的解读相悖的中国哲学的人,此人就是伊藤仁斋。我的曾外祖父学习了这种中国哲学,便在自己的房间里挂起从先生那里得到的字幅,那上面有了不起的大人物手书的"羲"字。曾外祖父将其悬挂起来,就在那下面教授我们那里的人学习中国哲学。曾外祖父说,这么大的字幅,是伊藤仁斋亲手所书。

这里需要介绍一下大江所说的、在日本以天皇为中心的意识形态之下,孔子与孟子学说在日本社会受容与传承的际遇迥然相异——"普遍认为孔子的《论语》有利于天皇制,因而比较欢迎《论语》,同时认为孟子学说中含有反天皇制的因素,便对孟子及其学说持反对态度"。以此观照孔孟学说东传日本的历史,孔子学说在圣德太子时期便奠定了儒家正统的地位,演变为天皇制伦理的法理基础和伦理基础,而孟子学说,则由于民贵君轻的基本政治伦理天然违背了天皇制自上而下的尊卑观,从而成为东传日本之儒教的异端。这种尊孔抑孟的主流意识形态,直至伊藤仁斋的出现,才得到反思和受到批判。

4.不受历代天皇欢迎的孟子及其学说

《论语》早在三世纪后半叶便开始传往日本,公元二八五年,"百济博士王仁由于阿直歧的推荐,率治工、酿酒人、吴服师赴日,并献《论语》十卷、《千字文》一卷,这就是汉文字流入日本之始。其后继体天皇时(513—516)百济五经①博士段杨尔、高丽五经博士高安茂、南梁人司马达赴日,又钦明天皇时(554)五经博士王柳贵、易博士王道良等赴日,这可以说是以儒教为中心之学术文化流入日本之始"②。如果说这大约三百年间的儒学传入是时断时续的涓涓细流,那么到了七世纪,即中国的隋唐时期、日本的推古天皇时期,这涓涓细流就成了奔腾于日本本土文化这个河床中的汹涌洪流,广泛而持久地滋润着干涸的本土文化。在这个时期,有史可考的日本第一位女天皇炊屋姬,也就是推古天皇,为了抗衡把持朝政的权臣苏我马子,故而册封自己的侄儿、已故用明天皇的儿子厩户皇子为皇太子,这位皇太子便是后世盛传的圣德太子。其对内实施了一系列改革,对外则不断派遣遣隋使和遣唐使,如饥似渴地吸收和消化来自中国的先进文化,这其中就包括从中国大量引入的儒学和佛教文化。圣德太子更是学以致用,很快便基于儒佛文化亲自拟就并于六〇四年颁布旨在对官吏进行道德训诫的《十七条宪法》,试图以此为基础建立以天皇为核心的中央集权体制。该《宪法》除去第二条之"笃信三宝"和第十条之"绝忿弃嗔"取自佛教经典外,其余各条尽皆出自儒学经典和子史典籍。北京大学哲学系的朱谦之老先生曾对此做过清晰的梳理:

---

① 五经为《诗经》《尚书》《礼记》《周易》和《春秋》这五部典籍,是我国保存至今的最为古老的文献,也是我国古代儒家的主要经典。

② 朱谦之著《日本的朱子学》,人民出版社,二〇〇〇年十二月,第4页。

第一条"以和为贵"本《礼记·儒行》及《论语》"礼之用和为贵"；"上和下睦"本《左传》成公十六年"上下和睦"与《孝经》"民用和睦,上下无怨"。第三条"君则天之,臣则地之"本《左传》宣公四年"君天也"与《管子》；"天覆地载"本《礼记·中庸》"天之所复,地之所载"；"四时顺行"本《易·豫卦》"天地以顺动,故日月不过而四时不忒"；"上行下靡"本《说苑》。第四条"上不礼而下不齐"本《韩诗外传》及《论语》"道之以德,齐之以礼,有耻且格"。第五条"有财之讼,如石投水,泛者之讼,似水投石",本《文选》李潇远《运命论》"其言如以石投水,莫之逆也"。第六条"无忠于君,无仁于民"本《礼记·礼运》"君仁臣忠"；"惩恶劝善"本《左传》成公十四年。第七条"人各有任,掌宜不滥,其贤哲任官",本《尚书·咸有一德》之"任官惟贤材"；"克念作圣"本《尚书·说命篇》。第八条"公事靡盬"本《诗经·唐风·鸨羽》,《鹿鸣之什·四牡》之"王事靡盬"。第九条"信是义本"本《论语》"信近于义"。第十条"彼是则我非"本《庄子》；"如环无端"本《史记·田单传》。第十二条"国靡二君,民无二主",本《礼记·坊记》"天无二日,土无二主"及《孟子》。第十五条"背私向公,是臣之道矣",本《韩非子·五蠹》篇"自环者谓之私,背私谓之公",与《左传》文公六年"以私害公非忠也"；"千载以难待一圣"本《文选·三国名臣传序》。第十六条"使民以时,古之良典"本《论语·学而》篇"节用而爱人,使民以时"。①

由此可见,无论在形式上还是内容上,《论语》和"五经"都对《十七条宪法》带来巨大影响,从而为建立以天皇为核心的中央集权体制做了前期准备。当然,我们在这里需要关注的是,这部宪法引入《论语》者有四,而引入《孟子》者则为一。也就是说,在大规模引入中国儒学的初期阶段,或许是对于孟子有关易姓革命的民本思想不甚了解,圣德太子还是对孟子表示出了敬意,尽管在《宪法》中的参

---

① 朱谦之著《日本的朱子学》,人民出版社,二〇〇〇年十二月,第5—6页。

考和引用大大少于孔子的《论语》。

圣德太子去世后,孝德天皇在大化二年(646)颁布《改新之诏》,史称大化改新,提出"公民公地",将皇族和大贵族的土地收归天皇所有,"确立天皇的最高土地所有权及以天皇为中心的中央集权制。儒学的天命观及与之相联的符瑞思想成为革新的重要理论基点"①,由此正式成立中央集权国家,并将大和之国名更改为日本国。随着神话传说故事《古事记》(712)和编年体史书《日本书纪》(720)的问世,日本历代天皇越发强调皇权天授、万世一系,及至明治维新后由伊藤博文起草并实施的《大日本帝国宪法》,更是借助日本传统中对天皇的尊崇,以法律形式确认天皇秉承皇祖皇宗"天壤无穷之宏谟"的神意,继承"国家统治大权"的上谕,其权力神圣不可侵犯,从而被赋予国家元首和统治权的总揽者之地位②,集统治权、军权和神权于一身。于是,"民为贵,社稷次之,君为轻",强调主权在民、人民福祉才是政治活动之最大目的等孟子的政治主张,便不可避免地与日本历代统治阶层的利益发生了猛烈碰撞。至于孟子所提"贼仁者谓之贼,贼义者谓之残。贼残之人,谓之一夫。闻诛一夫纣矣,未闻弑君也"③等易姓革命的政治主张,更是为日本历代统治阶层所不容,不但代表皇室利益的公家不容,即便是代表幕府利益的武家也决不能接受。于是,在孔子自被奈良朝奉为"文宣王"(768)并享有王者至尊的一千余年间,孟子非但不能享受亚圣的荣光,就连其著述《孟子》也不得输入日本,致使坊间四处流传,不可将《孟子》由唐土带回

---

① 刘宗贤、蔡德贵著《当代东方儒学》,人民出版社,二〇〇三年十二月,第155页。

② 请参阅收录于《日本国宪法》之《大日本帝国宪法》,讲谈社学术文库2201,第61—77页。

③ 引自伊藤仁斋著《孟子古义》第34—35页之《孟子·梁惠王下·2》相关内容。

日本,否则将会在回航途中遭遇海难……这大概就是大江健三郎对莫言所说的"普遍认为孔子的《论语》有利于天皇制,因而比较欢迎《论语》,同时认为孟子学说中含有反天皇制的因素,便对孟子及其学说持反对态度"的历史背景和政治背景了吧。

5.以民意代天意的民本思想

这种尊孔抑孟的现象到了幕府时代也没有任何改变,"作为军事独裁政权的幕府政权一直提倡武士道及尚武精神,而儒家的伦理道德思想在武士道形成过程中成为一个重要的思想来源,统治者及其思想家们利用儒学阐释武士道,汲取了儒学忠、勇、信、礼、义、廉、耻等道德观念,依其统治利益所需改造儒学,冀以充实武士道"①。尤其到了德川幕府时期,"出于加强思想统治,维护并发展幕府政治、经济制度的需要,在国家意识形态方面,由佛儒并用转向独尊儒家思想学说,把儒学定为官学,同时强行禁止'异学'。……倡'大义名分',把纲常伦理绝对化的程朱理学作为占统治地位的主导思想"②。这里有两点需要注意:一是"依其统治利益所需改造儒学,冀以充实武士道";二是"把纲常伦理绝对化的程朱理学作为占统治地位的主导思想"。前者是说幕府根据其统治利益所需而任意"改造"儒学,用以"充实武士道";后者则表明被幕府选中的、可供其"改造"的儒学或曰官学,便是"把纲常伦理绝对化的程朱理学"了。由此可见,经过种种"改造"的这种所谓儒学,就只能是遭到严重篡改的"儒学",为统治阶层的伦理纲常保驾护航的"儒学"了。这种儒学,便是大江口中的"来自中国朱子的朱子学",也就是被权力中心所指定的官学。为了

---

① 刘宗贤、蔡德贵著《当代东方儒学》,人民出版社,二○○三年十二月,第156页。
② 同上,第167页。

对抗这种官学,"及至日本近世,就出现了两个不同于朱子学的、对于古典的理解。……有一个对民众教授中国哲学的人,教授与政府的、权力方的解读相悖的中国哲学的人,此人就是伊藤仁斋"①。

大江在这里提及的伊藤仁斋是江户时期古学派中具有代表性的重要学者,而伊藤仁斋所在的"古学派是日本儒学的重要派别,也是官学朱子学的反对派。古学派学者认为只有古代儒学才具有真义,汉唐以后的儒学全是伪说。他们尊信三皇、五帝、周公、孔子,以古典经典为依据,冀望从古典中寻找作用于社会的智慧源泉,重新构建不同于朱子学、阳明学的思想体系,实际是希望以复古的名义打破当时朱子学的一统天下。古学派的先导者是山鹿素行,另外两个著名人物分别是堀川学派的伊藤仁斋、萱园学派的荻生徂徕。他们在思想意识形态上具有共同的特点,政治上代表被闲置的贵族及中小地主阶级等在野民间势力"②。这里说的是在德川时代中期,占全国人口百分之八十多的农民附属于大小藩主,而这大大小小的藩主又附属于大名,各大名则附属于"大将军"德川幕府。随着德川幕藩制在政治方面和经济方面开始出现危机,其封建体制开始瓦解,近代思想也便从中逐渐萌发并发展起来,就这个意义而言,与朱子学对抗的古义学的出现和发展,也就是历史的必然了。尤其在享保年间,日本全国的农村经济因商业高利资本的侵入而衰落之际,风起云涌的农民暴动在震撼德川幕府封建统治基础的同时,也给维护封建等级制度和伦理纲常的朱子学带来沉重打击。正是在这种背景下,"初奉宋儒,……及年三十七八始出己见"的伊藤仁斋叛出朱子学,转而在《论语》和《孟子》等古典中寻找真义,认同孟子"天视民视,天听民

---

① 根据"大江健三郎文学学术研讨会"台北会议录音整理而成的资料。
② 刘宗贤、蔡德贵著《当代东方儒学》,人民出版社,二〇〇三年十二月,第164页。

听",即以民代天、以民意代天意的民本思想,主张以仁义为王道,所以仁者之上位,虽说是天授,其实更是人归。对于失去民心民意、引发天怒人怨的残暴之君,则认为其已被以民意为象征的天道所抛弃,从而可以对其放伐。

6.以革命颠覆不义的理想主义呼声

在详细阐释孟子的放伐理论时,伊藤仁斋更是在《孟子古义》里缜密地为孟子如此辩护道:

> 孟子论征伐。每必引汤武明之。及其疑于弑君者。乃曰闻诛一夫纣矣。未闻弑君也。盖明汤武之举。仁之至。义之尽。而非弑也。……何者。道也者。天下之公共。人心之所同然。众心之所归。道之所存也。传曰。桀放于南巢。自悔不杀汤于南台。纣诛于牧野。悔不杀文王于羑里。夫天下非一汤武也。向使桀纣自悛其恶。则汤武不必征诛。若其恶如故。则天下皆为汤武。不在彼则在此。不在此必在彼。纵令彼能于南巢牧野之前。得杀汤武。然不改其恶。则天下必复有如汤武者。出而诛之。虽十杀百戮。而卒无益。故汤武之放伐。天下放伐之也。非汤武放伐之也。天下之公共。而人心之所同然。于是可见矣。孟子之言,岂非万世不易之定论乎。宋儒以汤武放伐为权变。非也。天下之同然之谓道。一时之从宜之谓权。汤武放伐即道也。不可谓之权也。①

在当时看来,伊藤的宣言是何等的大胆。如果说在中国的历史上,易姓革命早已屡见不鲜,素有改朝换代之说的话,那么在日本这个所谓天皇万世一系的国度里,伊藤仁斋的以上话语可谓大逆不道了。所谓弑君,用日语表述便是"下克上",明显包括"犯上作乱"和"以下犯上"等道德和伦理层面的指责,但是伊藤仁斋在纣王被杀这

---

① 伊藤仁斋著《孟子古义》卷一,第35页。

件事上,却全然不做这种语义上的认可,倒是完全依孟子所言,认为武王伐纣是诛杀贼仁贼义之独夫而非弑君,可作为正义行为予以认可和鼓励,因为"夫天下非一汤武也。向使桀纣自悛其恶。则汤武不必征诛。若其恶如故。则天下皆为汤武",更是强调汤武放伐是天下之同然的"道也",而不是宋儒(或曰维护幕府等级制度的朱子学)所批评的从宜之"权变"。

伊藤仁斋笔下的"道",其后被暴动之乡的年轻商人所接受、所宣传、所传承,并取其宗师伊藤仁斋居所兼私塾的古义堂之"古义"二字,为自己的曾外孙命名为"古义人"。这个乳名为"古义人"的孩子多年后在作品里借小说人物之口讲述了这个乳名的背景:"宴会将近结束时,大黄突然说起古义人这个名字的由来。当然,这是以笛卡尔的西欧思想为原点的,然而并不仅仅如此。在与大阪——当时的大阪——有着贸易往来关系的这块土地上,不少人曾前往商人们学习儒学的学校怀德堂。古义人的名字中,就融汇了这个学派的宗师伊藤仁斋的古学思想。"①至于伊藤仁斋在上文中提及汤武放伐时所认定并高度评价的"道",时隔大约四百年之后,大江在《万延元年的 Football》里做出了这样的回应:

> 关于武装暴动的原因,那位与我有书信往来的老教员乡土史家,既未否定,亦未积极肯定我母亲的意见。他具有科学态度,强调在万延元年前后,不仅本领地内,即使整个爱媛县内也发生了各类武装暴动,这些力量和方向综合在一起的矢量指向维新。他认为本藩惟一的特殊之处,就是万延元年前十余年,藩主担任寺院和神社的临时执行官,使本藩的经济发生了倾斜。此后,本藩向领地城镇人口征收所谓"万人讲"日钱,

---

① 大江健三郎著,许金龙译《被偷换的孩子》,译林出版社,二〇〇八年十月,第109页。

向农民征收预付米，接着是"追加预付米"。乡土史家在信末引用了一节他收集的资料："夫阴穷则阳复，阳穷则阴生，天地循环，万物流转。人乃万物之灵长，若治政失宜，民穷之时，岂不生变乎!"这革命启蒙主义中有一股力量。①

在这里，大江借小说人物之口说出"人乃万物之灵长，若治政失宜，民穷之时，岂不生变乎!"其以革命颠覆不义的理想主义呼声，显然来自《孟子·梁惠王下》的相关内容及其在日本的传承者伊藤仁斋的影响。不仅如此，大江还把以上经其改写的话语定义为"革命的启蒙主义"，而且特意指出其中蕴藏着"一股力量"。更具体地说，这既是对孟子"贼仁者谓之贼，贼义者谓之残。贼残之人，谓之一夫。闻诛一夫纣矣，未闻弑君也"等易姓革命主张的认同，也是在借伊藤仁斋对此所做的解读而赋予故乡暴动历史以正当性和合理性，让所有暴动者及其同情者据此获得伦理上的支撑——"夫天下非一汤武也。向使桀纣自悔其恶。则汤武不必征诛。若其恶如故。则天下皆为汤武"。显然，故乡的历史暴动史实与先祖传播的孟子有关"民本"和"革命"思想融汇在了一起，森林中的农民暴动叙事所体现的朴素村落政治观和斗争史，恰恰是"民本"古义与"革命"的现代左翼思潮相结合的表现，更是大江在未来的人生中接受战后民主主义思想的伦理基础。

二、暴动之乡的森林之子

1.大濑村的暴动历史

作为大江文学的重要构成部分，大江的革命想象不仅萌发于曾

---

① 大江健三郎著，邱雅芬译《万延元年的 Football》，人民文学出版社，二○二一年四月，第 88 页。

外祖父《孟子古义》之家学影响,无疑也受到故乡暴动历史世代口耳相传的浸染,将边缘与中心的权力抗衡内化为一种本土化的体悟。大江的"古义人"乳名和其接受孟子民本思想以及易姓革命思想的土壤,恰恰是故乡大濑村这块历史上暴动频发的土地,正如大江在北京的一次讲演中所言:

> 而我,则在边缘地区传承了不断深化的自立思想和文化的血脉。对于来自封建权力以及后来的明治政府中央权力的压制,地方民众举行了暴动,也就是民众起义。从孩童时代起,我就被民众的这种暴动或曰起义所深深吸引。……我曾写了边缘的地方民众的共同体追求独立、抵抗中央权力的长篇小说《万延元年的 Football》。这部小说的原型,就是我出生于斯的边缘地方所出现的抵抗。明治维新前后曾两度爆发起义(第二次起义针对的是由中央权力安排在地方官厅的权力者并取得了胜利),但在正式的历史记载中却没有任何记录,只能通过民众间的口头传承来传续这一切。……与中心进行对抗的边缘这种主题,如同喷涌而出的地下水一般,不断出现在此后我的几乎所有长篇小说之中。①

那么,作为大江革命想象的原型,故乡大濑村的革命暴动,是如何在德川幕府和其后的明治政府中央权力及其各级官吏等代理人的压制下被频频触发的呢?这些革命原型又与大江自身的文学建构有着何种关联?

当然,由于官方长年以来的持续遮蔽或改写,我们已经很难从官方记载中查阅并还原当年的暴动起因以及过程等完整信息了。大江本人在其作品以及讲述中所提供的信息亦缺乏完整性和系统性,更

---

① 大江健三郎著,许金龙译《北京讲演二○○○》,《中华读书报》,二○○○年十月十八日。

由于其小说的虚构性,小说叙事的史料价值也有待考鉴。与此同时,通过口耳相传的民间文学形式以及亲身参与了暴动文化之传播的老人们,亦随岁月流逝而日渐减少,其所提供的信息亦有模糊不清之处。所幸笔者在当地做田野调查时,曾获得一份非公开出版的方志。结合当地老人的回忆以及大江本人的讲述或文字记叙,得以大致瞥见当地暴动的肇因和状貌。这份由内子町志编撰委员会编写的《新编内子町志》第七节之《农民暴动》这个章节里有一个题为"大洲藩农民暴动(骚動)"的列表2-7:

年　号	公元	暴动名称
寬保元年	1741	久万山騷動
延享四年	1747	御藏騷動
寬延三年	1750	内子騷動
宝曆十一年	1761	麻生騷動
明和七年	1770	藏川騷動
明和八年	1771	麻生騷動
寬政元年	1789	柳沢騷動
文化六年	1809	阿藏騷動
文化七年	1810	横峰騷動
文化十三年	1816	大洲紙騷動
文化十三年	1816	村前騷動
文政十一年	1828	菅田騷動
天保八年	1837	柳沢騷動
天保八年	1837	横峰騷動
文久二年	1862	小藪騷動
文久三年	1863	宇和川騷動
慶応二年	1866	奥福騷動
明治四年	1871	廃藩置県騷動

明治四年	1871	郡中骚动
明治四年	1871	臼杵骚动

——以上为发生于大洲藩或与藩相关联的暴动。其
资料来源于影浦勉「伊予農民騒動史話」「愛媛
鼎史」『大洲市誌』和「高橋文書」。①

　　这份列表清晰标注了大濑村所在的大洲藩地区,自一七四一年
至一八七一年这约一百三十年间,发生被官方蔑称为"骚动"的暴动
共计二十次。也就是说,暴动平均每六年半便会爆发一次。这里需
要说明的是,图表所列远不及实际曾经发生的暴动次数,譬如一七八
八年肇始于大江家所在小山村的大濑暴动,就未能列入其中。在这
片范围有限的区域内,如此高频度(有的地方甚至重复数次)发生暴
动的原因不一而足,不过其主因不外乎来自各级官府的压榨、商人投
机、官商勾结、粮食歉收、物价(尤其是粮食价格)高涨等等,这一点
从大米和大豆在一八六一年至一八七〇年这十年间的涨幅便可略见
一斑(2-8):

年　号	公元	大米	大豆
文久元年	1861	205 钱	218 钱
二年	1862	250 钱	272 钱
三年	1863	290 钱	260 钱
元治元年	1864	400 钱	364 钱
庆应元年	1865	650 钱	540 钱
二年	1866	2000 钱	1140 钱
三年	1867	1800 钱	869 钱
明治元年	1868	6000 钱	5700 钱

---

① 　内子町志编撰委员会著《新编　内子町志》,一九九六年十月,第161页。

二年	1869	12000 钱	10000 钱
三年	1870	14500 钱	21000 钱

——以上为一石粮食之价格。其资料由知清吉冈文
书所作。①

正如大江自述的"明治维新前后曾两度爆发起义(第二次起义
针对的是由中央权力安排在地方官厅的权力者并取得了胜利)"②,
即列表2-7分别发生于一八六六年的奥福暴动③和一八七一年的废
藩置县暴动。从列表2-8可以看出,在大江经常提及的这两场暴动
前后短短十年时间内,大米价格从一八六一年的二百零五钱猛涨至
一八七〇年的一万四千五百钱,同期的大豆价格则从二百一十八钱
猛涨至二万一千钱,前者涨至七十点七倍,后者更是狂涨至九十六点
三倍。按照这个势头,未能列入的一八七一年(即发生废藩置县暴
动之年)的涨幅估计越发让人心惊肉跳。至于物价何以如此疯涨的
主要原因大致如下:首先是江户末期农民阶层开始分化,大量贫困农
民为借钱度日而将农地转手他人,只能依靠佃耕勉强糊口;其二则是
巧取豪夺了大量土地的地主和富商与藩府加强勾结,通过向藩府提
供金钱而获得更多特权,转而利用这些特权变本加厉地盘剥贫困农
民;再就是大厦将倾的德川幕府在政治上开始出现崩溃迹象,在经济
方面则出现全国性物价高涨,尤其是猛涨的大米价格更使得贫困农
民和底层民众的生活越发艰难;第四,雪上加霜的是,在庆应二年

---

① 内子町志编撰委员会著《新编　内子町志》,一九九六年十月,第190页。
② 大江健三郎著,许金龙译《北京讲演二〇〇〇》,《中华读书报》,二〇〇〇年十月十八日。
③ 一八六六年七月十五日发生在包括大江健三郎故乡大濑村在内的奥筋地区的、规模达万余人的农民暴动。因暴动领导人名为福五郎(亦有福太郎、福二郎、福次郎之说),当地人便取奥筋中的奥以及福五郎中的福,将该暴动称之为奥福暴动。

（1866），遭遇了前所未有的大歉收，与藩府素有勾结的投机商人乘机将大米价格猛涨。正如大江在作品里所总结的那样："人乃万物之灵长，若治政失宜，民穷之时，岂不生变乎！"于是，这一年的七月十五日，大江家所在的大濑村便爆发了名为"奥福骚动"的大暴动，前后历时三天，至十七日时共计波及三十余村庄，参与者多达一万余人。

这次暴动的经纬大致如下：该年七月某日，大濑村村民福五郎（亦有福太郎、福二郎、福次郎之说）因家中无粮，向村吏提出借用村中存米，随即遭拒，却发现村吏将米借给来村里出差的医生成田玄长，便与村吏发生激烈争执。福五郎由此痛恨贪图暴利的商人，决定发动村民一同上访，同村的神职人员立花丰丸于是承担其参谋，以福五郎之名撰写檄文并广泛散发于周围数十村庄，呼吁大家奋起暴动，不予合作之村庄则予烧毁！早已对为富不仁的富商心怀怨恨的数十村庄的农民纷纷加入暴动队伍。七月十五日晚间，赞成福五郎主张的大濑村村民捣毁村里的酒铺，在福五郎号令下开往内子镇，中途参加者络绎不绝，至十六日暴动队伍已达三千余人，当天在内子镇打砸店铺约四十间，继而在五十崎打砸店铺约二十间。及至十七日，共有三十个村庄、一万余人参加暴动。大洲藩府急遣信使往江户幕府报警，同时不断派人游说福五郎等三四位暴动头领，至当日晚间，福五郎等人被说服，继而解散暴动队伍。在参加暴动的农民相继回村后，三位暴动头领遭到抓捕，其中大濑村的福五郎以及同村的立花丰丸其后死于狱中……

诸如此类的暴动景象，通过世代的传述，在民间文学的传承下，从历历在目的口头讲述，化为跃然纸上的文学形象。这些暴动记忆和历史人物原型，促动大江以大濑为革命对峙的中心向压迫性体制发出挑战，而将暴动革命历史传承给大江的媒介，正是阿婆这位民间文学的讲述者,暴动革命故事则作为元文本化入大江对于村庄暴动的文学虚构之中。

2.阿婆的暴动故事元文本

为儿时大江栩栩如生地讲述奥福其人和奥福暴动这段历史的人,是大江家里名为毛笔的阿婆。多年后,《读卖新闻》记者尾崎真理子采访时曾提及大江面对阿婆栩栩如生的讲述而心神荡漾的过往:"那个'奥福'物语故事,当然也是极为有趣,非同寻常。据说您每当倾听这个故事时,心口就扑通扑通地跳。由于听到的只是一个个片段,便反而刺激了您的想象。"①于是大江便这样对记者回忆了当年的情景:

是啊,那都是故事的一个个片段。阿婆讲述的话语呀,如果按照歌剧来说的话,那就是剧中最精彩的那部分演出,所说的全都是非常有趣的场面。再继续听下去的话,就会发现其中有一个很大的主轴,而形成那根大轴的主流,则是我们那地方于江户时代后半期曾两度发生的暴动,也就是"内子骚动"(1750)和"奥福骚动"(1866)。尤其是第一场暴动,竟成为一切故事的背景。在庞大的奥福暴动物语故事中,阿婆将所有细小的有趣场面全都统一起来了。

奥福是农民暴动的领导者,他试图颠覆官方的整个权力体系,针对诸如刚才说到的,其权力及至我们村子的那些权势者。说是先将村里的穷苦人组织起来凝为强大的力量,然后开进下游的镇子里去,再把那里的人们也团结到自己这一方来,以便聚合成更强大的力量。那场暴动的领导者奥福,尽管遭到了滑稽的失败,却仍不失为一个富有魅力的人。我就在不断思考奥福这个人的人格的过程中,度过了自己的少年时代。②

---

① 大江健三郎著,许金龙译《大江健三郎口述自传》,贵州人民出版社,二〇一九年三月,第8页。
② 同上,第8—9页。

……

是祖母和母亲讲述给我并滋养了我的成长的乡村民间传说。在写作《万延元年的 Football》时,我的关心主要集中在那些叙述一百年前发生的两次农民暴动的故事。

祖母在孩提时代,和实际参与这些事件的人们生活在同样的社会环境里,所以,她所讲述的民间故事,常常会添加进她当年亲自见过的那些人的逸闻趣事。祖母有独特的叙事才能,她能像讲述以往那些口耳相传的民间故事那样讲述自己的全部人生经历。这是新创造的民间传说,这一地区流传的古老传说也因为和新传说的联结而被重新创造。

她是把这些传说放到叙述者(祖母)和听故事的人(我)共同置身其间的村落地形学结构里,一一指认了具体位置同时进行讲述的。这使得祖母的叙述充满了真实感,此外,也重新逐处确认了村落地形的传说/神话意义。①

病迹学(Pathographie)研究成果表明,儿时的生长环境对于成人后的价值取向和审美取向都将产生重要影响,这对于川端康成和三岛由纪夫来说如此,对于大江健三郎来说也并不例外。在"心口扑通扑通地跳"着倾听阿婆讲述奥福故事的过程中,少儿大江的情感却在不知不觉间开始倾向遭到压榨的暴动者一方,从而产生了与弱势群体共情的义愤,以至于"在不断思考奥福这个人的人格的过程中,度过了自己的少年时代"。然而,这种感情倾向却面临一个无法回避的尴尬,那就是在日本这个国度里,被称为"骚动"的农民暴动明显带有被官方蔑视的语感,而暴动本身更是被认为是"下克上"的大不敬,亦即中文语感中的"以下犯上"和"犯上作乱"之负面语义。这显然是儿时大江的情感所不愿接受的,正是在这种情感冲突的背

---

① 大江健三郎著,王中忱译《在小说的神话宇宙中探寻自我》,引自《我在暧昧的日本》,南海出版公司,二〇〇五年十一月,第7—8页。

景下,经由曾外祖父传承的易姓革命思想和民本思想才开始具有意义,才能为暴动之乡的这个小童提供了伦理上的支撑,用以抗拒"下克上"所带来的道德和伦理层面的负面指责,从而"在不断思考奥福这个人的人格的过程中,度过了自己的少年时代"之际,顺理成章地"在边缘地区传承了不断深化的自立思想和文化的血脉",将《孟子古义》中的易姓革命思想和民本思想内化为自己的道德观和伦理观,为其于日本战败后接受战后民主主义作了道德、伦理和理论上的前期准备。

另一方面,由于阿婆"在孩提时代,和实际参与这些事件的人们生活在同样的社会环境里,所以,她所讲述的民间故事,常常会添加进她当年亲自见过的那些人的逸闻趣事",而且阿婆"给我讲述(奥福)故事中的人物。故事情节只是一些片段,所以能够激发我勾连故事的能力。奥福是本地农民起义的故事中一个无法无天而且非常可爱的人物,用我后来遇到的语言来说是一个 trickster①"②,故而在引发少儿大江倾听兴趣的同时,还培养了其进行再创作的能力。

如果说,经由曾外祖父传承的《孟子古义》中的易姓革命思想和民本思想,从道德和伦理上支撑少儿大江"在边缘地区传承了不断深化的自立思想和文化的血脉"的话,那么,熟稔戏剧演出的阿婆用"独特的叙事才能"对儿时大江讲述当地暴动故事,在培养其勾连故事之能力的同时,亦为大江进行了一场文学启蒙,使得"从孩童时代起,我就被民众的这种暴动或曰起义所深深吸引。……我曾写了边缘的地方民众的共同体追求独立、抵抗中央权力的长篇小说《万延元年的 Football》。这部小说的原型,就是我出生于斯的边缘地方所

① 意为神话和民间传说中的精灵、既有社会秩序的破坏者。
② 大江健三郎著,王成译《我的小说家修炼法》,中央编译出版社,二〇一九年十一月,第6页。

出现的抵抗",而且"与中心进行对抗的边缘这种主题,如同喷涌而出的地下水一般,不断出现在此后我的几乎所有长篇小说之中"!由此可见,从发表于一九六七年的《万延元年的 Football》到晚近创作的长篇小说《优美的安娜贝尔·李　寒彻颤栗早逝去》(2007)以及《晚年样式集》(2013),随处可见的有关历史暴动叙事,既是大江的儿时记忆,也是其文学母题,还是其抗拒权力中心、用以构建根据地/乌托邦的重要依据。当然,这种叙事策略也使得其文学中的历史维度具有越来越开阔的空间。

3."我在文学作品中构建的根据地/乌托邦确实源自毛泽东"

仍然是在大江文学的历史叙事空间里,早在大江的少年时代,曾有两个于日本战败后从中国遣返回故乡大濑村的退伍老兵帮助大江家修缮房屋,在小憩期间,这两个退伍老兵盘膝而坐,聊起侵华期间所执行的杀光、烧光和抢光之三光政策,让少年大江第一次知道"皇军"在中国期间犯下的累累战争罪行,在其为之深感愧疚和惊恐不安的同时,也对战争时期的军国主义教育之虚伪有了更为深刻的认识。这两位老兵还说起在中国战场攻打八路军根据地时狼狈情状,他们告诉在一旁倾听的少年:八路军的根据地大多建在地势险要之处。由于八路军与中国老百姓是鱼水之情,所以攻打根据地的日军部队尚未到达目的地,就有发现日军行踪的老百姓向八路军通风报信,于是八路军便在根据地设好埋伏,待日军进入伏击圈后就枪炮大作,打得日军如何丢盔弃甲、如何死伤狼藉、如何狼狈逃窜……

村里这两个退伍老兵的无心之言,却在少年大江的内心掀起巨浪:如果本地历史上多次举行暴动的农民也像八路军那样,在家乡深山老林里的险要处构建根据地的话,那么家乡的历史会如何演变?日本的历史是否会是另一种模样?带着这个久久萦绕于心的思考,大江在东京大学仔细且系统地研读了《毛泽东选集》四卷本,尤其关注第一卷里《中国的红色政权为什么能够存在?》。这篇文章是毛泽东于一九二八年十月五日所作,在第六章《军事根据地问题》中第一次提及"根据地"并做了如下阐释:

> 边界党还有一个任务,就是大小五井和九陇两个军事根据地的巩固。……这两个地形优越的地方,特别是既有民众拥护、地形又极险要的大小五井,不但在边界此时是重要的军事根据地,就是在湘鄂赣三省暴动发展的将来,亦将仍然是重要的军事根据地。巩固此根据地的方法:第一,修筑完备的工事;第二,储备充足的粮食;第三,建设较好的红军医院。把这三件事切实做好,是边界党应该努力的。①

所谓"根据地"是军事术语,而且从以上引文中可以发现其历史并不悠久,是军事对峙中处于弱势的红军为更好地保护己方有生力量而于险峻之处据险而守,同时争取时间和空间发展和壮大己方力量。中国第一次国内革命战争时期由红军创建的根据地如此,抗日战争时期由八路军所建的根据地也是如此,同时辅以游击战、麻雀战、坚壁清野、储存粮食、建立伤兵医院以及灵活运用"敌进我退、敌驻我扰、敌疲我打、敌退我追"等游击战术,与强敌进行周旋。

在东京大学就读期间学习了《毛泽东选集》中有关根据地的相关论述后,大江开始将这些论述与家乡的暴动史乃至日本的近代史联系起来加以思考。当然,历史不可复制,故而大江开始考虑在自己的文学作品中构建根据地,构建以中国革命模式复制的根据地。于是,"暴动"和"根据地"字样开始频繁出现在大江的小说文本里。譬如在不足十万字的小长篇《两百年的孩子》中译本里,如果用电脑检

---

① 毛泽东著《毛泽东选集》(第一卷),人民出版社,一九九一年六月第二版,第53—54页。

索"暴动"/"一揆",可以发现共有二十二处。对"逃散"进行检索,则有五十三处。两者相加,总共七十五处。这里所说的"逃散",是指在日本的中世和近世,农民为反抗领主的横征暴敛而集体逃亡他乡。这种逃亡有两个特征,一是数个、数十个村庄集体逃亡;二是这种有时多达数千人、数万人的逃亡,往往伴随着与领主武装的战斗。同样使用电脑检索的方法对《两百年的孩子》进行检索,还可以发现含有"根城"和"根据地"的表述各有二十处,一共四十处。这里所说的"根城",在日语中主要有两个语义,其一为主将所在城池或城堡;其二则是暴动民众的据守之地,或是盗贼的巢穴。"根据地"的语义为"军队等队伍为修整、修养或补给而设立的据点",在大江的文学词典里,这个单词显然源于中国第一次国内革命战争时期创建的根据地,抗日战争期间用以抵御侵华日军、争取抗战胜利的根据地;当然,这也是大江赖以在小说中构建根据地/乌托邦的原型。

二〇〇六年八月,笔者曾在东京对大江做过一次采访,现摘录其中涉及"根据地"的内容引用如下:

许金龙:您于一九七九年发表了长篇小说《同时代的游戏》,相较于中国传统文化中桃花源式的那种逃避现实的理想,这部作品中的乌托邦则明显侧重于通过现世的革命和建设达到理想之境。从这个文本的隐结构中可以发现,您在构建森林中这个乌托邦的过程中,不时以中国革命和建设为参照系,对以毛泽东为首的老一辈革命家所进行的艰苦卓绝的长征、建立根据地并通过游击战反击政府军的围剿、发展生产以提高物质生活水平等给予了肯定,也对江青等"四人帮"在"文化大革命"中祸国殃民的举止表示了谴责,同时也在思索中国在革命和建设过程中遇到的一些问题以及解决方法,试图从中探索出一条由此通往理想国的具有普遍意义的通途。当然,您在自己的文学世界里建立根据地的尝试,《同时代的游戏》显然不是第一次,也不会是最后一次。其实,早在《万延元年的 Football》中,甚至更早的《掀芽打仔》等作品中,就已经出现了"根据地"的雏形。我想知道的是,您在文本中构建的根据地/乌托邦是否是以毛泽东最初创建的根据地为原型的?当然,您在大学时代学习过毛泽东的著作,那些著作里有不少关于根据地的描述,您是从那里接触到根据地的吗?

大　江:正如你所指出的那样,我在文学作品中构建的根据地/乌托邦确实源自毛泽东的根据地。而且,我也确实在毛泽东的著作中接触过根据地,记得是在《毛泽东选集》第一卷的前半部分。

许金龙:是在《中国的红色政权为什么能够存在?》那篇文章里?

大　江:是的,应该是在这篇文章里。围绕根据地的建立和发展,毛泽东在文章里做了很好的阐述。不过,我最早知道根据地还是在十来岁的时候。战败后,一些日本兵分别被吸收到国民党军队和共产党的八路军里。参加了八路军的日本人就暗自庆幸,觉得能够在中国的内战中存活下来,而参加国民党军队的日本人却很沮丧,担心难以活着回日本。他们之所以这么想,是因为在侵华战争中,他们分别与八路军和国民党军队打过仗,说是国民党军队没有根据地,很容易被打败,而八路军则有根据地,一旦战局不利,就进入根据地坚守,周围的老百姓又为他们提供给养和情报,日本军队很难攻打进去。后来在大学里学习了毛泽东著作后,我就想,我的故乡的农民也曾举行过几次暴动,最终却没能坚持下来,归根结底,就是没能像毛泽东那样建立稳固的根据地。可是日本的暴动者为什么不在山区建立根据地呢?如果建立了根据地,情况又将如何?这是我一直在思考的问题,并且在作品中表现了出来。①

在以上引文中提及的长篇小说《同时代的游戏》第五章所叙述的故事发生在明治初年,村庄＝国家＝小宇宙这个共同体决心独立

---

① 大江健三郎与许金龙对谈:《大江健三郎将访中国,深受鲁迅及毛泽东影响》,《环球时报》,二〇〇六年九月一日。

于"大日本帝国",准备抗击帝国陆军的讨伐。长期以来,人们根据共同体的创始者破坏人通过梦境传达的指示,利用山里的特产木腊与海外进行贸易的盈余做了大量的战争准备,构筑起巨大的堤堰,蓄水淹没自己的村庄,并在堤坝上用沥青写上"不顺国神,不逞日人"的标语,以示与天皇治下的"大日本帝国"决裂的决心,同时进行坚壁清野,在山上的森林里储存粮食,建起野战医院,把壮年男女武装起来组织成游击队,还建立兵工厂以制造武器……除此以外,有人还考虑以各种语言致信各国,呼吁世界上被压迫的民族团结起来,说是"尤其是致中国的信,真想面交很快就将与大日本帝国军队开始全面战争的中国共产党军队"①。

在这些准备工作大致就绪后,政府派遣的"大日本帝国陆军混成第一中队"也临近了。这支武装到牙齿的正规军常年在这一带镇压农民暴动,现在受命前来攻打这个共同体,以将其纳入天皇统治下的"大日本帝国"势力范围。由于这一带山高林密,又是连日滂沱大雨,部队便艰难地沿着略微平坦一些的河滩溯流而上。在村庄这个共同体派出的侦察人员发现"皇军"已临近时,水库里的水也蓄到了最高水位,于是,村庄=国家=小宇宙的人们点燃预先埋置的炸药炸开堤堰,开始了长达五十天之久的、抗击"大日本帝国"陆军的游击战。

呼啸而下的洪水瞬间便吞噬了混成第一中队的所有官兵及其携带的军马。政府第一次派遣来的军队遭到了全军覆没的彻底失败。于是,其后又派遣了由一位作战经验丰富的大尉率领的中队前来攻打。共同体由此正式开始了抗击"皇军"的游击战争。

---

① 大江健三郎著,李正伦等译《同时代的游戏》,作家出版社,一九九六年四月,第232页。

当大尉率领的部队占领村庄时,却发现这是座空无一人的村庄,甚至看不到一条狗。也就是说,共同体实行了最为彻底的坚壁清野。部队在这个被废弃的村子里,连洁净的水都找不到一口,便派出小部队寻找水源,却被游击队打了埋伏。于是,被缴了枪械后释放回来的士兵报告说,游击队就在这山中的森林里。到了夜间,共同体放出的老狼以及野狗让士兵们感到惊恐,而游击队设置的、可以切割下双腿的陷阱,更是让士兵们不敢轻易进入山林。

不久,大尉便开始了他的第一次搜山清剿,部队排成横列,每隔五米站上一个士兵。而游击队方面则在转移非战斗人员的同时,由青壮村民组成若干三人战斗小组,利用有利地形埋伏下来,相机射击某一个搜山士兵,然后再将其两侧的士兵引诱过来一并射杀,使得"皇军"遭受巨大伤亡,不得不铩羽而归。

大尉指挥的第二次大规模战斗,是吸取前次横向搜山失败的教训,命令士兵纵向攻入森林深处,以破解"堪称游击战之基础的原始森林的神秘力量",并伺机破坏密林里的兵工厂,却被共同体的孩子们以迷路游戏的方式引入迷魂阵……当"皇军"士兵们被诱入伏击圈后,"游击队员从藏身之处用西洋弓射出的箭没有声音,突如其来的袭击防不胜防。森林里的大树很高,日光像雾一般从枝叶的缝隙泻下,难以计数的蝉发出震耳的蝉鸣,弓箭的声音根本听不到。埋伏者瞄准出现在树枝所限的狭窄空间处的敌人,箭无虚发。在惟蝉鸣可闻的巨大静默里,大日本帝国军队的士兵中有十二人中箭身亡,另有十二人身受重伤。没有一个士兵发现新设置的兵工厂"①。

由于游击队控制了水源,大尉怀疑水源被施放了毒药,不敢再使

---

① 大江健三郎著,李正伦等译《同时代的游戏》,作家出版社,一九九六年四月,第253—254页。

用那里的泉水,转而组织运输队从山外连同粮食一同运往驻地,从而加重了运输队的负担,致使行动迟缓,被游击队在途中趁天黑夜暗之机混入运输队,"结果是担任护卫的士官和两个士兵扔下运粮队逃跑了。于是,大量粮食就被运进了密林里游击队的帐篷"①。

在大尉审问游击队的俘虏时,这些俘虏提供的信息更是让大尉心智混乱。第一个俘虏状似老实地交代说:"这个抵抗战争是从整个中国以及藏在长白山山脉的朝鲜反日游击战传过来,组织了共同战线,甚至不久就有援军到达,实际上自己就是负责和海外联系的负责人……"②在他的话语中,不时还"夹杂着一些他瞎编乱造的中国话和朝鲜话"③。第二个俘虏的交代更是玄乎,说是把森林里新发现的矿物质送到德国加以精炼,以其为原料,即将研制出新型炸弹,如果炸弹中的化学物质出事,"半个森林就可能一扫而光"④……

在屡屡失败的压力下,大尉决定用最狠毒的手段镇压这些"为了反抗大日本帝国而钻进森林"⑤的顽固山民,那就是运来大量汽油,准备火烧森林,"漆黑之夜充血的眼珠上,也许映现出了他们追赶着躲避大火而东奔西跑的半裸的女人们,也许映现出他们自己正在强奸或杀人的自我影像。直到此刻为止毫无趣事可言的战争,使他们的意识浓缩为一个观念——战争就是血腥欲望的爆发,他们今天晚上得出了这个结论,并且决定今后一定照此实行。不久之后,在转战于中国和南洋各地时,他们的这个血腥欲望果然就得到满足了"⑥。

---

① 大江健三郎著,李正伦等译《同时代的游戏》,作家出版社,一九九六年四月,第260页。
② 同上,第263页。
③ 同上,第263页。
④ 同上,第264页。
⑤ 同上,第266页。
⑥ 同上,第271页。

面对火烧森林的严峻局面，共同体在疏散了儿童后便集体投降了，其中大约一半人口得到的却是大尉的如下话语："你们是真正地对大日本帝国发动叛乱、掀起内战的人，你们犯下的叛国罪行必须受到应得的处罚，我以军事法庭的名义宣布你们的死刑！"在进行了五十天的抵抗之后，共同体中的大约一半村民被血腥屠杀了，死在大日本帝国的淫威之下……幸运的是，共同体的半数儿童却随着徐福式的大汉逃离了杀戮，踏上寻找希望的远方。

4."我在小说里想要表现的确实不是绝望"！

从以上梗概的隐结构中不难看出，对于《同时代的游戏》第五章中关于创建根据地和开展游击战的内容，中国的读者都会比较熟悉，准确地说，应是"似曾相识"。在《毛泽东选集》第一卷之《中国的红色政权为什么能够存在？》、第六章《军事根据地问题》中，毛泽东早在一九二八年就曾准确地指出："巩固此根据地的方法：第一，修筑完备的工事；第二，储备充足的粮食；第三，建设较好的红军医院。"①大江在《同时代的游戏》中修筑水淹敌军的水库，正是第一条所说的工事，而且还是大型工事。而预先储备粮食以及抢夺敌军运粮队，则是第二条的完美体现。对于设立野战医院以及转送难以救治的伤员这一措施，我们完全可以理解为是对第三条"建设较好的红军医院"的模仿和再现。至于文本中更为具体的彻底疏散人口、切断敌军水源、深夜放狼以及野狗骚扰敌人、引诱敌军深入密林以便相机袭击等内容，恐怕中国的中学生都可以将其精准地概括为"坚壁清野""诱敌深入""敌进我退，敌驻我扰，敌疲我打"……这些战术是战争中弱

---

① 毛泽东著《毛泽东选集》（第一卷），人民出版社，一九九一年六月第二版，第53—54页。

势一方因地制宜地抗击强势一方的战术,在中国战争史上最早提出
以上战术的是朱德,而根据国内战争的严峻局面对此予以总结并将
其上升到理论和战略高度的则是毛泽东。尤其在抗日战争期间,八
路军和新四军依据这个战略战术不断发展壮大,创建、依托根据地展
开游击战,最终为赢得抗日战争做出了自己的贡献。

另一方面,从《同时代的游戏》这个文本中有关"尤其是致中国
的信,真想面交很快就将与大日本帝国军队开始全面战争的中国共
产党军队""这个抵抗战争是从整个中国以及藏在长白山山脉的朝
鲜反日游击战传过来,组织了共同战线"等等表述,清楚地表明其作
者大江健三郎非常了解中国共产党领导的八路军、新四军所进行的
抗日战争及其战略、战术,这个了解既有少年时代的记忆,也有大学
时代对毛泽东相关军事理论的学习,恐怕还与大江于一九六〇年夏
天对中国进行为时一月有余的访问时所接受的相关影响有关。由此
可见,大江在写作《同时代的游戏》这部小说前,曾充分接受中国有
关根据地和游击战的影响,因而当其考虑在政治和文化意义上的边
缘之地,也就是故乡的森林里构建根据地/乌托邦时,大量引入了中
国式游击战的因素也就不足为奇了。

由此我们可以确定,作者大江健三郎在构建位于边缘的森林中
这个根据地/乌托邦的过程中,确实在以中国革命和建设的模式为参
照系,对以毛泽东为首的老一辈革命家所进行的艰苦卓绝的长征、建
立根据地并通过游击战反击政府军围剿、发展生产以提高物质生活
水平等给予了充分肯定,同时也在思索中国在革命和建设过程中遇
到的一些问题及其解决方法,希望从中探索出一条由此通往理想国
的具有普遍意义的通途,并试图在自己文本里设计出一个更具普遍
性的乌托邦。

在此后出版的《致令人眷念之年的信》《两百年的孩子》《愁容童

子》《别了,我的书!》以及《水死》和《晚年样式集》等长篇小说中,大江对权力中心改写乃至遮蔽边缘地区弱势群体之历史的做法进行了无情的嘲讽,借助森林中口耳相传的神话/传说和历史复制乃至放大遭到政府遮蔽的山村和森林里的历史,把那座神话/传说的王国进一步拓展为森林中的根据地/乌托邦——超越时空的"村庄=国家=小宇宙",清晰地提出了文化人类学意义上的边缘与中心的概念,使其"得以植根于我所置身的边缘的日本乃至更为边缘的土地,同时开拓出一条到达和表现普遍性的道路"①。这种从边缘和历史出发的叙事策略显然与"马克思主义批评理论一直在努力使文学批评具有历史维度"的主张高度契合,因为这种主张"认为需要返回历史,把历史当作重要的出发点来理解文化生产、批评概念、意识形态、政治和社会的范畴"②。就这个意义而言,大江在小说文本中频频引入暴动历史以展开边缘叙事也就不难理解了。这里还有一个需要关注的地方,那就是从这一时期开始,大江在表述森林中那些神话/传说和历史时,清醒地意识到在日本这个封建意识和保守势力占据强势的国度里,包括森林中那些山民在内的弱势者的历史,一直被强势者所改写、遮蔽甚或抹杀。譬如发生在大江故乡的几次农民暴动,就完全没有被记载在官方的任何文件中。为了抗衡强势者/官方所书写的不真实历史,大江以《同时代的游戏》和其后的《M/T 与森林中的奇异故事》《致令人眷念之年的信》和《优美的安娜贝尔·李 寒彻颤栗早逝去》等晚近小说为载体,从"根据地"民众的记忆而非官方记载中,把故乡的神话/传说乃至当地历史中一些具有重大意义的部分

---

① 大江健三郎著,许金龙译《我在暧昧的日本》,引自《我在暧昧的日本》,南海出版公司,二〇〇五年十一月,第96页。
② 张京媛著《新历史主义与文学批评·前言》,《新历史主义与文学批评》,北京大学出版社,一九九七年,第2—3页。

剥离、复制乃至放大出来,试图以此在某种程度上还原历史真实,回归历史原貌,进而抗衡官方书写或改写的不真实历史。

我们还需要注意的是,这种根据地/乌托邦叙事在大江的文学作品中也是在"与时俱进"——最初近似于中国国内革命战争时期和抗日战争时期的军事根据地,譬如《同时代的游戏》里的根据地和游击战;当其长篇小说《愁容童子》中的边缘性特征被中心文化逐步解构之后,在故乡森林里建立根据地的基本条件便不复存在,于是在《别了,我的书!》中,大江就通过因特网建立新型根据地,将根据地建立在边缘地区那些拥有暴动历史记忆的边缘人物的内心里,同时吸收和团结共同传承历史记忆的年轻人;及至在《水死》中,大江更是将抨击的矛头直接指向国家权力的象征:以修改历史教科书的形式强奸一代代青少年的日本文部科学省高级官员……

儿时的暴动记忆就这样在大江健三郎的诸多小说中不断变形,作者据此在绝望中发出呼喊,试图由此探索出一条通往希望的小径,正如大江在一次接受采访时所说的那样,"我在小说里想要表现的确实不是绝望"①!

三、一九六〇年的访华:由民本主义向人文主义嬗变

一九六〇年初夏时节,这个世界正处于躁动和不安之中——在亚洲的韩国,推翻李承晚政权的学生运动轰轰烈烈;在非洲,被西方大国长期殖民的诸多国家正全力争取民族独立,以摆脱殖民统治;在南美洲的古巴,反美浪潮一浪高过一浪;在拉美地区,同样正在兴起

---

① 大江健三郎与许金龙对谈:《我在小说里想要表现的确实不是绝望》,《作家》,二〇二〇年八月号,第54页。

争取民族独立的群众运动;在苏联,则因美国 U2 间谍飞机事件而怒火冲天;也是在这个时期,东西方首脑会谈正式决裂。六十年代冷战背景下的左翼反文化(counter culture)运动,更是使得全球青年先后掀起运动狂潮。众所周知,当时的日本更不是桃花源,反对《日美协作与安全保障条约》的全国性群众运动如火如荼,年轻学生们在这场运动风潮中纷纷走上街头。

一九六〇年,大江健三郎年届二十五岁,在校期间曾参加被称为"安保斗争"前哨战的"砂川斗争"。这里所说的"砂川斗争",是指一九五五年以农民、工会会员和学生为主体的日本民众反对美军扩建军事基地的群众斗争,也是日本社会在战后迎来的第一场大规模反战运动。在此后的一九六〇年一月十九日,日本政府与美国正式签署经修改的《日美协作与安全保障条约》(简称为《日美安全保障新条约》),以取代日美两国政府于一九五一年与《旧金山和约》一同签署的《日美安全保障条约》。在国会审议过程中,有人对条约中"为了维持远东地区的和平安全"之"远东"的范围表示质疑时,时任外相的藤山爱一郎表示这个范围"以日本为中心,菲律宾以北,中国大陆一部分,苏联的太平洋沿海部分"。藤山对《日美安全保障新条约》之"范围"的解释,几乎立刻就引发人们对战前和战争期间的所谓"大东亚共荣圈"的痛苦记忆,不禁怀疑日本政府是否试图再次侵略包括"中国大陆一部分"的亚洲诸国。不同于砂川斗争时期以学生为主体的抗议活动,这时不仅学生对政府的意图产生怀疑,就连绝大部分民众也都对此产生了怀疑,从而相继投身到反对缔结《日美安全保障新条约》的群众运动中来。大江健三郎此时刚刚从东京大学毕业,在文坛上已经小有名声,却从不曾淡忘将人文主义传授给自己的渡边一夫教授所引用的丹麦语法学家克利斯托夫·尼罗普之名言"不抗议(战争)的人,则是同谋",当然也必然地出现在了这数百万的示威群众之中。

二〇〇六年九月，在访问中国社会科学院的主题演讲中回忆当年这场大规模抗议活动时，大江表示"当时我认为，日本在亚洲的孤立，意味着我们这些日本年轻人的未来空间将越来越狭窄，所以，我参加了游行抗议活动。正是在这个过程中，我和另一名作家被作为年轻团员吸收到反对修改安保条约的文学代表团里"①。这里所说的文学代表团，是以野间宏为团长的日本第三次访华文学代表团。在这个大动荡的历史时期，在反对签署《日美安全保障新条约》的大规模游行示威活动中，青年作家大江健三郎开始了他的第一次出国之旅，与"另一名作家"开高健一同对尚未与日本恢复外交关系的中国进行了为期三十八天的访问。大江参加的这个访华团全称为"访问中国之日本文学家代表团"，团长为野间宏（作家），团员计有龟井胜一郎（文艺评论家）、松冈洋子（社会评论家）、竹内实（随团翻译）、开高健（青年作家）、大江健三郎（青年作家），另有担任代表团秘书长的白土吾夫（时任日中文化交流协会事务局主任）。访问结束后，白土吾夫公布了一行七人计三十八日访华之旅的大致日程。这里需要说明的是，应该是顾虑到复杂的日本国内情势，出于安全考虑，这个日程并未列入当时被视为敏感的内容，譬如六月一日，日本文学代表团在广州参观毛泽东于一九二四年创办的农民运动讲习所；六月十六日，周恩来总理突然出现在代表团所在的王府井全聚德烤鸭店，对从东京大学毕业不久的大江健三郎进行慰问；六月十七日，代表团全体成员怀着悲痛心情，为悼念六月十五日晚间在国会大厦被警察殴打致死的东京大学女生桦美智子，前往人民英雄纪念碑

---

① 大江健三郎著，李薇译《北京讲演二〇〇六》，引自《大江健三郎文学研究》，百花文艺出版社，二〇〇八年七月，第1页。

敬献花圈并由团长野间宏致悼词……

就在日本文学代表团访华期间,反对岸介信政府签署《日美安全保障新条约》的日本民众在东京连日举行大规模示威抗议,六月五日,多达六百五十万示威者参加抗议活动;六月十日,为阻止美国总统艾森豪威尔于九月十九日访日,示威群众在羽田机场团团包围为艾森豪威尔如期访日打前站的总统秘书 James Hagerty,致使其最终被美军直升机救出;六月十五日,五百八十万示威群众参加反对《日美安全保障新条约》签字和阻止美国总统访日的活动;当天晚间,七千余名示威学生冲入国会,与三千名防暴警察发生激烈冲突,东京大学女生桦美智子被殴打致死,示威群众与政府之间的矛盾进一步激化;六月十六日,焦头烂额的岸信介政府请求艾森豪威尔延期访日,最终被迫取消访日安排。在条约即将生效的当天夜晚,三十三万示威群众再次包围国会,试图阻止条约生效。然而,声势浩大的日本安保斗争终究未能阻止条约自动生效,却也迫使岸信介内阁于六月二十三日下台,艾森豪威尔总统则终止访日。这里需要重点提请注意的是,随着岸介信内阁的倒台,其准备修改于一九四七年生效的《日本国宪法》第九条的计划也随之束之高阁,为日本战后持续维护和平宪法、走和平发展道路打下了良好基础。正因为如此,大江才能在半个多世纪后自豪地表示:"在战后这七十年间,日本人拥有和平宪法,不进行战争,在亚洲内部坚定地走和平发展的道路,也就是说,在战后这七十年里,我们一直在维护这部民主主义与和平主义的宪法。其中最大的一个要素,就是有必要深刻反省日本如何存在于亚洲内部,包括反省那场战争,然后是面向和平……在战后这七十年里,日本没有发动战争,关于这一点,日本人即便得到积极评价也是可以理解的。"①"反省"是上述话语的关

---

① 大江健三郎与许金龙对谈:《我在小说里想要表现的确实不是绝望》,《作家》,二○二○年八月号,第54页。

键词,也是大江从人文主义者渡边一夫那里继承、坚守并内化了的道德和伦理——"保持具有人性的反省……因为我们已经决定将这种反省置于正面而去思考"①。当然,和平宪法第九条能维系至今日,也是有赖于大江等当年参加反对签署《日美安全保障新条约》的这一批抗议者以及后来者,尤其是民众组织"九条会"长年间的不懈努力。

就在这如火如荼的抗议活动中,青年作家大江健三郎受邀参加以老一辈作家野间宏为团长的日本文学代表团,前往中国进行为期一月有余的访问,以获得中国对这场大规模群众抗议运动的支持。在羽田机场与新婚刚刚三个来月的妻子由佳里以及作家安部公房等朋友话别时,大江特地叮嘱妻子:为了使八十年代少一个因对日本绝望而跳楼自杀的青年,因此不要生孩子。时隔三十八天后,还是在羽田机场,刚刚结束中国之旅回到日本的大江却对前来机场迎接的妻子说:还是生一个孩子吧,未来还是有希望的。那么,这一个来月的中国之旅到底发生了什么,竟使得大江的态度发生如此之大的变化?而且,发生变化的仅仅是对待生孩子的态度吗?我们不妨回顾一下大江访华的大致经过。

在这一个多月的访问中,代表团一行先后访问了广州、北京、上海和苏州等地,与中国各界进行了广泛接触和交流,参观了工厂、机关、人民公社、学校、幼儿园、展览馆等,并多次参加声援日本人民反对《日美安全保障新条约》的集会和游行。在此期间,大江应邀为《世界文学》杂志撰写了特邀文章《新的希望之声》,表示日本人民已经回到了亚洲的怀抱,并代表日本人民发誓永远不背叛中国人民的深情厚谊。此外,他还在一篇题为《北京的青年们》的通信稿中表

---

① 大江健三郎著《解读日本当代的人文主义者渡边一夫》,岩波书店,一九八四年,第79—80页。

示,较之于以人民大会堂为首的十大建筑,万里长城建设者的子孙们话语中的幽默和眼睛中的光亮,更让他对人民共和国寄以希望。大江发现,无论是历史博物馆讲解员的眼睛,钢铁厂青年女工的眼睛,郊区青年农民的眼睛,还是光裸着小脚在雨后的铺石路面上吧嗒吧嗒行走着的少年的眼睛,全都无一例外地清澈明亮,而共和国青年的这种生动眼光,大江在日本那些处于"监禁状态"的青年眼中却从不曾看到过。这个发现让大江体验到一种全新的震撼和感动,一如他在同年十月出版的写真集里所表述的那样:"我在这次中国之行中得到的最为重要的印象,是了解到在我们东洋的一个地区,那些确实怀有希望的年轻人在面向明天而生活着。我不认为他们中国年轻人的希望就会原样成为日本人的希望。我同样不认为他们中国年轻人的明天会原样与日本人的明天相连接。不过,在东洋的这个地区,那些怀有希望的年轻人面向明天的姿态却给我带来了重要的力量。"①

当然,更让大江为之震撼和感动的,是中国人民在真诚和无私地支持日本人民反对修改《日美安全保障新条约》。六月中上旬,东京连日来爆发了数百万人参加的大规模示威活动,而在上海和北京,大江一行则先后参加了一百二十万人和一百万人规模的示威游行,以声援日本国内的抗议活动。或许是出于保护大江健三郎这个青年作家的考虑吧,白土吾夫的日程记录里没有列入周恩来总理得知东京大学女生桦美智子于十五日夜晚被警察殴打致死的消息后,于十六日放下手中工作特地前来慰问大江健三郎事宜——这一天,周恩来总理及其随从人员赶到王府井全聚德烤鸭店的二层,就桦美智子在国会大厦被警察殴打至死、另有千余示威者被逮捕一事,向正在与赵

---

① 大江健三郎著,许金龙译「中国の若い人たち、子供たち」,『写真 中国の顔』,现代教養文庫,一九六〇年十月,第146页。

树理等人同桌就餐、尚不知情的大江健三郎表示慰问。四十六年后，在回忆当时的情形时，大江这样说道：

在门口迎接我们一行的周总理特别对走在最后的我说：我对于你们学校学生的不幸表示哀悼。总理是用法语讲这句话的。他甚至知道我是学习法国文学专业的。我感到非常震撼，激动得面对着闻名遐迩的烤鸭连一口都没咽下。

当时，我想起了鲁迅的文章。这是指一九二六年发生的三·一八事件。由于中国政府没有采取强硬态度对抗日本干涉中国内政，北京的学生和市民组织了游行示威，在国务院门前与军队发生冲突，遭到开枪镇压，四十七名死者中包括刘和珍等鲁迅在北京女子师范大学教授的两名学生。……我回忆着抄自《华盖集续编》中的一段话，看着周总理，我感慨万分，眼前这位人物是和鲁迅经历了同一个时代的人啊，就是他在主动向我打招呼……鲁迅是这样讲的：

"我目睹中国女子的办事，是始于去年的，虽然是少数，但看那干练坚决，百折不回的气概，曾经屡次为之感叹。至于这一回在弹雨中互相救助，虽殒身不恤的事实，则更足为中国女子的勇毅，虽遭阴谋秘计，压抑至数千年，而终于没有消亡的明证了。倘要寻求这一次死伤者对于将来的意义，意义就在此罢。

"苟活者在淡红色的血色中，会依稀看见微茫的希望；真的猛士，将更奋然而前行。……"

那天晚上，我的脑子里不断出现鲁迅的文章，没有一点儿食欲。我当时特别希望把见到周总理的感想尽快告诉日本的年轻人。我想，即便像我这种鲁迅所说的"碌碌无为"的人，也应当做点儿什么，无论怎样，我要继续学习鲁迅的著作。①

---

① 大江健三郎著，李薇译《北京讲演二〇〇六》，引自《大江健三郎文学研究》，百花文艺出版社，二〇〇八年七月，第2—3页。

在大江的头脑里,血泊中的桦美智子与血泊中的刘和珍叠加在了一起,化为"虽殒身不恤"的女子英雄。中国人民的真诚支持,周恩来总理的亲切慰问,陈毅副总理的会见,尤其是其后第五天(即六月二十一日)晚间,毛泽东主席于上海接见日本文学代表团时所表示的"像日本这样伟大的民族,是不可能长期接受外国人统治的。日本的独立与自由是大有希望的。胜利是一步一步取得的,大众的自觉性也是一步一步提高的"①等勉励,给了日本文学代表团中最年轻的大江以极大的震撼和感动。多年后,大江曾对笔者表示:早在大学时代,自己就已熟读《毛泽东选集》四卷本,对其中的《湖南农民运动考察报告》《星星之火,可以燎原》《实践论》和《矛盾论》尤为熟悉,所以毛主席在会谈中的不少话语刚刚被翻译出来,自己便随即知道这些话语出自《毛泽东选集》哪一卷的哪一篇文章。会见结束后,毛主席等中国领导人站在门口,与日本朋友一一握手话别。当时,从东京大学毕业不久的青年作家大江照例排在日本代表团的队尾,终于轮到大江上前告别时,毛主席一手握住大江的手,用另一只手指点着大江说道:你年轻,你贫穷,你革命,将来你一定会成为伟大的革命家。这段话语其实是毛主席在会见期间对日本客人所说内容的一部分,大意是一个成功的革命家必须具备几个条件:一是要贫穷,穷则思变,才会参加革命;二是要年轻,否则很可能在革命成功之前就已经牺牲;三是要有革命意志,否则就不会参加革命。多年后当大江获得诺贝尔文学奖并接受德国一家媒体采访之际回想起了毛主席的这段话语,便对这家媒体不乏幽默地表示:毛泽东主席曾于一九六〇年预言自己将会成为伟大的革命家,现在看来,毛主席只说对了一半——自己虽

① 白土吾夫著「中国訪問日本文学代表団の三十八日の旅」,『写真 中国の顔』,現代教養文庫,一九六〇年十月,第 178 页。

未能成为伟大的革命家,却也成了伟大的小说家。在二〇〇八年八月接受另一次采访时,大江对采访者回忆道:与毛主席握手时,感到毛主席的手掌非常大,非常绵软,非常温暖,这种感觉已经连同毛主席当时所说的话语一道,早已固化在自己的头脑里,在每年临近六月二十一日的时候,就会提前嘱咐妻子订购茉莉花,因为日本原本没有这个物种,是从中国移植到日本来的,所以并不多见。及至到了二十一日这一天,自己就会停下所有工作,面对那盆订购来的茉莉花,缅怀一九六〇年六月二十一日夜晚聆听毛泽东主席和周恩来总理教诲时的情景。讲述这段话语的这一天恰巧也是六月二十一日,大江便对采访者指着花盆中绿叶掩映的小小白色花蕾如此说道:

> 今天,我妻子买来三盆白色的茉莉花(把"茉莉花"念成了"毛莉好"),是从中国移植来的,就摆在客厅的中央。花开得非常可爱,经常传来阵阵幽香。我想起自己二十五岁的时候,中国领导人在上海接见了我。我记得自己在见到毛主席和周总理之前,前方有一条狭长的走廊,走廊两旁开满了洁白的花。花的浓郁幽香从两侧沁入鼻腔(用左、右手的食指分别指向两个鼻孔),我们就沿着茉莉花曲曲折折地向前深入。走廊的尽头就是毛泽东主席、周恩来总理、陈毅副总理,还有当时的上海市负责人柯庆施。在我的记忆中,毛泽东主席、周恩来总理、陈毅副总理,还有茉莉花,都是紧紧联系在一起的。这就是亚洲伟大的人物给我留下的最美好的记忆。我和帕慕克见面时,经常对他说:"帕慕克,你记着,我是毛泽东主席的一位朋友!"(大笑起来)其实也不能算朋友,但我见过他!①

鲁迅的启示,周恩来总理的慰问,毛泽东主席的勉励,不可避免地为大江的人生观带来重大影响。这种影响首先显现在回国时在羽

---

① 大江健三郎与许若文对谈:《卡创作了一个灵魂,并思索着诗歌……》,《当代作家评论》,二〇〇九年第一期,第95页。

田机场对新婚妻子由佳里所说的那番话语——"还是生一个孩子吧，未来还是有希望的"。这种对未来抱持希望的积极变化当然也反映在了其后的创作态度中。相较于初期作品中在"铁屋子"里发出的"含着大希望的恐怖的悲声"，在相继发表于《文学界》一九六一年一月号和二月号的中篇小说《十七岁少年》和《政治少年之死》中，大江简直就是在呐喊了。这两部短篇小说为姐妹篇，前者叙述了一个十七岁少年为摆脱孤独和焦躁，受雇于右翼分子，成为所谓"纯粹而勇敢的少年爱国者"。后者仍然以独白的口吻，叙述这个十七岁的主人公在忠君的迷幻中，"为了天皇而刺杀"了反对封建天皇制的"委员长"。这两部无情抨击封建天皇制之虚幻、右翼团体之虚伪的姐妹篇一经发表，随即受到右翼团体的威胁。在右翼的巨大压力下，刊载该作品的《文学界》没有征得大江本人同意，便在该刊三月号上发表谢罪声明。从此，《政治少年之死》在日本被禁止刊行，直至二〇一八年七月被收入讲谈社版"大江健三郎全小说"之前的这半个多世纪里，未能被收录在大江的任何作品集里。对于标榜言论自由和出版自由的日本这个所谓的民主国家，这个事实本身不能不说是个绝妙讽刺。当然，这两篇作品的创作对于大江本人来说也是一个历史性转折，此后，作为一名知识分子，大江总是有意识或下意识地站在边缘角度，开始用审视甚至批判的目光注视着权力和中心，越来越靠近鲁迅所坚持的批判立场。

这次访问中国给大江带来的另一个重大影响，就是亲眼看到了革命获得成功的中国，并了解到中国革命的全过程。这已经不是此前空泛的革命想象，而是一个实实在在的成功范例，是中国自古以来的以民为本的最佳实践范例，是使得亿万民众得以摆脱战乱、贫困和屈辱，逐步走向富裕与和平的最佳实践范例。无疑，这是人道主义（由于人道主义和人文主义同出法语"humanism"之词源，我们当然可以认为这也是人文主义)在中国这片辽阔土地上获得的巨大成功。这个范例之所以成功,在很大程度上取决于在革命初期,毛泽东等革命家在实践中摸索和总结出"以农村包围城市,最终夺取全国胜利"的革命道路。中国革命的这个成功经验给了青年作家大江健三郎以极大启示,在思考故乡的暴动历史时便有了一个很好的参照系,同时开始考虑将这个策略移入自己的文学创作之中。也是在这一时期,在中国宏大革命愿景的反衬下,大江开始觉察自己"陷入了作为作家的危机,因为,我在自己写作的小说里看不到积极的意义……自己未能在作品中融入积极的意义并向社会推介。我意识到了这个问题,开始怀疑将自己人生的时光倾注到作家这个职业中是否值得"①。也就是说,为了迎合高度商业化的新闻界,刚刚踏足文坛的青年作家大江不得不接二连三地创作"有趣的小说"而非具有"积极的意义"的小说。倘若不如此,就可能像诸多崭露头角不久便被高度商业化的媒体短期使用后无情抛弃的新作家那样退出文坛。然而,无论是少年时代接受的战后民主主义教育,还是大学时代学习的欧洲人文主义,尤其是这次访问中国、亲眼看见人文主义在中国获得巨大成功后引发的诸多思考,都让大江开始怀疑是否值得用自己的整个人生来迎合新闻界的商业价值取向而不断写作以往那种"有趣的小说"。答案当然是否定的,因为这些"有趣的小说"对于深陷艰难困境的人类个体乃至群体完全不具备人文主义价值! 大江由此开始有意识地把故乡的山林作为根据地/乌托邦,借《万延元年的Footabll》中的农村暴动叙事抗衡官方话语体系中的"明治维新百年纪念活动";尤其在《两百年的孩子》里,运用转换时空的科幻手法,

---

① 大江健三郎著,许金龙译《作为〈广岛札记〉的作者》,引自《广岛札记》,翁家慧等译,中国广播电视出版社,二〇〇九年,第1页。

让自己三个孩子的分身往来于以往、现在和未来,让他们目睹历史上的暴动,并经历未来日本复活国家主义之际,孩子们在故乡的山林中找到具有共产主义特征的、彼此友爱的乌托邦。这个故事的梗概大致如下:

三个小主人公决定在暑假结束前,再进行最后一次冒险,而这次冒险的目的地,则是八十年后的当地山林。当他们来到未来之后感到震惊的是,原本茂密的大森林由于人为原因而开始颓败,在他们无意中闯入一座超大型建筑物附近时,却因未携带所谓输入个人详细信息的 ID 卡,而被戒备森严的保安队关在屋子里,其后送交县知事进行讯问。这时他们才知道,县知事正在这里举办一个大型集会,奇怪的是,出席集会的那些动作整齐划一、鱼贯而入的少男少女们穿戴的却是迷彩服和贝雷帽。后来他们在农场/根据地询问千年老树遭焚毁之事时了解到一个让他们不寒而栗的事实:在所谓"国民再出发"的口号下,未来的日本政府"掀起了精神纯化运动"的国家宗教,利用被修改的宪法烧毁国家宗教之外的所有教会、寺院和神社,以取消人们原先无论是基督教、佛教还是神道教的宗教信仰,试图从精神上对国民进行高度控制。作为具体措施,则强制性地要求人们必须随身携带输入个人详细信息的 ID 卡。同样可怕的是,政府动员了全国百分之九十的青少年参加了这场运动,并让这些少男少女头戴贝雷帽、身穿迷彩服,组建为一支规模庞大、组织严密的准军事组织……

显而易见,大江是在借助专门为孩子们创作的这部小说教导他们和她们如何与过往的历史进行对话,如何了解历史事件在其发生之时意味着什么,如何理解该历史事件对于当下甚或未来具有怎样的意义。

或许是担心在这部小说里对孩子们提出的预警不够充分,还不足以引起孩子们的足够重视和警觉,大江在其后第三年出版的长篇小说《别了,我的书!》里,更是借用与其在文本内的分身"长江"之日语发音相谐的"征候"来表征自己的工作:"我要做的工作,是在某些事件发生之前,就收集其细微的前兆。在那些前兆堆积的前方,一条无可挽救的、不可返回的、通往毁灭方向的道路延伸而去。……我所要写作的'征候',则要以全世界为对象,预先摸索出它前进的方向和道路。"①而且,这位由民本主义出发的人文主义作家为了让大多数孩子们都能阅读到这些"征候",特意提出要把记载这些"'征候'的书架调到适当的高度,以便十三四岁的孩子谁都能打开箱子阅读其中资料。因为,惟有他们才是我所期待的阅读者,而且,有关'征候'的我的想法,也都是试图唤起他们颠覆记录于其中的所有毁灭的标志的想法"②。大江将自己的人文主义课程对孩子们阐释得非常清晰且浅显易懂:他要将通往"无可挽救的、不可返回的、通往毁灭方向的道路"之"征候"和"预兆"告知孩子们,以期让他们产生"想法",去颠覆"其中的所有毁灭的标志",以便"创造出明亮、生动、确实体现出人的尊严的未来",而非"充满黑暗、恐怖和非人性的未来"③!我们可以将这段话语视作大江对孩子/新人的热切期许,还可以将其视为大江及其文学的人文主义核心价值观。

当然,未来也不是全无希望。还是在那片森林里,在两百年前农民举行暴动的旧址上,从南美以及亚洲各国来到此地的劳动者们以农场为基础,重新建立起了"蹦根据地"。在这个根据地里,"由于成

---

① 大江健三郎著,许金龙译《别了,我的书!》,译林出版社,二〇〇八年十月,第318页。

② 同上。

③ 大江健三郎著,许金龙译《走的人多了,也便成了路!》,引自《大江健三郎文学研究》,百花文艺出版社,二〇〇八年七月,第21—22页。

年人在农场和食品加工厂里忙于工作,孩子们便依据'赝根据地'从创始之初便传承下来的志愿工作制度过着集体生活。有趣的是,这里的语言是混有日语和父母祖国语言的各种话语,而孩子们则只使用自己的语言……"①

或许有人会认为故事并不能代表现实,更不可能是未来的真实再现,对于二〇六四年那个未来所显现出来的可怕前景,我们大可不必在意。遗憾的是,东京大学学者小森阳一教授肯定不会同意这样的看法。在讨论《两百年的孩子》这个故事里未来的可怕前景时,小森教授表示,大江在作品里描绘的可怕未来,实际上现在已经开始出现——日本政要不顾曾遭受侵略战争伤害的亚洲各国人民反对,接连参拜供奉着甲级战犯的靖国神社;日本政府强行通过所谓国旗国歌法,要求学校的教职员工和所有学生在开学和毕业仪式上起立,在国歌声中向国旗致礼,而不愿向那面曾侵略过亚洲诸国的国旗敬礼者,轻则影响升职,重则被开除公职,在右翼政客石原慎太郎任东京都知事期间,这种处分更是严厉,据小森教授说,他的几个朋友已经因此而被开除公职;就在前几年,日本数十位国会议员在美国报纸上刊载大幅广告,说是不存在慰安妇问题,还恬不知耻地说什么那些慰安妇是自愿卖淫者,其收入有时甚至超过日本军队里的将军;更让人忧虑的是,日本保守派正在竭力修改和平宪法,尤其是这部宪法中的第九条有关日本永久性放弃战争、不成立海陆空三军的条款,试图为全方位复活国家主义清除最大的障碍。日本筑波大学学者黑古一夫教授的观点与小森教授相近,他认为日本的政治主导权始终掌握在保守派手中,他们期望从根本上改变日本战后开始实施的民主主义,复活战前的价值观……

---

① 大江健三郎著,许金龙译《两百年的孩子》,百花文艺出版社,二〇〇七年九月,第254页。

综上所述,大江所描述未来社会的阴暗前景,就不是毫无根据的空穴来风了,而是基于对现实的忧虑甚或预警。为了大多数人的希望,大江通过《两百年的孩子》这个故事,以艺术手法为人们展示了以往(被官方遮蔽了的暴动史)、现在(日本当下试图修改和平宪法的政治现状甚或准备违宪参战)和未来(日本几十年后极可能出现全面复活国家主义的阴暗前景),并借法国诗人、哲学家和评论家保尔·瓦莱里之口,向我们表明了历史、当下和未来的关系。尽管未来的前景是黯淡的,但是这位老作家也明确地告诉人们,情况并没有糟糕到绝望的地步,那里毕竟还有一群心地善良的人在农场/根据地里坚持自己的操守,抵制来自官方的高压,烧毁严重侵犯人权的 ID 卡,以各种方式不让孩子们参加那个准军事组织,等等。至于如何在了解历史的基础上创造美好的未来,不妨以大江在北大附中结束演讲时的一段话语来提供一种参考:

> 你们是年轻的中国人,较之于过去,较之于当下的现在,你们在未来将要生活得更为长久。我回到东京后打算对其进行讲演的那些年轻的日本人,也是属于同一个未来的人们。与我这样的老人不同,你们必须一直朝向未来生活下去。假如那个未来充满黑暗、恐怖和非人性,那么,在那个未来世界里必须承受最大苦难的,只能是年轻的你们。因此,你们必须在当下的现在创造出明亮、生动、确实体现出人的尊严的未来,而非前面说到的那个充满黑暗、恐怖和非人性的未来。我憧憬着这一切,确信这个憧憬将得以实现。为了把这个憧憬和确信告诉北京的年轻人以及东京的年轻人,便把这尊老迈之躯运到北京来了。之所以这么做,是因为已然七十一岁的日本小说家,要把自己现在仍然坚信鲁迅那些话语的心情传达给你们。[1]

---

[1] 大江健三郎著,许金龙译《走的人多了,也便成了路!》,引自《大江健三郎文学研究》,百花文艺出版社,二〇〇八年七月,第 21—22 页。

对于这段话语中出现的通往"充满黑暗、恐怖和非人性的未来"之可能性,大江无疑是悲观的,却决不是绝望的,更是在鼓励中国和日本的孩子们"必须在当下的现在创造出明亮、生动、确实体现出人的尊严的未来",坚定不移地憧憬着孩子们通过自己的努力,将免于陷入"充满黑暗、恐怖和非人性的未来",并且借助鲁迅的话语引导孩子们"希望是本无所谓有,无所谓无的。这正如地上的路;其实地上本没有路,走的人多了,也便成了路"。由此可见,大江既是果敢前行的悲观主义者,更是勇敢战斗的、由民本主义升华的人文主义者。

四(上)、源自鲁迅的"始自于绝望的希望"

1.初识鲁迅

在论及大江文学中的世界文学影响时,学界一直关注来自拉伯雷及其鸿篇巨制《巨人传》、但丁及其不朽长诗《神曲》(全三卷)、布莱克及其神秘长诗《四天神》和《弥尔顿》、萨特及其存在主义代表作《自由之路》、巴赫金及其狂欢化和大众笑文化系统之论著、艾略特及其长诗《荒原》和《四个四重奏》、奥登及其短诗《美术馆》、本雅明及其论著《论历史哲学纲要》等作家、诗人和学者以及他们的作品之影响,却很少有人注意到鲁迅和他的文艺思想在大江文学生涯中的存在和重要意义。其实,早在少年时期、学生时代乃至成为著名作家之后,大江都一直在阅读着鲁迅,解读着鲁迅,以鲁迅的文学之光逆行于精神困境和现实阴霾中。

正如大江在晚年间(二〇〇九年一月十七日)对铁凝和莫言追忆其所传家学时所言:"我的妈妈早年间是热衷于中国文学的文学少女……"①大江的母亲,彼时的日本女青年小石非常熟悉并热爱中

---

① 大江健三郎、莫言、铁凝著,许金龙译《中日作家鼎谈》,《当代作家评论》,二〇〇九年第五期,第52页。

国现代文学。在一九三四年的春日里，小石偕同对中国古代文化颇
有造诣的丈夫大江好太郎由上海北上，前往北京大学聆听了胡适用
英语发表的演讲。在北京小住期间，这对夫妇投宿于王府井一家小
旅店，大江的父亲大江好太郎与老板娘的丈夫聊起了自己甚为喜爱
的《孔乙己》，由此得知了茴香豆的"茴"字竟然有四种写法。在人生
的最后一天，大江好太郎将这四种写法连同对"中国大作家鲁迅"的
敬仰之情，一同播散在自己的三儿子大江健三郎稚嫩和好奇的内心
底里，使其随着岁月的流逝在爱子的内心不断萌发和成长。

　　二〇〇八年二月二十一日下午，仍然是在位于小田急沿线的成
城别墅区的大江宅邸，大江对来访的老友莫言讲述家世时曾如此提
及自己邂逅鲁迅的缘起：

　　　　……那是一九四四年十一月的一个冬日，是父亲在世的最后一天，
　　　恰逢一个传统节气，当时自己家里的经济条件还算不错，不少孩子依循
　　　旧俗到家里来讨点儿小钱，父亲坐在火盆旁喝酒，把零钱放在手边，邻居
　　　的孩子用草绳裹着的棒子在屋里叽叽叽地跳上一圈以示驱鬼，父亲就
　　　给几个小钱以作酬谢。冬日里天气很冷，自己陪坐在父亲身边，没人来
　　　的时候就陪父亲聊天。父亲便说起中国有个叫作鲁迅的大作家非常了
　　　不起。自己由此知道，父母曾于整整十年前的一九三四年经由上海去了
　　　北京，住在东安市场附近，小旅店老板娘的丈夫与父亲闲聊时得知眼前
　　　这位日本人喜欢阅读鲁迅作品，还曾读过《孔乙己》，便告知作品里的茴
　　　香豆的茴字有四种写法，并把这四种写法教给了父亲。父亲在世的这最
　　　后一天很长一段时间里，自己一直在倾听父亲讲述鲁迅及其小说《孔乙
　　　己》。父亲介绍了鲁迅这位"中国大作家"及其小说《孔乙己》之后，也说
　　　起了"茴香豆"的"茴"字的四种写法，边说边随手用火钩在火盆的余烬
　　　上一一写下四个不同的"茴"字，使得第一次听说鲁迅和《孔乙己》的自
　　　己兴奋不已，"觉得鲁迅这个大作家了不起，《孔乙己》这部小说了不起，
　　　知道这一切以及茴香豆的茴字有四种写法的父亲也很了不起，遗憾的

是自己现在只记得其中三种写法,却无论如何也记不得那第四种写法了"。母亲后来告诉自己,父亲当晚回房睡觉时,说是以前认为老大老二有出息,现在想来是看错了,以后健三郎肯定会有大出息,自己讲到鲁迅的时候,健三郎眼睛都是直的,都放出光来,这孩子对学问抱有强烈的欲望,其他几个孩子却没这种感觉,这孩子将来不会是普通人……

从以上这些文字可以看出,一九三五年一月三十一日出生的健三郎是在将近十岁时第一次听说鲁迅及其作品的,当时的情景连同对父亲的追忆一同深深地印在自己的记忆里,为其后阅读和理解鲁迅创造了条件。根据大江的口述,当年在上海小住期间,大江好太郎和小石夫妇购买了由鲁迅等人于一九三四年九月十六日刊发的《译文》杂志创刊号,那是一本专门翻译介绍和评论外国优秀文学作品的杂志,由鲁迅本人和茅盾等优秀翻译家承担翻译任务。在后来的漫长岁月里,那本杂志就成了母亲爱不释手的书刊之一。再后来,这本创刊号就成了其爱子大江健三郎的珍藏。

大江夫妇还在上海一家旧货铺各为自己选购了一只红皮箱。一大一小这两只红皮箱陪伴他们走完了其后的生涯,最终进入他们的爱子大江健三郎晚年创作的长篇小说《水死》,成为该小说具有隐喻意味的重要道具。

在中国旅行期间,这对夫妇正孕育着一个小小的生命,那就是在他们回到日本后不久便呱呱坠地的大江健三郎。诞下健三郎之后,母亲小石"一直没能从产后的疲弱中恢复过来",于这一年的年底前往东京的医院住院治疗,其间收到正在东京读大学的同村好友赠送的、同年一月出版的《鲁迅选集》(岩波文库版,佐藤春夫、增田涉译)。七十多年后,大江面对北大附中初一年级和高一年级近千名新生回忆儿时情景时曾这样说道:"母亲是一个没什么学问的人,可是她的一个从孩童时代起就很要好的朋友却前往东京的学校里学习,母亲以此作为自己的骄傲。此人还是女大学生那阵子,对刚刚被介绍到日本来的中国文学比较关注,并对母亲说起这些情况。我出生那一年的年底,母亲一直没能从产后的疲弱中恢复过来,那位朋友便将刚刚出版的岩波文库本赠送给她,母亲好像尤其喜欢其中的《故乡》。"①十二年后的春天,当健三郎由小学升入初中之际,作为贺礼,从母亲那里得到在战争期间被作为"敌国文学"而深藏于箱底的这部《鲁迅选集》,由此开始了对鲁迅文学从不曾间断的、伴随自己其后全部生涯的阅读和再阅读,并将这种阅读感悟内化为自己的价值取向,不断显现于从处女作《奇妙的工作》(1957)直至最后一部长篇小说《晚年样式集》(2013)等诸多作品之中。

2."我从十二岁开始阅读鲁迅作品"

一般读者阅读大江文学,初时可能会感到大江的小说天马行空、时空交错,从而很难将其统合起来。如果坚持读下去,最好多读几本大江小说,就会发现这其中有一个似曾相识的共性,那就是作者始终立足于边缘,不懈地对权力和中心提出质疑甚或挑战,为处于边缘的民众大声呐喊。换句话说,特别是对于熟悉中国现代文学的读者而言,在阅读大江小说或是解读大江文本之际,经常会隐约感觉到鲁迅的在场。二〇〇六年八月里的一天,笔者陪同中国社科院外文所所长陈众议教授前往位于东京郊外的大江宅邸,协调其将于翌月访华的日程安排。处理完工作后,出于研究者的职业习惯,笔者便对大江提出了自己的困惑:在您的小说文本中总能隐约感觉到鲁迅的在场,最初阅读鲁迅作品时您大概多大岁数? 您阅读的第一批鲁迅作品都

① 大江健三郎著,许金龙译《走的人多了,也便成了路!》,引自《大江健三郎文学研究》,百花文艺出版社,二〇〇八年七月,第14页。

有哪些？哪些作品让您欢悦？哪些作品让您难受？哪些作品让您长久铭记？您是从哪里得到那些鲁迅作品的？……

　　大江坐在专属于他的单人沙发上，照例安静地低着头在笔记本上记录下所有问题，然后抬起头来回答说：自己从不曾想过这个问题，也从不曾有人提过这个问题，在记录的过程中，自己已经在回忆并且思考这些问题了。现在有的问题可以回答，有的问题则因为年代久远，记忆已经模糊不清，需要进一步调查过后，待去北京访问期间再一并作答。现在可以回答的问题如下：自己确实读过鲁迅作品，而且早在少年时代就开始阅读，至于具体是几岁开始阅读鲁迅作品，还需要进一步回忆。第一批阅读的鲁迅作品有《孔乙己》《故乡》《药》《社戏》《狂人日记》……

　　为了更好地梳理当时情景，这里需要用对谈的形式还原这次谈话的经过和大致内容：①

　　许金龙：我知道您在儿时就从母亲那里接受了鲁迅、郁达夫等中国作家的影响，这从您的一些作品和谈话里可以感觉出来。我还注意到您在一九五五年写了一首题为《杀狗之歌》的自由体诗，也就是被您称为"像诗一样的东西"的习作，这首自由体短诗只有几行，全文是这样的：

　　　　为了杀掉足以咬死你的大狗

　　　　你首先要摸弄自己的睾丸

　　　　再让你想杀死的狗嗅那手掌

　　　　在狗上当之际，乘机打杀

　　　　* 发出含着大希望的恐怖的悲声

　　　　狗（A）

---

① 大江健三郎与许金龙对谈：《大江健三郎将访中国，深受鲁迅及毛泽东影响》，《环球时报》，二○○六年九月一日。

抑或你（B）

死去

或者你们结婚（C）

　　＊……鲁迅《野草》①

您在这里引用了《呐喊》中《白光》的这样一句话：发出"含着大希望的恐怖的悲声"。从您的这处引用可以看出，您在很年轻（或者很小）的时候就接触了鲁迅文学，我想知道的是，您最初阅读鲁迅作品是在什么时候？您又是在哪里接触到这些作品的？

　　大　江：现在回想起来，应该是在很小的时候开始阅读的。一下子说不清当时的具体年龄了，大概是在十二岁左右吧。《孔乙己》中有一段文字给我留下了非常深刻的印象，就是"我从十二岁起，便在镇口的咸亨酒店里当伙计"。这里所说的镇子，就是经常出现在鲁迅小说中的鲁镇。记得读到这段文字时，我就在想："啊，我们村子里成立了新制中学，真是太好了！否则，刚满十二岁的自己就去不了学校，而要去某一处的酒店当小伙计了。"②这一年是一九四七年，读的那本书是由佐藤春夫、增田涉翻译的《鲁迅选集》。当时读得并不是很懂，就这么半读半猜地读了下来。是的，我是从十二岁开始阅读鲁迅作品的。

　　关于这本书的来历还有一个故事。我是一九三五年一月出生的，母亲生下我以后，她的身体一直到年底都难以恢复。母亲当时有一个儿时的朋友在东京读大学，这个喜欢中国文学的朋友便送了母亲一本书，就是刚刚被介绍到日本来的鲁迅的作品，记得是岩波文库本。母亲好像尤其喜欢其中的《故乡》。两年后，也就是一九三七年，这一年的七月发生了卢沟桥事件，十二月发生了日本军队进行大屠杀的南京事件，于是即

---

①　诗文中米花注为大江本人所注。或是出于笔误等原因，作者将典出于《白光》的"含着大希望的恐怖的悲声"，误认为典出于《野草》。

②　大江健三郎小学毕业前，因家中贫困，母亲无力将其送到镇上的中学里继续读书，便在邻近的镇子找了一家店铺，打算等大江小学毕业后就送其去做不领工资的实习小伙计。

便在我们那个小村子,好像也不再能谈论中国文学的话题了。母亲就把那册岩波文库本《鲁迅选集》藏在了小箱子里,直到战争结束后,我作为第一届根据民主主义原则建立的新制中学的学生入学时,母亲才从箱子里取出来作为贺礼送给我。

许金龙:您当时阅读了哪些作品?还记得阅读那些作品时的感受吗?

大 江:有《孔乙己》《药》《狂人日记》《一件小事》《头发的故事》《故乡》《阿Q正传》《白光》《鸭的喜剧》和《社戏》等作品。其中,《孔乙己》中那个知识分子给我留下了非常深刻的印象,孔乙己这个名字也是我最初记住的中国人名字之一。要说印象最为深刻的作品,应该是《药》。在那之前,我叔叔曾从我父亲这里拿了一点儿本钱,在中国的东北做过小生意,把中国的小件商品贩到日本来,再把日本的小件商品贩到中国去。有一次他来到我们家,灌装了一些中国样式的香肠,悬挂在房梁上,还为我们做了中国样式的馒头,饭后还剩下几个馒头就放在厨房里。晚饭过后就问起我正在读的书,听说我正在阅读鲁迅先生的《药》后,他就吓唬我说:你刚才吃下去的就是馒头,作品里那个沾了血的馒头和厨房里那几个馒头一模一样。听了这话后,我的心猛然抽紧了,感到阵阵绞痛(用双手用力做拧毛巾状)。这是我有生以来第一次感受到这种内心的绞痛,不停地呕吐着,把晚饭时吃下去的东西全给吐了出来。

当时我很喜欢《孔乙己》,这是因为我认为咸亨酒店那个小伙计和我的个性有很多相似之处。《社戏》中的风俗和那几个少年也很让我着迷,几个孩子看完社戏回来的途中肚子饿了,便停船上岸偷摘蚕豆用河水煮熟后吃了。这里的情节充满童趣,当时我也处在这个年龄段,就很自然地喜欢上这其中的描述。当然,《白光》中的那个老读书人的命运也让我难以淡忘……

许金龙:鲁迅在日本留学期间,曾接触尼采、克尔凯郭尔、叔本华以及易普生等所谓"神思宗之至新者"的思想,尤其通过尼采和克尔凯郭尔这两位存在主义先驱,鲁迅发现了尼采提出的"近世文明之伪与偏",以及克尔凯郭尔主张的"发挥个性,为至高之道德",其后就在这种影响下写出了《野草》等作品。当然,法国的现代存在主义与这种思想也是相通的。我想了解的是,您在阅读和接受鲁迅影响的同时,是否把其中与存在主义相通的某些要素也一并吸收了过来,然后在大学里自然也是必然地选择了萨特和存在主义?

　　大　江:我不知道鲁迅先生在日本留学期间曾接触克尔凯郭尔等人的思想。你刚才说到我在阅读鲁迅作品的同时,把其中与存在主义相通的某些要素也一同吸收过来,并在此基础上选择了萨特和存在主义,关于这种说法,我从不曾听人说起过,当然,我本人也从未做过这样的联想。但是,这是一个很有意思的提法。现在细想起来,鲁迅确实和克尔凯郭尔并肩站在黑暗的、深不见底的绝望之海上寻找着希望……

　　许金龙:您可能没有注意到,其实在鲁迅和克尔凯郭尔这两位先驱者的身后,还有一位戴着用黑色玳瑁镜框制成的圆形眼镜的日本老人,正与这两位先驱者一同站在黑暗的、深不见底的绝望之海上寻找着希望……

　　大　江:(大笑)……

　　许金龙:说到绝望与希望这一话题,我想起了您于去年十月出版的《别了,我的书!》。这是《被偷换的孩子》三部曲中的第三部长篇小说。在这部小说的红色封腰上,我注意到您用白色醒目标示出的"始自于绝望的希望"这几个大字。如果我没有说错的话,这是您对鲁迅的"绝望之为虚妄,正与希望相同"在当下所做的最新解读。当然,在您对这句话的解读中,希望的成分显然更多一些,更愿意在绝望中主动而积极地寻找希望。

　　大　江:(大笑)是的,这句话确实源自鲁迅先生的"绝望之为虚妄,正与希望相同",不过,在解读的同时,我融进了自己的一些看法。我非常喜欢《故乡》结尾处的那句话——"希望是本无所谓有,无所谓无的。这正如地上的路;其实地上本没有路,走的人多了,也便成了路"。我的希望,就是未来,就是新人,也就是孩子们。这次访问中国,我将在北京大学附属中学发表演讲,还要与孩子们一起座谈。此前我曾在世界各地做过无数演讲,可在北京面对孩子们将要做的这场演讲,会是这无数演讲中最重要的一场演讲。

许金龙:从一九五五年到二〇〇五年,这期间经历了整整五十年,跨越了您的整个创作生涯。从您在一九五五年那个习作中所做的引用,到二〇〇五年《别了,我的书!》腰封上所标示的"始自于绝望的希望",是否可以认为,您对鲁迅的阅读和吸收贯穿于您这五十年间的创作生涯?另外,您目前还在阅读鲁迅吗?还是儿时那个版本吗?

大 江:我对鲁迅的阅读从不曾间断,这种阅读确实贯穿了我的创作生涯。不过,儿时阅读的那个版本因各种原因早已不在了,现在读的是筑摩书房的《鲁迅文集》,是竹内好翻译的。(说完,急急前往书房抱回一大摞白色封套的鲁迅译本,将其放在客厅书架上让我们观看)……①

由此可见,从少年时代因战后义务教育法的实施感到庆幸而与《孔乙己》中的"小伙计"产生共情,到青年时期面对日本社会复杂现实的绝望而借助《白光》发出了诗学的"悲声",鲁迅文学对于大江的整个创作生涯而言,已然语境化于大江所处的社会现实,且内化到了其"暗境逆行"的文学基调中。

3.大江文学起始点上的鲁迅

前面引文中的《杀狗之歌》里的米花注是大江本人打上去的,其实,这段话源出于《鲁迅全集》第一卷《呐喊》中的《白光》一文,说的是一个屡试不中的老读书人在迷幻中奔着城外的白光而去,"游丝

① 许金龙著《大江健三郎与中国》,《传记文学》,二〇二〇年第八期,第47—49页。

似的在西关门前的黎明中,战战兢兢地叫喊"出的无奈、绝望却又
"含着大希望的恐怖的悲声"①。这就直观地说明,鲁迅的影响历史
性地出现了在大江文学的起始点上,始自于少年时期对鲁迅的阅读
和理解,使得大江此后在东京大学就读期间,不自觉地接受了鲁迅文
学中包括与存在主义同质的一些因素,从而在其接触萨特学说之后,
几乎立即便自然(很可能也是必然)地接受了来自存在主义的影响。
当然,在谈到这种融汇时,必须注意到一个不可忽视的重要因素——
鲁迅在绝望中寻找希望的有关探索与萨特的自由选择,其实都与人
道主义传统有着密不可分的内在联系,因为这两者共有一个源
头——丹麦宗教哲学家、存在主义哲学创始人索伦·克尔凯郭尔及
其学说:人是哲学研究的对象,不单单是客观存在,要从个人的"存
在"出发,把个人的存在和客观存在联系起来。

　　用短诗所引"含着大希望的恐怖的悲声"来表现大江当时的心
境是比较贴切的。这首《杀狗之歌》的创作背景是这样的:在二次世
界大战的最后阶段,少年大江所在村庄的所有狗都被集中在山谷中
的洼地上屠宰,用剥下的狗皮制成皮衣和皮帽,用以装备侵占中国东
北的关东军,使其得以度过当地的严寒。待杀的狗中就有大江家那
条狗,大江带着弟弟眼看着整日跟随自己的爱犬被无情打杀却无力
解救,只是下意识地把手指放在口里咬着,一直咬出了鲜血还浑然不
觉。最让少年大江气愤的是,那个杀狗人面对狂吠不止的狗并不正
面打杀,而是先把手伸到裤子里摸弄一下睾丸,再将那手掌伸到将要
打杀的那只狗的鼻子前,于是狗立即安静下来,只是一味地嗅着那手
掌上的睾丸气味。此时,杀狗人便乘机抡起藏在身后的木棒砸向狗

---

① 　鲁迅著《白光》,《鲁迅全集》第一卷,《呐喊》,人民文学出版社,二〇一九年十
二月,第575页。

的脑袋,一只又一只的狗就这样倒在了血泊之中:

> 我最初受到的负面冲击,就发生在战争临近结束的时候。有一天,
> 一个杀狗的人来到我们村,把狗集中起来带到河对岸的空场去,我的狗
> 也被带走了。那个人从早到晚一整天都在打狗杀狗,剥下皮再晒干,然
> 后拿那些狗皮到满洲去卖,也就是现在的中国东北。当时,那里正在打
> 仗,这些狗皮其实是为侵略那里的日本军人做外套用的,所以才要杀狗。
> 那件事给我童年的心灵留下了巨大的创伤。①

引发大江这段儿时记忆的,据说是大江从朋友石井晴一处听说,
东大附属医院里用于试验的百来条狗每到傍晚时分便一起狂吠。也
是在这一时期,日本政府为扩建军事基地而强征东京郊外的砂川町
农田,并动用警察镇压当地农民的反抗。于是,大批学生和工会人员
为声援农民而前往示威,这其中也包括血气方刚的大江和他的同学
们。在谈到那时的情景时,大江曾在一篇文章中写道:我出生在日
本,这是一件多么不幸的事啊!这种阴郁的声音在我的身体内部开
始发出任性而微小的余音。当时我刚刚进入大学,并参加了示威活
动。显然,儿时的痛苦记忆与现实生活中的无奈和徒劳感,使得大江
对医院里那些等待被宰杀的狗产生了某种程度的共情,觉得自己和
同学们乃至日本的青年人何尝不是围墙中等待被宰杀的狗?! 四十
五年后的二〇〇〇年九月,面对中国社会科学院的数百名学者,已是
诺贝尔文学奖获得者的大江健三郎这样回忆当时的情形:

> 在那段学习以萨特为中心的法国文学并开始创作小说的大学生活
> 里,对我来说,鲁迅是一个巨大的存在。通过将鲁迅与萨特进行对比,我
> 对于世界文学中的亚洲文学充满了信心。于是,鲁迅成了我的一种高明

---

① 大江健三郎与莫言对谈,庄焰译《二十一世纪的对话——大江健三郎 VS 莫
言》,引自《我在暧昧的日本》,南海出版公司,二〇〇五年十一月,第 22 页。

而巧妙的手段,借助这个手段,包括我本人在内的日本文学者得以相对化并被作为批评的对象。将鲁迅视为批评标准的做法,现在依然存在于我的生活之中。①

如果说,萨特让这位学习法国文学专业的大学生感同身受地体验到了墙壁、禁闭、徒劳和恶心的话,那么,作为其参照系的鲁迅则让大江在发出"恐怖的悲声"的同时,还让他"含着大希望"。那么,这是一种什么样的希望呢?我们不妨来看看鲁迅在文本中的表述:

> "假如一间铁屋子,是绝无窗户而万难破毁的,里面有许多熟睡的人们,不久都要闷死了,然而是从昏睡入死灭,并不感到就死的悲哀。现在你大嚷起来,惊起了较为清醒的几个人,使这不幸的少数者来受无可挽救的临终的苦楚,你倒以为对得起他们么?"

> "然而几个人既然起来,你不能说决没有毁坏这铁屋的希望。"

> 是的,我虽然自有我的确信,然而说到希望,却是不能抹杀的,因为希望是在于将来……②

尽管由于认识上的局限,大江当时发出的这种"含着大希望的恐怖的悲声"还很微弱、无力和被动,却历史性地使得鲁迅与萨特作为东西方文学的一对坐标同时进入大江文学的起始点,并由此贯穿了这位作家的整个创作生涯,在不同创作时期发挥着不同程度的影响,最终在其长篇小说六部曲里达到高潮。

写下这首《杀狗之歌》半个多世纪后的二〇〇九年十月,大江在台北的"大江健三郎文学学术研讨会"上做小组点评时,如此回忆了自己从青年至老年的不同时期对"含着大希望的恐怖的悲声"这段

---

① 大江健三郎著,许金龙译《北京讲演二〇〇〇》,《中华读书报》,二〇〇〇年十月十八日。

② 鲁迅著《呐喊自序》,《鲁迅全集》第一卷,《呐喊》,人民文学出版社,二〇一九年十二月,第 440 页。

话语的不同解读：

    ……许金龙先生的论文非常深刻而且正确地表述了我少年时期是如何接触鲁迅的,这令我感到非常怀念。同时,也使我重又回忆自己、审视自己一直都在阅读的鲁迅文学。其实,在很长一段时间内,我并没有真正读懂自己持续阅读的鲁迅文学。……后来才发现,实际上自己在年轻时并没有读懂鲁迅。在《呐喊》这部作品中,鲁迅表示要在绝望中寻找希望,发出"含着大希望的恐怖的悲声"。我认为这是鲁迅思想中最难以理解的部分。绝望中蕴含着希望,这一点我非常理解。但是,所谓"恐怖的悲声"却是在我十几岁到三十五岁这段时期所无法理解的。此后,患有智力障碍的孩子出生了。三十岁、四十岁、五十岁的时候,我在自己的人生道路上、在绝望中寻找着希望并发出了"恐怖的悲声"。六十岁以后,直到现在七十多岁,我才得以理解,在恐怖的绝望的呐喊中蕴含着巨大的希望。这是非常重要的。年轻时,我就在鲁迅作品中读到发出"含着大希望的恐怖的悲声"。随着年龄的增长,而后我发现,这两件事其实是一样的。十五六岁的时候,我非常真实地发出了"含着大希望的恐怖的悲声",却并不是抱有很大的希望。到了现在这个年纪才发现,其实这种悲声本身就蕴含着巨大的希望。刚才,许先生在论文中对我作品的评价是:《优美的安娜贝尔·李　寒彻颤栗早逝去》表达了最深沉的恐惧,却也表现出了最大的希望。其实,这也是我正在思考的问题。①

    尽管年少时初识"含着大希望的恐怖的悲声"却难解其中奥义,基于儿时痛苦记忆且糅合鲁迅深奥话语的《杀狗之歌》毕竟写了出来,为其后改写为剧本《野兽们的叫声》做了前期准备。一九五六年九月,由《杀狗之歌》改编而成的这个独幕话剧《野兽们的叫声》获东京大学学生戏剧剧本奖。一九五七年五月,也就是写下《杀狗之歌》

---

    ①   大江健三郎著,许金龙试译,根据"大江健三郎文学学术研讨会"台北会议录音整理而成的资料。

两年后,剧本《野兽们的叫声》再次被大江改写为短篇小说《奇妙的工作》,投稿于校报《东京大学新闻》并获该年度的五月祭奖,其后被推荐为芥川文学奖候补作品。这部短篇小说一经发表,便连同其作者大江健三郎一同引起广泛关注,多年后,大江这样回忆当时的情景:《奇妙的工作》在校报上发表是一个契机,文艺报刊因此而向我约稿,我就这样开始了自己的创作生涯。

在鲁迅和萨特这对东西方存在主义作家的共同影响下,在传授人文主义精神的导师渡边一夫教授的引导下,二十二岁的大江健三郎于一九五七年正式登上文坛,"作为渡边的人文主义的弟子,我希望通过自己身为小说家的工作,使那些用语言进行表达的人及其接受者,从个人的以及时代的痛苦中得以平复,并医治他们各自心灵上的创伤"。

4."鲁迅先生说,决不绝望!"

写下这篇"处女作"五十二年后的二○○九年一月,大江面对北京大学数百名学生回忆创作这部小说的背景时表示:

作为一名二十二岁的东京的学生,我却已经开始写小说了。我在东京大学的报纸上发表了一篇短篇小说,叫作《奇妙的工作》。

在这篇小说里,我把自己描写成一个生活在痛苦中的年轻人——从外地来到东京,学习法语,将来却没有一点希望能找到一个固定的工作。而且,我一直都在看母亲教我的小说家鲁迅的短篇小说,所以,在鲁迅作品的直接影响下,我虚构了这个青年的内心世界。有一个男子,一直努力地做学问,想要通过国家考试谋个好职位,结果一再落榜,绝望之余,把最后的希望都寄托在挖掘宝藏上。晚上一直不停地挖着屋子里地面上发光的地方。最后,出城到了城外,想要到山坡上去挖那块发光的地方。听到这里,想必很多人都知道我所讲的这个故事了,那就是鲁迅短篇集《呐喊》里《白光》中的一段。他想要走到城外去,但已是深夜,城门紧锁,男子为了叫人来开门,就用"含着大希望的恐怖的悲声"在那里叫喊。我在自己的小说中构思的这个青年,他的内心里也像是要立刻发出"含着大希望的恐怖的悲声"。我觉得写小说的自己就是那样的一个青年。如今,再次重读那个短篇小说,我觉得我描写的那个青年就是在战争结束还不到十三年,战后的日本社会没有什么明确的希望的时候,想要对自己的未来抱有希望的这么一个形象。①

一个农村出身的青年,从偏远山村来到东京学习法语,却难以在这个大都市里找到一份固定工作,便将自己毕业即失业的黯淡前景投射于《白光》中屡试不中的读书人陈士成,用自己的作品发出"含着大希望的恐怖的悲声",直至整整五十年后的二〇〇九年才发现,其实"在恐怖的绝望的呐喊中蕴含着巨大的希望",在这个"巨大的希望"支撑下,大江逐渐走入了鲁迅思想的深邃之处。这篇小说的发表给初出茅庐的大江带来了喜悦和希望——"我觉得自己已经成了一个真正的小说家,并决心今后要靠写小说为生。在此之前,我还要靠打工、作家教以维持在东京的生活"②。然而,当自己兴冲冲地赶回四国那座大森林中,"把登有这篇小说的报纸拿给母亲看"时,却使得母亲万分失望:

> 你说要去东京上大学的时候,我叫你好好读读鲁迅老师《故乡》里最后那段话。你还把它抄在笔记本上了。我隐约觉得你要走文学的道路,再也不会回到这座森林里来了。但我还是希望你能成为像鲁迅老师那样的小说家,能写出像《故乡》结尾那样美丽的文章来。你这算是怎么回事? 怎么连一片希望的碎片都没有?③

---

① 大江健三郎著,翁家慧译《真正的小说是写给我们的亲密的信》,《文汇报》,二〇〇九年一月二十二日。
② 同上。
③ 同上。

接着,这位母亲情真意切地谆谆教诲自己的儿子:

> 我没上过东京的大学,也没什么学问,只是一个住在森林里的老太
> 婆。但是,鲁迅老师的小说,我都会全部反复地去读。你也不给我写信,
> 现在我也没有朋友。所以,鲁迅老师的小说,就像是最重要的朋友从远
> 方写来的信,每天晚上我都反复地读。你要是看了《野草》,就知道里头
> 有篇小说叫《希望》吧。①

当天晚间,无颜继续留在母亲身边的大江带着母亲交给自己的、
收录了《希望》的一本书,搭乘开往东京的夜班列车,借着微弱的脚
灯开始阅读《野草》,就像母亲所要求的那样,当作"最重要的朋友从
远方写来的信"阅读起来,在感叹"《野草》中的文章真是精彩极
了"②的同时,刚刚萌发的自信却化为了齑粉……

当然,来自母亲的影响只能是大江接受鲁迅的契机和基础。对
于一个着迷于萨特的法国文学专业的学生来说,鲁迅在《野草》等作
品中显现出来的早期存在主义思想,那种"我只觉得'黑暗与虚无'
乃是'实有',却偏要向这些作绝望的抗战"③的思想,恐怕也是吸引大
江的一个重要原因。尤其是《过客》里极具哲理的文字,竟与大江心目中
其时的日本社会景象惊人一致,而鲁迅思想体系中源自尼采和克尔凯郭
尔这两位存在主义前驱者的阴郁、悲凉的因素,与萨特的存在主义中有
关他人是地狱等思想亦比较相近,这就使得大江必然地将鲁迅和萨特作
为一对参照系,并进而"对于世界文学中的亚洲文学充满了信心"④。当

---

① 大江健三郎著,翁家慧译《真正的小说是写给我们的亲密的信》,《文汇报》,二
　　〇〇九年一月二十二日。
② 同上。
③ 鲁迅著《致许广平》,《鲁迅全集》第十一卷,人民文学出版社,二〇一九年十二
　　月,第 467 页。
④ 大江健三郎著,许金龙译《北京讲演二〇〇〇》,《中华读书报》,二〇〇〇年十
　　月十八日。

然,对于大江来说,鲁迅无疑是早于萨特的先在。只是囿于认识的局限,学生时代的大江对鲁迅面向"黑暗和虚无"而展开的"绝望的抗战"等思想理解得并不很透彻,这就使得《奇妙的工作》和《死者的奢华》等早期作品中多见禁闭、徒劳、无奈、恶心、孤独等元素,即便在《人羊》等同期作品中有少许反抗,这种反抗也显得被动、消极和软弱无力。当然,这种状况终究还是开始了变化——《揪芽打仔》原稿中的小主人公"我"最终死于村民的残酷追杀之下,这个结局却让大江想起了母亲的批评——"怎么连一片希望的碎片都没有?"于是将这个结尾改为开放性结局,让"我"在森林里暂时逃脱村民们的追杀,在山林中跌跌撞撞地向着不知方向的前方继续跑去。这处改写,在给这篇小说留下绝望中的希望之际,也为大江此后的创作奠定了方向。一如晚年间的大江在参观鲁迅博物馆后回忆当年情形时所言:

> ……在我的老年生活还要继续的这段时间里,我想我还是会和鲁迅的文章在一起。从鲁迅博物馆回来的路上,我再次认识到了这一点。至少我现在能够理解,为什么母亲会对年轻的我所使用便宜的、廉价的"绝望""恐惧"等词语表现出失望,却没有简单地给我指出希望的线索,反倒让我去读《野草》里的《希望》。隔着五十年的光阴,我终于明白了母亲的苦心。

> ……我想起了鲁迅先生说的"绝望之为虚妄,正与希望相同"。身患重病,又面临异常绝望的时代现状,鲁迅先生还是说,决不绝望!而且,也决不用简单的、廉价的希望去蒙蔽自己或他人的眼睛。因为那才是虚妄。①

由此可见,尽管面对着存在主义这一源于西欧哲学的精神命题,

---

① 大江健三郎著,翁家慧译《真正的小说是写给我们的亲密的信》,《文汇报》,二〇〇九年一月二十二日。

大江仍然一直站在东亚世界的宏阔视野和历史特殊性中,思考着自己与鲁迅文学的关联。鲁迅的存在主义倾向及其牵连的世界文学/哲学脉络,也与大江对法国存在主义传统的反思存在着更为深层的纠葛。从鲁迅与大江的存在主义纽带来看,二者的文学亦可被视作西方存在主义思潮在东亚不同时期、不同政治社会语境下的文学诠释。或许鲁迅深感自己的绝望呐喊终将消声于中国后帝国时代的精神"绝地",而与之相比,感受着鲁迅对于希望性力量的投注,大江选择占据偏远的故乡村庄这片日本帝制伦理斜阳之外的"飞地",来以它的新生神话和反抗史诗刺破绝望,并以积极前行的伦理(affirmative ethics)践行着从"绝地"到"飞地"的穿越,力图重构希望的轮廓。

四(下)、发自于边缘的呐喊

1."救救孩子"与"向尚未出生的孩子们敞开心扉"

在其后的写作中,大江对于绝望和希望的思考通过另一种形式体现出来——在长篇小说《同时代的游戏》等小说里,对权力中心改写乃至遮蔽边缘地区弱势群体的历史之做法进行无情的嘲讽,借助森林中口耳相传的神话/传说和历史复制乃至放大遭到政府遮蔽的山村森林里的历史,把那座神话/传说的王国进一步拓展为森林中的根据地/乌托邦——超越时空的"村庄=国家=小宇宙",运用人类文化学意义上的边缘与中心的概念,使其"得以植根于我所置身的边缘的日本乃至更为边缘的土地,同时开拓出一条到达和表现普遍性的道路"①。

---

① 大江健三郎著,许金龙译《我在暧昧的日本》,引自《我在暧昧的日本》,南海出版公司,二〇〇五年十一月,第96页。

　　发表于一九七九年的《同时代的游戏》中的"五十日战争"期间，村庄＝国家＝小宇宙的民众通过坚壁清野和麻雀战等多种战法与"无名大尉"指挥的"大日本帝国皇军"进行了殊死战斗，尽管这场力量极为悬殊的五十日战争最终以失败告终，很多村民为此牺牲了生命，作者却意味深长地在战争临近结束时，让"年龄不同的孩子们组成的这个队伍，年长的背着年小的，或者牵着他们的手，虽然都是孩子，却懂得不让敌军发觉，在那位大汉的带领之下，小心翼翼地朝原生林的更深处走去"①，以致在其后由日军"无名大尉"主持的极为严酷的军事审判中没有一个孩子遭到杀戮。在这里，作者意犹未尽地进一步指出："五十日战争结束之后，人们把带领村庄＝国家＝小宇宙二分之一的孩子进入森林深处的大汉，比作带领童男童女去创建新世界的徐福。"②显然，作者大江想要借此告诉他的读者，村庄＝国家＝小宇宙的人们尽管在五十日战争中失败并遭到日本军队的屠戮，但是他们的孩子们却逃离了"大日本帝国皇军"的屠刀，跟随徐福式的人物经由森林深处前往远方构建新的世界。或许，在大江的写作预期中，他的隐含读者将会为这些得到拯救的孩子未被黑暗势力所吞噬而感到庆幸，与此同时，他和他的隐含读者在这里或许还会产生一个带有倾向性的预期，那就是逃脱被吃掉之厄运、随同徐福式的人物前往远方"创建新世界"的孩子们，一定不会再去吃人，而"没有吃过人的孩子，或者还有？"③的美好心愿，则会在这个"新世界"里得以实现。

---

①　大江健三郎著，李正伦等译《同时代的游戏》，作家出版社，一九九六年四月，第 252 页。

②　同上。

③　鲁迅著《呐喊》《狂人日记》，《鲁迅全集》第一卷，人民文学出版社，二〇〇五年十一月，第 454 页。

比上述尝试更为积极的,是大江在《奇怪的二人配》这三部曲中所做的进一步尝试——比如在《被偷换的孩子》里,借助沃雷·索因卡笔下的女族长之口喊出:"忘却死去的人们吧,连同活着的人们也一并忘却! 只将你们的心扉,向尚未出生的孩子们敞开!"①这一小段话语会立刻让人联想到《狂人日记》的最后一句话语——"救救孩子……"②因为惟有孩子,尤其是尚未出生的孩子,才象征着新生,象征着未来,象征着纯洁,这新生、未来和纯洁中就可能会有希望,就可能会有光明,就可能不被人吃且不去吃人。再譬如《愁容童子》里那位如愁容骑士般不知妥协也不愿妥协、接二连三遭受肉体和精神上不同程度的伤害的主人公古义人,最终仍在深度昏迷的病床上为如此伤害了他的这个世界祈祷和解与和平。不过,相较于约半个世纪前在《奇妙的工作》等初期作品群里对鲁迅作品的参考,在此时的解读中,大江更是在用辩证的方式理解和诠释绝望和希望,更愿意在当下的绝望中主动和积极地寻找通往未来之希望的通途,最终借助《优美的安娜贝尔·李 寒彻颤栗早逝去》到达了"群星在闪烁"和"光辉耀眼"的至善、至福的天国。

2."这是我人生中最重要的讲演"

为了把鲁迅的相关话语以及自己的解读直接传达给孩子们,近年来,大江在北京、东京、柏林等地与不同国别的孩子们频频进行面对面的对话,例如二〇〇六年九月十日,在北京大学附属中学结束自己的讲演时,他与中国的孩子们如此约定:

---

① 大江健三郎著,许金龙译《被偷换的孩子》,译林出版社,二〇〇八年十月,第237页。

② 鲁迅著《呐喊》《狂人日记》,《鲁迅全集》第一卷,人民文学出版社,二〇〇五年十一月,第455页。

七十年前去世的鲁迅显然是二十世纪最伟大的小说家之一。我和你们约定,回到东京以后,我会去做与今天相同的讲演。惟有北京的你们这些年轻人与东京的那些年轻人实现真正意义上的和解,并在此基础上展开友好合作之时,鲁迅的这些话语才能成为现实。请大家现在就来创造那个未来!

"我想:希望是本无所谓有,无所谓无的。这正如地上的路;其实地上本没有路,走的人多了,也便成了路。"①

在进入讲演会场前,对于这场期待已久的讲演,竟然使得大江陷入难以自抑的紧张情绪。随着讲演之日的临近,这种期待和紧张也越发明显。二○○六年九月十日清晨,在乘车前往北大附中前,大江在其下榻的国际饭店的餐厅用早餐时,其用餐量却远超平日——"夫人昨天晚间特意从东京挂来长途电话,嘱咐当天晚上要喝点儿葡萄酒以帮助入睡,今天早餐的饭量则要加倍,要鼓足气力做好今天的讲演,因为这场讲演特别重要,关乎中日两国的孩子们的未来!……"在前往北大附中的路途中,大江或是局促不安地不停搓手,或是身体左转、双手用力紧握左侧车门扶手。笔者与大江交往多年,多见其或爽朗、或开心、或沉思、或忧虑、或愤怒等表情,却从不曾目睹如此紧张局促的神态,便在一旁劝慰道:"您今天面对的听众是十三至十九岁的孩子,不必如此紧张。"大江却如此回答道:"我在这一生中做过无数场讲演,包括在诺贝尔文学奖获奖之际所做的讲演,却都没有紧张过。这次面对中国孩子们所做的讲演,是我人生中最重要的讲演,我无法控制住自己的紧张情绪……"

汽车驶入北大附中校园后,在校长康健教授的引领下,一行人向

---

① 大江健三郎著,许金龙译《走的人多了,也便成了路!》,引自《大江健三郎文学研究》,百花文艺出版社,二○○八年七月,第21—22页。

大会堂走去。这是一座刚刚落成的漂亮建筑群,划分为大会堂和教学楼等功能区。进入建筑群大门内的大厅后,康健引导大家正要往会堂入口处走去,此前因与康健寒暄已不显得紧张的大江此刻却再度紧张起来,他停下脚步窘迫地对陪同在身旁的笔者急切说道:"我还是觉得紧张,这种状态是无法面对孩子们发表讲演的;请与校长先生商量一下,可否帮我找一间空闲的房间,让我独自在那房间里待一会儿,冷静一会儿,我需要整理一下思绪……"康健听完转述后为难地表示,师生们此刻都在大会堂里等待聆听讲演,临近的教室和办公室全都锁了起来,只有学生们使用的卫生间没锁门。得知这一情况后,大江似乎松了口气,疾步走入男生使用的卫生间,虽说空无一人的卫生间里还算清洁,只是那气味确实比较刺鼻,未及人们上前劝说,便示意大家离开这里,以便让他独自待上一会儿,冷静一会儿……不记得是三分钟还是五分钟抑或更长时间,只听见门轴声响,大江快步走出门来,精神抖擞地说道:"我做好准备了,现在我们进入会场吧!"话音未落,便领先向入口处大步走去,在学生们热烈的掌声中登上讲台,丝毫不见先前的紧张、局促和不安。在介绍了自己从少儿时期以来学习鲁迅文学的体会之后,这位老作家直率地告诉学生们:

> 现在,日本与中国的关系并不好。我认为,这是由日本政治家的责任所导致的。我在想,在目前这种状态下,对于日本和中国这两国年轻人之间的未来而言,真正意义上的和解以及建立在该基础之上的合作,当然还有因此而构建出的美好前景,无论怎么说都是非常必要的。[1]

随后,这位老作家要求在座的中学生们与他共同背诵《故乡》最

---

[1] 大江健三郎著,许金龙译《走的人多了,也便成了路!》,引自《大江健三郎文学研究》,百花文艺出版社,二〇〇八年七月,第17页。

后一段话语以结束这次讲演。于是,近千名中学生稚嫩嗓音的汉语与老作家苍老语音的日语交汇成一个富有节奏感的巨大声响在会堂里久久回响——"我想:希望是本无所谓有,无所谓无的。这正如地上的路;其实地上本没有路,走的人多了,也便成了路"。大江这是希望中国的孩子们和日本的孩子们乃至亚洲各国的孩子们,都能在鲁迅这段话语的引导下,"在当下的现在创造出明亮、生动、确实体现出人的尊严的未来,而非前面说到的那个充满黑暗、恐怖和非人性的未来",为自己更是为了未来而从绝望中踏出一条希望之路。

3."始自于绝望的希望":为着悠久的将来

当然,这种危机意识或是恐惧、绝望却又竭力寻找希望的心情,不可避免地显现在大江这一时期创作的、以孩子们为阅读对象的《两百年的孩子》《在自己的树下》《康复的家庭》《温馨的纽带》和《致新人》等一批小说和随笔中。为了使得包括小学五年级孩子在内的中、小学生都能读懂,作者一改以复杂的复式语句和复调叙述为主体的冗长叙述,转而使用极为直白和易懂的口语文体,把当下的困难和明天的希望融汇在一个个小故事里。

在《两百年的孩子》以及此后于北大附中发表的演讲中,大江对"那个充满黑暗、恐怖和非人性的未来"所表现出的恐惧和戒备并非毫无缘由,其借助《两百年的孩子》等作品为未来的孩子们预言的危机非常不幸地正在一步步成为现实——这部小说问世三年之后的二〇〇六年十二月十五日,也就是大江对北大附中的孩子们发表讲演三个月之后的二〇〇六年十二月十五日,日本政府不顾国内诸多在野党派和民众的强烈反对,强行通过《教育基本法》修正案,要在基础教育中强调战争时期曾灌输的"爱国主义",为日本中小学教育重回战前的"道德教育"和进而修改和平宪法以及制定《国民投票法》

创造有利条件。面对以上这些有可能实质性改变日本社会本质和走向的严峻局面,大江并没有在绝望中沉沦,而是预见性地通过《两百年的孩子》等作品不断向孩子们提出警示,并亲自来到北京,呼吁中日两国的孩子们从现在起就携手合作,以创造出"明亮、生动、确实体现出人的尊严的未来,而非前面说到的那个充满黑暗、恐怖和非人性的未来"①。

在大江于北大附中发表讲演四个月后的二〇〇七年一月,他在写给笔者的一封私人信函里如此讲述了自己离开北京后的工作状态:

> ……在今年,将要进入自己最后的也是最大的那部分工作,我希望这是与此前所有构想全然不同的、具有决定性的作品。目前我还没有动笔,拟于二月开始写作,为此,已从去年年末开始认真做了尝试。不过,这也是我成为作家之后感到最困难的时期。总之,必须突破第一道难关。从现在开始直至月底,乃至二月上半月这段期间,我必须每天进行这种繁忙的创作尝试。②

经过种种艰难尝试后问世的那部"与此前所有构想截然不同的、具有决定性的作品",便是大江的长篇小说《优美的安娜贝尔·李 寒彻颤栗早逝去》。这个书名取自美国著名诗人爱伦·坡的代表作《安娜贝尔·李》的诗句,那首诗说的是一个处于热恋中的纯洁少女遭到六翼天使的嫉妒,夜里从云中吹来寒风将其冻死。与大江此前创作的所有小说相比,《优美的安娜贝尔·李 寒彻颤栗早逝去》确实显现出"一种令人意外的特质",那就是历经数十年的艰苦

---

① 大江健三郎著,许金龙译《走的人多了,也便成了路!》,引自《大江健三郎文学研究》,百花文艺出版社,二〇〇八年七月,第22页。
② 许金龙著,《译者序·"我无法从头再活一遍。可是我们却能够从头活一遍"》,《优美的安娜贝尔·李 寒彻颤栗早逝去》,人民文学出版社,二〇〇九年一月,第1—2页。

跋涉后,大江健三郎这位从绝望出发的作家终于为自己、为孩子们、为所有陷于绝望中的人,更是为着"悠久的将来"寻找到了希望。

4.鲁迅始终都是一个重要的参照系

在大江的这部长篇小说中,也有一位如同安娜贝尔·李一般纯洁的美丽少女,这位被称为"永远的处女"的女主人公"樱"身世悲惨,在二战末期,除了她本人被疏散到农村而侥幸活下来,全家人都在东京大轰炸中身亡。美国军队占领日本后,她被一个美国军人收养,身穿让邻居羡慕的漂亮裙子,似乎从此过上了幸福生活,并在那个美国军人摄制的电影《安娜贝尔·李》中饰演身穿"白色宽衣"的少女安娜贝尔·李,"樱"由此被电影界所关注,很快便成为著名童星,最终活跃在以好莱坞为中心的国际影坛。完成这部作品后,大江在《致中国读者》中这样表示:

> (自己)就写出了这部稍短一些的长篇小说《优美的安娜贝尔·李寒彻颤栗早逝去》,意识到一种令人意外的特质正从中显现出来。最重要的是,我在这部小说的中心设置了一位女性。她与我大体上属于同一代人,作为少女迎来了战争的失败,在被占领时期不得不经历痛苦的生活。但是,她超越了这一切,通过不懈努力塑造出具有国际影响的电影女演员的成功人生。然而,现在她却要重新审视自己的一生。
>
> 她试图通过将一位女性为主人公的故事改编成电影来实现自己的想法。那位女性是日本一处农村(那是我至今一直不停写着的偏僻农村)从近代化进程开始之前便传承下来的大众心目中的英雄。当地农村的女人都支持这位既导演电影、本人也出演悲剧性女主人公的女演员,要帮助她实现这个计划。①

---

① 大江健三郎著,许金龙译《致中国读者》,《优美的安娜贝尔·李 寒彻颤栗早逝去》,人民文学出版社,二〇〇九年一月,第2页。

　　在这位"具有国际影响的女演员"樱正要雄心勃勃地推进自己的电影计划时,却被制片人用"卑劣"手段送进了精神病院,于是,其处于巅峰期的演员生涯至此不得不画上句号,自此沉寂了三十年之久。在这种令人绝望的状态中,樱始终抱持一个不曾破灭的希望,那就是回到日本的那片森林中去,亲自出演那里两次农民暴动中的女英雄。就在这边缘地带的故乡森林里,在以边缘人物"母亲"和"妹妹"为中心的历代农村女人的帮助下,樱振作起来回到日本,"……摄影机分开被枫叶浓烈的红色映照着的树林所围拥着的女人们进入。樱那感叹和愤怒的'述怀'高涨起来,呼应着歌谣虚词的人们如波浪般摇晃。在那声浪的高潮点上,沉默和静止突如其来。'小咏叹调'充溢其间,此时,樱的喊叫声起,作为没有声音的回音,银幕上群星在闪烁……"①

　　这里出现的"群星在闪烁"是个关键词组,使得人们立刻联想到《神曲》的《地狱篇》《炼狱篇》和《天国篇》各卷的最后一个单词"群星"。在《神曲》原著中,但丁在此处特意而且准确地使用了表示复数的 stelle 而非表示单数的 stella。《神曲》中译者田德望教授认为,"地狱是痛苦和绝望的境界,色调是阴暗的或者浓淡不匀的;炼狱是宁静和希望的境界,色调是柔和的和爽目的;天国是幸福和喜悦的境界,色调是光辉耀眼的"②。我们由此可以得知,"樱"在绝望境地里始终抱持着希望并为之不懈努力,终于在偏僻农村的森林里的女人们帮助下,从边缘地区边缘人物的记忆和传承中汲取力量,到达了"群星在闪烁"的"光辉耀眼"的"至善、至福的天国"。或者换句话

---

①　大江健三郎著,许金龙译《优美的安娜贝尔·李　寒彻颤栗早逝去》,人民文学出版社,二〇〇九年一月,第209页。
②　田德望著《译本序·但丁和他的〈神曲〉》,《神曲·地狱篇》,人民文学出版社,二〇〇二年十二月,第21页。

说,大江和他的女主人公"樱"都确信可以将鲁迅笔下的那座"绝无窗户而万难破毁的"令人绝望的铁屋子砸开,确信希望"是不能抹杀的",如同大江本人动笔写作这部小说前几个月在一次讲演时所引用的那样,"希望是附丽于存在的,有存在,便有希望,有希望,便是光明。……只要不做黑暗的附着物,为光明而灭亡,则是我们一定有悠久的将来,而且一定是光明的将来!"①其实,当大江在这个文本里为"樱"于绝望中寻找到希望的同时,就已经打破了那间"绝无窗户而万难破毁的"的铁屋子,就已经在黑暗中发现并拥有了希望和光明,尽管为了这一天的到来,从第一次正式阅读鲁迅作品算起,读者大江经历了整整六十年岁月;从发表正式意义上的处女作《奇妙的工作》算起,作家大江花费了整整五十年时间。大江在构思这部小说期间所表示的"与此前所有构想全然不同的""决定性的"等表述,指涉的无疑就是这里所说的始自于绝望的希望。如同大江于二〇〇九年一月在北京大学演讲时所说的那样,"我这一生都在思考鲁迅,也就是说,在我思索文学的时候,总会想到鲁迅……"②换而言之,在大江的整个创作生涯期间,鲁迅始终都是一个重要的参照系,根据这个参照系进行的五十年调整,使得大江文学也随之发生了相应变化,从不见希望的《奇妙的工作》等初期作品群出发,历经在绝望中寻找希望而苦心探索的《同时代的游戏》等作品群,终于借助《优美的安娜贝尔·李 寒彻颤栗早逝去》找寻到了希望,找寻到了始自于绝望的希望! 如果说,"鲁迅和克尔凯郭尔并肩站在深不见底的、黑暗的绝望之海上一同寻找

---

① 鲁迅著《华盖集续编·记谈话》,《鲁迅全集》第三卷,人民文学出版社,二〇〇五年十一月,第 378 页。
② 大江健三郎著,翁家慧译《真正的小说是写给我们的亲密的信》,《文汇报》,二〇〇九年一月二十二日。

着希望"①的话,大江便是从他们倒下的地方继续前行,经历了万般艰辛后,终于在远方的黑暗中发现了光亮,那便是属于大多数人的光亮,孩子们的光亮,未来的光亮,人类文明的光亮。当然,那也是人文主义的光亮。

5."鲁迅先生,请救救我!"

然而,在文本外的实际生活中,大江却又很快螺旋一般陷入绝望之中。尽管他在此前的长篇小说《优美的安娜贝尔·李　寒彻颤栗早逝去》里一时找到了希望,可那也只是深深绝望中的些微希望,黑暗的绝望之海上的些微光亮。换句话说,正是因为那绝望越深,才越发要挣扎着去寻找希望、面向希望。而这希望的最大来源,莫过于自少年时代就已私淑的鲁迅及其人文主义光亮,有如孟子所云"予未得为孔子徒也,予私淑诸人也"②一般。在这个再次陷入绝望境地的艰难时刻,大江于二○○九年一月十六日再次踏上中国的土地,想要从私淑的鲁迅那里汲取力量。翌日晚间,在老朋友却也是"小朋友"铁凝特地为大江挑选的孔乙己饭店里为其接风洗尘时,他对铁凝、莫言和陈众议等几位老友说道:

> 我这一生都在阅读鲁迅。十岁的时候,我从母亲那里得到《鲁迅小说选集》,对这部作品的阅读,决定了我的一生!从十二岁开始阅读这部作品算起,我现在快要七十四岁了,在这大约六十余年间,我一直将鲁迅这个人物视为巨大的太阳。实际上我对这样伟大的作家是有着某种抵触感的。今天清晨六点钟我睁开了睡眼,直至大约七点为止,我一直

---

① 许金龙著《大江健三郎文学里的中国要素》,引自《大江健三郎文学研究》,百花文艺出版社,二○○八年七月,第89页。
② 《孟子译注》卷八"离娄章句下"第二十二章,杨伯峻译注,中华书局,一九六○年,第193页。

在窗边神思恍惚地眺望着窗外的美丽景色。当时长安街上还不见车辆往来,只见火红的太阳在窗子遥远的正前方冉冉升起,周围却还是一片黑暗。这种景色在东京没有,在全日本也没有,太阳从平原上冉冉升起的这种景色。在眺望太阳的这一过程中,我情不自禁地祈祷着:鲁迅先生,请救救我! 至于是否能够得到鲁迅先生的救助,我还不知道……①

为了更为清晰地梳理这段情景,这里需要将视点回溯至二〇〇九年一月十六日下午。当时,大江从首都机场乘上迎候他的汽车,刚刚在后座坐下,就用急切的口吻述说起来:在接到邀请访华的函件之前自己就已经在与夫人商量,由于目前已陷入抑郁乃至悲伤的状态,无法将当前正在创作的长篇小说《水死》继续写下去,想要到北京去找许金龙和陈众议这两位老朋友,见到他们之后自己的心情就会好起来,他们还会把莫言和铁凝这两位先生请来相聚,自己的心情就会更好。到了北京后还要去鲁迅博物馆汲取力量,这样才能振作起来,继续把长篇小说《水死》写下去……当他发现陪同人员为这种意外变化而吃惊的表情后,大江放慢语速仔细讲述起来:之所以无法继续写作《水死》,是遇到了三个让自己陷入悲伤、自责和忧郁的意外变故。其一,是市民和平运动组织九条会发起人之一、日本著名文艺评论家和作家加藤周一于二〇〇八年十二月七日去世,这个噩耗带来的打击太大了! 这既是日本和平运动的一个巨大损失,也是日本文坛的一个巨大损失,同时也使得自己失去了一位可以倾心信赖和倚重的师友。其二,则是二〇〇八年十二月底,老友小泽征尔为平安夜音乐会指挥完毕后,回家途中带着现场刻录的 CD 到家里来播放给儿子大江光听,希望能够听到光的点评。谁知斜躺在沙发上久久不

① 大江健三郎、铁凝、莫言著,许金龙译《中日作家鼎谈》,《当代作家评论》,二〇〇九年第五期,第 54 页。

愿说话的光在父母催促之下，更是在父亲催促时轻轻推搡之下，竟然说出一句"つまらない"！在日语中，这个词语表示"无聊""无趣"或"毫无价值"等语义，这就使得小泽先生陷入了苦恼，他苦思冥想却仍然想不出当晚的指挥到底哪里出了什么严重问题，及至很晚之后，才在自己和妻子的苦劝之下郁闷地回家去了。当自己稍后去东京大学附属医院例行体检并带上大江光顺便体检之际，这才得知儿子的一节胸椎骨摔成了三瓣，从而回想起前些日子送客人之际，光在院子里不慎仰天摔了一跤，可能当时胸椎骨恰好顶在铺在路面的石头尖上。这种骨折相当疼痛，可是儿子是先天智障，自小就不会说表示疼痛的"いたい"而以表示无聊的"つまらない"代用之，自己作为父亲却未能及时发现这一切，因而感到非常痛心，更感到强烈内疚和自责。至于第三个意外，是因为母亲去世前曾留下一个早年在上海买下的红皮箱，里面有父亲生前与一些师友的通信，有些内容涉及当年驻守我们老家的青年军官，他们在战败前夕试图发动兵变杀死天皇以改变战争进程。就像去年年初莫言先生和许金龙先生来我家时曾对你们说过的那样，受 T.S.艾略特的长诗《荒原》中腓尼基水手死于水底这一情节的启发，我想要为同样死于水中的父亲写一篇小说，这就要参考父亲留下的那些书信内容。长年以来，由于担心书信内容被我写入小说里从而给整个家族带来伤害，母亲一直不让我使用那些材料，临终前还特意嘱咐我妹妹：要等自己死去十年之后，才能把红皮箱交给你哥哥健三郎。因为大江家族的男人都是短寿，估计你哥哥活不到十年之后，他也就看不到红皮箱里的书信了。当母亲定下的这十年之约到期时，我打开从妹妹那里得到的红皮箱之际，却发现用橡皮筋勒着的厚厚一叠信封里竟然没有一张信纸。问了妹妹后才得知，母亲在去世前的那几年间，为了保护整个家族的安全，她陆陆续续烧掉了所有信纸……换句话说，母亲烧掉了自己在《水死》

中需要参考的信函内容,因而《水死》已经无法再写下去了。在这接二连三的沉重打击之下,自己想到了鲁迅,想到要到北京来向鲁迅先生寻求力量……

带着这些悲伤、内疚、自责和抑郁访华后发表的、题为"在不明不暗的这'虚妄'中"的专栏文章里,大江是这样表达自己心境的:

> 在随后访问的鲁迅旧居所在的博物馆内,我在瞻仰整理和保存都很妥善的鲁迅藏书和一部分手稿时,紧接着前面那句的下一节文章便浮现而出——"倘使我还得偷生在不明不暗的这'虚妄'中,我就还要寻求那逝去的悲凉漂渺的青春"。我仿佛往来于自己从青春至老年在不同时期对鲁迅体验的各种切实的感受之间。而且,我还在思考有关今后并不很远的终点,我将会挨近这两个"虚妄"中的哪一方生活下去呢?①

其实,早在到达北京的翌日凌晨,大江很早就睁开了睡眼,站在国际饭店的窗前看着楼下的长安街。橙黄色街灯照耀下的长安街空空荡荡,很久才会见到一辆汽车驶来,再过很久后又会有一辆汽车驶去。在这期间,黑暗的天际却染上些微棕黄,然后便是粉色的红晕,再后来,只见太阳的顶部跃然而出,将天际的棕黄和粉色一概染成红艳艳的深红。怔怔地面对着华北大平原刚刚探出顶部的这轮朝阳,大江神思恍惚地突然出声说道:"鲁迅先生,请救救我!"当回过神来意识到自己的话语及其语义时,大江不禁打了个寒噤,浑身皮肤起了一层鸡皮疙瘩。显然,在大江此时的内心底里,已然将跃然而出的朝阳视为大鲁迅的化身,在面对已与这朝阳化为一体的大先生面前,深陷绝望的自己下意识地发出求救的呼声也就顺理成章了,尽管话语刚刚出口,随即为自己的唐突打了个寒颤,且起了一身鸡皮疙瘩……

---

① 大江健三郎著,许金龙译《定义集》,新星出版社,二〇一五年一月,第170—171页。

怀着这忐忑的心境,大江走进了此行的目的地之一、位于阜成门内的鲁迅博物馆。走进博物馆大门后,随行摄影师安排一行人在鲁迅大理石坐像前合影留念,及至大家横排成列后,原本应在坐像正前方中央位置的大江却不见了踪影,众人四处寻找时,却发现这位老作家正蹲在坐像侧壁底部默默地泪流满面。这是私淑弟子见到大先生时的激动? 抑或是委屈? 还是心酸? ……其后在馆长孙郁以及陈众议和阎连科等人陪同下参观鲁迅书简手稿时,大江戴上手套接过从塑料封套里取出的第一份手稿默默地低头观看,很快便将手稿仔细放回封套里,却不肯接过孙郁递来的第二份手稿,默默地低垂着脑袋快步走出了手稿库。当天深夜一点三十分,大江先生向相邻而宿的笔者的房门下塞入一封信函,在内文里有这样一段文字:

> ……我要为自己在鲁迅博物馆里的"怪异"行为而道歉。在观看鲁迅信函之时(虽然得到手套,双手尽管戴上了手套),我也只是捧着信纸的两侧,并没有触碰其他地方。我认为自己没有那个资格。在观看信函时,泪水渗了出来,我担心滴落在为我从塑料封套里取出的信纸上,便只看了两页就无法再看下去了。请代我向孙郁先生表示歉意。①

其后在向陪同人员讲述当时情景时,大江表示尽管那些信函内容自己全都能背诵出来,却由于泪水完全模糊了双眼,根本无法辨识信笺上的文字,既担心抬头后会被发现泪水进而引发大家担忧,又担心在低头状态下那泪水倘若滴落在信纸上将会造成无法挽回的损失,如果继续看下去,自己一定会痛哭出声,只好狠下心来辜负孙郁先生的美意……在回饭店的汽车上,大江嘶哑着嗓音告诉陪同在身边的笔者:

---

① 许金龙著《大江健三郎与中国》,《传记文学》,二〇二〇年第八期,第 65 页。

　　请你放心,刚才我在鲁迅博物馆里已经对鲁迅先生作了保证,保证自己不再沉沦下去,我要振作起来,把《水死》继续写下去。而且,我也确实从鲁迅先生那里汲取了力量,回国后确实能够把《水死》写下去了。①

这一年(二〇〇九年)的十二月十七日,长篇小说《水死》由讲谈社出版。翌年二月五日,讲谈社印制同名小说《水死》第三版。该小说的开放式结局,在为读者留下想象空间的同时,也留下了弥足珍贵的希望、黑暗中的光亮。

6.“我的头脑里目前只思考两个问题,一是孩子,另一个则是鲁迅”

　　从鲁迅博物馆回国后完成的长篇小说《水死》问世一年后,具体说来,是二〇一〇年十二月二日,大江夫妇邀请他们的老朋友铁凝到位于东京郊外的大江宅邸做客,围绕鲁迅的书简、保罗·塞尚的画作《大浴女》与铁凝的长篇小说《大浴女》之间的互文关系等问题进行交流。铁凝带去的礼物是让大江夫妇爱不释手的《鲁迅日文书简手稿》,两个月后,大江曾在《朝日新闻》的专栏文章里坦诚讲述了自己与铁凝和莫言等中国作家的友谊基础和铁凝的礼物:“……无论人生观还是关乎文学的信条,我与他们所共通的,是对于鲁迅的高度评价,这一切存在于他们与我亲之爱之的基础中。去年年底,我收到铁凝君从北京带来的礼品《鲁迅日文书简手稿》,那是墨迹的黑色和格线的红色美丽至极的、鲁迅亲手书写的七十三封信函的影印版。”②

---

① 许金龙著《大江健三郎与中国》,《传记文学》,二〇二〇年第八期,第65—66页。
② 大江健三郎著,许金龙译《定义集》,贵州人民出版社,二〇一九年三月,第343页。

那天的交流轻松愉快、舒适自然，竟然持续了约六个小时之久，①其中很长时间是大江对铁凝介绍他正在创作的长篇小说：自己正在创作一部新的长篇小说，估计也是自己写的最后一部长篇小说了。这部小说的主人公是一位上了年岁的女性，这位女性一直住在森林中的村庄里，她的哥哥曾获国际文学大奖，兄妹俩就通过一封封书简讨论有关孩子和新人的问题。当然，这兄妹俩在作品外的原型就是自己与妹妹。目前，这部小说已经写了三分之二。不过，自己是个反复修改稿件的人，如果说写一页大稿纸的时间是一个小时的话，就需要另外花费两个小时来修改这页稿子的内容。这已是多年以来的习惯了……说到兴奋处，大江从楼上的书房将已经完成的部分稿件取下来递给铁凝，指点着稿纸、小剪刀和糨糊瓶，在对铁凝介绍稿纸相关处的具体内容之际，顺便指出被修改处的痕迹……铁凝听着这部作品的介绍，不由得被小说内容深深吸引，不禁对大江表示，自己会为这部作品的中译本撰写序言……

当晚在去意大利风味的餐厅用餐的路上，大江对一直陪同在身边的笔者表示：

现在我想对你说说自己目前的工作状态和生活状态。目前，我的头脑里只思考两个大问题，一个是鲁迅，一个是孩子。自己是个绝望型的人，对当下的局势非常绝望，白天从电视看到的画面和在报纸中读到的文字都让我感到绝望，从来客的话语中听到的内容也让我绝望，日本的情况让我绝望，美国的情况让我绝望，中国的有些情况也让我绝望。每天晚上，在为光掖好毛毯后就带着那些绝望上床就寝。早上起床后，却还要为了光和全世界的孩子们寻找希望，用创作小说这种方式在那些

---

① 铁凝著《与大江健三郎先生对谈》，引自《用蓄满泪水的双眼为耳》，三联书店，二〇一六年九月。

绝望中寻找希望，每天就这么周而复始。这就是我目前的工作状态和生活状态。①

说出这段话语时，大江绝对不会想到，百日之后，更有一场天灾人祸引发的巨大绝望在等待着他。在《晚年样式集》里，主人公如此讲述了其在电视画面中看到的绝望景象：

> 翌日黄昏，结束了摄制团队的工作后，设置导演再次登上陡坡，听说小马驹已经产了下来。在黑暗的屋内紧紧挨在一起的马驹和母马很快浮现而出，长方形的画面里显露出饲养马匹的主人的侧脸，他一面眺望着屋外一面说着话，对面则是雨雾迷蒙的牧场……他那阴郁的声音响起："无法让刚刚出生的小马驹在那片草原上奔跑，因为那里已经被放射性雨水给污染了。"②

至于先前说到的那部长篇小说，遗憾的是铁凝终究没能为其撰写中译本序。因为，在她从大江家离去百日后，在那部新写的长篇小说即将完成之际，日本突然发生了震惊世界的大地震、大海啸、福岛核电站大泄漏的天灾人祸，史称"三·一一东日本大震灾"！在这个巨大灾难来袭的艰难时刻，大江感到即将完成的那部小说已经完全无法表现自己此时的绝望，更是无法帮助孩子们在这黑黢黢的绝望之海上找寻到希望。按照以往的习惯，这部厚厚的手稿应被付之一炬，不在这世上留下一片纸屑。不知是不是这位老作家还惦念着铁凝要为这部作品撰写中译本序言的话语，终究还是没舍得循惯例全部烧毁，而是存放在瓦楞纸箱里放入书库，而后振作起精神，开始着手撰写另一部表现此时此刻所思所想的长篇小说——《晚年样式

---

① 许金龙著《大江健三郎与中国》，《传记文学》，二〇二〇年第八期，第 67 页。
② 大江健三郎著，许金龙译《晚年样式集》，引自《大江健三郎全小说》，讲谈社，二〇一九年三月。

集》。在他的《晚年样式集》第一章第一节里,年迈的大江这样讲述着自己当时的情景:

> ……从三·——当天深夜开始,整日不分昼夜地坐在电视机前观看东日本大地震和海啸以及核电站泄漏大事故的报道……这一天也是如此,直至深夜仍在观看电视特辑,特辑追踪报道了因福岛核电站扩散的辐射性物质而造成的污染实况……再次去往二楼途中,我停步于楼梯中段用于转弯的小平台处,像孩童时代借助译文记住的鲁迅短篇小说中那样,"发出呜呜的声音哭了起来"。①

显然,面对大地震、大海啸造成的巨大伤亡和惨重损失,更是因为核电站大爆炸和大泄漏将为人类社会带来的巨大且长久的遗祸,作者大江健三郎及其文本内的分身长江古义人与创作《孤独者》时的鲁迅产生了共情,并在这种共情的催化作用下"发出呜呜的声音哭了起来"。这是痛彻心扉的哭声,极度恐惧的哭声,深深懊悔的哭声,当然,更是"含着大希望的恐怖的悲声"!

7.他们的文学尽管多见黑暗、绝望和荒诞,最终想要传达给我们的却是呐喊和希望

这里所说的"鲁迅短篇小说",无疑是鲁迅创作于一九二五年十月十七日的《孤独者》,而"发出呜呜的声音哭了起来"这句译文,则是大江本人译自鲁迅文本"地下忽然有人呜呜地哭起来了"那句话语。对鲁迅文学有着深刻解读的大江当然知道,《孤独者》与此前和此后创作的《在酒楼上》和《伤逝》等作品一样,说的都是魏连殳等知识分子在那个令人绝望的社会里左冲右突、走投无路的窘境乃至

---

① 大江健三郎著,许金龙译《晚年样式集》,引自《大江健三郎全小说》,讲谈社,二〇一九年三月。

绝境。

在持续观看灾区实况转播的情景和人们的姿容表情时,大江在文本内的分身长江古义人这位老作家突然理解了多年来一直无法读懂的《神曲》中的一段诗句——"所以,你就可以想见,未来之门一旦关闭,我们的知识就完全灭绝了"①。自己之所以在楼梯中段的平台上"发出呜呜的声音哭了起来",其实正是因为福岛核电站的大泄漏使得"咱们的'未来之门'已被关闭,而且我们的知识(尤其是我的知识也将不值一提)将尽皆死去……"②在这个可怕的阴影下,儿子大江光在小说里的分身阿亮的动作越发迟缓,话语也越来越少,记忆力更是每况愈下,这就使得阿亮的妹妹真木为之担心:

> 在爸爸的头脑里,从那段诗句,从那段当城市呀国家的未来一旦丧失,我们自己积累的知识也将如同死物一般的诗句中,他联想到了阿亮的记忆,难道不是这样吗?! 很快,记忆就将从阿亮身上丧失殆尽,他会随着一片黑暗的头脑机能逐渐变老,并在这种状态中走向死亡………

> 在爸爸看来,都市和国家的未来将不复存在,我们积累的知识也将如同死物一般,在爸爸的头脑中,这段诗句或许与阿亮的记忆联系在了一起。不久之后,阿亮将丧失记忆,头脑里一片黑暗,上了年岁后就在这种状态中走向死亡……如果整个国家的所有核电站都因地震而爆炸的话,那么这座城市、这个国家的未来之门就将被关闭。我们大家的知识都将成为死物,该说是国民呢? 还是该说为市民呢? 所有人的头脑里都将一片黑暗并走向毁灭。在这些人中,就有将远比任何人都浑噩无知的阿亮。爸爸大概是联想到这种前景,这才发出呜呜的哭声的吧。③

引文中的一些话语无疑将为读者带来无尽的恐惧和巨大的绝

① 但丁著,田德望译《但丁·地狱篇》,人民文学出版社,二〇〇二年十二月,第58页。
② 大江健三郎著,许金龙译《晚年样式集》,引自《大江健三郎全小说》,讲谈社,二〇一九年三月。
③ 同上。

望：未来之门已被关闭；我们的知识将尽皆死去；阿亮将丧失记忆，头脑里一片黑暗，上了年岁后就在这种状态中走向死亡……所有人的头脑里都将一片黑暗并走向毁灭……尤其令人恐惧和绝望的是，包括自己亲人在内的所有人并不是立即就灭亡的，而是在肉体毁灭之前，所有人的头脑里都将一片黑暗，然后在这无尽的黑暗和恐怖以及绝望中，如同凌迟一般痛苦和缓慢地走向死亡。

当然，更让这位老作家为之"因恐惧而发怔"的，是在福岛核电站大泄漏之后，面对全国民众要求废除核电站的巨大呼声，日本政治家和主流媒体相继表现出的近似歇斯底里般的疯狂思路——为了保持"潜在核威慑力"乃至实行核武装，绝不可以废除核电站！福岛核电站大泄漏七个月后，大江在《所谓核电站是"潜在性核威慑力"》的文章里引用了日本主流媒体和政治家的如下文字并表达了自己的愤怒：

> 日本……利用可成为核武器原材料的钚这一权利已被承认。在外交方面，这种现状作为潜在核威慑力而发挥着效用也是事实。
>
> ——《读卖新闻》社论，二〇一一年九月七日

> 维持核电站，可转换为想要制造核武器就能在一定期间内制造出来的那种"核的潜在威慑力"……去除核电站则会使我们放弃这种"核的潜在威慑力"……
>
> ——石破茂①，《SAP IO》，二〇一一年十月五日②

面对主流媒体主张继续维持"潜在核威慑力"的社论以及政府

---

① 石破茂（1957—　），曾任日本防卫厅长官、防卫大臣、地方创生担当大臣、自民党干事长等职，主张扩充日本军备，突破二战后对日本自卫队规模的限制。

② 大江健三郎著，许金龙译《定义集》，贵州人民出版社，二〇一九年三月，第390页。

高官坚持借助民用核电站持续保有"核的潜在威慑力"的言论,大江愤怒且恐惧地表示:

> 我正是为以上两者间所共有的"潜在核威慑力"和"核的潜在威慑力"这种表述方式(虽然使用了貌似极为寻常的措辞方式,却仍然让我)因恐惧而发怔的。

> ……威慑,即 deterrence,用己方的攻击能力进行恐吓,以吓阻对手的攻击意图。就此事的性质而言,其态势可即刻逆转,这极其危险且巨大的永无结局的游戏就这样没完没了。所谓"核的潜在威慑力"假如是一种炫耀,是利用日本这个国家的核电站可随时制造出原子弹的那种炫耀,……东亚的紧张情势不也在朝着那个方向不断高涨吗? 前面提到的那些论客,在怎么考虑何时、如何使他们信奉那个效力的"潜在性"力量"显在化"之战略,就不得而知了。

> 因这次大事故而回溯建设核电站时的情景,我们深切醒悟到直至今日的东京电力公司和政府的信息开示方法多么缺乏民主主义精神啊。然而,如这个威慑论般对民主主义的彻底无视,不更是未曾有过先例吗?

> 极为赤裸裸地表示去除核电站则会使我们放弃那种潜在威慑力的那位以熟识的低眉顺眼的忧愁面容进行威胁的政治家,他以为自己何时获得了国民的同意,这才手握这柄致命的双刃剑的呢?①

更有甚者,日本外务省外交政策计划委员会早在一九六九年就在《我国外交政策大纲》中如此表示:

> 关于核武器,无论是否参加 NPT(《核不扩散条约》),虽然当前采取不保有核武器的政策,却须经常保持制造核武器之经济与技术的潜力。②

---

① 大江健三郎著,许金龙译《定义集》,贵州人民出版社,二〇一九年三月,第390—391 页。
② 同上,第392—393 页。

　　由此可见,石破茂等日本诸多政治家之所以违背民意、居心叵测地坚持紧握"潜在核威慑力""这柄致命的双刃剑",也只是日本政府既定核政策的延续而已,他们"试图在目前五十四座核电站基础上再增加十四座以上核电站"①,进而"将残存的铀和生成于核反应堆中的钚从核废料中提取出来"②进行核燃料后处理,进而"即便在作为民用设施而建造的铀浓缩工厂里,也能够制造出用于核武器的高浓缩铀。核燃料后处理工厂的制成品钚则可以直接用于核武器"③。大江在这里已经说得非常清楚了——近半个世纪以来,在日本政府"须经常保持制造核武器之经济与技术的潜力"这一政策指导下,日本目前所拥有的五十四座核电站和计划在此基础上再予增建的十四座核电站,显然已不是单纯用作民用发电那么简单,长年从这些核电站已经提取和将继续提取并囤积起来的大量核废料以及早已建好的后处理工厂,更不可能是为了民用发电,而只能是打着民用幌子的"潜在核威慑力",更可能是大规模进行核武装而作的精心准备。大江及其同行者们是在担心,被称为"和平宪法"的《日本国宪法》第九条被修改之日,便是日本全面复活国家主义之时!当然,也会是日本大规模进行核武装之时!大江及其同行者们同样在担心,日本全面复活国家主义并大规模进行核武装之日,将会是日本重走战争之路之日,重走死亡之路和毁灭之路之始!由核大战所引发的末日景象,大江早在八十年代末和九十年代初,就在长篇小说《治疗塔》和《治疗塔星球》这两部姐妹篇里做了详尽描述,大概正是因为想到那个令人绝望且可怕无比的末日景象,大江在《晚年样式集》中的分身长

---

① 大江健三郎著,许金龙译《定义集》,贵州人民出版社,二〇一九年三月,第357页。
② 同上,第392页。
③ 同上,第357页。

江古义人这才"停步于楼梯中段用于转弯的小平台处,像孩童时代借助译文记住的鲁迅短篇小说中那样,'发出呜呜的声音哭了起来'"的吧!因为在他的认知中,这一天的到来不啻日本的未来之门将被沉重且永远地关上!

为了文本内外的阿亮和大江光这对永远的孩子的未来之门不被关闭,为了全世界所有孩子的未来之门不被关闭,大江借助刳肝沥血地写作小说而于绝望中挣扎着往来寻找希望,同时,也在频繁走上街头大声疾呼,呼吁人们认识到核泄漏的巨大危害,呼吁人们警惕日本政府借核电民用之名为核武装创造条件,呼吁一千万人共同署名以阻止日本政府不顾这种可怕的现实而重启核电站,呼吁人们反对日本政府和东电公司不顾日本国内民众和世界各国人民的抗议而计划强行向大海排放核废水,呼吁人们"救救孩子!"……在大江的认知中,他的文学文本周围的社会存在与文学文本中的社会存在显然是同质的,因而这位老作家拖着老迈之躯在文本内外往返来回地大声疾呼,无疑是对阿亮和大江光这对孩子永远的挚爱,也是对全世界所有孩子的大爱,这种大爱,在大江的小说中和他所有读者的心目中都在不断升华。这种大爱,在日本,在中国,在韩国,在全世界,都将成为一种希望!无论中国的鲁迅还是日本的大江健三郎,他们的文学所描述的尽管多见黑暗、绝望和荒诞,最终想要传达给我们的却是呐喊和希望,一种发自于边缘的呐喊,一种始自于绝望的希望。这无疑是一种大慈悲,是对所有处于各种暴力威胁之下的天下苍生所生发的大悲悯。这让我们立即想起大江在斯德哥尔摩的颁奖仪式上所说的那段话语:"作为渡边的人文主义的弟子,我希望通过自己身为小说家的工作,使那些用语言进行表达的人及其接受者,从个人的以及时代的痛苦中得以平复,并医治他们各自心灵上的创伤。……我仍将遵循这一信条,如若可能,愿以自己的羸弱之身,于钝痛中承受因二十世纪的科技和交通的畸形发展而积累的祸害。我更希望探索的是,从世界边缘人的角度展望,如何才能对全体人类的医治与和解做出体面的和人文主义的贡献。"

目　录

作为开场白

　　"我将继续写下去的这篇文章倘若成书，希望使用包括那些笔记在内的统一名称。"在与白血病搏斗的同时，从事宏大工作(并不限于执笔活动)后亡故的友人的论文集出版了，此前每往病床前探视，友人都会对我说起他预定写作的这本书的构想及其整体风格。我告诉他："如果你准备死后出版这本书的话，与你同年出生的我，比你活得更久的前景也只占到五成，因此想用诙谐模仿你的书名的标题来从事最后的工作。"他浮现出黯然且略显淘气的微笑如此回敬道：

　　"不，希望你的工作尽早结束，咱书的终章打算以你晚年的工作为主题。"

　　以预先告知的书名汇总的友人最后那本书，在纽约一家质朴的出版社出版时(该书的封底印有我的短文)，之前我在写长篇小说，原本也一直写了下来，却在"三一一后"对其失去了兴趣。而且，我无法再以沿用至今的方法继续读书。倒也并非不读这个那个的，只是无法像以往那样全神贯注。刚刚开始阅读便心不在焉。那么，我又是如何度过富余出的时间呢？

　　即便在东京，这场大地震的摇晃也是相当剧烈，我在慢腾腾地拾掇因此而倾倒的书库里的书籍时，发现了一册笔记本，这是数年前将堆积在店头铺面上的笔记本归拢后一并买下的"丸善①帆布皮笔记本"中存留下来的,便将其放在膝头(一如帆布这个名称所表示的那样,笔记本用单色帆布制作得很结实,的确是适用于老年人的手工活计),在这确实深感无所事事的空闲里,开始写决心去写的事。友人的遗著是《论晚期风格》②,即"关于晚年的样式",而我则是"生活于晚年样式之中",并在那种状态下写作文章,因而是"In Late Style",而且并非从容地确定方针,大概会写成在诸多风格中往复来回的那种文章吧。于是,作为"晚年样式集"③,我决定在这几个汉字旁标注上片假名。

　　与此同时,我还想到要完成妹妹托付的事情,常年以来总是麻烦她为我办事。也已步入老境的妹妹一直住在四国的森林中(她会像口头禅似的纠正道:请说成住在森林的边缘),她告诉我:自己跟身后的两个人物一直被你用片面的写作方法写入小说之中,大家对此心怀不满,我们组成了名为"三个女人"的小团体,正在相互传阅各自写下的、针对你小说的反驳意见。此前只是在写自己的反驳意见,同时为各自拥有两位可靠的阅读者而感到满意。不过,也是因为你再次说出"最后的小说"(好像以前也听过多次,这次却是在你七十过半、此话也许会"设法成真"④的时候)之事,至少在你完成这部作品以前,想让你读读我们写下的东西。因此,大家决定要把这些东西送给你。怎么样?

　　妹妹是一旦有了那种想法就一定要尽快付诸实施的性格,因而

---

① 创建于一八六九年的丸善株式会社,为日本专营书籍和办公用品的销售公司。

② 原文为 *On Late Style*,作者为哥伦比亚大学教授、文艺理论家爱德华·W.萨义德。

③ 作者在日文版《晚年样式集》之书名上方标示着 *In Late Style*,在该书名下方则标示着日文片假名イン・レイト・スタイル(即 *In Late Style* 之意)。

④ 在日本也有"弄假成真"的说法,作者在文中借该句型生造为"设法成真"。

装有那些草稿的纸袋便送到了我这里。我略微翻阅一下送来的稿纸，觉得从现今的出版行情来看，妹妹和她的伙伴们即便完成这些稿件也是无法成书的。不过，当我将写作之中的帆布笔记作为一个章节汇拢起来之际，倘若从纸袋里选出一定分量充入其中又当如何？毫无疑问，我这个人物同是这两者的主题。因此，假如我自己的文章仍为"晚年样式集"，同时结合三人（如果预先说出来的话，这三人便是妹妹、妻子和女儿）的文章并冠以"三个女人引发的其他故事"之标题，再将这所有文章装订成一册，先复印成几本书送给妹妹她们的话，其后若能出版，这自然再好不过，即便那一切没有发生，由于这些复印资料留存于我的手边，她的心情也会愉快起来吧。

这就是我所制作的私家版①杂志《〈晚年样式集〉+a》。假如我在制作过程中不得已而被迫中断作业的话，未及编辑的存稿（大概还会加上她们在阅读杂志的同时新送来的草稿吧）肯定会由"三个女人"作善后处理。

---

① 不以营利为目的而制作，在有限范围内分发的非公开出版书籍，亦称为自家版或私版。

在持续的余震之中

1

最初的一节，是在"三一一后"肇始的状态下，即便在我们家，我的工作室兼寝室和书库也遭到了破坏，自己和长子为在这其中整理出睡觉的场所而干着体力活，最终感到困倦，便在那书山上睡了午觉，于短暂和痛苦的睡眠、将醒未醒之际做的梦，被我记载于飘落在地板上的一些纸片上，将身旁的陶制镇纸压在纸片上后，就那样又沉入了睡眠，如此一来，还是说这是长年以来的小说家生活癖性较为妥当吧。

把阿亮藏匿在哪里呢？我被逼得走投无路。

就藏在四国森林中"大丑女"①的洞穴里吧，既能遮断放射性物质，从岩层涌出的水也还没遭到污染吧！前往避难的是七十六岁的我和四十八岁的阿亮，老者那瘦削脊背上背负着的阿亮，用白色棉布的三角形婴儿服包裹着中年人肥胖且平静而忧

---

① "大丑女"为作者大江健三郎故乡的民间传说中的女性，相貌丑陋、身形巨大，曾被作者引入长篇小说《同时代的游戏》等作品。

愁的面庞。如何蒙骗，才能闯过已被身穿防护服的自卫队队员封锁了的道路呢？

温热的气息在耳边悄声说道：

"放心吧，放心吧，因为阿桂会来救我们的呀！"

"三一一后"，已经过去百日，却由于某个机缘，我察觉到自己就连在那些日子里所做事情的原委都回想不起来，甚至疑神疑鬼地担心老年性疾患侵染到了脑部（与其说吃惊，莫如说伴随着静静的灰心）。

放置在床边、随即取到手里的日记，是我一直使用的那种外观相同的仿皮简版日记本，打开这日记本，才发现自己干了件非同小可的事情。在这六年间，牵扯到冲绳庆良间诸岛因日军强制、导致六百多名岛民集体自杀的记述，以四十一年前出版的岩波新书①为对象进行的审判②。那两座岛屿的守备队长（一人为本人，另一人则是遗属）以名誉毁损提起诉讼，而最高法院则宣判我们被告方全面胜诉。

然而，包括最高法院的宣判在内，从"三一一"当天深夜开始，我昼夜坐在电视机前，连续观看东日本大地震和海啸以及核电站大事

---

① 即大江健三郎著，岩波书店于一九七〇年出版的长篇随笔《冲绳札记》。

② 在日本右翼组织的策划和怂恿下，第二次世界大战末期曾在冲绳担任守备队长的梅泽裕少佐和另一位同为守备队长的赤松嘉次大尉的弟弟，以《冲绳札记》中有关驻岛日军守备队长向岛民下达"集体自杀"命令之记述"与事实不符，严重侵害原告的名誉和人格权"为由，于二〇〇五年八月五日向大阪地方法院提起诉讼，要求作者和出版商停止出版、支付赔偿费用并登载谢罪广告。二〇〇八年三月，大阪地方法院驳回原告方诉讼请求，原告方上诉于大阪高等法院。同年十月三十一日，大阪高等法院驳回原告方诉讼请求，原告方继续上诉至日本最高法院。二〇一一年四月二十二日，最高法院认为"原告的上诉理由是对事实的曲解，并不符合民事诉讼中的上诉条件"，认定旧日本军队与岛民的集体自杀密切相关，判定大江健三郎并未损害他人名誉，从而驳回原告的诉讼请求，以大江健三郎及其出版商岩波书店的胜诉结束了这场历时将近六年之久的冲绳集体自杀诉讼案。

故的各种画面,日常生活中单独的这个那个却不会浮现在头脑里。只是自己的身体存留着那几天从事体力劳动的痕迹,腰痛和肌肉酸痛不时突然袭来……

这一天也是如此,直至深夜仍在观看追踪报道因福岛核电站扩散的放射性物质而造成的污染实况的电视特辑。结束以后,我想起书库地板上滚出一瓶连接着往昔记忆的白兰地,便往酒杯里注入三分之一,然后折返回一楼的客厅,坐在切换成录像重播的电视机前。再次去往二楼途中,我停步于楼梯中段用于转弯的小平台处,像孩童时代借助译文记住的鲁迅短篇小说中那样,"发出呜呜的声音哭了起来"。

为什么那个场所会是楼梯中段的小平台呢?为了让你理解这个问题,我必须说明先前提及的体力活的内容。体力劳动的结果,是我家的家庭成员夜间的位置关系发生了变化。简单说来,就是妻子在楼下的寝室,阿亮则睡在二楼书库临时安设的床上,如果不想让这两者听到自己的哭声,则唯有楼梯中段用于转弯的小平台才是合适处所。

"三一一后",我在二楼书库一隅加铺上此前也放置在那里用以假寐的床铺,搬进为阿亮准备的行军床(对于后期高龄者①来说,这无疑是巨大的工作),便与儿子同室而眠了。若说起为何在书库的一角,那是因为大地震当天,我的工作室兼寝室里高达东侧天花板的好几列书架全部倒塌,就连从中开拓通道都绝非易事。每个书架的

————————

① 在老年学领域有两个划分高龄者的方法,其一划为两期,即前期高龄者(年轻老人)在六十五至七十四岁之间,后期高龄者(老老人)则在七十五岁以上;其二则划为三期,即前期高龄者(年轻老人)在六十五至七十四岁之间,中期高龄者(中老年人)在七十五至八十四岁之间,后期高龄者(老老人)在八十五岁以上。日本采用的应是第一种划分法,此处所说的后期高龄者指涉的应是七十五岁以上的老人。

背面也都是相同高度二分之一的幅宽、两倍纵深的资料架。那里不断堆积着旧稿、裁剪下来的杂志和报纸，以及来信等这类资料。这些资料完整坍塌下来，若是委托第三者进行整理，情况将更加糟糕。以这些资料为基础，我评估了自己在高度晚年期能否独自工作，仅仅再行整理这些材料，高度晚年期的一切就将化为乌有。于是我决定，直至恢复气力将这种混沌状态整理得井井有条之前，最重要的是不让自己进入其中。

三年前，在那间工作室兼寝室的隔壁，我修建了阿亮的音乐室。为了这项改建，我的领域受到了影响，这也与目前这种无从下手的混乱局面不无关系。总之，那间音乐室在加固了地板的基础上，改建为可存放所有 CD 储架（老式慢速唱片也有五百张）的结构。除此以外，还藏有他从少年时代以来写下的乐谱之类资料。我的藏书则因为每隔数年就会反复筛选，眼下这才得以整理出我和儿子的起居之地。

不过，阿亮对于他一生中视为自己物品的一切都不肯撒手，譬如 CD、慢速唱片、录音磁带，还有乐谱、总谱、音乐会节目单等等。于是，音乐室里的音响装置区域并无大碍，收藏品之混乱却是非同寻常。面对这一切，地震当天，阿亮本人随即进入其中，想要着手无法借助他人之手的整理工作。然而，接连不断的余震却在威胁着他。关于"三一一后"反复发生的这种余震对阿亮所产生的特殊影响，我也要预先写一下。平日里，阿亮对于地震莫如说怀有某种兴趣，乐于将自己判断的震度与电视节目显示的震度进行对比。可是，他却把这次一日里数度反复发生的余震理解为恶意之人的攻击，于是他像在护理①班遭受淘小子的恶作剧那样，表现出了个人的愤怒。

---

① 原文为"養護"，意为根据儿童或残疾儿的身心成熟程度，对其加以保护并促进其成长。

且说刚才将你们撇下不管的、老人伫立于楼梯中段小平台的那个场景,那么现在就回到那个场景去吧。我看到楼下起居室深处的妻子寝室里漏出她在读书的灯光,倘若经由楼梯上楼去,我知道在书库入口旁安置的床铺上(那是在走廊对面、离厕所最近的地方),儿子正竖起听觉格外敏锐的耳朵窥探着父亲的动静。于是,我藏身于这两者的中间点,发出无力和混浊的声音啼哭起来。(后面将会写到,翌日早晨,阿亮在只有他和妹妹这两人时,曾对妹妹说道:"爸爸呜呜地哭了起来! 这是怎么了?")

在这里,我还想揭示一下——关于父亲的哭泣,阿亮准确模拟出我曾说过的、来自于鲁迅短篇小说的拟声词。儿子虽然患有智障,对声色却非常敏感,听到特殊音响或声色时(不记得是什么时候的事了,说到他父亲并非那么频繁的哭泣,我觉得那是他母亲一如鲁迅短篇小说的译文那样予以拟声化并加以说明的),是不会忘记那音响或声色的。

2

为了确认此前写下的细部,我再次打开简版日记,意识到写下的"三一一后"自己只是坐在报道东日本大震灾的电视机前而未做其他任何事宜的记述也是并非妥当。在"三一一后"发生的事情,只要与自己有所关联,还是相应采取了好几个行动。不过,若要具体回想从那天开始的这大致百日间,最具有清晰实感的,却只是坐在电视机前的印象。

对于"三一一后"第三天从巴黎发来的、要求通过传真进行长篇采访的申请,我用传真做了答复。到了十七日那天,我则在探讨另一份传真,对方希望将登载于《世界报》的采访内容归纳后译为英语并刊发于《纽约客》(我知道,而且坦率地说,对方想要紧急调整在日语——法语——英语这个不断转译的过程中出现的偏差之处,我明白这一点)。

我知道,日常生活中,在此期间,由于从福岛核电站泄漏出放射性铯的报道引发了饮用水恐慌,我也为了家人而骑自行车赶到超市排队。我在日记中还记述道,前面曾提及遗著之事的那位友人居于纽约的未亡人因这场地震发来传真予以慰问,随后又直接打来电话。而且,"三一一"之前制订的计划被陆续取消,除了整日里只是坐在电视机前的记忆之外,能够证明这一点的佐证也随之浮现而出。其中之一,便是为 NHK①电视特辑而预定好的日程安排的文字被铅笔勾销。那是从年初就开始准备的计划——在复原了的第五福龙丸②上,与比基尼环礁氢弹试验中遭受放射性辐射的幸存者进行对话。十九岁那年春天,我刚刚考入东京大学、第一次前往教室那天,站立在聚于校门旁的学生中间,听着号召大家参加这个事件的报告会的呼吁。

被一度取消的对话及其摄制在十天后实现了。至于延期的缘故,为这个电视特辑进行采访的团队,说是在"三一一后"随即紧急去了福岛。这个团队在当地制作的特辑节目,正是那天深夜我观看的电视画面,让我随之感受到强烈震撼,进而在楼梯中段用于转弯的小平台处独自涕泣。

当时,节目制片人前往追踪调查因福岛第一核电站的爆炸事故而飞散到空中的放射性物质,独自驾车巡视已向市民发出避难指示

---

① NHK 是日本放送协会(NIPPON HOSO KYOKAI)首字母组成的简称。
② 一九五四年三月一日,美国在比基尼环礁进行第一次氢弹实验,其时远在美国划定的"危险区"海域之外捕鱼的日本渔船第五福龙丸的船员们因遭受放射性微尘污染而陆续引发放射能症。

后的夜间实况。他发现黑黢黢的高高斜坡上有一座暗中亮着灯光的屋子,便扛上摄像机,沿着小径往坡上而去,独自拍摄这趟行程。在熄灭了灯火的屋檐前现出面孔的是这家主人,当被问及"为何留下不走?"时,他表示饲养的马匹就要生产,自己无法离家疏散。

翌日黄昏,结束了摄制团队的工作后,节目制片人再次登上陡坡,听说马驹已经产了下来。在黑暗的屋内紧挨在一起的母马和马驹浮现而出且一闪而过,紧接着,竖长形画面里显露出饲养马匹的主人的侧脸,他一面眺望着屋外一面说着话,其对面是看似正在下雨的牧场。由于照明被调至狭窄区域内,这或许只是傍晚时分的昏暗而已。可是,当马匹主人阴郁的声音说起"无法让刚出生的马驹在那片草原上奔跑,因为那里已经被放射性雨水给污染了"时,便让人切实感受到那就是正在下个不停的霏霏细雨。

人们(至少在咱们存活期间……实际上远不是那种轻松的用语,而是较其极为久远的漫长期间)无法让遭受这些放射性物质污染了的地面恢复到原先状态。了解到这一切的那个表情直接震撼着我,我凝视着显露在并不充足的照明下的马匹主人的上半身、扛着摄像机的节目制片人的肩头。倘若能够用咱们的来加以概括的话,那就是咱们的同时代人干下了这一切。无法在咱们存活期间使其恢复……由于被这个想法所压倒,我,发出了衰弱的哭声。

然后我便登上二楼,在堆积着的书籍对面,传来儿子还清醒着的动静。我从儿子侧旁穿过,站在自己床铺旁的读书灯狭窄映照出的书架前。自从我于五十来岁制定了读书生涯临近结束时的计划以来,这里一直是我经常更换藏书内容的地方。那些藏书基本都是此前读过多遍的书,也是当那个时期来临之际肯定会再度重新阅读的书(也有些选来的书与这些书的主题相连,目前我还没有读过,却打算在那个时期一并阅读)。

　　唯有这里,才是"三一一后",我在这个书库里清理出儿子和我的睡眠之地这一过程中,设法恢复得与以往相近的处所。现在回顾起来,我在从事这项工作时,并没有翻开任何书的哪怕很少一些页码,只是枯燥地重复着把散落在地的书放回书架上去的作业。也就是说,在那个阶段,当时感知书的态度已在自己身上发生了变化。于是,我总算想要分辨因书而发生在自己身上的变化,便要从那些书里取出一本来。

　　我后退几步,改变读书灯的映照范围,找出被农耕所用的大叉子刺入后背的人影被描绘得乌黑的红黑色封面的图书(也是因为那个圆形书脊的色调),然后回到了床上。那是先前说到的友人表示"确实是崭新的但丁",且是他予以好评的英国实力派诗人的译文,从而在刚刚出版《地狱篇》的阶段便赠送给我的书。

　　我翻开留有折痕的页码,开始阅读写了批注和画有红线的部分。在第十首诗中,但丁被对方叫住,此人是生前与但丁有着具体关联的诗人,在政治领域也是个有实力的人物。他要求但丁讲述在自己死后佛罗伦萨这座城市发生了什么变化。另一个死者则恳请但丁告知与但丁同辈的友人、也是富有才华的诗人(即叫住但丁的那个死者的儿子)的消息。

　　其实,关于这一处,我当然无法阅读意大利文原典,在很长期间内,曾汇集若干语种的译本不断阅读,在英语、法语以及日语的译本里,这里是很难领会的地方,然而在"三一一后",却感到自己不知不觉间好像理解了这里的意思,并且是在电视新闻中持续观看转播当地的情景、人们的姿容和表情期间,领会了以下这一节(且是最为恐怖的一节)的。现在,我有必要再度与其正面相对……

　　在这个译本中,自己划上红线的那几行,在向我栩栩如生地表达着意义:

In its present state, we have no evidence

Or knowledge, except if others bring us word：

Thus you can understand that with no sense

Left to us, all our knowledge will be dead

From that Moment when the future's door is shut.

我决定只把这节英译传达到自己的头脑里的直接意思译为日语。也就是说,我并不是在读诗,而是像阿亮被余震所刺激而厌烦一样,我因这诗歌的意思而受到了刺激:关于现在的、那里的状态,咱们既没有任何物证,亦没有知识。倘若无人通过语言来告诉我们。

(从以下这行起,是本人抄录的寿岳文章①之译文。)

"故此,汝当知晓,未来之门刚被关闭,吾等知识即尽皆沦为死物。"

我醒悟到,那个时候,让自己在楼梯中段小平台上发出哀伤哭声(那是因迄今从不曾体验过的、新发现的恐怖而被追逼得走投无路的哭声)的,是因电视画面这种"语言"向我宣布的真实——关于现在的、那里的状态,既没有任何物证,亦没有知识。咱们的"未来之门"已被关闭,而且我们自己的知识(尤其是我的知识等等,也将不值一提,总之)已尽皆死去……

我之所以没有再度发出混浊的哭声,是因为我听到儿子以这里的读书灯为目标,正光着脚踩踏着书架间图书的废墟走过来的声响。此前,我的一部旧作在某种程度上受到关注,还被改写成了广播剧,阿亮曾从这广播剧的录音中引用被其称为"自己的台词"的部分内容,此时,阿亮(其中也含有他那奇妙而悲痛的幽默)半是夸张地模

---

① 寿岳文章(1900—1992),日本的英国文学学者,研究威廉·布莱克的专家,因翻译但丁的《神曲》而广为人知。

仿着曾在戏剧中扮演他的青年演员,站立在父亲身旁,开始说起他曾使用过的"自己的台词"中的一节。也就是说,我绝望地意识到刚才的哭声已被儿子清晰地听去,就因害羞而佯作熟睡的模样,儿子则尽管显露出了中年男子的声音,却仍然用模仿口吻并不停歇地对我说道:

"放心吧! 放心吧! 因为是梦,因为正在做梦! 所有的一切、完全不可怕! 因为是梦!"

三个女人引发的其他故事（一）

1

母亲去世后，我仍然独自生活在四国森林边缘的峡谷里（那里是哥哥反复作为小说舞台的场所）。哥哥曾从这块土地的狭小场所创作出各种各样的故事，其中尤以天湮大扁柏的人造湖及其中央的、现实中大扁柏耸立之处的小岛为中心。

前几天，我因为一个意外的邀约而前往那里，体验了重提心中旧事的感受。从记录下这件事之处展开的整理尚未获得进展，不过我想先在笔记本上写下去。

我之所以来到此处，是受邀参观美国和日本的电视节目制作者们合作摄制的"亚洲孩子们的新游戏"这个计划的影像制作现场。

那个影像制作跟我的直接因缘，是一块镌刻着从哥哥小说中摘选的一段内容的铜板，被镶嵌在人造湖的堰堤上。要是模仿当地人说法的话，这是因着如此这般的无益之事，才让人为了东京的哥哥而劳作的一个环节。

这次把我叫到那里去的，是个在我们当地的戏剧公演活动中不仅负责音乐，还综合性地辛勤劳作、名叫阿律的三十出头的女性，她也是哥哥小说里的主人公（也就是说，由于哥哥的这种创作，她付出了牺牲——等同于隐私遭到侵犯的牺牲）。假如还是套用古老说法的话，就是因着诸般事由，该剧团把主场迁往东京之际，本镇的高中刚好缺少教员，就录用了她。她为学生们创作的合唱曲在 NHK 的音乐竞演会上获奖并引起关注，不过，被孩子们演唱的歌词却引用了哥哥小说中的内容，也就是先前说过的、镶嵌在天渲大扁柏的人造湖堰堤的铜板上的一节内容。

一度成为我们当地游览名胜的文学碑很快就被遗忘，在峡谷里的中学读书的孩子们，却以那里为舞台编出了新的游戏。阿律觉得这个游戏有趣，就配置了合唱曲，尽管规模很小，却还是引起了关注。以联合国教科文组织为后援而制作电视节目的日裔美国人，在香港、台北和曼谷反复拍摄了外景，然后以此为基础，已开始在日本进行采访。及至这个摄制工作在此地展开的阶段，阿律想到要慰劳我，以感谢我帮助对方从哥哥那里得到了那个允诺。

因此，阿律先是考虑邀请我到明天的摄制现场，还打算把我介绍给节目制作者，制片人一方却比较慎重，说是观看作品之后再做决定，而且，假如对作品满意的话，就打算独自见我并听取看法。据说，在此之前当然探询了原作者是否也能来到现场，只是问询之下，得到的回复则是作家正冈居在微暗的书库里应对着忧郁状态。照这么说来，我也觉得跟负责电视节目制作的那些人见面之事会比较棘手，最终谈妥让我只观看摄制前一天的彩排……

今天下午，我早早驱车一直驶上堰堤连通县道的地点，发现了在为漂浮于文学碑正下方的人造湖水面上的小船修建的码头上的高中女生们和阿律,就向她们摇摆着手,并沿着堰堤顶部走过去。这像是一个多雨的秋末,溢满人造湖的湖水哗啦哗啦地拍打着岸边,天湮大扁柏所在的小岛就在湖水对面,我怀着久违的思绪极目望去,自打那时以来,也就是说,自打发生被那些年轻人予以传说化了的事件以来,这还是第一次。

当时,夫人阿雪跟我用我们俩乘坐的小船确切保住了被发现的义兄尸体,可是我们的臂力却无法将其拉上小船,阿雪就抓牢已被湿透的夹克缠裹住的义兄的肩头,我则划动船桨,向天湮大扁柏而去。虽说早晨天还早,胡乱起哄的人群却已经聚集在堰堤上,我们因此无法回到那里去。较之于那时,现今的湖水既无臭味也不淤滞,小船的背光处看上去仍然显得乌黑。自打那时以来,我这还是第一次心平气和地眺望着湖水对面的小岛。

深色的湖水。当时,在森林边缘有人家的地方,不仅沿河的道路,就算是往上通向"在"①的、河流的北边和南边的道路,无论在哪里都能看到 黑水 跟 杀人 样式的传单。虽说生活在峡谷里,可我一直以来都不曾登上这里。自北往西环绕着人造湖的森林里的树木,较之于从沿河一带仰望的印象,看起来显得更加巨大。树丛中茂密的树叶也厚实且高高地紧密相连,一直逼至水际的这树丛显得发暗,映照着这一切的湖水于是愈加发暗和清澈。

要是以黑乎乎围过来的森林为背景,人造湖中央的小岛就显得意外狭小,耸立在那里的大扁柏也只是树高格外显眼,却不见森林里的树那种伸展不息、繁茂不息的势头,只有附着叶片的树枝伸向极高的高处,于是露出的树干就跟涂了漆的笊篱一样。

① 远离村镇的偏僻居住地。在大江健三郎的故乡,"在"则是供于森林中艰苦工作的朝鲜劳工居住的处所。

与其说这是一棵树,莫如说是陈旧褪色的神社。是那种空虚、茫然之构造体的印象。

于是,我仿佛第一次能够理解曾作为某种不可思议的事情听到的内容。把义兄遗留的不动产原样搁置下来后,阿雪就带着当时还是小学低年级的儿子离开峡谷,从此再也没有返回故乡,独自将那个儿子抚养成人后,今年年初就死去了。继承了这个大水塘及其周围地皮的人物,说是决心要先把天㴔大扁柏给砍去,我似乎明白了个中缘由。不过在现阶段只说这件事,我当然要把义兄置于自己将要写下去的文章的中心,可我根本不了解他儿子目前的状况。

直至带着儿子离开这块土地之前的短暂期间内,除了我以外,阿雪彻底切断了她跟峡谷里的人的联系。这也是因为继承了义兄所有财产的阿雪母子二人,被义兄的那些远亲提起了诉讼。也就是说,对方提出那个儿子不是义兄的孩子,而是阿雪不贞的结果。

从义兄独断地在天㴔大扁柏的湖里筑起堰堤那个时期开始,就在当地加深了他的孤立。就算他唯一的朋友、即我的哥哥,非常偶然地为会见义兄而回到峡谷里来,那也只是为了与义兄说上几天的话,即使那是看望我们的母亲并且谈论阿亮,却也仅此而已。

我也像在东京的哥哥那样,平日里跟义兄之间并无往来。晚年的义兄基本都闷在"宅邸"里闭门不出,而我本人见到义兄,也只是在哥哥回到故乡那几天。那时,交往日渐疏浅的阿雪会打来电话,说是义兄想要见见长江君。她还说,邀约长江君回乡之事由义兄来办,不过长江君在峡谷的家里暂住期间,都是亚沙你在照顾起居,因而在此期间,想请你作出一副你跟我和义兄的关系也像以往那样仍然持续着的样子。

　　在我来说，没有需要特别反对的理由。且说哥哥回到峡谷里，我回归到这个哥哥跟义兄之间那小小的交际圈中，跟阿雪在言谈举止间不显出任何变化。这种做法的特殊时日当然持续了几天。

　　再后来，义兄刚一死去（不管那是自杀，还是事故之死或是遭到杀害中的哪一种），我们就把俯伏着漂浮在人造湖上的义兄给从水里打捞了上来。由于堰堤与一直以来的堤防相接之处站满了起哄的人群，阿雪跟我没把尸体运往那里，而是拖曳到天潢大扁柏所在的人造湖中的小岛，拉上为游泳的孩子们而平整出来的沙地，再进一步从水边拉向十公尺开外的草地上。为何不让从峡谷里和"在"跑来看热闹的男人们帮忙，而由我们两个女人完成了这项艰难的工作呢？

　　我无意把义兄死于水中的尸体立即交给沿河的派出所警官以及从本镇的警署增援而来的刑警们。至少，我希望跟阿雪一起留下来，以见证他们在现场对尸体所做的检查。譬如，是些什么人杀死义兄后再把他扔进水里的呢（因为我相信是这样），哪怕蛛丝马迹，我也想要寻找相关线索。而且，我漠然地感到，就算我发现某种线索，杀人者因此显现而出，或许我也有必要将其作为自己一人的秘密而搁置起来……

　　这一天的彩排只有我一个观众，阿律还是为我准备了观众席。在哥哥的文学碑所在的人工湖一侧的正对面，倾斜而下的石棉瓦屋顶垂至地面，还发挥了避雨的作用。那里堆放着呈折叠状态的金属管椅子，其中一把被以认真考虑过的方法放置在前面。坐在那把椅子上的人的正对面，就是湖中岛上的天潢大扁柏。聚集在久未使用的小船码头等候阿律指示的女高中生们，并未特意注视我走向那把椅子。

只是我刚刚就座，女高中生们就应着阿律那沉稳却响亮的声音排列成整齐行列。然后，阿律以高声歌唱的音量大声朗读被铭刻在铜板上的文章。朗读内容是经过编选的，若是按照文学碑上的文字原样读下去的话或许就太长了。倾听着这朗读的女高中生们整齐地径直远眺着湖水对面的小岛。我本人稍稍挪动一下椅子，抬头观看右侧那块高一点五公尺、宽三公尺的碑体上用明朝体镌刻着的《致令人眷念之年的信》结尾那一段文字。

镌刻在铜板上的文章是从书上抄录的，这里我也要把阿律省略下的部分用省略号表现出来。

2

义兄躺卧在草原上。……阿雪君和妹妹采撷着青草。……我也俯卧在义兄身旁，阿亮和千樫像是也加入到采摘青草的行列。……时间在缓慢地流逝。

阿律在用比朗诵的声音要柔和且普通的节拍说明着：这个大扁柏之岛的光景来自但丁的《神曲》；是有罪的死者们为了除去其污垢而苦行的炼狱最为低洼的地方；迎接从地狱脱逃后航渡到这里的死者们的，是那座炼狱入口处海岸边的值守人；读过《神曲》的同学肯定知道"非洲的卡托"①这位"威严的老人"。

---

① 玛尔库斯·波尔齐乌斯·卡托（Marcus Porcius Cato，前95—前46），古罗马政治家，因反对恺撒将罗马共和国改变为独裁帝国而起兵抗击，兵败后被困于孤城乌提卡（Utica），由于不愿被俘，更不愿看到贵族共和国的覆灭而自杀。但丁非但不将其自杀视为罪行，还高度评价卡托为自由而舍弃生命的行为，故此选择其为炼狱监管者并预言其终将升入天国。

随后,阿律用再度响亮起来的高亢声调,表现出如同老人般苍老且具有强度的声音:

> 威严的老人出现了,他严厉训斥着我们:尔等何以如此停留于此?往山上跑,以去掉污秽!若不如此,神明或将不会显现!于是,我们急匆匆地奔跑着往大扁柏根部攀缘而上……

阿律歇一口气,回到最初朗诵的音量继续朗读着:

> 时间如同循环一般流逝,义兄和我重新躺在草原上,阿雪和妹妹采撷着青草,少女般的千樫与年幼无瑕、身患残疾却反而呈现出仿佛刻意强调的那种质朴可爱的阿亮,也加入到采撷青草的圈子里。和煦的阳光使得杨树新芽的浅绿辉耀着光亮,高大的日本扁柏那浓郁的绿色越发浓郁了,对岸的山樱白色的花房在不停摇曳。威严的老人理当再度现身并叫喊出声,然而,一切都如循环时间之中那种沉稳且认真的游戏一般,急急跑上去的我们,将会再度在高大的日本扁柏之岛的青草地上游玩吧……

接着,当阿律换成跟此前不同的声音之际,我为之而震惊跟感动,因为这声音跟写这部小说时的哥哥的声音非常相似,而且在此基础上,这声音还是倾注了祈祷语调的朗诵:

> 义兄啊,我将一封接一封地给生活在那个令人眷念之年里的、永远处于循环时间之中的我们写信。从这封信开始,我要在你早已不复存在的现世里,直至我的生命结束之时,会持续不断地一直写下去。这将成为我今后的工作吧。

随后,平静的声音刚刚停下,巨大的沉默似乎就覆盖在了水面上。我在想,这段朗诵演出就将这样结束吧,然而,此前一直静止不动的阿律的全身却像弹簧一样弹跳起来,紧接着,随着她那强而有力且充满活力的指挥动作,女高中生们用甚至让我不

由得惊慌起来的美妙歌声唱道:

"从令人眷念之年寄出的、回信到了吗?"

我仿佛看到,这种像是诗歌一样的询问,如同塔身般从我面前的、尽管澄碧清澈(日头也还很高)我却想称之为目前已乌黑一片的水面上笔直耸起,而且,它转瞬间就崩塌得七零八落,变为一句一句的短句被反复轮唱。那是让我深为眷念的音乐,我觉得这音乐沁入到上了年岁的自己身体里的每一处。(后来才意识到,那是哥哥跟阿亮前年在这里小住期间,我也曾在阿律的音乐课上从一旁听到并记住的、阿亮的旋律跟和音。这情景被我逐渐清晰地回想起来。)

"从令人眷念之年寄出的、回信到了吗? /回信到了吗? /到了吗? /到了吗? /从令人眷念之年寄出的、回信到了吗?"

随后,答复的歌声(预先录制好的歌声,用设置在大扁柏之岛上高及成人腰胸部的繁茂草丛中的扩音器播放而出)从对面传来,回应着女高中生们询问的声音,从而形成反复轮唱而越发高涨:

"从令人眷念之年寄出的回信没有到来!"

然后,沉默溢满整个大扁柏之岛和天洼的巨大空间。

3

阿律走上前来打招呼,面对一动不动地默然俯视着人工湖的我,她显出一副极为惶恐不安的模样。

"结尾部分比较唐突,让您扫兴了吧?"

"不,我认为就像唱的那样,哥哥的小说……至少他在写那个部分时……是在预测到不会有来信的情况下结束的。你这是正确的阐释。孩子们探询和答复的轮唱逐渐高涨起来,却在最高潮处截断并结束,听上去让人觉得新鲜。孩子们的游戏歌曲,大致都是那样,没有故事的展开,只是反复唱诵以此为乐,就那么没有解答而告结束……这不是常见的吗?或者,是制片人提出了那样的要求?"

"不是那样的。"阿律说道,她在我的反应中获得力量,似乎从面颊到眼睛都泛起了血红,"只是高中的校长先生提出异议……说是假如不定下向前看这个大方向,唱歌的孩子们和听歌的父兄们就总会觉得安不下心来。于是,我就把这意思大致转告给了真木,两三天之后接到了她的电话……说是目前父亲的状态不好,整天待在书库里,所以尽管没说出让重写结尾歌词的话来,不过若等他的情绪进一步趋于好转,那时再表示希望采用以前曾说起的那个方案,他不就不会反对了吗?!"

由于真木曾与我商量过此事,继而又讲述了自己的想法,因此我当然也听说了那边的方案,只是觉得若将英语原文附在日语歌词后面作为合唱的结尾则会非常棒。

"哥哥前往韩国出席国际会议期间,跟年轻时曾是'垮掉的一代'的诗人再次相遇,得到对方新出版的诗集,诗人在扉页上签名并写下诗句,大概也是打算激励我这无精打采之人,哥哥说那是非常积极的诗句,然后附上自己的翻译读给我跟母亲听,我这人却并不清楚自己是否真的理解了那诗句。"

"就是那些诗句!"阿律说道,然后附上旋律,可爱地为我唱了起来:"假如你有要求,帮助便会到来,/却是以你绝不知晓的方法。

If you ask for help it comes.

But not in any way you'd ever know.

"怎么样？这是请阿亮给新作的曲，我让高中合唱团的优秀男高音演唱，录音后送给了真木。听说长江先生表示：'要说咱本身的心情，像现在这样呼吁那片森林里的年轻人，咱是做不到喽……'"

"这就是忧郁症缠身的哥哥实诚的地方，请你原谅他。"

"制片人希望见见你，关于今天的彩排，他只说要让你中意。"阿律说道，对我讲出越发低姿态的寒暄后，便往下方的女生们那边走去。

我独自行走在堰堤上，在走向自己的汽车之际，也是因为日头西沉的缘故，水面已然漆黑一片，回响在那水面上的女高中生们的轮唱练习仍在持续。在此期间，我也用老年人那细细的低声，哼唱着加入了这轮唱练习：

"从令人眷念之年寄出的、回信到了吗？/回信到了吗？/到了吗？/到了吗？/从令人眷念之年寄出的、回信到了吗？"

突然，跟此前被少女们的歌声温柔摇曳着的心绪截然相反的、年逾七十的老妇人（也就是我）的、因愤怒而颤抖的声音，从我的内心喷涌而出：

"从令人眷念之年寄出的回信没有到来！"

随后，那股怒气便确实冲着哥哥而去了。先前阿律的朗诵，在我的内心唤起了与此全然不同的、有关哥哥的感情，这是事实。然而，在这位哥哥的那段话语中，却存在着谎言（尽管现在再说已是无济于事，不过从我们被当作原型的家族来说，哥哥的小说全都是谎言），把死去（或是被杀死？）的义兄适时送入"令人眷念之年的岛"上后，哥哥至少在自己的小说里，确实连一次也没有真诚地写下并寄出真实的书信。既然如此，从"令人眷念之年的岛"上没有寄来回信不也就理所当然了吗？！

在时至今日的漫长岁月里,每当哥哥的新小说出版之际,我都在期待:这次一定会读到他写有关于义兄之死真实情况的书信了吧,却又总是遭到背叛……

这个期待至今没有任何变化,虽然这是事实,可是在我的内心里直率唤起刚才那种声音的,却是那些少女的歌声的力量吧。

空中怪物降临

1

睁开睡眼后去了趟厕所，往返经过阿亮睡觉处时却不见他的动静。即便侧耳静听，也没听到楼下音响装置的声音。阿亮基本上不会发出较大音响，在倾听古典音乐之际从乐谱中解读到的音却是不会漏过一个，用的是能够毫无遗漏地接受古典音乐全曲的适当音量。

我回到床上，看着放在书库门口的报纸上用彩色印刷显示的东日本一带大海啸的版面，不过并没有开始阅读，而是就那样坐起上身。深夜里的事清晰留存于记忆中，可是睡醒之后，充满身心的亲爱之情却没有原样恢复，不断加重的疲惫感却覆盖于那一切之上。

阿亮确曾站在黑暗的床铺侧旁，开始讲述抚慰我的话语，当时也确曾引用他屡屡使用的"自己的台词"。我也曾再三将其写入小说中新的场景。

让自己回想起昨夜发生的事情后，唯有浓郁的寂寥情绪难以排解，那是阿亮保持说话时的姿势却在黑暗中沉默不语的那短暂期间，自己沉入了睡眠,及至醒悟过来,意识到阿亮早已没再站在那里时,所感觉到的浓郁的寂寥情绪。那一定是自己并不久远的死后的这个空间的印象,是那种模糊不清、高深莫测的情绪……

这时,楼下传来报时的声响,看向床铺旁那小小的时钟,却已是正午了,为了观看电视新闻,我归拢好报纸便抱着下楼去往起居室。千樫送来咖啡和果盘并放置在沙发旁的茶几上,她说道:

"昨夜你上了二楼后不久,我听到阿亮在书库里走动的脚步声,听不到他的说话声,只听见他一边碰撞物体时发出磕碰声响一边走回去的声音。

"在那之后过去将近一个小时……当时我正在读书,发生了很大的余震。我去书库前的走廊查看情况,只见阿亮正为那余震而生气,拍打着堆积在身边的书。由于你那边寂静无声,就知道先前是阿亮去你床铺旁的脚步声……觉得那是他想让你入睡吧,我就服下医生开给我的镇定剂睡下了。

"今天上午,虽说不用那么着急,阿亮却焦急地等待真木前来带他去慈惠会做第三次定期诊查。听说在让真木为他刮胡子期间,他说爸爸呜呜地哭了起来,自己就说,'因为是梦,放心吧!'

"那是本来计划好的伊豆之行因台风而作罢……这还是很久以前,阿亮在养护学校最后那个学年的往事……家里其他人全都中止了那个出行计划,只有他一人固执地表示无论如何都要前去,不就是那时候的事吗?或许这就是被写入小说里的第一句'自己的台词'。听到真木说是伊豆半岛大概会被台风刮走,他就抗拒地说道:只要在被刮走前到达那里就好。可能是从这次大海啸联想到的吧?当时,你最终与他一同去了伊豆,说是在大风中扶持着阿亮行走,在举步维艰之际,自己救助了阿亮……

"除此之外,真木告诉我,阿亮还说了阿桂的事。他怎么说起了那样的事呢？……说是阿桂悬浮在空中,所以他担心阿桂会吸入飘来的放射性铯……

"真木从医院打来电话,说是因血液检查要作采血,需要花费一些时间,而阿亮则一直在惦念阿桂的事。听了阿亮所说的那些话,真木意识到自己完全不了解阿桂的事,还说想要让爸爸给讲一讲。

"在包括内科、小儿科在内的建筑物前面,停放着一辆小型巴士,注意到那是福岛的牌照后,真木走近一看,却被告知那里虽是辐射云笼罩之地,地方自治体却没有采取任何措施,母亲们只好租用巴士,把孩子们(还能看到诉说流鼻血呀腹泻呀口腔黏膜炎的患儿)送到这里来接受诊断。孩子们目前就在医院里,负责说明情况的人留了下来,话语中使用了'内部被爆'①这个词语。围拢过来的那些带着孩子们来医院的家长,向人们散发防花粉的非纤维制立体口罩,阿亮热心地站在前排……尽管一眼就看出他是成年人,却还是递上一个口罩,阿亮马上要求再给一个。于是真木以为这是为自己讨要的,一面感叹阿亮'真亲切呀',一面想要接过那口罩,阿亮却没有递过来,真木就问道:这是要带给爸爸吗? 阿亮告诉她:不,这是给阿桂的。说完,他就把口罩放到了衣袋里。他用的是常见的那种不知是笑话还是认真的说法……"

然后,千樫将谈话内容转到另一个似乎让她放心不下的话题:在家里嗅到了浓烈的酒精饮料的气味,是那种很久以来都没再嗅到的蒸馏酒的气味。我回答道:

"你上次嗅到那种气味,准确地说,已是十三年以前的事啦。当时,我曾咕嘟咕嘟地大口喝着白兰地,其间开始厌倦喝酒,也是由于醉酒之际的粗暴,就把那酒瓶扔进书库深处,却因为前几天的大地

---

① 来自于外部辐射的放射线沉积于体内脏器,再由这些脏器放射出辐射性射线。

震,那酒瓶又滚了出来。

"可是,由于现在人老体衰,已经没力气再继续喝那蒸馏酒了,不仅仅阿亮,昨夜肯定还妨碍了你的睡眠……呜呜地哭出来之后,结果连身体的动作也把握不住了,就把杯子落在了楼梯上。这可并不意味着重新开始喝烈酒呀。"

"这么说来,我总算放心了。我也知道,你受到了巨大打击。"千樫说罢,就向厨房走去,不仅酒杯,就连白兰地酒瓶好像都被她收拾在厨房里了。

千樫的哥哥吾良从麹町办公室的大楼上跳楼而亡,我们夫妇在他位于汤河原的家里见证了接受送回的遗体后,我独自在深夜里返回成城,随后便做出了那件事。阿亮和当时还在家里的真木,是怎样度过那个夜晚的呀?!

各家媒体开始挂来询问的电话,把白兰地酒瓶放在身边后,我所做的工作只有一件,那就是拔掉电话线。在回想起这种种往事期间,我意识到自己误解了阿亮昨夜的态度。

我想起伊豆的暴风雨之夜,阿亮为鼓励被噩梦魇住的父亲而说出的话语。("放心吧!放心吧!因为是梦,因为正在做梦!所有的一切、完全不可怕!因为是梦!")倘若他是想要消解与我之间持续的不和,今天早晨该不是在等我起床后下楼来,然后与我共同拥有像在伊豆达成和解的那个早晨吧?

事实并非如此,昨夜的"自己的台词",也只不过是应对衰老的父亲时感受到的苦恼吧。当下的自己,果真是那般衰弱的老者了吗?阿亮有能力唤醒任何积极的共同感受吗?

我意识到自己心神不宁地往厨房方位看去,该不是想要过去探寻已被千樫收拾起来的酒瓶的下落吧?

2

真木在玄关向千樫讲述阿亮的检查成绩尚可的情况,听说检查追加了尿酸值和阿摩尼亚值(这好像与阿亮一直服用抗癫痫剂有关)。我躺在起居室的沙发上,阿亮径直从我身旁走过,坐在放音装置前的地板上,开始倾听在车里一路听来的 FM 音乐节目的未完部分。真木随同千樫去了厨房。一切又恢复到平日里我们的生活样态,总算照例安定下来了。

我放低音量,收视重播的昨天夜晚的电视报道。FM 的古典音乐节目结束后,阿亮与真木开始说起话来。为使阿亮的声音一直传到我这里,真木妥善安排了他的位置,继而还把将红茶送到起居室里我面前来并在沙发上坐下的千樫作为目标,想要从阿亮口中引出有关阿桂的话题:

"在医院的食堂里,看护师①不是在做吃饭的训练吗,阿亮?看见那个张大嘴巴的老人,就递上花粉症口罩的那人说,空中充满了放射性物质,你在考虑他说的这话吧?你不是问我了吗,在充满那东西的天上,飘飞着的阿桂不就麻烦了吗?

"于是我就回答说,阿桂在张大嘴巴、吸进口气吗?事实上并不是那样。我觉得阿桂本来就不爱说话,通常都是沉默不语。要是这样的话,就算飘飞在悬浮着放射性物质的天上,就算部分身体暴露在外从而遭受'外部被爆',也是不会吸收到身体内部去的吧。这还会像福岛的孩子们那样遭受'内部被爆'吗?"

---

① 经国家考试合格后获得看护师资格的医疗专业人员,可辅助医生和看护伤病员,于二〇〇二年由男女护士改为现称。

"因为孩子们最危险!"阿亮把来自福岛的母亲所说的话语当作"自己的台词"了,"抱着婴儿外出也很危险! 那是'外部被爆',可是阿桂怎么办呢?"

"细说起来,最初是谁对你说明放射性物质的?"我也试图唤起他的博识,却没有得到回应。

"阿亮在收听各个地方台的 FM 古典音乐节目,其中就有阿亮喜欢的、熟知古尔达的解说者主持的节目,此人还作为核电站专家在工作,自从切尔诺贝利和三英里岛的核电站发生事故以来,他就在讲述事故在孩子们身上产生的影响。在那天的全部播音时间里,他只是不停地播放着 CD,一直在说放射性物质的话题,我忐忑不安地和阿亮一同听着他的讲述。

"在那期间,渐渐就变成了让我们害怕的内容,说是假设福岛的四座核反应堆的堆芯一旦熔融,放射性物质就会从天而降,飘洒在整个东京的婴儿全都穿着婴儿服的处所。在阿亮的头脑里,这放射性物质一齐飞到飘浮着很多婴儿的东京上空来了,他就形成了这样一种印象……在那些婴儿中,袋鼠般大小、身着棉布内衣飘浮着的却只有阿桂,不是吗? 假如很多人份的放射性物质都降落在只穿着内衣的阿桂身上的话,无论阿桂怎么掸拂,粉状物仍然粘在他身上,因为阿亮也不认为阿桂精通那种掸拂的方法……就这样,阿桂身上粘满了放射性物质。是这样吧……"

"就是这样的!"阿亮作出的姿势蕴含着真实感情。

"阿桂无法向东京以西的天空疏散……这也是在那个音乐节目里听到的话……"

"因为我在东京嘛。"阿亮留神倾听了此前的话语,于是补充说道。

"是的,阿桂不知道自己的主人何时会呼唤他……"

"虽说还不清楚阿桂是否把阿亮当作自己的主人……"真木说道。

"……总之,是个棘手的事呀。"

"是个棘手的事啊!"阿亮发出饱含着真情的声音,他变身为阿桂,以绝非大幅度的姿势,用因肥胖而显得粗短的双臂试图掸掉落在棉布内衣上的粉状物(不仅表面,还有内心)的表现充满真实情感,我终于笑了出来。面对这一切,阿亮显出悲痛且滑稽的愁苦面容,再度说着先前的话语往二楼去了。

"真是个棘手的事啊!"

倒不是追赶,总之,真木起身走到门边,关上被阿亮打开了的门扉并折返回来,这时我看出她在准备接下去该说的话题。作了如此决定后,真木没有任何逡巡,向我出示从她的紧身上衣口袋里取出的折叠起来的纸片:这紧身上衣是她为陪同阿亮去医院而穿上的。

"这不是爸爸时隔很久才写出的诗吗?爸爸虽说是小说家,不也写了'我认为诗歌比小说更能直接地表现真实……'这样的文字吗?"

"我觉得写的是'小说家经常也会不由得写上那样一节诗'吧。"我敷衍地说道,直至我取过那纸片,真木都没缩回自己的胳膊。

"我要整理因地震而一片狼藉的书库,于是感到了疲惫,就把地板上的书垫在身下打了个盹,把当时做的梦草草记录下来,然后就留在了那书山上。"

"我想要问爸爸的是,在被大地震毁坏了的书库里,爸爸疲惫得甚至睡在了地板上,可在诗里所写的阿桂为什么会出现在当时的梦境里?阿亮没怎么向爸爸认真问过阿桂的事吧?可是尽管如此,在爸爸的梦里,是阿亮的声音传达了阿桂的事吗?

"阿桂……我请教了妈妈,读了那本书,得知出自于爸爸二十八岁时写的作品,那是爸爸在比现在的阿亮还要年轻二十岁时写下的短篇小说。《空中怪物阿桂》,在爸爸至今的作品中,该说其是一部作品中出现的人物呢?还是与人物也并不相同的存在呢?像这样帮助自己……让自己放心的角色出现在作品里的例子,难道还有其他吗?

"请告诉我,那部短篇究竟是怎样写成的?关于这件事,爸爸此前一次也没说过或写过,所以我总觉得这问题就隐藏于那里。由于是这么一种特殊的存在,因而才出现在这诗里的吗?阿亮在深沉之处是个敏感的人,因此这才感觉到那问题的吧?"

3

我要用随笔文体尽可能简短地归纳自己对真木和千樫所说的话语(在家里的交谈总是或不够充分或过于冗长)。

我写出《空中怪物阿桂》,事实上是在二十八岁那年的七月,直接涉及痛苦地延续着生命、名为阿亮的那个孩子头部带有必须手术切除的畸形肿块而诞生这一背景。在年轻的父亲来说,自己被这极为荒诞的变故打垮,同时也被试图超越这个危机的想法所催逼,便写出了两部小说。当时,我是一个刚开始写作小说的年轻人,的确是初学乍练的生手,被好歹算是掌握到手里的"人生习惯"引导下,如此这般地写了那部小说。

随着时间的流逝,我在接触到弗兰纳里·奥康纳①"Habit of Being"②的定义之时,也就是接触到为解决从不曾经历过的新型困难,

---

① 弗兰纳里·奥康纳(Flannery O'Connor, 1925—1964),美国女作家,著有长篇小说《智血》《暴力夺取》等。
② 英语,意为"生存的习惯"。

存在着借助生活能够赢得的钥匙这一定义之时，作为一个刚刚开始写作的小说家，我意识到自己被这个定义拯救了。

最先写出的短篇小说《空中怪物阿桂》，是一部只能作为刚出生便夭折了的新生儿被记住的婴儿的幻想。另一部小说，则是别无选择、更为写实性地直面孩子的诞生，也就是说，是一部牢固建立在这个经验之上的长篇小说《个人的体验》。

年轻的父亲用了一些方法（出版该小说的译本时，曾被问及"在当时的日本，真有为你准备了那种方法的医生吗？"），想要尽力割断关系、割断与被带有先天残疾诞生的婴儿束缚住的人生，却在面临决定性选择时救出了那婴儿。

（提问：爸爸那时真的希望杀掉刚刚出生的婴儿吗？）其实，并没想采用这部小说中写的那个具体手段。不过，只要实际提示出小说里的那种做法，当时就有可能参与其中吧。而且，最终会察觉到只能作出这部小说里所说的那个选择吧。尽管这样，一旦作了如此想象，自己就不是无罪的。

年轻小说家在写出《个人的体验》半年之前，先写了《空中怪物阿桂》并发于文艺杂志，故事说的是年轻人为不弄脏自己的手而策划了杀死婴儿的方案并付诸实施，不久后又选择了近似于自杀的死亡方法。被他杀死的婴儿变为袋鼠般大小，包裹着棉布内衣飘浮在空中，时常从高高的天际降临在业已远离社会关系、终日无所事事的父亲身旁……

那个幻影般的生物有个叫作阿桂的名字（缘起于从千樫那里听说，这个语音是阿亮在人生中最早发出的音节），在创作《个人的体验》之前，我将这个名字作为实际经历表现在了《空中怪物阿桂》之中。

4

阿亮虽然在出生时经历了苦难,却结结实实地存活下来,作为现在的阿亮而生活着。而且,他惦记着在爸爸的想象中被杀死了的那个身如袋鼠般大小、穿着棉布内衣飘浮在空中的阿桂,担心放射性物质已飞到东京的天空。

关于阿亮关注阿桂的起因,我询问了妈妈。据妈妈说,在《空中怪物阿桂》被改编成电视剧时,阿亮已经开始作曲,每当出现阿桂的镜头,都会响起阿亮所作曲子的旋律,并因此得到了赞誉。为让阿亮专心写出这首曲子,爸爸曾对阿亮简明易懂地讲解了阿桂的情况。为表达谢意,电视台把拍摄电视剧时使用的阿桂那个⋯⋯说是实物般大小有点儿怪,其大小足够演员钻入其中并能够活动的、包覆缝制的道具送给了阿亮。我也看了放在阿亮房间里的那个道具。

当时,我不是去四国的老祖母家里过了一个夏天吗?自己总是和亚沙姑妈在一起,阿亮却是与老祖母越来越亲近。老祖母和阿亮这两人在一旁说着话,事后我就向阿亮打听谈话的内容。阿亮花费很长时间问了之后,其详尽的回答甚至让我大吃一惊,不是这样吗?阿亮虽然不会自己主动开始讲述,不过只要我们耐心地问下去,他就会对我们说起来,譬如现在,就非常清楚阿亮在真诚关心阿桂和放射性物质事宜。

细说起来,阿亮记住的巴赫和莫扎特的音乐不就非常多吗?阿亮收拾到头脑里的话也会有各种各样的吧?今后,我要和阿亮把那些话语都给挖掘出来。那也许会成为另一种故事,成为有别于爸爸一直在写的、总是以爸爸为中心的我们家庭历史的另一种故事。我是这么认为的。而且,会是一种可怕的故事⋯⋯

　　早在孩提时代,我第一次知道阿桂,同样是在观看刚才所说的电视剧的时候。那时即使问了爸爸,爸爸也不好好说明,所以就问了电视台的人,于是对方告诉我,袋鼠般大小的婴儿将要穿着棉布内衣从天而降,这听上去像是某种好玩的卡通似的,所以我就很期待。然后,"袋鼠般大小的"这话听上去虽然有可爱的感觉,实物却很硕大,我便哭了起来,就这样一直看到结束时,平日里总在思考阿桂的父亲就告诉我,这阿桂最终因交通事故而死,这就让我觉得更害怕了。

　　当时,哥哥创作的阿桂的主旋律,我听起来也就越发悲惨了。现在,一想到阿亮会如何想象原先置放在他房间里的那个略微染上污垢……这话说起来不好听,那个大得不像话的、包覆缝制的阿桂飞翔在放射性物质已飘飞而至的东京上空的情形,我就确实感到害怕。这可远不是让人苦恼之类的事情,难道不是这样吗?!

　　于是呀,由于家里没有那部电视剧的录像,我就从阿亮的 CD 中……从妈妈那里打听到这首曲名已改得与剧本不同……找出并听了原本叫作"阿桂的主题"的曲子,还听了比谁都疼爱阿亮的老祖母爱听的、原本叫作"森林里的奇异"的曲子,这曲子现今也改了曲名。以上两首曲子极为相似,这让我为之吃惊。

　　我期待尽早与阿亮一同前往四国那座森林的边缘,尽管老祖母已经去世,我仍希望向亚沙姑妈打听"森林里的奇异"的传说。虽说那是与空中怪物全然不同的故事,不过那两首曲子却是非常相似。

三个女人引发的其他故事（二）

1

我已经到了被自然而然地称为老年妇女的年龄，也是因为得到哥哥寄来的好几册"丸善帆布笔记本"这个鼓励，我开始写起此前绝没有想过的长长文章。这其中自有其理由。就在此前不久，来了一个让我无奈之下不得不写那文章的差事，而且，委托我做这件事的那些人还给定下了基本要求。

哥哥出版此前他所认为的"最后的小说"《水死》这部长篇时，曾收到一封询问小说结尾那章相关情节的来信，可他却迟迟未写回信，于是我那事就从这里开始了。真木这人一旦挂念上这种事就有被追逼的感觉，她在来信中写道：您就不能代写回信吗？父亲说，若是亚沙姑妈的话，是了解当年那些往事的。

读了转寄过来的读者来信后，我觉得如果只是这件事的话，自己确实能够代写回信。质疑者对出场人物站立着水死这一段持有怀疑——这种死法可能吗？我是这样回答的："那是可能的。早在孩提时代，哥哥就想要这样死去，同样是孩子的，而且还是女孩子的我发现后，把哥哥给救了下来。如果我不去救的话,哥哥恐怕早就死了吧。说到当年站立着水死之事(更准确地说,是形成俯卧的姿势),只要把脸埋入用树枝上茂密的树叶蓄下的雨水中,那就是可能的。

"一心想要自杀的人(就算他是孩子),需要拥有无论多么痛苦也要贯彻其意志的强韧(还不能有第三者的妨碍)。在我的记忆里,正因为此事非同小可,后来才没跟哥哥直接说起过,不过我知道,哥哥那时为这个水死是做了充分准备的。哥哥当时是认真的,那是因为哥哥觉得自己没能跟父亲一同死去。我从后面窥探过去时,只见哥哥腰上插着的那柄仔细研磨过的镰刀闪过一抹光亮。哥哥砍下很多附有茂密树叶的嫩枝,塞进那棵巨大的连香树 Y 字形的树丫处,用来兜住倾盆而下的雨水,看清楚蓄住的雨水已从中漫溢而出之后,哥哥就把自己的脑袋浸在了那雨水之中。假如我不抓住伸向我这边的两条细瘦脚脖子并拽过来的话,哥哥早就那样水死了吧。"

我的第一封回信也就这个长度,可是真木并没有将其原封不动地转寄给读者,而是向我提出了她认为不充分的地方,我甚至认为,毋宁说,这才是真木本来的目的吧。真木首先如此质疑道:姑妈究竟为何会在孩童时代的父亲前往森林深处(而且还是大雨天)想要以那种特殊方式水死的地方遇上此事?

为了回答这个问题,就需要介绍哥哥跟我在孩童时代的生活环境,在这介绍的过程中,我的回信就渐渐长了起来。

在此之前,我从不曾仔细回想过自己跟哥哥在孩童时期的事情,可是一旦开始这样做,接连回想起的往事就喷涌而出,连续多日动笔写下了这一切。后来,我把当初只写了几个页码就停手的旧日记誊清后寄给了真木,也不知道真木是否已将其抄写下来转寄给了当初那位读者。到了这个阶段,真木大概觉察到我对把文章继续写下去这件事本身产生了兴趣，这才很快寄来了哥哥没再使用的"丸善帆布笔记本"的吧？真木还让千樫嫂看了我写的东西，她在来信中写道："妈妈说，真木也许具有编辑的才能。"

总之就这样，我超越了给读者写回信的范畴，转而写起了为让真木还有千樫嫂阅读而作的笔记。我将其誊抄下来后写成长长的信函，现在，这项写作也终于成为"三个女人"决心共同制作的文稿的原型。而且，这一切还以哥哥馈赠"丸善帆布笔记本"的形式得到了公认。

2

且以那个大雨天的森林深处发生的事情为中心，说说其前后那个时期。在哥哥来说，那应该是他成长过程中非常紧要的时期。在阅读哥哥的小说过程中，我一年一年地越发留神其中跟自己的记忆重叠的地方以及不一致的地方。而且，我是把那个时期（哥哥后来终究被成为他小说中心主题的"森林里的奇异"所缠住）作为那几年间来把握的。当时形成的性格之根本，即使在他已是老年人的当下，不也照样留存着吗？

不过，我却是个讲究实际的女孩子，从整体上来说，当时并未接受哥哥所做之事。对于哥哥那种怪异的森林行走，虽说我也跟在后面，可是对于那般打动走在前面的哥哥的那一切，我却是没有相信过，只是觉得哥哥就是这么一种性格，我也无可奈何。对于哥哥的所作所为，我只是在某种程度上追随于其后。但是随着自己（也有身为女孩子的缘故）逐渐长大，就认为应该选择另一种跟如此这般的哥哥不一样的生活方式。

在我们的先祖一代代生活过来的这座森林的边缘，即使到了我们的孩童时期，也还流传着各种各样让人们感到奇妙的传说。假如套用现在的话来说就是：对于那一个个传承故事，我早就感到厌烦了（莫如说，倒是上了年岁后，我才意识到自己对那些传承故事，经常会产生一种亲切的、伤感的，以及另一种心绪安宁的感觉）。细想起来，哥哥从孩童时代起，就一直是"森林里的奇异"的毫不动摇的信奉者。在哥哥身上，曾是那些传承故事语部①的阿婆跟妈妈的影响，竟然比我身上的还要根深蒂固。

不过，那些传承故事尽管在村里的大人之间司空见惯，却也出现了从正面予以否定的人，那是始于战争临近结束、"疏散"来的人不断增加的时候。譬如哥哥的小说的读者所熟知的"死人之路"，即使在我来说那也是现实的风景。那是一条从森林深处的一个地点开始，一直延伸下去的、铺路石高及孩子背脊的道路。这就是路宽大约一公尺半（虽说在久远的往昔就从另一端开始坍塌，剩下的长度已不足十公尺）的"死人之路"。

当时还是国民学校②低年级学生的哥哥，找到了能够认真听取自己所说话语的人，他们是从东京来到这里的疏散者，而且还是科学家。哥哥把这对双胞胎科学家领到了森林里，当时，我就跟随在哥哥身旁。双胞胎学者测量了"死人之路"，我现在只记得，堆垒起来的石块表面据说处于完美的水平状态，因为那个

---

① 语部为日本古代仕于朝廷的部族，在仪式上口述记忆中有关宫廷和大家族的谱系以及典故。
② 发动侵略战争期间，日本政府为推行国家主义教育，于一九四一年在全国范围内将普通中、小学改制为所谓国民学校，其学制分为初等科六年，高等科两年。该体制于战争结束后的一九四七年被废止。

发现确实让科学家们兴奋起来了。

尽管没有这种物质性证据,却还是让哥哥特别倾注热情的另一个事物,是据说整年间不分昼夜往来行走于森林深处的孩子们的传说。一进入森林深处,就会有一些贯穿在树丛中狭窄空间的蜿蜒曲折的小路,这是(永远)不停行走的孩子们的小脚将地面踩踏结实的小路。因装鬼游戏①进入森林的孩子们,会永久不变地以孩儿之身不停行走于森林之中……

只要一说起这个传说,就会有很多孩子产生兴趣,但是哥哥的独特之处却在于他另有一个决心——在村里人从任何方向无论走往纵向还是走往横向都能徒步到达目的地的这座森林里,还能有怎样路径的、使得孩子们持续迷失于其中的迷路呢(倒不是片面断定其绝无可能)? 自己决心要把它给找出来。于是哥哥试图无论如何也要从阿婆跟妈妈那里打听出具有实际意义的信息。她们似乎并没有认真应对哥哥的询问(对于人们的表情,女孩子的观察要比男孩子准确),却也没有将其当作孩子的心血来潮而敷衍过去。在那过程中,阿婆跟妈妈都像是进一步回想起了自己在孩童时代曾听说过的故事中的精彩细节。

从事山里活计的人们饮用的森林深处的涌出之水,无疑被作为必要的工作加以维护,可是那里却存有特殊的东西。那一切,该不是进入森林的孩子们的所属之物吧?

生有潮湿苔藓的岩石,在树丛间显露出来。伸手在那块岩石的背阴处试着摸索下去,就会发现一处像是埋着的饭碗似的洼坑,冰凉的水就积存在那洼坑的底部。

---

① 类似捉迷藏的儿童游戏,以剪子、包袱、锤等形式决定输者为鬼,其他孩子躲藏起来,被鬼捉住者则改而为鬼。

那里还有一种树身低矮的松科类树种,尽管谁都不去采摘,可要是摘下那树上的果实,却也能充作少量食物。从事山里活计的妇女们都记得这个不时之需时可以前来采集食物的地方,隔上几年那里就会出现采摘并食用那果实后吐出的渣滓形成的小山。一旦那渣滓堆开始显眼,女人们相互招呼过后便会停下手中活计,像是没意识到那是在森林里一直不停行走的孩子们的所作所为,把那些渣滓撒布在山中溪流的斜坡上。

打听到这种内容后,哥哥岂止进山采摘那些如同小小耳朵一般的果实,他还亲口品尝了果实的滋味……

哥哥一直把我写为被带领的随从,不过说实话,假如没有我这个比他小一岁的女孩子同行,哥哥是没有勇气前往森林深处的。也是因为在哥哥诸多以森林为舞台的小说里没有清晰地写出这一点,我这才想要强调出来。哥哥害怕独自一人进入深林深处,但也不能因此而单纯地把哥哥说成胆小鬼。正是因为哥哥对于森林深处曾发生之事和今后也许会发生之事拥有丰富的知识,他才没有独自进入森林深处的勇气。不过,虽然我也在哥哥身边一同听了阿婆和妈妈讲述的传说故事,却并没有毫无保留地深信不疑。也就是说,假如套用哥哥经常使用的话语,那就是没有想象力。

关于勇气这个话题,我还有另一个记忆。说起森林里有野狗,这可是孩子们都知道的事。只是这野狗有两种,一种是森林里古来有之的日本狼①;另一种原本是家狗,战争时期因粮食短缺被峡谷里的人家抛弃,经野生化后不断繁殖而成了野狗。哥哥害怕的是有关第一种野狗的传承故事,可是并不害怕第二种

---

① 日本狼为狼的一个亚种,体长大约一公尺,较其他狼类短小,皮毛呈灰褐色。

野狗。实际上,哥哥跟我还曾遭到过野生化野狗的袭击。哥哥不顾自己被狗咬,把我藏在自己身后,独自抗击并赶走了复数的野狗。他的手腕和后腰上,现在肯定还有当时被咬的灰色伤痕。

且说哥哥总是这样把我当作随从带入森林,他也曾遇上一段需要独自进入森林的时期。假如指望具有传记性事实那么准确的话,那是始于村里创建新制中学前后,从年龄上来说,则是哥哥从十三岁到十四岁那段时期的往事。

沿河地带建起新制中学后,不仅峡谷里的学生,就连我们习惯称为"在"的偏僻山坳里的学生们都入了学,在他们中间还有一些非常早熟的学生。由于早出生①和晚出生的缘故,也升入新制中学的我跟哥哥隔了两个年级,刚一入学就成为遭致集中嘲笑的靶子。在校园里,他们把我们包围起来,甚至还大声起哄,说是哥哥跟我这"两兄妹进了森林瞎胡闹!"。

碍于这种年长学生们的嘲弄,哥哥跟我也就不那么过于显眼地登山前往森林了,可是即便如此,哥哥在进入深林的时候,还是经常每隔上一段时间,就把我给当作随从带上。

进入森林之际,因为有必要引发我这个随从的兴趣,哥哥就一面行走一面不停对我介绍自己当天前往确认的传承故事。譬如不下树之人,大人中就曾有人说明道:那人是因为患有"洁癖",也就是说,他担心自己的脚一旦接触地面行走,就会染上某些霉菌,这才不愿下树的。哥哥却说,那个庸俗的(孩童时代的哥哥不同寻常地厌烦那个)传闻不是事实,只要实际爬上不下树之人那株"自己的树",就会发现在远距起居树洞的高处,

① 日本的新学年始于四月一日,因而四月一日以前出生的儿童以实岁七岁上学,而四月二日以后出生的儿童则是虚岁八岁上学,故而前者被称为早出生的人,而后者则被称为后出生的人。

他甚至利用自然的树枝组合建造出了阳台,他最喜欢的,莫过于就那么在树上生活。树上的设施早已腐朽、坍塌,哥哥久久站在那树下,他只说了一句话:这是我以前曾经见过的。可是……

且说哥哥稍稍长大之后的这件事。毫无疑问,这次是他出于自己的意愿而将我排除在外,想要独自进入森林的。话虽如此,我却也没感到遗憾。之所以这么说,是因为发生那种事的时候,大多是下雨天的翌日,在森林里呀,无论是身体触碰到的小树枝,还是脚下踩踏到的树下杂草,肯定全都是湿漉漉的。

且说被从其他回忆中确切区别出来的那一天,我发现哥哥没把我当作随从带上,而是独自走上前往森林的道路,就有心追赶上去。当时,我感觉到哥哥今天一定有特殊的事,脚下才如此急匆匆的。

哥哥习惯于把亡父的遗物树木图鉴呀、用母亲堆放在库房里的陈旧流水账剪切成的笔记本,还有铅笔之类的物品放入挂在肩头的帆布包里。在他为直立的树木写生期间,为了参考需要打开那图鉴,却经常会无意间遗忘身边的图鉴而踏上归程,大致都是我在留神注意,这才没有丢失。我记得那天进入森林之际,为了方便走动,就像以往那样,把东西藏在那棵粗大的掌叶枫的树洞里,可是大雨从昨天一直下到今天,哥哥是在担心那些东西或许已被雨水濡湿,这才步履匆匆地上山去的吧?不过当时我穿在身上的碰巧是新裙子,不愿意被雨水打湿,决定只在森林入口处目送哥哥的背影。

可是刚要转身返回峡谷,却又放心不下,就一面注意着不要打湿裙子,一面回转身子跟了上去。然后,我就遇上了那个变故。

3

　　哥哥用小树的枝条,在巨大的连香树那三根粗大树权分岔的地方,圈垒出有一定纵深的水槽模样的空间,任由雨水在其中蓄积,大雨依然倾盆如注,哥哥俯卧下来,把脸浸入那水槽想要水死,我就从那个现场把哥哥给救了出来。这个记忆呀,现在回想起来,我几乎对任何人都没说起过,而且呀,我没有为了表功而掺加谎言,而且每当回想起被大雨冲刷的那棵大连香树根部的光景,就仿佛嗅到小树枝条上的树叶跟雨水的气味,用哥哥的话来说呀,就是有现实感。是谁预料到会下足足两天的大雨,进入昨天跟今天都是大雨倾盆的森林并预备了那个蓄水装置呢?那人正是哥哥,至于他为何那么做,当时就一目了然了。虽说还是孩子,我却识破了眼前的一切,抓住哥哥的两个脚踝,要把哥哥给拽出来。

　　不过,在哥哥的身体开始一点点地向后面滑溜而出之际,我借助那滑溜的势头将哥哥推往一旁,把他就那么留在那里,独自一人向峡谷里的村子里跑下去。在这过程中,只见一个农家大妈手撑雨伞往山上走来(或是为了准备晚饭,而来这附近的菜地里摘菜的吧),我便在看到那个大妈的这条小道的拐角处蹲下身来。

　　当时已是暮秋时节了,是个连续几天冷雨不断的日子,尽管还是正午过后不久,雨中的森林却已经昏暗下来,哥哥头戴布帽(村里的孩子们模仿军队的战斗帽制成的帽子,即使战争已经结束,也因为没有其他帽子而沿用那布帽),从那昏暗的雨中森林里颤抖着走了下来,从那帽子直至磨破了膝盖处的长裤的裤脚全都湿漉漉的，虽说离我有些距离，我也能感觉到他在颤抖。

哥哥根本不理睬我，从那条小道上擦身而过。我站起身来，随后跟着哥哥走去，同时暗下决心，今后也要这样，只要哥哥把脑袋浸入蓄满水的枝条圈里，我就要抓住他的脚踝把他给拽下来！

亚沙开始行动

1

亚沙组建起"三个女人",还说要各自分别表现,她很快就将自己写的那部分稿子送了过来,这是事实。与此同时,亚沙还展开了若干活动。

首先,她将音乐教师阿律从森林边缘派遣过来,麻利地完成了阿亮的音乐室里自大地震以来一直未曾着手的整理工作。连续两周期间,每逢周六和周日,阿律便来到我们在成城的家里,将阿亮也当作能够发挥独特作用的助手,与真木和千樫一起完成了整理工作。

完成所有工作即将返回之际,阿律把与阿亮的音乐相关的物品塞满我的两个旧皮箱,对于女子的体力来说,这两个皮箱过于沉重,就将其交由上门投送的快递公司另行邮递了。

千樫说道:"就像你自创的格言所说的那样:在阿亮来说,没有撒手这个词语。阿亮从十五六岁开始作曲,他把与自己作曲相关的一切物品都积存在这里了。"

借此机会,在千樫的"英明决断"之下,与音乐相关的旧杂志便被处理一空。另一方面,阿亮写下的乐谱和笔记类物品,则被整理过后装入了瓦楞纸箱。较之于这一切，数量更为庞大的，是录音带和磁带盒以及录像之类物品。在 CD 问世之前收集到的唱片，当初辟出音乐室之际，就都被善于果敢决断的千樫给卖光了，她告诉我说，出售唱片所得的那笔还算整齐的款项，要高于整理我的书库之后的售书款。

　　然而，业已录了音的磁带数量却是非同寻常。这其中有长年受教于斯的作曲老师每当完成一部作品，便会亲自用钢琴弹奏并录制的磁带。另外，早已成为我们家朋友的演奏家们，会聚集起来自由弹奏曲目，这与他们在阿亮作曲的 CD 开始发行且引发热销，包括地方小城镇的会场在内，在长达约三年期间每月举办的音乐会上演奏（以阿亮战胜残疾从而成长为主题的曲子，同时配以我的讲演）的节目有所不同，现在，连同这些自由弹奏的录音在内，剩下的所有磁带全都被阿律给带走了。

　　这一切告一段落之后，便到了亚沙前来就阿亮和真木今后的生活方式进行商议的时候了。这会给我们家庭成员以及亚沙一直管理着的四国的老家故宅带来变化。而且，亚沙还有一件重要事项需要办理。千樫对我说，此前在她和真木以及亚沙之间，毋宁说，有一项比"三个女人"之事更为切身的事项，细说起来，则有一个由真木向亚沙提出的计划，说是希望我能仔细听她讲述。

　　在我来说，觉得她是要把各种麻烦事汇总起来一并推到眼前。且不说我这人因"三一一后"的缘故而不得不外出，这也怪我于无事之日也是忙于自己一人的活计（并不是作为小说家的工作）而花费了大量时间。在真木的引领下，亚沙走进了我的工作场所，除我们家庭成员外，谁都不曾进入过这里。真木刚在我那张铺着被罩的床上不客气地坐下，亚沙便环顾着近来我一直面对着的东西和为其提供参考的若干资料，她开口说道：

"在真木那里听说,你不分昼夜地一直在做这件事呢。的确,我也知道你只能集中精力做下去,可是……六隅老师把这种活计称为在家干零活,哥哥听了以后,在大学的假期里不就仿效了吗?你现在还热衷于这种事情呀?"

"这是要把那位六隅老师的《战败日记》的复印件呀,并不沿用A4复印纸,而是把老师写下的日记精准剪裁下来……仔细对齐过后呀,再粘贴在一页纸的正反两面。老师故去之后,N学长发现了这本日记,与我商量是否应该发表出来,我们就带着这日记一同去了《世界》杂志。当时只复印了两册,把原件返还给了老师家。用作印刷的底稿,是请编辑部把日文部分给抄写下来的内容,法文部分则请老师的儿子翻译出来,再由在整理老师有关拉伯雷研究资料的过程中发现日记的N学长略加修改,我也做了相同之事。出于让校对者参照原文整体的目的,就复印了两册。发表出来的书就在那里,也送给你一册?我就按照这种顺序在做着,为了细微之处看得更清楚,当时我选择了价格正高的彩色复印。工作全部结束后,我得到了早先用于校对并返还回来的这一册复印本。现在呀,我正要把它复原回去,复原成原先的笔记形式。原本我就在想,迟早是要做这件事的,在'三一一后'呀,既没写小说,又无心读书,这就有时间来做这件事了。"

"整体看起来是很漂亮,尤其用法语写的部分,行的开头处和间隔的方式都很整齐,而且全然没有修改之处呀。这该不是花费时间誊写清楚的吧?"

"我倒是觉得当时没有誊清的时间。因为临近战败之际,研究室的书籍需要疏散,而且东京空袭刚一开始,教师们又被动员起来轮值夜班,老师是在这种状态里写下这日记的。"

"真木看了复印件,认为用法语写的地方也许是引用的诗歌,说是要请哥哥给翻译出来……又说不是那种内容，而是想要自杀啦，这个国家的军部呀政治家呀，甚至就连普通日本人都不会再有希望啦，写的都是这些内容……说是战争假如再晚一个星期结束的话，六隅老师或许就会用这个美丽字体，写下'这就要自杀了'从而结束日记。真木说哥哥你听了她的话之后，表示自己也感觉到了这些……

"瞧，这一处！'考虑自杀。此前过于高估日本人了，却猛然间觉得，日本人犹如被追逼得走投无路、已然自暴自弃的丑八怪野兽一般。就连人性的只鳞片爪都不允许他们拥有。甚至有些知识分子认可军部的观点。他们头脑中陈腐的意识形态，将招致祖国走向灭亡。'

"哥哥眼下正在处理的，是用法语写的、比日语更加抑郁的文章吧？在这样狭小的地方，要按照笔记的尺寸剪裁稿纸，还要粘贴起来并留神不要偏移，做这种在家干的零活……会让你心情郁闷吧？六隅老师当年置身于战争末期的、正在遭受空袭的东京，而哥哥你现在处身于核电站事故之后的、放射性物质不断飘落的东京，尽管存在着这一差异……哎呀，还是比较相似吧？"

"把我拽到老师的抑郁情绪里的，其实是老师的文章里并未出现的……却是政府呀保安院①呀（东京电力公司则更不用说），在这次'FUDAO'②核事故中每当会见记者时都会反复说起的'想定之外'这句话。在今天早晨的报纸上，核能安全委员会也围绕'想定之外'说出要'抑制受害'的对策。此前也是这样，尤其是关于海啸呀，一看到'想定之外'这句话语，就有不知为何物却又威力巨大的东西

---

① 全称为原子能保安院（Nuclear and Industrial Safety Agency，略称 NIS），原为日本政府机构之一，职能在于确保日本的原子能和其他能源之安全。

② 作者特意用片假名"フクシマ"表示"福岛"，现试以"福岛"的汉语拼音"FUDAO"对应之。

在轰响。'该不是有了减少受害的手段了吧'这种幸存者的声音,像是被'想定之外'这个大黑洞给吞噬了一般。

"只要读一读长年以来勤勉研究海啸的学者的书就会发现,无论对于政府还是面向地方自治体,他们都曾基于科学性预想而多次提出警告。然而,当电力公司人员在归纳拥有这种学者的研究会所作出的总体性结论之时,那些结论却在不知不觉间被挪到了'想定之外'这个门槛外面去了。理应超越这一切的预防之意图,被弃置于'想定之外'的远方。

"这个'FUDAO'的教训呀,期待将会大幅扩大'想定的界限'和那帮人所说的门槛,可是现在已经处于危难之中了。我是在今天早晨的报纸上感受到这些的……

"隐匿于'想定之外'这片黑暗中的、勇于越过更大界限的准备亦无从实现。为了超越那个危机而抗争'想定之外'的现实这件事,从一开始就没有任何希望。在这里面呀,我看到了与六隅老师的悲观主义的日本人观相互重合的东西。

"这个日记中用法文写下的结语是这样的:Joie d'écrire quelque chose d'intime dans ma langue maternelle.Je commence.①可是……"

"哎呀,真木呀,说是从哥哥这里听了老师日记中这一处的翻译后很喜欢。好好复印下来,分送给他们年轻人,你看怎么样?在做完这个郁闷的、在家干的零活之前。"亚沙结束了她的这段话语。

接着说起的新话题,是促使她前来东京的事由。

"我写下的文章,在这一点上存有暧昧之处,哥哥却在一定程度上看穿了这一点。阿律采用《致令人眷念之年的信》中的小插曲创作的合唱曲,引起一个美国人的关注。听真木说,此人制作了由联合

---

① 法语,大意为:"以母语书写亲近事物的欢愉。我开始。"

国教科文组织后援的'亚洲孩子们的新游戏'中的一系列视频,他认为在那首合唱曲中现实感比较稀薄……这种合唱跟轮唱的组合,怎么能成为当下的孩子们的'新游戏'呢? 实际上是存在这种问题,这是听那人说的,所以莫如说,这是一个出于某种原因而对《致令人眷念之年的信》抱有兴趣的人,真木的这种说法显得自然……明察秋毫啊。

"而且,假如是这种人物的话,那就是义·二世了。本来,这个青年曾为跟哥哥你见面而前来日本并让哥哥为之高兴,却由于此前连我也不清楚的缘由,回国后就杳无音讯了……所以,他跟哥哥你的关系也就中断了,不过他跟我倒是互相寄过圣诞贺卡。在那过程中,他向我打听,说是自己目前从事导演工作,决定以日本为素材,不知哥哥你的作品里有些什么? 既然是这样,我的一个朋友曾在NHK得过奖,我就把阿律以《致令人眷念之年的信》为基础创作的作品,完整地寄给了此人。这就是事情的开端。

"事情本来进展得很顺利,可是这个事态当然跟哥哥有关,于是真木决定在关键时刻到来之前对你隐而不报,并就此签订了合同。后来就到了视频制作阶段,义·二世已经来到日本。他有一个策划——假如制作出来的视频能让哥哥你中意的话,就开诚布公地表示:这种惊奇其实是有意安排的。

"然而,当时剧作家冈厦先生去世了①,对于哥哥来说,这是一个痛苦的变故,其实,在那之前就曾发生一件事,还引起了厦先生的担忧,那就是哥哥跟阿亮的关系越发乱成了一团。尽管如此,对方那位制片人还是想要见上一面,这句话当时曾由阿律向哥哥你提出来了

---

① 文本外的日本著名剧作家、作家、九条会创始人之一井上厦(1934—2010)为大江健三郎的挚友,他的去世给大江带来巨大悲伤。井上厦的代表作有剧本《和爸爸在一起》以及长篇小说《吉里吉里人》等。

吧？而且，千樫嫂子也曾在晚餐时的话语中，对哥哥提起义·二世来东京后在逗留期间让她感受到愉快的回忆。

"尽管如此，义·二世前来日本想要再度见到哥哥的计划，却还是以失败而告终。当时，真木在东京见了义·二世，说是那位义·二世表示，自己心里也存有对哥哥你的不满，因着这个原因，跟哥哥你之间的朋友关系也就无法再继续下去了。

"此事到这为止，在那之后，跟义·二世之间再无书信往来。听真木说，'三一一后'，她也不曾想到义·二世。可是，一封开头写着东京大地震已经两百天了字样的传真，却突然发送了由真木管理的、哥哥你的传真机上来。义·二世那亲爱之情直接朝向哥哥你，说是收到刚才说起的、把阿律的音乐作品制作为视频的那个朋友据说从因特网上搜来的照片，是哥哥从车里举出反核电标语的照片……虽然由于传真的缘故而黑乎乎的，却还是能看出已是满头白发的长江先生表情沉稳，看到那幅照片从而获得勇气发送这个传真……他还说，要尽快前去慰问大地震和核电站泄漏事故的受害者。"

"在爱媛县的报纸上，也刊登了通讯社配发的照片，所以估计你也看到了九一九那场人数众多的集会，出乎预料，有六万人参加了那场集会。由于我也是召集人之一，最初就走在了游行队伍的最前列，脚上的病痛却开始发作，就坐上了因十字路口堵塞而无法前行的出租车。在那里一动不动地堵了大约三十分钟后，车子开始缓缓前行，从容列队前进的集会参加者们的氛围非常棒！我似乎被他们理解为乘坐出租车伴随游行的人。就算超越了他们，前面呀还是堵塞。在这过程中，一位妇人说是我从出租车内无法将标语牌伸出车外，就把一条写有'不需要核电站'的短小横幅标语递了过来，我就把那横幅标语在胸前展开，再降下车窗玻璃。确实有人发来传真，说是在因特网上看到了照片。可是，说是远在美国也能看到呀！"

"就是这么个情况……真木跟我,还有被拉进来的千樫嫂,我们就商量,假如义·二世前来日本的话,就要让他跟哥哥你彻底重归于好。正好你在这工作场所劳作,做着在家干的零活,对于我们避开你互通电话真是太方便了。然而,以快节奏跟义·二世一起推动进展的却是他的伙伴。由于他们的这个缘故,在我们还没向哥哥传这个话的时候,他们已经来到了日本。

"此前,他们参加了来自国外、前往'FUDAO'的自愿者团队。人数非常庞大的志愿者报名参加了这个团队,即便在现场,他们也是非常勤勉地工作。义·二世的朋友摆出同时制作他们自己的电视报道节目的架势。可是,这个庞大的志愿者团队也以大地震两百天为期而解体了,于是小的团队开始自立,继续从事在这里的工作和志愿者服务。为了他们自己的这个调整,义·二世就来到日本,甚至还把足迹延伸到了四国地区。

"我曾把天溟人造湖的家作为宿舍,让他们在制作视频期间也住了一两天。义·二世自不待言,他的伙伴对那里也很中意,似乎开始考虑以那里为基地,来继续志愿者跟制作电视节目的工作。那里本来就是义·二世继承的资产嘛。

"由于这个那个的缘故,我跟义·二世谈了话,要围绕此前在未跟哥哥商量的情况下就跟真木推进至今的、让你们两人重逢的计划,这次跟哥哥认真商量。这段话说得是比较长了,可是向你拜托这件事,却是我这次来东京的第一个目的。

"还有一事与此相重合——在深入这个话题期间,该说是哥哥跟他的冲突呢,还是分歧呢,我清楚地明白了这其中的原因。总之,你要是能听下去的话,那就是哥哥你本来对义·二世就那么满意,莫如说,会进一步答应跟他见面的吧。这样一考虑呀,我就让义·二世把他的牢骚录制下来,想要请哥哥慢慢听听这段录音。而且,义·二世因着职业需要而掌握的技能当然发挥了作用。"

2

由于这种进展趋势,我被卷入了亚沙的计划,现将借助她取出的索尼新产品听到的内容(亚沙拿出光盘后又说道:假如有必要的话,可以转为文字形式)记载如下。

义·二世也是这样,他再度旅居包括东日本受灾地区在内的日本,好像试图扩大他的纪实采访的世界。义·二世在自己所作的正式和非正式采访中,会使用最新式设备记录下一切。出于将采访过程录入光盘并交给谈话对象的习惯,他让亚沙也带了一台小型放音机。

"亚沙阿姨,我上次访问长江先生时……虽说不是第一次见到他,却由于没有幼儿时期的记忆,所以说是第一次见面也未尝不可,长江先生当时非常高兴,他说自己'甚至在兴奋'了。"

"是呀,哥哥在电话里向我讲述事情经纬时的声音呀……那个情绪高涨的情形非同寻常。哥哥当时六十多岁了,那心情就像回到了逝去的青春时代,真是令人为之心酸。他甚至说道:那不是义兄的儿子,而是我往来于'宅邸'并让我与其一同学习的那个时期的义兄本人啊。

"哥哥欢迎你的到来。据我所知,我甚至不记得哥哥曾对其他人表现出那样的态度。他打开位于成城的家里的一个房间,让你在那里一直住了三个星期。收到阿雪相隔许久的来信后,向你赠送从加利福尼亚到成田机场的往返机票的人,也是我哥哥。曾和我哥哥如此亲密交往的义·二世你呀,却是一回到美国,就从此杳无音讯了!"

"我自有其原因。那次前来拜访长江先生的动机，是《致令人眷念之年的信》。那本书出版十周年之日，母亲说要我试着读读那书。在那之后的一年里，借助母亲在日语汉字方面的帮助，我读完了那书。长江先生写下的，是父亲的……对于没有直接记忆的我来说，并未觉得、眷念……是父亲的事情。他犯下杀人之罪，虽然或许存在冤罪的隐情，却还是锒铛入狱。此外还有一些类似的可怕叙述。可是在小说的结尾处，叙述者长江先生对于父亲的眷念之情却漫溢而出。因此，我对这部小说的印象，无疑是眷念的。

"在东京成城的宅邸里，我彻底沉浸于那个眷念之中。在接受甚至过度热情的款待的同时，自然地理解了这一切……尤其与阿亮成了真正的好朋友。晚间享用愉快的晚餐，说话时甚至全然感觉不到自己的日语并不尽如人意，整天全都是如此。虽然得到了长江先生的好几本小说，却没想去阅读那些书。因为，此前不久我刚刚花费整整一年时间读了《致令人眷念之年的信》，无意'仍然用日语再读上一本'。

"刚一回到美国，我就转而希望进一步阅读长江先生的小说，而且想用英语尽快阅读。于是，我随即开始阅读《万延元年的Football》……也就是 *The Silent Cry* 嘛。然而，刚开始阅读这部小说，我就受到了打击，有一种遭到背叛的感觉。在那以前，我花费很长时间阅读的小说是《致令人眷念之年的信》，所以记得非常清楚。父亲半似事故一般杀了人，有一段他图谋自杀的场面，这些都被镌刻在了我的心里。

"然而，那个场面却原样出现在了 *The Silent Cry* 里。如果按照实际写作的顺序来说，作为比写《致令人眷念之年的信》时小上二十岁的年轻作家，长江先生写下了这部小说。然而，他却让明显可以确定为我父亲的那个人物，完整地重新出演了那个场面。那里的书架上就放着亚沙阿姨拥有的精装本《万延元年的 Football》嘛，请让我看一看。

"我是用英译本读了这个部分并画上红线的，我曾考虑，如果用日语慢慢读下去，感觉会不一样吧，就数度阅读了日文本。如此一来，发现此处却是用比英译本更加露骨的感觉……在我的印象而言，那是一种嘲弄的感觉……写出来的：'今年夏末，我的朋友用朱红色涂料涂遍脑袋和面部，他赤身裸体，将黄瓜插入肛门……' 当时我就在想，如果日本人读到这里大概会笑出来吧。把这种场面应用于描写现实中的朋友的自杀……当然是未遂的自杀。我愤怒地想道：怎么会有这样的朋友关系？"

亚沙开始解释道："《万延元年的 Football》的出版，是在一九六七年，而《致令人眷念之年的信》的出版，是在一九八七年。在出版这两部小说之间的二十年里，如同小说里被写为义兄的那个模特儿的称谓一样，我们现在也是这样称呼令尊的。义兄结束刑期后回到家乡，他为村里而劳作，跟我哥哥的交往当然也随之恢复。在那之后，直到现实中再次发生的那样一种死亡等等诸事，就被作为小说模特儿，作为我也真实了解的义兄这个人物的模特儿，被写进了《致令人眷念之年的信》。

"另一方面，《万延元年的 Football》也是写于义兄的事件之后，恐怕只是因为那事件刚刚发生不久，也就没有直接触碰那一切。我也是现在才意识到，只有《万延元年的 Football》的叙述者一直以小插曲的形式、作为某个死去的朋友的往事而讲述的这个小故事，才跟二十年后写下的《致令人眷念之年的信》具有共同之处。

"在这两部小说里，哥哥为什么一部要用完全虚构的形式写成，而在另一部中，却一如当地报纸大幅报道的事实那样，写了当地所有人都知道的杀人以及显出奇怪姿态的自杀，或者说是自杀的尝试？

我对此很不明白。只是,我清楚地知道,那个事件是哥哥人生中的重要经历……

"那个杀人事件跟后续的犯人自杀未遂之事,后来成为村子里的传说,我曾反反复复地听说过。最终,这些实际发生的事件中的具体部分,被非常深刻地镌刻在了哥哥内心,在这时隔二十年的两部小说里,作为仅有的、两者所共有的细节而出现。我认为情况就是这样的。我相信,存在于无法不把这一切给写出来的哥哥头脑里的,就算是奇异而且悲痛的记忆,也不是那种甚至跟嘲弄的心情相通的、显出小小滑稽的插曲。每当我重新阅读《致令人眷念之年的信》时,都会在那里流下眼泪。"

"……如果是那样的话,对于在长江先生这两部小说中相连相通的内容,我似乎也开始理解了。而且,我还理解了家父实际做出的滑稽且悲惨的杀人和自杀未遂一直持续存留于长江先生身上的意义。我认为,此事存在于作为作家尚显年轻的长江先生和二十年后的长江先生的内心之中……是这两者皆为真正的严肃问题吧。或许,那个滑稽且悲惨的插曲,即便是现实的,不,即便处于比现实更高的水准之上,那也是家父和长江先生所共有的经历吧。

"不过,对于站在父亲一方思考问题的我来说,即便是以自杀未遂而告结束,在滑稽且深刻的自我演出过后便自杀的这种小说走向,这种写作手法,还是会让读者充分感受到阅读享受。自己当时二十岁刚出头,因此而感到生气也不是毫无道理。而且,追问那个意义的实力,我本人还不具备。因此,我已经做好了思想准备——在这次再度拜会长江先生的机会中,这肯定会是必要却心酸的重大工作。

"好在你已经为我作了解释,自己不向长江先生提出这个话题也可以了,真是不胜感激。"

"真是那样吗?如果真是那样的话,该不胜感激的人应该是我呀。像这样把两部小说的场面放在一起比对着进行评点,我认为哥哥此前还没遇到过。假如你面对我哥哥直接提出来的话,确实会变得很麻烦,因为无论提问一方还是答复一方,肯定都会耽误时间的。"

"因此,关于这些问题,我已无意向长江先生说出只言片语。与此不同的是,我想要提出另一个悬案——关于父亲实际完成了的死亡。由于目前已经有望见到长江先生,所以准备了许多也很重要的其他事宜,希望能向长江先生请教,不过还是会集中于最核心的问题。

"尽管如此,围绕着那一个个变故的前后时间啦,执笔时的问题啦,你畅快地为我作了解答,所以我已经非常明白了,谢谢你。亚沙阿姨真是长江作品极为细心的读者啊。"

"你也是啊!我呀,现在跟你一样,揣着好几个重要问题呢。这次你在此之上,而且远超我所考虑、把更多时间花费在了这个方面,想要深入探究,这可不是不踏实的心态啊。

"你索性把自己的问题对我哥哥提出来,我在一旁听着哥哥对这些问题的答复,只有这样,对我也才不算是不踏实呀。我想,自己一定会专注地洗耳恭听的。"

3

听完录音后,我没对亚沙讲述有关相隔很久才听到其声音的义·二世的新感想,因为必须与他(还要把亚沙加进来)进行两人间交谈的时间已经在等待着了。亚沙也没显示出拖延此处谈话的意思,她从放音机里弹出光盘,随即将另一张同样有着实用性外观的光盘插了进去。

"前些日子,你们热情接待了上门整理阿亮音乐类物品的阿律,她高兴地说,工作进展顺利,她感到愉快。"亚沙说道,"这是她另行小心送来的录音磁带,我同样独自试听了一下……她说假如稍微听听,就会知道能否找到,也就没有为此花费多少时间……她还告诉我,这是与母亲有关的重要东西,我就用从义·二世那里学来的方法进行编辑并带了过来。

"我所关注的,是阿律也抱有兴趣的地方,这是因着'森林里的奇异'的缘故。今天早晨,我让真木也听了曲子,她表示'虽然说不准,不过自己和阿亮在森林里度暑假期间一直都在一起,当时老祖母听了爸爸送来的音乐,我认为那音乐其实也是这些曲子中的一首。'"

"我也想听听那些曲子。"我对亚沙说道,然后在不长时间的倾听过程中,在依次出现的短小录音里,邂逅了让我尤为眷念的乐音。最初的一小节,我觉得弹奏者应该是作曲家篁先生①。大约三分钟的……而且是缓慢弹奏的、理应更为短小的曲子……结束了,在东京的起居室的嘈杂般声响中,少年时期的阿亮那有趣且认真的声音跳了出来:

"非——常缓慢啊!"接下去,是确实年轻的千樫的笑声。

"篁先生偶然顺路光临家里时,表示姑且不论自己作为《空中怪物阿桂》中的音乐家原型之事,倒是喜欢那个短篇小说其本身,便同他一起观看了送到家里来的、由原作改编的电视剧录像。看完以后,他自己弹了电视剧终了处播放的、阿亮那首'阿桂的主题'。然后,他不高兴地瞥了我一眼,就那么回去了。"

---

① 作者笔下的作曲家篁透先生之原型,应是现实生活中的日本著名作曲家武满彻(1930—1996)。

"……就是这里,可是并不清楚这是什么曲子呀,也像是篁先生以他本人风格编曲跟弹奏出来的。"亚沙说道,"我觉得'森林里的奇异'跟'阿桂的主题'确实很相似,可还是请阿亮听了这曲子,听他说,这是'森林里的奇异'那首曲子中的一部分,就让使用于阿律和真木创作的组曲里面去了。

"且说我想要跟哥哥商量的另一个问题,那就是:哪怕时间不长,也想请阿亮跟真木再次前来四国。这话题说起来同样混乱,跟义·二世及其伙伴们想要于森林里创建在日本生活的基地之事也素有关联。这是由于他们会在某一时期要在'FUDAO'劳作,然后就想要在我们那里避难和疗养。因为在现阶段,四国山脉我们这一侧的放射性物质的污染程度比较低……伊方核电站假如发生核事故的话,一切可就全完了……阿亮如果跟阿桂一起从东京疏散过来的话,义·二世也会感到高兴吧。

"我认为,跟阿亮比较起来,健全的日本人对于放射性物质的感觉会比较迟钝,可是美国人义·二世及其伙伴曾因初期的'FUDAO'而遭受辐射,今后偶尔也会以自己那个团队的形式回到'FUDAO',他们对放射能非常敏感,所以一旦遭受到一定剂量的贝克勒尔,义·二世跟他的电视制作团队,就会在放射性物质稀少的森林里工作。阿桂跟阿亮,不是他们的好伙伴吗?

"本来呀,我就经常从真木那里听说,她想跟阿亮从东京的家里自立而出……用真木的话来说,就是'想从爸爸的压制中获得自由并独立生活'。而且'三一一后',东京的天空也遭到污染,阿亮害怕想要见到自己的阿桂从高空降下来时会陷入危险。听到这些话的时候,我就在想:这可是机会。

"其实,对真木说了这话以后,她告诉我,哥哥你本人曾在梦中想要逃离放射能污染,前往天窪大扁柏林子里去避难。所以我就思量,假如开口说出'是否能让阿亮跟真木……而且,最终还要加上阿桂……前来四国'这话,或许可以说服哥哥。我就是这么想的。怎么样? 在今天说的全都是弯弯绕的话里面,这个部分如何?

"对于我的建议呀,假如哥哥说出'不,那个叫作阿桂的奇妙生物,当然只是想象之物,还是虚构之物,我就这样写得很明白呀',那我们的机会可就来了,就是这么一回事。就直接让真木开始她一直对'三个女人'流露出的、针对哥哥你的批判。

"'我感到爸爸变得不真心对阿亮说话了,这不等于对他自己也变得不认真说话了吗?! 因为呀,叫作阿桂的生物,就算是患上心理疾病之人的幻想,爸爸还是在小说里讲述了那个故事,却没有继续对阿亮认真说话。

"'阿亮出生的时候,爸爸不也只是考虑自己将因此而发生怎样的变化吗?! 在小说结尾处,虽然让读者看到自己潇洒地承担起对于那个孩子的责任,可是写完小说后不久,不又在为还存在其他生活方式而后悔了吗?! 而且,爸爸不是未经认真地持续思考,而只是随波逐流地与阿亮生活过来的吗?!

"'在根本之处,爸爸不是并不尊重阿亮的智力障碍吗?! 在护理学校呀福利工厂里,就算没像那里的大人们所表现出来的那样显出轻蔑,实际上也并没有尊敬阿亮。妈妈说,箟先生之所以为那个电视剧而生气,是因为爸爸没对那种制作方法真心愤怒。既然对这种情况一直都很清楚,我就要从爸爸这里自立而出,与阿亮同去四国,而且,我认为亚沙姑妈和妈妈都会赞成的!'我在考虑,就让真木这么坚持自己的看法。

"怎么样? 在真木、千樫嫂,还有我这'三个女人'面前,哥哥你能对阿亮说出'阿桂这个袋鼠大小的婴儿的故事呀,那是个笑话,谁都不会认真看待那个婴儿故事的'吗?

"阿亮总是当真的。你却变得无法回视阿亮的眼睛,相隔多年以后,难道还要模仿着俯卧在积满雨水的枝条圈里吗?就算临到那个时候,能够用力抓住哥哥两个脚踝紧紧不放的人已在这里待机而动了。莫如说,这也是为了不让你逃出去。"

4

这一天,为了翌日就要返回四国的亚沙,千樫预约好车站前的意大利餐馆,备妥了我们一家为她饯行的晚餐会。且说前往餐馆的时刻临近之时,也是由于白天里被亚沙的批判和攻击所压倒,这个那个地思考了很久,耽误了睡个短促午觉的时间。这也是最近几年间的老化现象之一,却导致了头痛和失眠。我没去参加晚餐会,独自用过简单的晚餐后,就继续我那在家干零活的活计。

千樫一人上楼来到我的工作间,随即落座于白天时亚沙坐在那里逼迫我的那张床铺上相同的位置,然后说道:"从亚沙那里听说了她今天对你所说的内容。后来,亚沙甚至与真木用葡萄酒干了杯,情绪很好地对真木和阿亮说:'你们移住于四国森林的计划,大致定了下来'。真木反倒表现出慎重。于是我就对今晚比较疲劳、要早早休息的亚沙表示,我要与你商量,明天早上,在我们也稍作讨论并得出结论的基础上,再来谈论真木和阿亮的移居计划。

"在真木和亚沙持续专心讨论实际与义·二世共同生活的步骤等内容期间(而且,还谈了当地同意出任阿亮音乐教师的阿律与阿亮之间的合同条件),亚沙表示'这么说来,自己谈判以后,哥哥的精神不太好',于是我也说出了自己的担心。

"由于未曾对你直接说起过,所以自己在'三一一后'怎么也弄不明白。

"的确，那是你在我们杂志最初那卷上写的内容。你在深夜一面观看'FUDAO'电视纪实节目，一面喝着已是吾良遗物的白兰地，在此期间，你发出声音哭了起来。我和阿亮都听到了那个哭声并感到吃惊。真木这时也加入这个话题，她说，爸爸在文章里表示想起但丁的诗句，她自己也不十分清楚那是在第几行，因此就去查明了出处。因为她是学习过意大利语的人嘛。

"如此一来，亚沙就显出爱挪揄人的老毛病，模仿你的语气说：哥哥呀，英语跟法语的发音都不行，意大利语的发音就更古怪了，所以，大概是在心里想出那诗的日语译文后，在反复诵读期间哭出来的吧：'故此，汝当知晓，未来之门刚被关闭，吾等知识即尽皆沦为死物。'然后，就呜呜地哭起来了吧。听她说这话时，我也觉得这事多少有点奇怪。

"就像大家都说的那样，你是记忆力超群之人，早在孩子无法拥有美国小说日译本的战争时期，据说你就记住了《哈克贝利·费恩历险记》中的一段。所以呀，当听说我们的城市在不远的将来会灭亡，未来之门刚被关闭，因此你就想起吾等知识即尽皆沦为死物这一段并哭了起来，这不是可笑吗？

"而且，说是你对这个书架上放着的书也变得冷淡了……这个事情本身呀，我也感到确实是这么回事……'即便这个国家的未来被关闭，可自己已经上了年岁，以后不会活得太久，就只维持着书本里的知识死去吧。'毋宁说，你该是说出这种话的人才对啊！

"然而，真木随即作出了回答，而亚沙和我也都附和着说：'是呀，真是那样啊。'真木是这么说的：

"'我认为这是因为爸爸的头脑里存着阿亮的事……

"'阿亮有关巴赫呀莫扎特呀，以及具体而详细的音乐的记忆非常厉害，只要听过其中一节，就不会想不出来。就连篁先生也曾依仗

过阿亮的记忆呢。可是不知从什么时候起,当我向阿亮确认从 FM
呀电视里听来的旋律时,他经常会困惑地说:这是什么呢? 他好像在
为自己想不出来而感到不可思议。以此为切入点,我注意了一下,相
同事例连续发生了好多次。而且,在更为实际的事情上,妈妈和我说
到这事那事的时候,阿亮似乎还是想不出来的模样。记忆该不是从
最近的阿亮身上在连续不断地消失吧?

　"'妈妈还有爸爸将此归于玩笑,笑说年纪大了,忘性也变大了。
其实,他们好像已经认真地挂念上了,只是阿亮头脑里的、以往多得
难以置信的音乐记忆,现在却开始逆转,在相反方向上发生了同样的
事情,难道不是这样吗?! 阿亮正在忘掉一切,这种忘性远比健全的
人来的早得多,难道不是这样吗?!

　"'于是,在爸爸的头脑里,从那些诗句中,当城市呀国家的未来
一旦丧失,我们自己积累的知识也将如同死物一般之类的诗句中,他
联想到了阿亮的记忆,难道不是这样吗?! 很快,记忆就将从阿亮身
上丧失殆尽,他会随着一片黑暗的头脑机能渐渐变老,最终将移往死
亡……

　"'而且现在呀,即便对于我们大家来说,如果全国的核电站都
因地震而爆炸的话,那么这座城市、这个国家的未来之门也将被关
闭。我们大家的知识会沦为死物,该说是国民呢? 还是该说为市民
呢? 无论谁的头脑里也都将一片黑暗,走向灭亡。在那之中,就有变
得比其他人更是一无所知的阿亮。正是联想到这样一种将来,爸爸
这才呜呜地哭起的。难道不是这样吗……'

　"真木这么解释之后,亚沙随即充满感情地说:'确实如此啊!'
然后她看着我问道:'千樫嫂你是怎么想的?'我也认为,确实就是真
木所说的那样吧。

　"怎么样? 你觉得自己思考的东西,与真木这个比谁都亲近地

和阿亮一同生活过来的人所感觉到的东西相重叠吗?"

我惧怕在对此准备不足的情况下仓促回答:

"……你本身、在阿亮身上、感觉到那种记忆力衰退了吧?"

"虽然也不能明确地这么说,可是……以前的阿亮呀,说到音乐,就像进入音乐之海自由地游弋一般,毋宁说,像是没有条理地、随心所欲地在那里游弋似的。

"很久以前,我曾对你说起过此事,你就告诉我,列维-斯特劳斯①正在思考神话素之事。这个世界上有无数神话,是由无数民族创造出来的,而那个神话素,则是或能从根本上对其进行归纳的构思……这也许是我的误读,我觉得阿亮也与那种水准上的音乐素相通相连。

"可是,他现在经常一整天都不听任何 CD。而且,当他在 FM 中听到古尔达②的演奏后,有时会说这是德彪西③的,于是站在 CD 储架旁,仿佛一动不动地顺着自己头脑里的脉络寻找路径一般,总算听完一曲,然后又开始倾听另一支德彪西的曲子。

"你也注意到这一点了吧,教授钢琴的老师说,'最近、阿亮好像沉迷于德彪西。'这就是'他并非精心④于德彪西啊'的委婉说法吧?

"后来,我向老师确认了一下,他甚至认为'阿亮以前遇到德彪

---

① 克洛德·列维-斯特劳斯(Claude Lévi-Strauss,1908—2009),法国文化人类学家、结构主义创始人,著有《忧郁的热带》《野性的思维》和《结构人类学》等论著。

② 弗里德里希·古尔达(Friedrich Gulda,1930—2000),奥地利钢琴演奏家,早年主要演奏贝多芬的钢琴曲目。

③ 阿希尔-克劳德·德彪西(Achille-Claude Debussy,1862—1918),法国作曲家、音乐评论家,采用自由的和声法进行风格独特的作曲,对欧美的音乐产生了深远影响。

④ 此处的"精心"与此前的"沉迷",在原作里的日语单词都是"凝る",兼有沉迷和精心等语义。

西这个那个有趣的曲子时,就会一个接着一个、如同自然起火的山林火灾那样,始终又是倾听德彪西、又是画上红线并阅读乐谱,这为他的作曲也带来了明显影响,甚至让老师感到'为难啊!'。接着又说道:'该说是什么呢?那可真是天衣无缝!可是现在却出现了某种不同。'他显出一副落寞的神情。"

然后,千樫说起自己的睡眠浅,在深夜或是清晨睁开眼睛,就会收视电视里叫作大学讲座的节目,在那里第一次听学者说到有一种名为年轻人的认知症①的疾患……这谈话进程不得要领。不过,她很快就调整过来,随即转移到今晚有备而来的、具有她个人风格的具体话题上来:

"在用晚餐的时候,亚沙表示白天曾对你说,'真木假如有心自由地批判你的话,也会这么说吧',亚沙那样说的其中之一,是这么一回事,而且她还表示'那可未必就是创作啊!'。譬如说,'在根本之处,爸爸不是开始不尊重阿亮的智力障碍了吗?!'

"这话让我非常意外,当时我在想,该不是听错了吧?可是亚沙还说,她是在真木的电子邮件里读到相同话语的。于是我呀就在想,你对于阿亮所说的话觉得有趣,这种方法与尊重阿亮还是有所不同,真木该不是开始感觉到这其中的不同了吧?

"从很久以前的幼儿时期开始,你就对阿亮说的一句句话都觉得有趣,不断重复着阿亮使用的话语,感佩地表示'确实有意思啊'、'他说的可是真的呀'。从很早以前开始,甚至可以说从阿亮产生语言之后不久开始,你就一直这么说到了当下。而且,你将其进一步发展,在你的小说里,出现了用黑体铅字印刷着的阿亮的会话特色。在

---

① 为避免产生歧视和偏见等语感,日本厚生劳动省于二○○四年将"痴呆症"改
    称为"认知症"。

以阿亮为原型的小说中，这甚至使你获得了特殊好评。这么说也未尝不可吧。

"总之，在我们的家庭生活中，对于阿亮所说的话语，你都无条件地感到有趣、为之感佩，甚至予以尊重。这个样式形成了基调。在真木来说，自己在语言方面的进步要比阿亮更为迅速，却无法从父母那里得到对于自己这个能力的任何褒奖，从而产生不满和嫉妒的心情了吧？不过，后来她在小小的心胸里独自克服着这一切，从自己这一方也主动对阿亮所说的话语产生兴趣，甚至为之感到自豪。从很久以前开始，我就认为这是真木非常美好的地方。

"然而，阿亮毕竟是成年人了，所以不会只有纯真时的有趣，有时也会说出包含成年人应有的扭曲情感的独特话语……尤其关于专家中的某人和某人的演奏，每当前往音乐会，他都会说出意料不到的话来。于是，你就经常把那些有趣的话语写进报纸的随笔里。这并非只将怪异之处视为有趣，我们家庭的一些可称为朋友的人对此予以认可。但是，也有些人并不这样认为。

"坦率地说，事态有时也会这么发展——在音乐会结束后，你带领阿亮造访后台，他则对第一次见面的演奏家说着什么，这时……那演奏家却突然怒上心头。在那种场面，你经常以笑言来掩饰阿亮所说的话语。如果说，在一旁听了此类这事那事，从而觉得爸爸没在真心对待阿亮所说之事，那就是真木没能领会所谓现场的氛围了。可是真木却是非常认真的人，所以她有时会感到你是个妥协的人，这么认为也是可能的吧。一旦她用电子邮件等形式将其从自己的内心里揭露出来，亚沙又是那种性格的人，就会直接全盘接受下来，今天白天面对着你，将其作为来自真木的批判，通过自己的声音说了出来。如果情况是这样的话，那么在这一点上，亚沙的言行就未必正确了。说实话，我就是这么想的。

"不过,这是我认为更重要的地方。亚沙说,'真木的电子邮件里有着她发自内心地为之感到担心的东西,而且,如果真木是在诚实地表述,那不就是这样的吗?! 我这才质问哥哥的。'感到你变得对阿亮不真诚说话了,这不等同于爸爸对自己也开始不认真说话了吗?! 事情的发展经过就是这样。我记得,真木无疑也曾用如此表述方式,通过电子邮件对我诉说过。

"而且,事实上,真木认为你对阿亮最近经常挂在嘴边的阿桂之事也是没有真心理解,她因此对你心怀不满。细说起来,那还是在大学医院的重症儿病房里,看护师把脑袋上看似又长了一个脑袋的阿亮抱起来让我看的时候,由于隔着玻璃窗,只看到婴儿脸庞,像是在不断地说着什么,却一直听不到声音。可是在回去的电梯中,我试着模仿阿亮口唇的动作,就发出了'阿桂'这个音节来,让周围的人吓了一跳。我向你说了此事,这就是诸事的开端了。

"就像后来你表现出来的那样,你对此感到有趣,将其命名于你恰好正写着的短篇小说中一位核心般存在的生物。早在我们搬家之前,经常过来玩的篁先生呀,也是那部短篇小说中的人物原型,他愉快地允许使用那个形象。于是,你也好我也罢,后来就都用篁先生的声调,对阿亮讲述阿桂的故事……其下文,就是在真木出生以后,你也会在与真木散步的时候逗趣地说:天空中的那一处,有个身穿棉布内衣、如袋鼠般大小的婴儿在飘浮着。后来,这一切就存留在了真木的心里。

"然而,在经历了长时期的'三一一后',阿亮却说出阿桂从天而降的话来,这让我们感到震惊,于是就重新向真木解释,阿桂是被如何镌刻在阿亮……恐怕也镌刻在了真木……记忆里的。

"可是阿亮口中的阿桂呀,与目前'三一一后'的'FUDAO'连接在了一起。这不是因为单纯地眷念梦幻般意象、将你的小说重新把握为童话并讲述给阿亮听所导致,而是阿亮假托现在正置身于悬浮着放射性物质的空气中的我们的身体而得到的感受。

"悬浮在天上的放射性物质这话既然从阿亮口中说了出来,你就更是不得不思考'FUDAO'的孩子们遭受辐射之事。将阿桂和放射性物质联系起来并为之不安的阿亮的这个想法,在你的头脑中无疑是棒球运动里恰好击中的打法。如果认为你对于阿亮口中的阿桂这个话题看似不太感兴趣,那么,这就与你劝慰阿亮时所说'阿桂这个袋鼠般大小的婴儿的故事是个笑话,谁对此都不会当真'的抚慰之举全然相反了,不是这样吗?!

"因此,较之于此前所说的任何一点,我更认为亚沙白天对你强硬提出的质问是错误的,她说出阿桂之事的表述方式是偏离了主题的。而且呀,据说她严厉逼问你:在我们'三个女人'面前,你能直率地看着阿亮的脸这么说吗?……

"我回想起,在我认为并不太久远的过去,在你和阿亮之间(而且作为过去之事),曾相互呼应如小鸟婉转啼鸣般的声音,这个想法是确切无疑的。当时我在想,这真是太好了! 这个回忆也是确切无疑的。可是,这些日子一直像是郁闷似的沉默不语的是阿亮,所以若是公平看待这个问题,那么即便认可亚沙本人进入真木的内心深处,我也认为亚沙的责难明显偏离了主题。

"不过,真木感到你变得不真心对阿亮说话了,亚沙则看透了这一点,我认为这不是没道理。因为你与阿亮说话的绝对量变少了,这是事实。而且在你的感觉中,不是自己内心里要与阿亮交谈的话语正在减少,而是阿亮内心里要与你交谈的话语正在不断消失,这种心绪……在我而言,毋宁说最为可怕。我们只能承认阿亮说话的绝对量正在减少。关于这一点呀,今天晚上,在亚沙作为白天批判你的论点的汇报里曾反复提到的内容中,我唯一能够同意的地方。

"这样一来呀,真木似乎就完全做好了思想准备,她对亚沙和我说出的话语,让我现在正担心着。真木是这么说的:'妈妈和亚沙姑妈,你们俩都触及了这个问题。你们认为阿亮话语的绝对量在减少……在阿亮来说,音乐无疑也是话语的一种表现,他曾拥有数量极为庞大的音乐,但是最近却渐渐地不作曲了。可虽说不像以前那样,目前却仍然在听着 FM 和 CD。爸爸却认为:这可真是有趣啊! 甚至可以说,这是让人觉得他欢喜过了头的表现。总之,这种表现是想要把阿亮归于幸福,可是阿亮与爸爸的交谈本身正在减少,他一副愁容且沉默不语……

"'能够让这种状态恢复到以前吗? 我一直在思考这个问题。于是,我决定要和阿亮一起离开成城的家到外面去。而且呀,让我产生这个想法的契机,是老祖母所说的'森林里的奇异'。这原本是四国的森林里的传承故事,老祖母说,她当闺女那时候也好,长大成人后也好,都曾听到从森林深处传来的'森林里的奇异'的音乐声响……

"'而且老祖母说,在自己漫长人生中遇上的最高兴之事,是收到由阿亮作曲的钢琴曲磁带盒,将其放入机器里一听,萦绕于耳际的是'森立里的奇异'的音乐……

"'于是我就这样寄以希望:假如我和阿亮能够两人一同住在四国的森林里,那么'森林里的奇异'的音乐肯定会传导到阿亮的身体里来。这不也就能够重新作为阿亮的音乐而表现出来吗? 就算在语言里,音乐也是最最纯粹的,因为那是阿亮内心里的东西,创作那个音乐并请阿律演奏出来的那每一天每一日来到我们身边,则是我盼望的最为美好的愿景。我和阿亮已经说了这事,相约要谨慎小心地将其当作只有我俩知道的秘密计划。

"'尽管如此,离开东京外出却会让阿亮无法继续上钢琴课,所以只对前来成城的家里授课的老师说了此事，老师就说道：你和阿亮，从无疑仍是特殊人物的父亲那里，感受到了压制，一直以来，两人都希望从那个压制中获得自由，是这样吧。

"'其实，第一次向我显示这个词语的，就是这位老师。当亚沙姑妈说到我的电子邮件里写着'从东京的家里自立而出，想从爸爸的压制中获得自由并独立生活'的时候，我就在想：怎么？就这样使用来自于他人的借来之物啊！可是我还想到，爸爸从亚沙姑妈那里知道这个词语，理解为'真木和阿亮这是希望从咱的压制中脱身而出呀'，会被原本并不属于我的词语的那个表述方式所伤害。'

"在真木如此加入到谈话中来的时候，我在想，听到这些话语，你大概会感到高兴吧。真木这孩子有时会钻牛角尖，说出对你不留情面的话来，可在根本之处，却是个和善的人。

"明天早晨，我会对亚沙说，阿亮和真木移居四国的森林之事，并非已经作出了最终决定，打算请你让我们略微从容地考虑一下。而且，真木那篇不多见的文章，来自于她在帮助管理国外事务时，为相关文件所写的批语，在文章里，她表现了自己是如何思考你这个人的。我想把文章交给亚沙，用于下一期'三个女人引发的其他故事'。当然，我已经取得了她本人的允许。

三个女人引发的其他故事（三）

　　父亲也是这样，在长久的作家生活中，直至某个时期，好像还在为来自美国呀欧洲的采访要求而花费时间作答。当他在国外获奖时，还要结合考虑各个时期的社会动态。可是，那些回答大致都被简单化了，根据对方意图作答有时还会遭到扭曲，这种经历好像已有多次。在那过程中，回信之事渐渐地就懈怠下来了。事实上，也可以说那些采访要求已经少见了。

　　不过，自从把整理寄给父亲的邮件这一任务交给我之后，一旦发现其中来自外国的邮件，就会比较介意，真是没有办法。说是持续拖延很久后出版了意大利文译本，父亲还很年轻时写的《广岛札记》的重版和新写的小说同时出版，这就引发了某种程度的反响。小说《优美的安娜贝尔·李　寒彻颤栗早逝去》译本由米兰一家出版社出版并寄来了样书，父亲书库里的译本，都是借助日本风格的，而且是一个时代以前的女性形象进行设计的，来自米兰的这本样书却与其全然不同，显得潇洒、入时。我打开不大的样书邮包仔细端详，发现一封意大利语的采访信函罕见地夹放在扉页处，是意大利女性的署名。由于这是我多少有些熟悉的外语，就译了出来，搁在样书上放于父亲的写字台面。翌日，父亲说了下面这番话后，把这任务强加在了我的身上：

"在此人的文章里，该说是如今的年轻女性的呢，还是其贵国的国情呢，有一种攻击性感觉，比较有趣。'现在的作家都不会直接写回信，所以由我采访后代笔'，她干脆这样说得了。如果由真木你来回答的话，攻击性与攻击性就会相互冲突，谈起来或许会很起劲。你那久未练习的意大利语也会得到一次实习机会吧。当然，你可以阐述自己的见解。你译为意大利语之前的原文，也要给我看一下。我想让你们在思想上有所准备，看看我给家庭里你们这些女性什么样的感觉了，这大概也是'三个女人'的想法吧？"

如此一番经历过后，一切就开始了。

提问：你在这里写下的所有人物，全都不想触及那事，那是被你作为发生在过去的变故而描写的。似乎在孩子时代，被占领军的士兵所强奸，那个场景被摄入了八毫米的电影胶片。菲利普·罗斯①曾借他作品中的一个人物之口表示："你对于某人的写作，在那人来说，将成为具有社会性的阻碍。"对于你所写的内容，尤其是关于你为了写那事而采用的手法，你难道没有罪恶感吗？

在最初阶段，我对长信中的意大利式寒暄一筹莫展，不过从这一段提问开始，作为被记者询问的作家的女儿，我泛起了"那就试着认真回答吧"的心情。倒不是产生了要为遭到攻击的父亲进行辩护的心情，只是面对连美国大作家的名号都抬了出来的提问，我感受到并不畏惧的某种东西。"尚未习惯于女权主义威势的日本男作家开始可怜了！"这个说法也确实存在。于

---

① 菲利普·罗斯（Philip Roth，1933—　），美国作家，其小说里多见生活于现代文明中的人相互倾轧和疏离，著有《再见，哥伦布》和《波特诺伊的抱怨》等作品。

是,我兴致勃勃地开始了回答。取代父亲由自己进行回答这个意志自然涌出,现从此处将全文抄录如下:

回答:作者笔下的女主人公,也就是曾在美国长期过着女演员生活(她得以度过如此人生的契机,也是最终使她转为幸运的、遭遇了先前被你称为悲惨变故)的女性,她并非没有实际生活中的原型,可是作者对其做了彻底的变形。因此,那个原型没有把这部小说作为自己的肖像加以解读,现在也没有失去社会意义上的体面。

尽管如此,作者还是使用了让一位享有社会声誉的作家作为主人公"我"来讲述故事的手法,描述同样享有社会声誉的女演员在战后不久遭到强奸的经历。"毋宁说,在这种'使用手法'的场合,将那部小说理解为现实中之事的读者不是很普遍吗?!"你或许会如此反驳,不过这是叙事中为赋予小说的现实感而使用的手法,并非要使读者的眼睛朝向小说背后的现实社会。在这一点上,作者并未将其作为日本独特的所谓"私小说"来写作。该作者创造出一种写作方法,那就是废弃了以往的日本"私小说"里所特有的、被讲述的内容是作者本人实际生活的那种特殊惯例。也就是说,在欧洲,毋宁说这是基于寻常的虚构这种约定事项,进而借助由"我"展开叙事这一形式酝酿出现实感的意图。你在把作为小说机关的、作品里遭强奸幼女被摄入八毫米电影当作实际之事加以理解。不过,是不可能存在那样一种事实的。

提问:如此说来,我觉得自己能够把对你写小说之手法的关注,与对你身为小说家之实际生活的关注连接起来,从而切入在我来说比较切实的采访。

那么,我想先介绍一下自己的个人情况。其实,我是即将登载这篇采访的那家报纸负责文学的记者,而我的本业则是小说家,目前,我也在写着自己的小说,有关与患有残疾的孩子共同生活及其悲惨结局的小说。我被你这位作家所吸引,是在读了《人生的亲戚》①译本之后。这部作品描写了一个自杀事件,患有智障的少年和虽然拥有健全的头脑,却因事故而致下肢瘫痪的弟弟一起自杀的事件。就不作冗长的说明了,那恰好是发生在我家的事,在你的小说里,死去了孩子们的那位母亲将自己的人生之场一直扩展到墨西哥,最终因罹患癌症而死去。我是多么羡慕她的这种英雄般的生和死呀,可是自己身为仍然存活着的母亲,还要继续把小说写下去,说了这些后,回到我的这个采访的主线上来吧。

你说自己的写作方法有异于"私小说"这种日本的小说手法,即作家根植于自己的个人生活并将故事写下去的手法,而是以"我"来讲述虚构故事的手法进行写作,同时确保叙述的现实感。的确,在作品中,你这位作家和患有智障、名为阿亮的儿子还有他的母亲以及阿亮的妹妹,都被描述得具有现实感。可是为什么必须要用那样一种手法呢?难道不能作为第三人称的小说写下去吗?为什么你要采用实际摄制日常生活纪录片那样的手法来处理他们——名为长江古义人的作家、叫作千樫的妻子、叫作阿亮的身患残疾的儿子,还有阿亮的妹妹亦即名为真木的女儿——并如此写作小说?

原样拍摄了你的家庭中实际人物们的纪录片获得了国际艾美奖,这部作品在意大利也得到了好评(我本人亦为之感动,还在供职的报纸上写了长文进行介绍。片中演奏了阿亮作为作曲家而创作的作品,确实让我感动),那部电视纪录片与你的小说有什么不同?

回答:实际摄制的纪录片,是拍摄了作家当时的现实生活情景。

可是,小说却是阿亮诞生以来所有故事的一部分。而且在小

---

① 一九八九年一月,大江健三郎于新潮社出版长篇小说《人生的亲戚》。

说的最后,巨大的悲惨结局或许终于出现。作家接受了儿子患有智障这个事实,决心积极地与这个智障共生共存,同时选择其作为支撑作家本人的虚构故事之总体的明亮主题。虽说还不至于嘲笑那个明亮主题,但是有关将文学立足点放置于此的批判(此类匿名信关乎作家的政治态度,尤其集中于三十来岁至四十来岁这个阶段的该作家),就成了批判中经常使用的说法 Political correctness①那样,儿子的智障也就是作家所承担的命运。

提问:你的小说经常讲述两个并行之人的,而且生活方式也相互交集的这两者的冒险故事。这种小说,在身为作家的你,与自像幻视或分身(譬如这部小说里的大学同年级同学)这二者间,先死去的那位,绝不会是你这位叙述者。因此我想要问的是,你考虑自己这个存在的终结之事吗?你惧怕死亡吗?你相信有可能作为某种存在而再现于死后的你吗?

回答:的确,这位作家的基础性人际关系构图,正如他本人所冠名的那样,是"奇怪的二人配"。他把这对相似之处和相异之处都很显著的二人组合置于小说的中轴。在他的表现中,稍有偏差的二者和包含着偏差的反复都会经常出现,这也是相同的。他总是让单一和相同之物与包含着偏差的另一事物共生共存。

提问:可是,这种由作家=我而编织出的故事,只要是在讲述小说,虽然像是硬汉小说的题名,"死去的那家伙"却总是他的自像幻视那一方。在他活着写作小说期间,存活于他的小说之中的总是作家=我。

回答:我承认这一点。不过你就不能想象一下吗,如此创作的作家=我,反而总是被自己或许正在走向死亡这个想法所缠住?

父亲看了我写的以上回答后说道:"真木认为采访的执笔

---

① 英语,意为政治正确。

者失礼,你好像在为此而生气啊。"我在想,这个反应不会是父亲识破我对他的同情了吧?不过,这并不是说我身上存有对父亲的感情移入,而是以中立的态度作出的回答,年近八旬的小说家当然有可能思考自己的死亡,因为朋友们都在相继死去。如果自以为只有本人是个例外,是个即便到了八十、九十还能长久活下去的乐天之人,那样一位小说家不就是傻瓜了吗?!这叫什么提问啊?真是让人扫兴。

不过,在如此写着的同时,事实上我还存有另一个兴致低落的想法:"哎呀,爸爸或许是有那种意外性格,更准确地说,或许是有马大哈的地方,也就是说,那是以作家=我这种形式进行写作的小说家理应具有的独特之处。"所以,在目前的这一问一答中,尚未导致我与意大利女记者不欢而散,对于以下询问也仍然在认真地回答。

提问:翻译了这部小说的译者呀,特别引用了日本评论家的评述,认为这是"梦幻化的私小说"。这里指涉的是你刚才予以说明的日本样式的"私小说",也就是将作家的私生活原样写入小说,在这里,甚至有一种与梦幻相似的虚构性元素也混杂于其中吧。就这样,你将自己身边的人们当作原型,让这些人物在小说里表现出戏剧性的言谈举止。我认为,在现实的家庭里,是不容易发现被如此传奇的变故所包围的活着的人们之聚集的。

回答:说起关于某个家庭的成员呀,在其现实生活中,在很长时期里,经历过较之作家写入小说的内容更为严酷的往事的人大概比比皆是吧。在作家笔下那或许是滑稽的说法,可是在现实社会里,莫如说,经历过比小说所写内容更为恐怖之体验的人屡见不鲜,不是这样吗?!只是他们中的大多数,没能预备像该作家这样的拥有家小的报告之人……

假如你觉得这位作家是这种类型——认为唯有自己无论处于多么危险的状况，最后总能滑溜溜地从中脱困而出，而死去之人也就只好是死去之人了，自己对此无可奈何——的人，而且他将面向下一部小说继续写下去，可是……作为像你们这样在基督教伦理观下成长的人来说，假如感到不愉快的话……我却认为情况未必就是那样的。

作家经常把自己作为应死之人来把握。他不曾忘记孩提时代就发生过的变故——当面临父亲死亡之际，想要代替父亲去死，或至少要与父亲同时死去。他一直在小说里写着这些内容，曾数度坦诉自己的罪恶感——明明只有自己才是应死之人，却逃避了这一责罚。

提问：这位作家是"三一一"这个悲剧之国的幸存者，他是站在因"FUDAO"而死难的人们一方而感悟，而思考的吗？

回答：作家在"三一一后"的所作所为，较之于为活着的自己而思考，不如说是在为"三一一"以前死去的人们而思考。譬如说，要将作曲家篁先生这个人置放在"三一一后"的情景中①，可是眼前他却不在这里，作家认为这是多么大的缺失啊！

且说我把代替父亲接受采访而作的回答写成诸如以上的文字，重新阅读那些内容之后，想要加上在这里没有触及的篁透先生事宜。

父亲在深夜的电视节目特辑里持续观看福岛核电站爆炸事故期间，也是因为醉酒的缘故，他呜呜地哭了起来。后来，我们也观看了重播的、让父亲感到震撼的那个电视特辑，在观看之

---

① 篁透在文本外的原型，作曲家武满彻于一九九六年二月二十日因病去世。十五年后的二○一一年三月十一日，发生了"三一一"东日本地震、大海啸和福岛核电站大泄漏这场天灾人祸。

间,节目确实讲述了小马驹虽然产了下来,牧场却已被含有放射性物质的雨水所污染,无法再让小马驹在那里自由奔跑。而且,妈妈说,映现在接下来那个镜头中的远景,是阿武隈高地的山峦。她还说,从我们在信州的夏季住所,坐车拜访箟先生家所在那座山的先生府邸,在车里经常能够仰视到阿武隈高地绵延起伏的山势……

绘制图画的母亲有关风景的记忆是正确的。

听了这些后,我突然想到查看父亲制作的放射能污染地图。每当发布放射性物质飘落的信息时,父亲都会将报纸上的地图摆放在日本地图上面,用早已准备好的各种彩色铅笔描绘出飘落量大的地区。箟先生曾经的工作间那一片场所,就确切无误地被包括在那个彩色铅笔特别浓重的地域范围内。

母亲告诉我,不要对父亲说起这件事。可是在那期间,父亲在阅读接连出版的核电站爆炸事故报告的过程中,他自己觉察到了此事。

接下去有一天,父亲决心前去看望箟先生的夏季住所。那里距离发生爆炸事故的核电站不到三十公里,是超出测定器每小时二十微安希沃特这个检测极限值的场所。那已是避难区域,肯定禁止进入其中。可是父亲却出发了。

父亲这是要把不久后或许会因为"三一一"的放射性物质的影响而死去的自己,放置在不久前因癌症而去世的箟先生的身边吧。

母亲说:"因为他就是这样的人——尽管说了'做出那样的事,成何体统?',在写小说的时候,却还是会把虽经多次修改、自己仍然不很明白之处写出来看看。"

桑丘·潘沙的灰毛驴

1

阿亮和真木移住于四国的森林边缘的计划,在其根本之处已经无人怀疑了。只是在将其付诸实际运作之际,千樫却总能找出只有她才能明白的理由,从而将计划往后推延。

现在的状况是,终于只有我和千樫留在东京的家里,细想起来,此前也只是有段时期出现过我在国外旅居的情况,可是这次阿亮和真木却明确表示要从家里自立而出的意思,千樫看得出来,这首先就对我造成了打击。我痛切且清晰地意识到,这将使她采取此前那样的态度。

然而,我认为,这使得千樫也将产生因老龄而造成的精神上的衰弱,所以亚沙屡屡对我显出焦虑模样,也是当然之事。尽管如此,千樫自不待言,即便亚沙对我也是有所顾忌,只是因我的感觉迟钝而引发的失败不断积累,她们终于对我采取了清晰的态度。

就从隔了许久才发生的巨大余震那天夜里的事情写起。

那天,习惯于早起的阿亮却罕见地迟迟不见起床,所以真木收拾妥当之后,就去窥探他已搬回去的那间寝室兼音乐室。由寝室的动静里感觉得到阿亮想要从床上起身,却引发了这几年间的记忆里不曾有过的巨大的癫痫发作。发作之后这才注意到,我们似乎因为"三一一后"的紧张状态而暂时忽视了同是癫痫的一连串小小发作。我重新回想起年轻时所热衷的奥登的诗句:"不可失去'危险的感觉'!"觉得由于正覆盖着整个社会的"危险的感觉",致使自己在家庭内的这种细微点上却变得感觉迟钝。

真木事后也是作了反省,事情的经过是这样的:她在寝室门前正打算出声招呼,却感觉到无音的嘎吱声响,便沉默着打开房门,只见阿亮站在床尾,将两臂向前伸出,横向倒了过来。在真木总算避开的脚边,阿亮的脸上毫无表情,大睁着的双眼如同石头一般。在真木调整阿亮姿势的短短时间里,阿亮翻动硕大的身躯,开始用因此而获得自由的左掌和肘臂吧嗒吧嗒地拍打着地毯类织物。

真木把落在地板上的毛巾被卷在手掌上塞入阿亮的口中。阿亮咬住那两根手指的关节,双颌的力量随即松缓下来,因而发出仅仅一声呻吟便就此结束。阿亮随着身旁护理着的真木的手臂力量翻转过身体,伴着威吓般的鼾声昏睡过去。即便如此,真木还是在他身旁蹲了一会儿,其后就下楼让母亲千樫联系救护车。

2

这是因为真木知道,即便只是抱起倒在地板上的阿亮的上半身,对于父亲那衰弱的臂力来说都是难以办到的,遑论让父亲把阿亮搬运到楼下去。我一无所知地离开书库的床铺来到外面时,留在家里的千樫告诉我,阿亮已被运送到他长年接受诊治的大学附属医院,还在继续做着脑波等检查。千樫还说,她知道昨天深夜十二点以后,我还在书库与真木持续谈话,阿亮像是在隔壁房间里听到了那谈话声,就那样长时间地处于紧张状态,这或许就是今天早晨发病的肇因。原本我就因为阿亮的严重发作而受到了打击,千樫的指责是在对我进行追击。

从我的神情里看出这一点后,千樫不再继续这一话题,前往厨房为我制作早餐兼中餐。我在千樫起身之后的沙发上坐了下来,只好取过放在那里的(我知道千樫此前已经读到了哪里)那本令人眷念的书。此书最初公开出版时是 B6 型①开本,在《新人啊,醒来吧!》获奖的时候,责编少量印制了目前这个版本。

大了一圈的目前这个开本的封面,使用原样包覆的方法,采用了以其诗歌形成美术作品主题的威廉·布莱克所作的水彩画。布莱克绘制了大量装饰着同时代的哥特诗人作品的画作。以前我在伯克利任教时,曾在当地旧书店里买到这幅画的复制品。那是面容忧愁的中年女性将淡水生物般质感的星形戴在额头的半身像,她向天际的浅淡暗处伸出一只手臂。远方也有两颗星星,其下方可见的石榴色圆周之一端也许是月亮。由于千樫喜欢这个画面,我就请装帧专家用在了封面上……

如果旁边有人在看的话,会以为我在犹豫着是否要打开这本书吧。页码上的内容,同样是癫痫病大发作之后,阿亮的言行举止转而变得粗暴,我和千樫、真木各自招呼阿亮的情节。当时,他基本不搭理我们,只是一味听着提高了音量的 FM。

> 这一切持续了几个小时,家庭成员都觉得受不了,于是妹妹对哥哥说:
>
> "阿亮,把声音稍微弄小点吧。"儿子粗野地摆出恐吓姿势,使得只有他身体一半大小的妹妹惊恐不已。

---

① B6 型开本的尺寸为 128mm×182mm。

"阿亮,不可以呀、做那样的事!"千樫说,"我们都死了以后,就必须靠妹妹和弟弟来照顾你了呀。假如做出现在这样的事,就会被大家讨厌的。那么一来可怎么办呢? 我们都死了以后,你怎么生活呢?"

我在一种悔恨的思绪中醒悟了。是的,我们就是这样不断对儿子提出死亡的课题,而且多次反复……然而有一天,儿子对我们这老一套的抱怨作出了全新的回答:

"没关系啊! 因为我要死去了! 因为我很快就要死去,没关系啊!"

一瞬间,有个因吃惊而喘不上气来的刹那间——之所以这么说,是我对这个意外却又充满确信的、深深下沉的声音中的声明,只是等同于茫然,千樫也现出被对方气势所压倒的神情——千樫用不同于此前那诘难声的、毋宁说在用抚慰般的语调这样继续说道:

"不会有那样的事呀,阿亮。阿亮是不会死去的呀。你怎么了? 怎么想到很快死去呢? 是谁这么说了吗?"

"我很快就会死去啊! 因为我发病了呀! 没关系啊! 因为我要死去了!"

我依然低垂着脑袋,阅读接下去的几个句节,与那里提出的死亡主题同样地、不、较其更为强烈地摇撼着当下的我的,是这里留存着他三十年前的说话样态中的力量。

现在的阿亮,在他少年时代已经呈现的那种状态中,又加上了知性的东西,甚至具有中年男子的辨别能力,眼下,他就在沉默中借助那个沉默化表情来表现这一切。他整天倾听音乐和阅读乐谱,浏览报纸的电视和广播栏目,这都与以往相同。然而,当下的他却连这部小说中用黑体字印刷的话语量的一半都说不出来。

与往常不同，千樫为做早餐花费了大量时间，我向她招呼道：

"只要咖啡，就送到这里来吧。昨晚的事情，真木还没来得及解释吧？归根结底，直到夜深了我还在喋喋不休，这就是阿亮发病的肇因。……我忘了书库深处那扇用于采光和通风的窗子已经打开。只要是阿亮的耳朵，那就肯定什么都能听到。"

那高处的横幅长窗，是帮助施工的编辑的理想主义产物，在装修阿亮的音乐室之际，他贯彻了完美隔音的意图。这位编辑原本毕业于建筑学专业，也曾在建筑事务所实际工作过，从而彻底贯彻了他的创意。他让我的书库深处的所有书架都紧密贴合在与音乐室共有的墙壁上，往上一直顶到天花板。书架高层格板上塞满了各种全集，因而隔音效果确实不错。不过，在旁观施工进展的过程中，真木开始意识到一个问题。在这数年间，阿亮的肥胖和足疾在同时发展，他已不再与父亲一同散步。下半身状况的恶化，即便在外行人眼中也是显而易见。

与癫痫病的发作不同，阿亮甚至在家中他自己的房间里，都经常会扑通一声摔倒在地。而且一旦倒下，由于他不会也无法积极谋求救助，有好几次就那样得不到救治。阿亮在音乐室摔倒时，倘若隔壁书库兼工作间里的我或是楼下的千樫觉察到这响动当然很好，可假如谁都听不到的话，那不就危险了吗?! 仅就一人在二楼摔倒，这该有多么寂寥啊……

于是，抽出业已完工的书库深处的书架中央最上层格段，双层玻璃的坚固窗子就被镶嵌进了隔墙。只要拉动从左侧垂挂下来的细绳，玻璃窗便向这一侧倾倒六十度。假如拉动右侧的细绳，则又彻底回到窗框里去，就连上钢琴课的琴声都传不过来。另一方面，如果打开那扇横幅长窗，音乐室里的响动便会没有任何死角且真切地传到书库里来。

最初,千樫和真木每天早晚都会打开和关闭通风窗,可后来就再也没打开了。不过"三一一后",在书库整理工作最终结束的阶段,虽然打扫了积存已久的尘埃,可是一旦关上窗子,残余的尘土就飘浮在整个书库。于是在反复好几天打扫这书库的过程中,窗子也就一直那么打开着。在那期间,还提及这尘埃也能得到根治……然后就是昨天夜晚的事,一度回了自己公寓的真木来到我已上了床的书库,带来她所担心的晚报上的报道。于是我坐起上半身,与在写字台前的椅子上坐下来的真木开始了长谈。

那篇报道涉及三位地震学者联名发表的论文,我曾对真木和千樫说起过这篇论文。这一天的报道再度发出警告,是针对在(招致地震的)断层密布且不稳定的地壳表层安装核反应堆这个实际状况发出的警告。论文还进一步从正面揭发道,太多的核电站在耐震安全性之前提的活断层调查以及安全审查方面存有重大缺陷。

真木尤其希望详细了解这篇报道结尾处的内容:地震发生之际,要把控制棒插入处于工作状态中的核反应堆将变得困难,因而核反应堆存有无法紧急停止的危险性。我取出并查看了刚才说到的论文。安装在核反应堆上的地震计从感知到某种强度的地震动直至插入控制棒,其间需要两秒左右。"假如挨近核反应堆的活断层发生地震,那将会是什么后果?"面对真木的以上询问,先前归纳了这篇论文的我不由得沉默不语……

然而,前来这里之前,真木当天从毕业于理学部的同窗的友人那里,听说尚未正式发布的、学者们在东京大学和京都大学所做的概率计算好像存在差异,这位友人持保留态度地说了以上话语后接着说道:在东京发生震级为七级的地震的概率很高,如果真是那样的话……

回想之下,我感到真木早在年轻时就曾有过的心理性压迫的倾向,在"三一一后"似乎又明显起来。这一天更是专注于此,接连不断地反复提出质询:"从某个时期开始直至其后那个时期的、曾一度得以回避的地震概率是怎么估算出来的呢?"在她的盘问之下,我只好认输。在那期间,地震这个词语是多么频繁地出现在我们的交谈里啊!阿亮肯定一直都在不停地听着这个词语……

另一方面,真木被主治医生告知,这次发作看似比此前所述的病症剧烈,可是在脑波等检查中并未发现异常,于是真木也就放下心来。十多年以来一直接受阿亮门诊的这位大夫说,这次每当自己口中说出地震这个词,阿亮就会用力捂住双耳。接着,大夫还说出了以下一番话语:

"阿亮或许是过于敏感了,可是目前在这个国家里,毋宁说过于迟钝的人太多了,难道不可以这样说吗?!人们认真程度的质量呀,可是有别于智障的有无啊!"

就在干这干那的期间,阿亮被再度用急救车送往医院。这一次,是我从同一位大夫那里听取阿亮症状的介绍,只是大夫像是失去了掺杂笑话的心情。那天早晨阿亮之所以倒下,是他想要攀上砖墙,那是音乐室临街一侧玻璃窗外拥着约一公尺进深的阳台上的齐胸高砖墙,他因手臂力量不足而向后滑落,毋宁说,这才没有酿成大祸。

倘若阿亮在从阳台探出半身时发作癫痫病,就会头部向下猛烈撞击在街道上吧。阿亮滑落于内侧,仰面朝天地摔倒在那狭小的地方,无法依靠自己的力量坐起身来,就在他躺在地上正要陷入低体温症之际,所幸先前听到摔倒时响动而感到担心的千樫前来二楼查看动静。

当天夜晚,我早就知道发生了强烈地震,大幅度横向拉扯般的摇晃反复了两三次,我在最近一直持续着的疲惫中想道:"这是在逼真地梦见三一一大地震的经历了。"……

即便如此,如果阿亮看清这场实际发生的地震已经平息转而前往厕所的话,我还是会进入他的寝室整理床铺,等他回来后为他掖好毛毯,再围绕余震与他谈上两三句话吧。只要发生地震,阿亮都会随即在心里计算震度,等待 FM 新闻播报地震消息,以此来检验自己观测的准确程度。这是他还未满十岁时就有的习惯。然而自三一一以来,对于频繁且反复发生的余震,阿亮和父亲一样感到疲惫,渐渐地连震度也不再说起,只是拍打自己的身边,用以表达愤怒之情。

这天夜里,对于那种地震并无反应的阿亮似乎照样睡得很香,我也就继续睡觉了。及至将近拂晓时分,再度发生了比上次更为强烈的余震,当我想要打开床头灯时,尽管摁下了开关也不见反应,这是停电了。

于是我开始考虑阿亮的情况,便从床上坐起身来,竖起耳朵倾听阿亮躺卧的方向,他因地震而用力拍打身边的动静这次同样没有出现。我想要下床,就再度摁下了开关,电灯却依然没亮。我大致估算着放置手电筒的方向,在黑暗中挪步向前,却又在考虑现在将手电筒的灯光照向阿亮时该说些什么。上次癫痫病大发作之后,阿亮在有意避开我,而我也不曾对他说过什么像样的话。我往床铺那边退去,摸索着旁边小桌上放置在纸箱里的杯子和水壶,只是服下两片感冒药。"或许没必要这样吧。"一如我认为的那样,随即泛起了睡意。

经过一段时间后,停电已经过去,千樫的背部承受着走廊的灯光,在我的床铺旁边刚刚站下,就告诉我说:"阿亮打开寝室房门,倒在门外的低洼处了。现在真木正在联系急救车。"在我的头脑里,突然而至的紧迫感以不可思议的方式在糅混着,想到这已是千樫将自己从沉睡中叫醒并告知的第三次变故了。第二次的时候,我把"上次发生这种事情,是美国总统肯尼迪被暗杀之时"这个缓冲加入到意识里,试图将情绪稳定下来。这里所说的第二次的时候,是千樫为通知塙吾良的死讯,笔直伫立在深夜的床铺旁(面对睡卧着的我,她并未曲下身体),发出响亮声音的时候。

3

我并没有从医生那里得到警告,说是这个变故或将给阿亮带来后遗症状,而且,原本我也不是那种能够有效利用第六感的人,平日里,我这个后期高龄老人也只是有时间充当在医院候诊室长久等候的角色,这是我的长处。不过,只要说到阿亮的心理侧面,这次变故还是给我们的家庭生活带来了"三一一后"最为显著的影响。首先,接受了整整两天的多方面健康检查(真木还请精神科大夫也参加了会诊)后,却没有直接向我告知大夫的看法。忍耐几天之后,在向千樫确认时才得知,自从那事以来一直积极劳作的真木,打算今后就做类似于护理阿亮的事情,因此向医生请教了应该注意的事项。

再就是阿亮出院之后,除了往来于寝室近旁的卫生间外,他不再出门,似乎只在寝室里面生活。在我而言,并没有闲暇与出院了的阿亮说话(也是由于自己不断被叫去参加"三一一后"的市民运动)。

我同样不曾与真木谈起阿亮出院那天的紧张样态,从乘坐出租车直至回到家里床铺旁,真木一直陪伴在他的身边。翌日早晨同样如此,阿亮虽然恢复了倾听 CD 和 FM 广播节目这个基本生活状态,他的口中却不再说些什么。于是,就像医生指导的那样,真木持续用简短的一问一答形式促使阿亮自发性地说出话语。这次变故像是让她感受到了前所未有的危机感。

"像这样下去,阿亮就会'像死了一样活着'吧?爸爸年轻的时候呀,有时就像这样闷闷不乐,妈妈本来不太说这些事,当时却突然抗议起来,说是让爸爸反省……那个抗议呀,就是'如果是这样的生活，我觉得无趣'这句话吧？现在呀，我也觉得无趣。"

真木这么说着，似乎要让阿亮也听到，她显示出的这个想法并不寻常。在现实生活里，大白天不言而喻，就是天色暗下来，她也一直坐在搬到阿亮床铺旁的那柄金属管椅子上。

真木犹如自言自语般持续嘟囔着并不确定阿亮是否能听清楚的那些话语。在此期间，一直沉默不语的阿亮却用意外清晰的声音说道：

"以前有趣。"我也听到了这句话，后来我确认，这是真木偶尔对阿亮说起义·二世时曾说起过的往事。

真木在哥哥的反应中获得力量，随即将自己此前的询问重新归纳过后问道：

"阿亮以前做了什么才觉得有趣？……是谁、说了或是做了有趣之事的人来过？那是谁？"

阿亮正听着 FM 的古典音乐，其音量小到连在身边侧耳倾听的真木都听不出演奏的是什么曲目，这时阿亮说道：

"……因为义·二世住在家里嘛。"

"是吗？就是义·二世来家里的时候！那是很久以前的事了，可是那很有趣吗？"

"很有趣啊。"阿亮继续说道。真木觉得这是事故以来，第一次发生真正意义上的交谈："义·二世还会来呀。等阿亮恢复健康以后，我们就去四国的森林里。很快就会见到义·二世的。上次他住家里时，是怎么有趣的？"

"是很久以前的事啦……"

确认阿亮开始发出睡眠中的平稳呼吸后，真木走下楼梯，对正在整理铺在餐桌上的税务申报文件的千樫说起了那个话题。"阿亮那么记得义·二世住在家里的往事，让人感到意外，我也想到了阿亮和

义・二世之间的交情很好,可是……"说了这话后,千樫又说起由此想起的往事:

"曾经让我感到不可思议的,是义・二世回美国去以后,阿亮仿佛觉得丢了什么东西似的。当时他已经上了床,却又起床在餐厅里寻找。即便问他丢了什么东西,他也不是能够说出失物名称的人,所以弄不明白。他是在寻找自己也无法说出如此这般的某个东西。但是,我意识到那是你爸爸的东西。不过,我无法直接去问你爸爸:义・二世该不是把阿亮很看重的你的东西给悄悄带走了吧?由于义・二世回到美国后没寄一封明信片来,也就不好再提起这个话题来了……"

与妈妈谈了这些话语后,真木在电子邮件里一言及此事,义・二世那里就有了反应:

"那是放在长江先生工作间桌子前面橱架上的东西,那东西就镶嵌在木框里。当时,那东西涉及长江先生正在写作的长篇小说,是《堂吉诃德》里的什么内容……长江先生拿出英文版的大厚书对我解释说,是从这个硬书脊封皮里拆下的、原本用糨糊粘连的一幅两页的书页。他还说,当自己想使用某本书的其中几个页码、又担心一旦裁剪下来就无法复原时,如果那是重要的书,那就使用这种方法即可。譬如说这幅插图,如果把这一幅两页的插图书页给折叠起来放入画框的话,由于可以使用黏合剂将其粘回原书,所以……

"啊啊,当时还有一个有趣的事。长江先生把那画框取下来让我看个仔细,阿亮却从旁边说:'这是我和朋友的画。'这话让长江先生吓了一跳。那幅画本身的内容我已经忘了,却仍然记得当时的情形。也是因为这个趣事,从东京你们家临出发之际,总觉得这既是对长江先生的纪念,也是为了纪念阿亮嘛,就擅自带走了那幅画。"

这话姑且不论,真木很快就干劲十足地前来告知义・二世的新邮件内容：

"从爸爸的工作间丢失的那幅让阿亮挂念着的画有了下落。义·二世还是本科生的时候，他和母亲一同居住在伯克利市的那个住处，现在一半作为仓库放入家具呀书呀什么的，另一部分则是借给朋友的同一层面里的一套房间，说是他在那里找到了那幅画。义·二世当然也还没看到实物，说是让直接寄到四国的森林边缘我们今后要住的地方……刚对阿亮说了这事，他就高兴地'嚯——嚯——'地惊叫起来。义·二世要把那幅画作为礼物，说是要前来成城劝请阿亮和我尽快迁移到四国去……让阿亮看了写有这些内容的邮件后，阿亮好像真的开心了。

"这就是最终决定。那是什么画呀，真让人期待。因为呀，那是早在大约十年之前，阿亮就说成是自己和朋友的画。义·二世也得意扬扬地表示，能够为阿亮准备这么棒的礼物，当时偷走这幅画真是正确！"

4

我想到了那是一幅什么画，可是我在踌躇着是否通过真木对阿亮说出来。我发现了只是开本尺寸不同、却相当于原著的（古斯塔夫·多雷所作插图）、被精致印刷的岩波文库版《堂吉诃德》新译本。而且，我还在书库角落里偶尔发现一部三十二个页码被抽取出来的大开本书（《堂吉诃德的历史》，霍加斯出版社①）。毋宁说正是如此，才存在对真木难以开口的地方。因为我在想，阿亮为那幅画而喜悦，这没问题，可是他的记忆却存有误解，该不会很快就意识到那个

---

① 原文为 *The History of Don Quixote*，The Hogarth Press。

误解吧？

　　然而,这却是无可奈何的事。我决定快手快脚地让她看看我手边的岩波文库版。被包括在抽取出来的页码内的第五十三章中的一幅插图,就是出问题的那幅图。后篇(三)里的那幅插图下段有简短的说明,不过在正文里还有更为详尽的、桑丘的台词,我出声读出这段台词:"喂,尽情地靠到这边来吧,俺们最喜欢的伙伴,共同经历了辛劳和苦难的朋友啊!"

　　文库版的插图被缩小为贺加斯版的二分之一,却是显得鲜明,乌黑的驴头占据了画面右半部,在其大睁着的左眼里,表露出的莫如说是人类般的情感。紧紧抱住驴子鼻头、正流着眼泪的男人,在这本书里诸多有关桑丘·潘沙的插图中,最为真切地表现出了农民的辛劳和悲哀。唯有在这样的桑丘·潘沙的肖像里,我才能看到与自己所写小说的底层流动着的情感相连相接的东西,这才将其镶入画框并挂在工作间墙壁上的……

　　我对真木讲述了以上这种情况。自己从书中抽取出来镶入画框里的插图无疑就是这幅画,当时并未想象到阿亮会从这幅画里看到他本人以及与其共同经受了辛劳和苦难的朋友,现在也看不出这一点。这头驴子和哭泣着的男子,哪一方是阿亮所认为的他本人,哪一方又是他的朋友呢? 我对此感到迷惑……

　　真木边听着我的讲述边凝视着图版,她在我的表情呀态度中看出了我的担心。然后,她让先前还在干劲十足的情绪平息下来,也就是说,她有意地这样做了之后,出声表述了舒缓、平静下来后的想法,也就是说,讲述了因我让她看的画版而感受到的震动被其自然消化之后的感想:

　　"我没有仔细读过《堂吉诃德》,所以并不了解故事中的这幅画的意义,可这是一幅美丽的画呀。就像阿亮听音乐也会感动那样,他当时也曾在其他意义上为这幅画而感动了吧。如果把这个图版稍稍放大并印刷出来再让阿亮看的话，他会回想起以往并感到高兴吧。他从我这里听说了义·二世的传话从而感受到的喜悦，我觉得不会变成空欢喜。

"假如实际看了从义·二世那里寄来的画却并不喜欢，阿亮也只会没有遗憾地把画框交给我，那时就让这幅画的事情结束吧。另外，要请爸爸叮嘱一下久别重逢的义·二世。

"……即便他打算提高阿亮的情绪，也要请他不要说无意义的话。希望他不要问这样一些话：'在阿亮的内心里，这幅画中的驴子和哭泣的男人，哪个是自己？哪个又是朋友呢？'。我在想，义·二世以为自己发现这幅画从而立下了巨大功劳，假如他喋喋不休地问着这同一件事的话……阿亮和我虽说会移住到亚沙姑妈家里，却不会与他亲切交往下去吧。"

尽管也有这种担忧，阿亮和真木的四国之行的计划还是实现了。据说那幅桑丘·潘沙和灰色毛驴的画被镶嵌在令人怀念的画框里，以这种形式接受了画作的阿亮心平气和地端详着画面，恢复了以往的雄辩口才：

"这可是我在迎接自天而降的阿桂的画呀！前不久，看到阿桂在音乐室横窗外面来接我，我这里也想要飞上去，却被 BS 电视台的天线绊倒，就摔了下去……俯视着我的阿桂眼睛（那就是灰色毛驴的眼睛嘛。真木补充说。），就像这幅画一样呀！"

三个女人引发的其他故事（四）

1

　　阿亮和我移住到四国的森林边缘以来，已经过去了五个星期。很久以前，我曾因对妈妈的深深依赖，而被爸爸的朋友——一位美国女性所批评。因着这次旅居，我觉得自那时以来一直未能解决的问题终于解决了，却每天早晨都给东京挂去电话，在汇报阿亮情况的同时，也会相机商量我本人的不安。

　　另一方面，就是准备写给爸爸的信，我认为好不容易才离开家里与阿亮开始新的生活，不妨就缓一缓吧，好歹这也是从森林边缘写出的第一封信，还是等我们身上多少体现出一些‘自立’的效果后再写吧。

　　至于实际上会怎么说？我将继续写下去。首先是从这里看去的、对于东京生活的印象。我不会说诸如‘担心爸爸是否已从因阿亮和我移居四国而低落下去的情绪中恢复过来’之类的寒暄。他会从妈妈那里原原本本地听到一切，我不认为妈妈在一直瞒着爸爸。

　　我在电视节目里看到，在郁结的心境中，爸爸出现在多达七万人参加的反核电集会上，他说了一句简短的致辞，倒也不像是鼓动随后就要开始示威游行的气势。阿亮兴致勃勃地核对着报纸上的节目表，在一周新闻的时间段里，我放心不下，往他的寝室里一瞧，只见他已从床上坐起上半身。"坚定不移地干吧！"就是这句富有爸爸特色的鼓动话语。哥哥的感想则是：对我也这么说过。

听说爸爸下周要去阔别已久的巴黎。作为年岁最长之人，他参加了超过二十人的、由小说家和漫画家组成的……出席书展的团队。我有个疑问，那就是"现在还要参加，这是为什么？"我又在想，爸爸这是打算在与日本这个国家同为核电之国的法国讲述他曾在反核电集会上说过的那些话吧？妈妈说，爸爸也感觉到，在成城那个少了阿亮的家里，整天一动不动地待着，是走不出无精打采的境况的，还不如前去巴黎。年轻一代具有代表性的理论家似乎因故无法参加那个活动，爸爸便替补此人前往巴黎，这也并非是毫无意义的参加吧。唯其如此，才要请他"坚定不移地干下来"。

与此同时，在爸爸不在家的这一周期间，妈妈也将前来召开"三个女人"的会议，她说义·二世也会来这个会议上会合。

妈妈在四国的森林边缘的日程是这样的：爸爸将于这周的星期一早晨搭乘从成田机场出发的全日空航班。将爸爸送走之后的翌日，妈妈从羽田机场出发飞往松山机场，然后乘坐目前也在关照着我们的、亚沙姑姑的儿子驾驶的汽车前来峡谷，不过在前来的路途中，要顺便去墙吾良纪念馆，说是要看看展示在那里的、她在幼儿时期与吾良舅舅的合影照片。妈妈将安顿在阿亮和我目前的住处。第二天早晨，则在与我们住处并排的、义·二世和他的伙伴们正在使用的住所兼办公室里进行第一次商议，届时还将邀请阿律酌情参加。接下去,妈妈将在爸爸回来之日的星期一的前一天预先回到成城,以便去迎接爸爸,所以妈妈在森林边缘的逗留天数是五天时间。

义·二世表示会尽早前往东京,以前我就转告过爸爸,他这次旅居日本的主要目的,是为了制作提供给"悲惨结局委员会"的报告而想要进行采访。

且说阿亮今后的生活状况,那是我要向爸爸汇报而一直在准备着的、阿亮和我的"自立"成果。

阿亮和我在移居过来的那一周里,请亚沙姑妈陪我们访问了她以前的工作场所——红十字医院的眼科。接受综合性诊察后所判明的事实以及完成必要处置所需要的后续展开,则是我要讲述的焦点。

对于阿亮来说,这是他第一次就诊的医院,所以作为初诊患者接受了详细的就诊检查。及至见到接诊的医生时,这位医生让我进行翻译,对阿亮作了长时间问诊。此前大致都是陪伴在阿亮身旁的爸爸说明情况,请医生依据以往至今的病历连续诊疗,直至目前为止。可是这次的医生却让我反复询问阿亮,更为执拗地听取其答复,而且还借助最新仪器导出了结论。

此前,阿亮的视力减弱一直被认为无法从根本上进行矫正,这并不正确!医生洞悉,阿亮虽说患有高度的散光和近视,却是可以矫正!于是,对于医生为配制新眼镜而更换多片凸镜片期间询问的话,阿亮开始认真回复。在我的人生中,这是自己所作的最棒的一次翻译!终于,那眼镜成了对阿亮有效的道具。我甚至想说,阿亮看见的一切全都变得崭新,他与这世界的关系发生了变化……

医生持续很长时间为阿亮作了认真的医疗处置,他是个温和的先生,当时却愤慨地说道:"此前每次定期诊疗之际,都是那位父亲介于病人和医生之间,虽然不该违逆那位父亲的确信而说点什么,可他这是长年累月的犯罪!"

2

且说在这之后的事情,是义·二世考虑等待爸爸回国后,希望为了"悲惨结局委员会"而尽快开始采访事宜。作为我来说,该说是义·二世的秘书呢?还是助手呢?事态演变的结果,是我决定以此为自己的工作。时至今日,义·二世才说此前发给我的电子邮件里一直提到的"悲惨结局委员会",其实还不是一个已经确定的组织,他本人和朋友之间的这个构想尚处于先行一步的阶段,目前已开始进行修正。不过作为他个人来说,则一直在积极地推进这个思考,说是他这次旅居日本的工作,就是不久后将面向同时代的世界推广在他们自己的范围内所作的准备,也就是结合与自己关系深厚的人物所作的调查。

虽然自己哎呀哎呀地感叹,可是听了介绍后,毋宁说,我认为在那个程度内他是当真的。我还与亚沙姑妈作了商量,然后才决定为义·二世工作的。由于被提示会给予相应的报酬,所以应该能够满足阿亮和我在这森林边缘的生活。这里又不需要住房费,也是因为领受亚沙姑妈的厚意,我决定就这样干下去吧。

妈妈说,作为阿亮新生活的尝试,要请阿律收取与阿亮在成城上钢琴课时同等额度的酬金。妈妈还说,义·二世在东京采访爸爸期间,因为存有久远的关系,就让他住在阿亮的音乐室里,并为他提供用餐等帮助。妈妈认为,义·二世的研究对象包括堝吾良导演。

且说在义·二世的调查和研究中,义兄还有刚才说到的吾良舅舅,首先就成了他的对象。而且,无论对于其中任何一位,爸爸都是第一层级的信息提供者。他相信来自爸爸的全面协助。他说,在这块土地上的义兄的"根据地"运动和最终那不幸的死亡,其整体都将成为"悲惨结局委员会"的主题。

这些原本都是义·二世从爸爸的小说里了解到的东西,他说:自己父亲从战时日本的孩子时期直至战后,在农村里同样经历了彻底的法西斯主义和民主化运动,在这个社会史之中,延伸到作为个人的义兄身上来的那个悲惨结局,即便他不是自己的父亲,也是值得调查和研究的。

关于这个义兄的调查和研究(当然,爸爸与其密切相关),亚沙姑妈好像也能做出贡献。我觉得,在最近的"从令人眷念之年寄出的回信没有到来!"里,亚沙姑妈倾注了很多心血。而且,在已经一点点开始了的准备阶段,这可是从亚沙姑妈那里听来的,对于爸爸的《致令人眷念之年的信》等作品中有关义兄的描述方法和评价,说是她有异议想要陈述。

先前也已经说过,在谈论义兄之后将要提出来的,就关系到堝吾良导演了。关于吾良舅舅之死,妈妈迄今为止绝不接受媒体采访,据说却表示要对义·二世说出一切。

而且,作为义·二世第三个调查和研究的对象,就是爸爸他本人了。义·二世说了这么一番话:他和爸爸很快就要开始正式对话了,艺术家、思想家的社会性以及个体的悲惨结局,简言之,存在于其所表现的生活侧面的悲惨结局性质的东西和他本身的死亡危机这个课题,正是借助爱德华·萨义德表现出来的、长江古义人(并非从"三一一后"才开始)的晚年之主题其本身……

<h1 style="text-align:center">3</h1>

临结束之际还要预先说一件让我为之挂念的事。今后作为义·二世的助手，对于义兄、墙导演，还有小说家长江古义人，无论对于谁，我都会站在中立的立场上从事工作，所以在涉及爸爸的时候，我会把这种事记在头脑里，唯有这一点，我想事先说出来。

有些年轻读者因真诚关注爸爸，在来信中却反而显得郑重其事、拘谨呆板。我喜欢他们这种首先依靠自己的力量认真思考的询问。我也要用这相同的做法来归纳自己想要讲述的核心内容。

爸爸以自己的家庭为基础，将个人性质的事物直至社会性质的事物都写入小说里来。由于长年这样写作，所以有时好像想要为这件事本身进行辩解。如果需要举例的话，那就是他会附带写上'若从小说论来说的话'。也就是说，让小说这种形式来承担责任……

譬如他会这样说：自从小说问世以来，其写作者就自称"我"而后开始絮叨，这可是小说历史的主流，自己也是沿用这种叙述方式进行写作的。若是那样的话，较之于小说里的任何人物，正在写作的"我"能在更长时间里絮叨，这不是理所当然吗？！在此前提到的意大利女记者的提问里，也曾出现过这种不好听的话：长江小说里的"我"，似乎打算比自己笔下任何一位出场人物活得都要长久，即便成为那样的老人……可是，这个提问不是毫无意义吗？！

　　或许真就是这样,在小说论意义上,小说家确实拥有决定生死的自由。不过,阿亮和我目前却在实际感受着各自的、从现在开始的"新生"。而且我们已经做好心理准备,原则上将在爸爸死去之后仍将存活于世。

悲惨结局委员会

1

约好的那天,为摘下此时仍关闭着的正门上的、话虽如此却是轻便的木质门闩,我刚来到楼下,门铃就响了起来,出门一看,是义·二世站在那里,身旁放着装有录音机器的坚固结实的旅行箱。由于被真木告知我家没有停车空间,他像是将车子停放在附件的停车场,然后并不介意那旅行箱的重量而提过来的,我仿佛见过穿在他上身的那件深灰色夹克衫。

"该不是以为阿亮独自从四国回来了吧?真木打算让您看到我和阿亮非常相似的地方,就穿上了……"

"阿亮曾得到塙吾良的夹克衫,穿起来一看,说是在阿亮身上有吾良的模样,只是阿亮并不像吾良那样姿势优美……"

"不,阿亮现在经常行走,姿势也因此改变过来啦。我的父亲在长江先生看来是本家,那么我和阿亮的体型相似便是可能的。于是,真木就用遗物夹克衫上演了这么一场。"

"就像你在《纽约时报》上也曾读到的讣告所说的那样,由于吾良死得很突然,谁也没能得到赖以纪念的遗物。

"不过,在死亡前不久,吾良坐着很大的车子……那可是宾利车啊……前来看望千樫,车子就停在离这不远处的、恰好刚刚平整出来的空闲地皮旁边(那个时期常见这种空闲地皮,原先久住此地的人们相继死去,相关者则在继承产业的过程中)。当时说到前不久电视里播放的俄国小提琴手演奏的协奏曲起始部分出错了,阿亮也加入了那个话题,这就更热闹了,可是吾良回去后一看,他那件夹克衫却被遗忘在这里了。"

钢琴自不待言,CD储架和阿亮多年收集来的乐谱以及自创乐谱的柜架也都被移走,音乐室随之开阔起来,我将义·二世迎入这间房里。真木事先叮嘱我,说是他想要说起"悲惨结局委员会"的话题,所以让我不要使用小说家的谈话技巧岔到一旁去。由于千樫说是已在森林边缘与义·二世谈过话,就没在起居室里作介绍,而是将他引往二楼,可是送茶水过来的千樫刚进入音乐室,就围绕义·二世身穿的那件夹克衫说了起来:

"那个、吾良所中意的上衣呀,是真的遗忘了呢?还是想用这种方法送给外甥呢?让阿亮穿上留下的那衣服一看呀,就像是为他缝制出来的一样,就这样成了他的衣服。"

"刚才从长江先生这里听了那段往事。亚沙说,长江先生和我的父亲,无论骨骼还是姿势都比较相似,就像是兄弟一样。阿亮长得当然和长江先生一模一样,所以……"

"但是阿亮并不像义兄和你那样活跃,也没有男人身体所应有的灵活自如。"

"这件事刚才已经对长江先生说了,移居在天洼大扁柏的家里一个月内,阿亮就发生了变化,已经在有力而大步地行走了,身体上也有精神头啦。真木也说,这样看起来,整天坐在放音设备前的时候,与同样整天坐着的父亲也很相似。"

"真木本来对我有意见呢，说是在东京期间，阿亮受到了我的压制。"

"我也因为阿亮所说的以前有趣这句话而得到了力量呀。如果他往那个方向解放下去的话，我或许可以发挥作用……"

"不仅仅是真木，我也希望如此啊，妻子也是这样。"

如此说了之后，我认为已向千樫示意，她与义·二世的谈话可以告一段落了。可是就在千樫临下楼之际，义·二世又说起了另一件事：

"我请真木在我那间办公室负责处理事务，来到那间办公室的人，都是还记得我父亲的老人。这些老人所处的地位，让他们思考如何激活村子合并后形成的村镇，对咱们要干下去的事情表现出兴趣，那些人各自却也都对阿亮表示了敬意。从镇上前来调整阿亮的放音装置的那些年轻人，似乎认为这就是城里人的做派，觉得真木只管开车，由阿亮无所顾忌地判断并处理事务，真木的这种态度真棒！不是没把阿亮当作智障患者对待吗?！……

"原来，好像是阿亮那彻底的绝对音感给他们留下了印象……于是就称呼起先生来了，阿亮则沉稳地应答道："那可不是。"……该说是那种风格吧，我觉得曾在谁身上见到过，细细想来，原来是出现在电影中、所谓摄制现场的影片里的塙吾良导演那个人。"

"啊啊、要是那样的话呀，阿亮在心情确实好的时候是会那么做……好像有一阵子没见他那么做了，就是所谓的模仿嘛。那时是因为某个契机而想起、譬如在刚才说到的这个场合、会想起在摄影棚里被称为先生的吾良吧，阿亮想起自己觉得有趣的人，就摆出记忆中此人的做派来了。千樫如果在那里的话，就会立即觉察到，游戏的趣向也就会被大家所理解。"

"真木确实笑了呀，哎呀，从镇上来的那帮家伙也看穿了阿亮的演技。我一说起堉导演在摄制现场的片子,他们就都来劲了,还说起在堉导演去世后不久,他们在镇上独立自主地放映那电影的往事。说是亚沙提供了帮助……"

"我也把亚沙在电话里说的那些话,转告给哥哥的电影制作公司了。"

"那是巨大的成功。镇上那帮年轻人将其作为美好的回忆,他们之所以来到我的办公室,好像是有意筹办以阿亮为中心的音乐会。据说他们还曾协助拍摄'从令人眷念之年寄出的回信没有到来!',所以真木信任他们。"

"说到音乐会,那还是阿亮出了 CD 而受到好评那个时期的事了,长江邀请演奏者们来到森林边缘,举办了那场音乐会。不过,当时还年轻的那些演奏家也都分别自成大家了,恐怕不好再去拜托了吧。在那些人里占据中心位置的钢琴和长笛的演奏家,你和他们也没再交往了吧?"

"不,年轻伙伴们所筹划的,却是请阿亮本人演奏他自己创作的曲子呀。"

"这里有时会被误解。一直以来都有人提出要办个会,以阿亮是如何通过音乐来完成自我的为其主题,把我的讲演与阿亮他本人的演奏结合起来的会。然而那是不可能的,阿亮不具备在听众面前弹奏钢琴的能力。"

"长江先生如此确信不疑,以致把视力减弱和散光的程度看得过于严重,都不去向专家询问矫正的可能性。这些事例不断累积,无论作为结果,抑或阿亮的自我解放或是自我实现,一直都在受到妨碍。真木认为,这种时日曾长期存在,她所说的'由于你的压制'这个批判也是一以贯之的。

"不过,说到阿亮现在的演奏能力,正在发生新的事态……您从千樫夫人那里听说她实际看到的情况了吗?"

"不,那是个例外,我在场的时候,阿亮被多次要求试着与阿律合奏,可他感到难为情,从而没有认真弹奏,所以并还不清楚他目前的状况。所说的实质性变化也没有发生……

"长江不爱听模棱两可的情况,所以我和真木事先商量好,要等大家的评价确切无误之后,再向长江那人说吧。因为在这一点上,真木也是一个慎重的人。"

"这一次,千樫夫人抱着装在黑色大琴盒里的电子键盘乐器,来到了在森林边缘召开的'三个女人'的聚会上。据说航空公司的人表示,这可不是后期高龄者的女性能够携带到飞机座席上去的东西,从而给了您特殊待遇……"

"较之于电子键盘乐器,我们把阿亮的钢琴给寄过去了,是在阿律整理完阿亮音乐室的时候……"

"长江先生未能充分了解森林边缘目前的发展情况。能够把钢琴一直运上森林深处去吗?

"我们已经开始作业,要为千樫夫人运来的'便携式大型电子键盘乐器'连接上录音设备的蓄电装置,而且,事实已经证明作业进展顺利。

"这是长江先生您本人在小说里写过的往事:阿亮刚开始作曲后,曾去村里听老祖母讲述她从孩童时代起就在森林深处听过的音乐。

"说是大人们谁都不相信,阿亮却请老祖母把他带到那个地方去,他想要倾听那音乐。根据这个体验,阿亮创作了后来还曾录入CD 的'森林里的奇异'的'主题'。那曲子是您的钢琴家朋友弹奏的。把录下来的曲子送给老祖母一听,说是高兴得很……我在伯克利买的 CD 里面也录入了那首曲子。

　　"那么,在阿亮和阿律之间,一个新的计划正在缓缓推进。阿亮边听 CD 边读乐谱,长达数十年间,他一直在这么做。尤其对于巴赫,BWV① 中的大多数作品没有他不知道的。即便在东京,虽说会在钢琴课上弹奏那些曲子,可那并不是正确和敏捷地挪动手指的训练。那时,无论用自己的眼睛分辨钢琴的琴键,还是把手指恰好置放在那里,他都无法做到。

　　"自从配制了适合于自己的眼镜之后,他很快就独自弹奏记得起来的钢琴曲,尤其是弹奏'平均律键盘乐器曲集'的旋律。一旦慢慢悠悠地弹完前奏曲部分……阿律就接着弹奏赋格曲……这样一来,就感受到了新的乐趣,从此每天在上阿律的课时都这么做。

　　"听说第一卷第一号的 C 大调已经结束了。说是要将其作为长时间的乐趣继续下去,所以不愧是阿亮呀,还想要进一步训练手指的麻利程度。他可是说了,要用这种手法来创作'森林里的奇异'的主题和赋格曲。说到要在老祖母告诉他的地方弹奏这个作品,长江先生您恐怕会开口说出'这是要为老祖母安魂?'。不是那样的。他似乎打算通过这个做法来让阿桂降临。我们参与了这个计划。

　　"我们乘车上行直至攀登林道的地方,再略微下坡行至阿亮手指之处,请他在那里弹奏了电子键盘乐器。阿亮用简单的旋律和少许和音,充满信心地弹奏了由'森林里的奇异'演变的前奏曲。那是美好的音乐……借助其主题,阿律演奏的赋格曲在持续。

　　"只是阿桂没有降临,不过我们已经很满意。在回去的路途中,真木询问已经不需要她的照顾而独自行走的阿亮:你那样认真地弹奏'森林里的奇异'打算让阿桂听,阿亮你和阿律事先练习了巴赫吧? 为什么不从一开始就说出来?

---

　　① BWV(Bach- Werke- Verzeichnis)为德国作曲家巴赫作品目录之简称。

"阿亮这样回答道:'因为谁也没有问过我呀!'长江先生,我们尚未询问阿亮的事情不是有许多吗?!"

2

真木将义·二世录下的内容整理成了文章,这就从用这种手法拟出的第一份报告说起:

虽说已在与真木的往来电子邮件里使用,可如果就那么向您显示出来的话,您将在什么意义上加以理解呢? 让我为之担心的,是"悲惨结局委员会"这个名称。悲惨结局这个词语,虽然在我的伙伴间被经常使用,在您晚年的工作中却也是时常出现,我还是最近才意识到这一点的。此前我曾固执地认为,在人生观的水准上,您不是处于与悲惨结局相反的那一极上的人吗?!

其实,我和朋友们刚开始说起"悲惨结局委员会"的时候,坦率地说,还没有具体把握住其内容。在第六感和语感这个层面上,我们认为他们这些人在文化意义上也是最为前沿地显示出悲惨结局的时代,我们便策划将其选定为"悲惨结局委员会"所认可的艺术家。在列入者名单里只有一个日本人,那就是作曲家篁透先生,是我推荐的。倒不是我非常了解篁先生的音乐,而是因为住在府上并得到照顾期间,总是让我听您那位重要朋友的 CD 的缘故。

作为推荐者,我就有了责任,于是拜托真木再次寄来篁先生的 CD 以便进行说明。这位作曲家在对抗着巨大的悲惨结局,他绝不回避这一切,"全然不考虑大家所应具有的圆熟"……我把您的朋友爱德华·萨义德同样意识到的这种思考、认为大家列维-斯特蒙斯并不回避悲惨结局的这种思考,与篁先生重叠在了一起。

我尤其把晚年期间越发开始冒险的篁透先生,定义为日本最大的悲惨结局的作曲家。于是,伙伴们也就略逊一筹了。而且,我曾把获得成功的大学教授萨义德,作为现实地置身于悲惨结局相反一极的人、被社会所容许的圆满型人物而加以拒绝。

在这一点上,我对他人的优选和判断之中,显然也包括对你的拒绝。我曾有一个观点——您尽管在小说里写着热爱义兄、尊敬义兄,可结果还是任由义兄走向灭亡。以前我认为,您也曾获得世界性大奖,在这一点上,与萨义德并未拒绝其在哥伦比亚大学的巨大好评并无不同。

可是在萨义德死后,我只能承认针对萨义德的、自己那小里小气的抗拒是错误的。即便终生参加巴勒斯坦问题,即便与白血病持续抗争直至死亡,坦率地说,他都不曾回避悲惨结局,像是要冲向悲惨结局的正中央引爆自己一样,我得承认,这也是受了您的语言的影响:他保持着人所应有的姿态和尊严倒毙了。我们的"悲惨结局委员会"是无法忽略那个人的吧。

于是,说到我是否要像推荐篁透和萨义德那样向"悲惨结局委员会"推荐不远的将来即将死去的你,我还在踌躇。我觉得,不论您现在或成为反核电大集会的发起人,或进行那个方向上的讲演,或在报纸上撰写随笔,这都是把那个大奖背在身后而作的动作。

只是您作为一个后期高龄者,只要您生活在被核电站包围着的地震之国,就不能认为自己与悲惨结局并无瓜葛。我知道,您也是一个自觉到自身的生存完全暴露在那个危机之下的人。这是因为我从真木那里听说了您写下的一首诗……并不是小说的一部分……仍然使我深铭肺腑。我请真木把那首诗整理为这个录音的一部分。

　　把阿亮藏匿在哪里呢？我被逼得走投无路。/就藏在四国森林中"大丑女"的洞穴里吧，既能遮断放射性物质，从岩层涌出的水也还没遭到污染吧！前往避难的是七十六岁的我和四十八岁的阿亮，老年那瘦削脊背上背负着的阿亮，用白色棉布的三角形婴儿服包裹着中年肥胖且平静而忧愁的面庞。如何蒙骗，才能闯过已被身穿防护服的自卫队员封锁了的道路呢？

　　温热的气息在耳边开始低声说道：

　　"放心吧，放心吧，因为阿桂会来救我们的！"

　　长江先生，直率地说，这就是当下的您所理解的悲惨结局的自我表现。较之于您的任何样式的散文，我想要将这首诗作为"这是日本人的自我表现"而向"悲惨结局委员会"出示的您晚年的工作。即便明天、即便东京被震级为九级的直下型地震所袭击，即便被周围的复数核电站事故所遮蔽，作为您的自我表现，这首诗也是通达的。

　　基于自我认识的、觉悟到自己并不是能够独自免于悲惨结局之人的您的这个作品，与义兄的和墙吾良的基于实际生死的悲惨结局，是我希望探讨的内容。而且，我认为您想要看清您本身今后将会面对的悲惨结局。这样说来，我为"悲惨结局委员会"撰写的报告就将大功告成了。

3

　　义·二世在记载迄今的言行的同时，也用日语写下一些内容，除了极少数寒暄意义上的话语外，我将其中用英语书写的内容译了出来,还将自己对他的回应中使用的英语也调整为了日语。义·二世以对我的采访为基础形成了报告书,真木再将这份报告书制成日英双语之后,那份英文报告书将被提交给"悲惨结局委员会",日文报告书则将收藏于我这里。

可是,在我们持续这种关系期间,义·二世本身的日语发言在不断增加(虽说仍然混杂着英语)。在这里,义·二世的日语形成史浮现而出,还反映出他在交谈中的心理性束缚逐渐解除的经过。

义·二世在日本这个国家出生成长,少年时代去了美国以后,也总是与母亲用日语交谈,在研究生院里又选择了日本研究专业。义·二世在与我用日语交谈期间,随着话题的深入,他转而希望用英语继续交谈,即便出现这个趋势,若是我想要将其内容再现于记录,就成了该说是我和他共同合成的日语文体了。开始采访我以来的所有对话,都借助义·二世的职业性技术录了音。然后,真木再将录音光碟整理为文章,这项作业耗费了很多时间。

为此,义·二世便将预先准备好的英文发言原封不动地予以录音,我则对相关部分加以回应,如果我用英语所作的发言也有语义难解之处,义·二世就会提出反问和示范,我再予以回应,我们就用这种方法将发言置换成了非常正规的英文。真木把我和义·二世挪揄为"能说双语的人"。虽然有时也会加上一句"尽管还不能随心所欲地说"。

义·二世热切地阅读由真木规整为日语后经我核对而成的报告书。现在,这部《晚年样式集》本身已经有了五位小心谨慎的读者,各自所作的具体批评对于大家都是有效的。

如此制作的、最终将提交"悲惨结局委员会"的英文报告书,已到了每整理好一章便予以誊清的阶段,真木表示尽管此前她一直在与土生土长的美国人交谈,却无法确信自己对于义·二世那样的英语就能够完全理解。她终究在文中加上了这么一句话："爸爸围绕自己文章中的相关情况呀还有其中使用的不易理解的汉字,用日语对义·二世作了解释,我听了这些解释的录音,为爸爸是个能说出这样易懂和微妙话语的人而惊奇。"

4

　　这样一种结构的采访,首先始于义·二世向我原样朗读他用打字机打印出来的询问信。录音的场所,是我们提供的阿亮的音乐室,义·二世将录音机器设置在那里,他所习惯的这种劳作及其成果是上乘的,只是我设法用英语回答的内容被录入光碟、接着转而开始自由谈话时的进展,就未必顺利了。

　　义·二世的录音,与这个国家的电视台和广播电台的采访有着质的差异。首先是录音三十分钟。两人再辨听那录音光碟。我们知道存在彼此并未充分听懂对方发言的情况下就作出的回答。于是对此加以核对,并且重新进行录音。在因我的解释而充分理解了自己提问的义·二世也表示同意的基础上,重新梳理我的发言。尽管如此,倘若义·二世仍有费解之处,便再度提问。于是我们再度重新交谈。就是这样一种方式的连续作业。

　　我的英语表述比较贫乏,义·二世对此表现出不加掩饰的不满。于是我补充发言,可是义·二世仍然重复他的提问,因此我进一步重新说明,于是进展迟滞……

　　在此期间,在一直录着音的同时,为了让对方领会,我混杂着日语重新解释,再用英语集中归纳。当发现义·二世即便如此也无法跟上我的思路时,便再次用英语重新讲述。于是就面对义·二世使用在他来说得心应手的英语提出的质疑……结果,最初那二十分钟的交谈,就需要花费一个半小时来重新梳理。终究来到最终阶段时,便等待一个想法的到来——义·二世说出自己有了确切的感触,我也认为自己想要说的内容得到了对方的理解这个想法的到来。

义·二世将如此这般终于完成了的内容,整理为自己的提问和我这边的回答,再重新进行录音。然后,不知疲倦的他就进入采访的第二阶段。

在这里,我还要预先说说是如何完成英文和日文的报告书的。义·二世将如此完成了的录音光碟带回四国。然后,在他在场的前提下,真木先用英文誊写。勤勉的她继而再将其整理成日文,用传真发来东京。于是,看到这份整理为日语的文章,我无法不按照自己的文体来改写本人的发言……

如此这般完成了的内容,还将被我引用于《晚年样式集》。本来,我的文稿的第一稿的写作方法,就是对其反复修改,一想到我的这个"人生习惯",就要按照合乎自己心愿的程序来完成这份日文采访稿。就这样第一次确定下来的、用日语形成的采访记录,也将成为我的文体的产物。而且,义·二世他那英语文体(加上真木的 rewriting①)的报告书亦将完成。

5

千樫等到持续到很晚的采访结束后,她看准义·二世和我用晚餐的进度,带着前来帮手的女性,上楼去准备把先前用于采访的房间改为义·二世的寝室。然而到了这个阶段,千樫制定的计划却出现了失误。我们早先从阿亮的音乐室里,把西服柜橱呀、存放毛衣和牛

---

① 英语,重写之意。

仔服等的家具给送到四国去了。播放音乐设备、收音机、演奏古典音乐的 DVD 装置等等,再加上床铺,都用卡车给运走了。已然空空荡荡的室内,经调整后放置了沙发和扶手椅三张,另有录音机器。

阿亮在地震期间曾为避难而睡过的行军床,为用于义·二世而被从书库深处搬到了音乐室。千樫将床单和毛毯铺好后一看,其尺寸显然是小了。也不曾请义·二世躺在那里试试,那是不合适的。他倒不是特别高大的大男人骨架,却是在美国的饮食生活中度过了成长期,从高中到大学都曾从事橄榄球运动,对于拥有这种经历的义·二世来说,那床就过于狭小了。在千樫的印象中,应是上次从美国突然来访之时的那个身材细瘦的年轻人的身体。

千樫意识到自己的失策,她一跑下楼来,便显出一副小孩眼看就要哭出来的表情向坐在餐桌旁的义·二世道歉,说是让我无论如何也要回到二楼。于是,支在阿亮音乐室里的行军床上已铺好床单啦枕头之类,就连阿亮睡在那上面都会让人感到不自然的状态,便映入我的眼睛。也就是说,阿亮已习惯于在那张行军床上睡觉,即便并不相称,他还是会蜷曲着身体设法躺下去。千樫对哑然无语的我诉说道。

"这对义·二世就有失礼貌了。怎么办才好呢?……下午看见你和义·二世只顾说话,我觉得现在就像阿亮身上出现了好的变化那样,即使我这里也将发生让人高兴的事……虽然已经很久没有发生那样的事了……吧,于是感觉到有些意气昂然。

"在森林的边缘,就连绝不做轻率之事的亚沙也由着真木的好心情,让义·二世穿上吾良的夹克衫,以表明他与阿亮是多么相似……我也在想,明天早晨,就端着咖啡去音乐室,看看躺在行军床上的义·二世。当时,这个想法让我的心跳得厉害!

"义·二世已因与你的长时间谈话而疲惫不堪,结果却连让他使用的床铺都没了。为了保险起见,只好请你像阿亮那样蜷起身体躺在行军床上,好吗?"

"干下这种事,成何体统?"我生气地说道,"现在就去书库重新铺装咱的床铺。让义·二世在那床上睡吧。至于咱,或许可以设法在这里蜷着身子。"

然后,我把最近从巴黎出版自己作品的那家出版社老板处得到后一直平放在书架上的、装有三瓶葡萄酒的提袋,交给沮丧地一直跟到书库里来的千樫:

"如果嫌费事的话,你就一并打开冰镇的白葡萄酒和红葡萄酒,这就让义·二世开始用餐吧。"

这个提袋很结实,上次去法国时,用作礼物的书籍塞满旅行箱之后……而且还超过了重量限制……就把想要赠予会议翻译的大野晋①先生最后的词典共三本放入这提袋里,带到了机舱里的座位上。收到这礼物的其中一人就说,一本词典正好是一瓶葡萄酒的重量。在我回国那天早晨,三瓶上等葡萄酒被送到了饭店,就将其放在这提袋里带回来了。

床铺整理完毕,刚回到餐厅,只见义·二世因着这葡萄酒而兴高采烈,最后为我打开了第三瓶酒。

"我打算潜入长江先生的溜走后的巢穴去睡觉了。"他又说道。

且说我从行军床的床尾伸出用毛毯包裹住的双脚,服用千樫调配的镇静剂后便入睡了,可是尽管阿亮的音乐室与书库之间的那扇高窗早已紧闭,我却在短暂的睡眠和睡醒过来的短暂相互交替之中,直至天亮都听到义·二世在书库里静静地往来行走的脚步声。

---

① 大野晋(1919—2008),日本语言学者,著有《日语的起源》和《古典基础语辞典》等。

6

翌日上午,将近正午时分我才下楼,在洗脸之前向站在厨房不停忙碌的千樫询问义·二世的情况。

"他很早就起床了,让我不要叫醒你,只喝了咖啡就回书库去了。然后他干了一会儿工作,趁他下楼吃早饭的时候,我把床铺四周给打扫了一下,不过,义·二世说昨晚学习到很晚,从书架上取下一些书,他自己已经放回原处了,那旁边也已经拾掇妥当。那种整理的方法,好像与你的做派有所不同啊。"

听到书库里的轻微动静,我试着敲了一下房门,义·二世随即起身将我迎入房间。

"你会把这次小住期间录音的内容带回四国整理为文字材料,不过,你在这里的工作还需要继续推进,所以在此期间,床铺和我用于工作的空间请你自由使用。

"说起我眼下的工作,正处于撰写《晚年样式集》书稿的阶段,因此我只把与此有关的资料呀、正读着的书和辞典搬到对门去。我在这里长期工作期间积存下来、你又用不着的这个那个的呀,就凑合将就着吧。"

千樫像是听清了交谈内容,端着比往日更大、放有两人份咖啡的托盘走上楼来。我接过那托盘,义·二世也勤快地帮着将托盘放在书桌上。

我们面向南侧的窗子饮用咖啡,窗外石榴树茂密的新绿中溢满了力量(虽然义·二世有意对抗植物的精气,我却被那精气弄得仿佛沸腾起来)。再度下楼去的千樫,行前放下装有剥了皮的水果的深钵和各人使用的派菜小蝶以及保温式咖啡壶。

"你还年轻,却一大早就起床了。第一次醒来后去厕所时,看见走廊对面漏出了灯光。"

"要是没妨碍到长江先生的睡眠就好了,可是……我大致都在凌晨三点醒来,然后读上两三个小时的书再接着睡。

"在您借给我的床铺周围,该说是现在呢,还是在一个较长的时期内呢,长江先生在读着什么样的书呀,从那些书的排列方式就可以看得出来。

"您的小说里多次出现马尔科姆·劳里,枕头侧面的书架上排了一长列……话虽如此,由于他是作品不多的作家,所以主要是关于他的研究类书籍……我睡下后,毛毯边缘有个硬块,拽出来一看,是《在火山下》①的译本。这是您现在也还在读着的书吧。"

"时隔很久后出版了新译……那是出版社送来的。总之,对方说,因为我是对这部小说表示关注的少数日本作家中的一人。"

义·二世以这本新译为发端,取出了与马尔科姆·劳里相关的好几本书。不过,并未像千樫所说的那样把书全都放回了原处,床铺旁边还有一些取下后一直搁放在那里的书。我从其中拿起一本,把椅子拽到自己的写字台旁坐了下来。企鹅丛书版的《在火山下》,这是一部让我眷念的书。

"你也对马尔科姆·劳里有特殊兴趣吧。在美国的年轻人里,《在火山下》的重新评价能受到欢迎吗?"

"所谓在劳里身上汇集了很多关注,这个现象并不存在吧。莫如说,即使对于我和朋友们而言,他也是个不熟悉的作家。由于他的名字出现在你的小说里,这才要试着阅读的。"

"早在学生时代,我也只是听过名字而已呀。尽管如此,在广告

---

① 原文为 *Under the Volcano*。

上发现《在火山下》之后还是买了一本。可是那个译文呀,若用我还是学生时使用的话语来说,就是'拒绝被阅读的书'嘛。当时,我买下译本后会马上开始阅读,同时筛选出'即便读完也没觉得有意思的书'和'拒绝被阅读的书'这两类书籍并随即推到一旁。于是,等那些书积存下来后,就卖给了旧书店。

"在我的记忆里,叫作《在火山下》这个书名的那书呀,有个时期我曾查看过,那书没能剩下来。当时查看书库的诱因,是因为在《纽约时报》的新书介绍栏目里,登载了一篇介绍道格拉斯·戴①这个人写的评传《马尔科姆·劳里》②的文章。其后我就一直关注这本书,终于在丸善新到图书的平放封面的摊台上看到了。我专心于此,后来也是在丸善的企鹅丛书库存品大促销活动中找到了原文版《在火山下》!

"那个译本我刚开始读就停了下来,从那时起经过了一段年月,作为其证据,就是我曾向该译本的出版商订购此书却没有收到回复。大学毕业后,我从不曾读过需要频繁查阅辞书的书籍,不过,这次却感到这文体中蕴含着把我吸引过去的力量啊,就继续读了下来,而且被其唤醒,竟然写了系列短篇小说,那就是《倾听'雨树'的女人们》,所以由此就可以大致明白我的马尔科姆·劳里时代。"

"我恰好是借助那部《倾听'雨树'的女人们》,才知道马尔科姆·劳里的。在那之前,我曾长时间很辛苦地读了《致令人眷念之年的信》,一度曾不想阅读日文小说,于是主要阅读您的英译本小说,可是在那期间却又重新读起了日文书籍,就又选了您的一本小说。是从亚沙阿姨一直寄送给母亲的书里,挑选出的一部并非很长、

---

① 原文为 Douglas Day。
② 原文为 *Malcolm Lowry*。

却是用一个个短篇小说连缀成整体的作品。

　　"当时听母亲说,那部作品写了您作为研究员在夏威夷工作的经历。于是,我想要用不同于此前的方法,用不同于第一次借助日语读完您小说时的二十一岁(那时已决定要在东京拜访您)以来的方法,来决定自己对待您的态度。我甚至把阅读日语作品当作自己在研究生院所修专业的基础。于是,我开始了有生以来的第一次高强度学习。我还能够确认阅读《倾听'雨树'的女人们》的时期。您发表那本书是在一九八二年,当时我三岁。及至我读到这本书,已经过去很长时间了,甚至有二十年左右。

　　"所以综合起来考虑,那是在我二十六岁的时候。是二○○五年。首先,母亲清晰地看准我的'人生中的时期',让我开始阅读《致令人眷念之年的信》。在那六年之后,得益于我在大学所学的日语,读了在我而言第二重要的您的那本书。

　　"最关键的是,从一开始,我就借助《致令人眷念之年的信》,构建了您是什么人这个形象,加之这次发现《倾听'雨树'的女人们》所描绘的东西,便做了追加和修正。我借助这么点读书时间(附加说明一下,其时我边读书,边向身旁的母亲请教汉字的读法和语义),构建出了您的形象,可是在其后方的您身上,还叠加了马尔科姆·劳里的形象。

　　"《倾听'雨树'的女人们》给我带来的影响,即便在这一点上,也是很强大的。目前您七十七岁了,在您睡前阅读这本书的背后,我似乎看到四十七岁时写作《倾听'雨树'的女人们》以来的您。

　　"然后,今天早晨就发现了开本之大很是醒目的马尔科姆·劳里的评传。而且还是非常古老的企鹅丛书版!您不仅仅是阅读劳里的读者,还是写下被其唤醒的东西的写作者,大概从那时起,您就总是将这本书置于自己身旁的吧?

"多年前写在这里的批注也很清晰。我也心怀亲近之情读了那些批注,同时在想,作家阅读其他作家的小说,原来就是这样的呀。在此基础上,您第一次开始写作后来集辑为《倾听'雨树'的女人们》的作品……"

"最初发表《聪明的'雨树'》的时候,我四十五岁,历经三年完成了系列作品……此前我曾得到道格拉斯·戴写的评传,由于当时西洋书店只进口了少量精装本评传,所以我是在读了精装本评传后才读到企鹅丛书版的,那时该不是已经四十岁了吧……

"那一段时期,我被文化人类学的新一代研究者所影响,有那么几年间,曾被揶揄为'迟到的构造主义者'等等。当时,我还写下《小说的方法》这部属于自己的文学理论专著。因为自从学生时代开始写作小说以来,无暇思考自己的小说的方法,所以在我来说,这是有关小说理论的最初的学习。以此为基础而写出的小说,便是《同时代的游戏》①。在那之后直至写作《倾听'雨树'的女人们》的那整整三年期间,我所阅读的……像是对先前说到的文学理论期的逆反,我只专注于小说和诗歌……而且小说正是马尔科姆·劳里的作品,刚才你准确地说出了那个时期,这就让我浮想联翩且深以为然。"

"我读《倾听'雨树'的女人们》,是在进入日语和日本研究的博士课程之后,那是二十一世纪的事。相对于八十年代初出版的那部精装本而言,这才是'迟到的读者'。尽管如此,还是被来自日本、与我年岁相仿的女留学生(目前是个干劲十足的研究者)所赞誉,她把我从毕业于'迟到的构造主义者'长江那里开始阅读……其实我是始于《致令人眷念之年的信》的读者嘛……赞誉为'情节很棒'。

---

① 大江健三郎于一九七九年十一月在讲谈社出版长篇小说《同时代的游戏》。

"围绕《在火山下》说了很多,目睹您现在仍在阅读新译的《在火山下》,我所想到的,是您与马尔科姆·劳里的关系中的特别之处。在我而言,这是有意义的。因为对于马尔科姆·劳里,我一直是个怀有特殊的矛盾情绪的人。因为我首先是借助《倾听'雨树'的女人们》这部小说邂逅了劳里的。更进一步说,您和马尔科姆·劳里这个主题,径直连通着现在的'悲惨结局委员会'的主题。

"当然,对您而言的义兄,对我而言的父亲,唯有他才是示范性演绎了悲惨结局的人物,唯有他才是我们这个主题的具体化。还有一个人——搞吾良导演也是如此。而且,关于他们,您是最棒的讲述者,我拥有您这位讲述者,我决定把提供给'悲惨结局委员会'的报告书写得不同寻常。

"我说了要把焦点置于您这方面并重新审视那一切,您本身就是悲惨结局的幸存者。最重要的是,面对'三一一后'悲惨局面的危机,您在表示出凝视般关注的同时,仍生活在这个国家。围绕这场危机,您还按照自己的风格开展活动并进行表现。

"在思考关于您的问题的同时,却不去探讨社会性危机以及有关个人的老年和死亡的危机,毋宁说是毫无道理的。您是'三一一后'日本知识分子的一个典范,可是,假如身为典范的您所表明的近似绝望的危机感——倘若再次发生核电站事故的话,您就无法再次讲述未来了。因着对这个问题的牵挂,这一年间,您本人不是一直在面对这个国家和美国以及欧洲的知识阶层而往来演说吗?!

"我们的'悲惨结局委员会'期待您成为撰写报告书的协助者,这也是理所当然的吧?虽然我没有资格谈论这样的事情,但是您与爱德华·W.萨义德,从他去世前十年开始,你们俩不就一直在持续且现实地谈论着'晚年的作品'吗?

"可是,如果您仍然表明自己还是存活之人的话,那我就要请生活在那个晚年期的您,说说死去的马尔科姆·劳里那过于早到的'晚年的风格',并且以此作为采访的基轴之一。

"请允许我把取出后就一直放在这里的您的书……与昨晚您答应借给我的、您正写着的,而且经过您修改的文本一起搬到录音机器所在的地方去,然后就继续我们的谈话吧。此前的谈话内容,已被录进袖珍型录音机,以后会与真木一同将那部分也合并起来进行编辑。"

7

"在青春的起始阶段,您在语言学方面明明比不上从事英国文学研究的学者,却仍然不愿阅读他们翻译的作品。我认为这种事情是可能的,因为您是正在成为作家的那种人。然后,您在四十来岁的时候,知道了这位小说家的生平,借助独特的原典阅读了《在火山下》,感受到深刻的印象。您对那部作品中的色调感到满意,尽管那是其性质全然不同于日语的英语,却还是持续且深入地扎根于您的内心,让您在那期间创作了《倾听'雨树'的女人们》。接着,您还把我造就为马尔科姆·劳里的读者。

"我还读了题名出现在您那本书里的劳里的诗集和篇目有限的短篇小说。虽说此前未能得到您提到书名的那本评传,昨天夜晚却在您的书架上发现此书,便凌乱地看了一遍。

"即便像我这样的业余读书尚且如此,何况您被赠阅不时出版的新译本,从而重新阅读以往的文本,当然会思考各种各样的问题。您还在那上面画出新的线条并予以探讨。我也仿佛追赶那些线条一般读下去并为之而兴奋。

"譬如说吧,《在火山下》的领事,他与妻子的离别方式好像比较悲惨,我对这里还存有一些不太理解的地方。与其说他是对于妻子,毋宁说是对于更为根本的人之本身抱有罪恶感,因而陷入长久的痛苦之中,难道不是这样的吗?那是怎么回事啊?长江先生,您也有那种罪恶感吗?借助新画的线条可以读出,您再度对领事产生了共鸣。

"在那个悲惨结局的最后阶段,领事往峡谷坠落而下。那条被打死的狗的尸体,也随着他的尸体被投了下去。您再度用红铅笔描出了《在火山下》的这个结尾部分……据亚沙阿姨说,在我父亲死后,有一段时期您的酒精中毒似乎相当严重啊。您没常常梦到那个噩梦吧?"

我之所以保持沉默不语,是因为到了这个年岁,就连近期的记忆都变得模糊不清,而且说到梦中记忆,由"那样的梦境究竟是否真的存在过?"而引发的不安的余波是显而易见的,不过若要确切回想出来却又困难重重。可我能说自己现在想不出来而表示不曾梦到噩梦吗?

不知道如何解释了我的无言,总之,义·二世改变了提问的方向:

"刚才已经说过,并不像《致令人眷念之年的信》是在母亲强制下阅读的那样,《倾听'雨树'的女人们》是我自发地用日语阅读的第一本书。而且,我知道了关于《在火山下》的内容,知道了《倾听'雨树'的女人们》中所谓'地狱机械'以及被其附体的人物之死,还知道了作家本人的人生的终结方式,不过也没有忘记,您还显现出另一个劳里的面貌。

"您在《倾听'雨树'的女人们》中介绍了劳里的一个短篇。劳里将人物设定为作曲家,显然,这是作为小说家而试图重新开始痛苦工作的自己心愿,他在向神呼吁这个愿望。您译出了那个'祈祷':

　　亲爱的神呀，我发自内心地祈祷，请您帮助我，让我能够为作品建立秩序，作为丑陋和混沌之物，尽管其罪孽深重，仍需借助见容您法眼的方法……无疑，那是混乱喧嚣、孕育着狂暴风雨、充满雷鸣的东西，可是通过这部作品，让内心欢腾的'话语'却会响彻天下，一定会传达通向人类的希望。而且，那必须是业已取得平衡、充满着与庄重和优雅共鸣并且幽默的作品……

　　"阅读这一段内容时，我所思考的是：在如此翻译的同时，实际写出新小说的长江先生，肯定没把自己的'祈祷'也重叠于其中吗？

　　"我认为，您在文章里蕴含了致苦恼中的读者的信息。倒也不是说《在火山下》这部作品里没有积极意义上的人物，只是大多数读者不都着迷于领事吗?! 因为不久后自己就会从理应深入的痛苦场所得到其奖励——即便如此，也是能够走出去的。总之，在我而言，马尔科姆·劳里这么个人物，从根本上来说是个有着矛盾感情的作家。

　　"那么，就算从您写作《倾听'雨树'的女人们》以来算起也已经过去了三十年的当下，这次的新译……在您来说，是用日语通读到那可怕的最后一行的唯一的《在火山下》文本……那一处怎么样了？"

　　实际上，也是因为被义·二世第一次显现出来的真情弄得惊慌失措，我只能报以这样的回答方式：

　　"听了你刚才引用的内容，我回想起是曾将劳里的短篇用于自己的短篇。不过，虽然引用了那个'祈祷'，却并没有让自己作品中的主人公承担那个'祈祷'……"

　　"《倒立的'雨树'》作为短篇，虽然被收录于那部系列短篇小说里……可是作家本人讲述这样的故事也是比较奇妙，在您的短篇里被置于中心的高安阿胜，是个处于悲惨结局里的人物，相较于他，作为积极人物受到描绘的，却是与他同居、名为潘妮洛莆的女性。"

"就算听你说到这种程度,却还是想不起来呀……这就是自己那老年的、确切无误的标记,不过我的短篇到底是个什么情节呀?"

"小说讲述了一个粗暴的故事。您前往夏威夷大学讲学之际与老同学重逢,此人却已从接受专业教育的课程中掉队,从而收受女人的资助。他的情人前来向你告知此人已在非常困难的窘境中死去。这一切是用信函的形式讲述的。

"可是潘妮洛莆却表示,那男人的窘境并非由于个人性癖的畸变和无能所造成。她认为在社会,或是国家、世界这种规模上,人们全都在堕落下去。

"这位犹太裔女性将其作为咯巴拉①的神话般世界意象中的'生命树'……在世界健全且正常时,它会笔直地竖立着……加以把握,她说,那树现在却成了倒立着的状态。她在称呼您为教授的信函里,还将您的'雨树'之隐喻与倒立着的'生命之树'置于同样地位。我来试读这一部分:

> 教授,我将不会与你再度相见,也不会再给你写信,所以最后,我要把马尔科姆·劳里的祈祷之言再次送给你。除此以外,我无法为站在业已倒立的生命树一方的教授做出更多。我悲哀地看待此事,劳里也好高安也罢,他们照例都是绝望而死的。教授,你的'雨树',也正独自被火焰灼烧……

"这里提及的'雨树',已经消失于您的小说。长江先生您之所以说想不起这个短篇的情节了,或许是因为在您的潜意识层面上惧怕想起那段情节。

"这个潘妮洛莆,把肇因于包括日本在内的大国的核武器(目

---

① 犹太教的一种神秘主义,是该教自古以来对圣经的神秘解释和秘密仪式。

前,核电站也加入进来)全面以悲剧告终之后的、由幸存于美拉尼西亚①的岛屿上的原住民形成的未来世界这种构想,用信函的形式告诉了您。以引用该信函结尾的形式,长江先生您的小说结束了。她在信中说,在发达国家的所有悲剧性结局之后,人们与原住民中那些年轻人一起幸存下来,大家协助那些年轻的原住民,因为他们祖先的'千年王国'有个预言——未来将依靠从大海送来的货物而过着充裕的生活。现在正当其时,就让他们实现这个预言吧! 至于那一切是否可能实现,现在的'FUDAO'就很是让人怀疑。

"我且引用这部分内容。因为至少在这部小说里,受到年轻的原住民们的启示,我们能够看见悲惨结局般想象力的苗头,其实在'三一一后'的这一年里,您不是极为强烈地希望回想出包括自己小说里缺失掉的那部分内容的一切吗?!

(咱们)打算开始新的货物崇拜②运动。就将其称为原子弹氢弹核爆炸货物崇拜吧。苏联和美国、欧洲和日本倘若被核的大火所燃烧的话,一定会有很多物品作为货物漂流到太平洋来。岛上的人们只要将其捡拾起来即可。(中略)最后,我要把马尔科姆·劳里的祈祷之言再次送给你。除此以外,我无法为站在业已倒立的生命树一方的教授做出更多。我悲哀地看待此事,劳里也好高安也罢,他们照例都是绝望而死的。教授,你的'雨树',也正独自被火焰灼烧……"

---

① 太平洋西部沿澳大利亚大陆东北岸从西北往东南延伸的群岛之总称,为美拉尼西亚人居住的地域,包括所罗门群岛、瓦努阿图、斐济、巴布亚新几内亚等国家。

② 十九世纪发生于美拉尼西亚各地的宗教运动。当地的原住民认为白人用船运来的货物,原本是祖先赐给自己的福物,现在却被白人给抢走了,因而要借助狂热的祈祷使得货物回到自己的手中。

死者们的阴影渐浓

1

这一日，我整个人都处于茫然状态。夜里一直无法入眠，就这样直至早晨七时，我等候业已起床前来的千樫，经过一两个瞬间的思考，还是从她手里接过处方药镇定剂两片，用五百毫升的罐装啤酒一口气喝了下去（记得对方似乎显出疑惑的神情），然后躺倒在书库的床铺上。

原本预定正午叫我起床，前往有乐町一丁目的日本外国特派记者协会的记者招待会，却被提前叫醒，说是新来通知表示原计划下午两点开始，现更改为包括午餐在内的时间段。于是我十点整理装束，到达小田急线的车站已是三十分钟之后了。乘坐直接连接千代田线的轻轨电车在日比谷站下车后走向检票口，正要用 PASMO 交通卡通过之际，却被冷酷无情的机械挡住去路。早先赶车之际，我尚处于半睡半醒状态，径直通过搭乘车站的检票口，并未刷卡输入信息。

向车站职员询问了"电气大厦"后，我想要走出这车站，却无法从地下通道走上地面。此时，脑袋上满是黄发和白发条纹的外国人凝神看向转来转去的我，仿佛要用双臂把我抱入怀抱一般阻挡在面前。啊、是与当年三十来岁的 P.P 的容貌相似的人物……如此辨认出来之后，便像是被摁住肩头似的走了出去。他是《世界报》的特派记者，"三一一后"随即用电话与我沟通联系，虽说没有见面，却借助往来传真写出一个页面的合乎条理的采访文章。

继续往前走去便来到升降式电梯前，这次遇上的是主办记者招待会的日本作家 K 先生（较之于平日，他装扮得极为整洁利索，以致让我认错了人），他也和 P.P 同样与我年岁相仿，都是后期高龄老人。我终于呀，找到了自己应该存在的场所。

或许是因着这份放心，我用连自己都感到不可思议的气势说道：

"这个 K 先生的、这已经是旧事了，当时刚刚出版的《汽车绝望工厂》①让我深铭肺腑，这就是事情的肇始。当时，大学同年级同学结束了在巴黎的编辑专业留学……这个友人若不是因为白血病而死去的话，会是目前这个国家最优秀的国际记者……他与我商量，说是 P.P 君正围绕日本的汽车产业寻找采访对象，于是说起了 K 君。然后呀，你就写出了非常棒的报道。虽说是这样一种关系，可是三人直接见面，现在却还是第一次。我是一个小说家，一个未能随行于那个良彦在法语社会能够扎实活动的学力，未能随行于深入工作现场写出富有知性的报告文学的 K 君的……还有 P.P 君的劳作，只是为之感铭于心的小说家。良彦死去多少年了？在为他守夜的那个夜晚，我强迫 P.P 君喝日本酒，却被夫人提醒，说是丈夫正在减肥。这是我第一次听到这个说法……"

我的感情急剧冲动起来并陷入沉默，他们两人用自然的形式引导并夹护着我走下电梯，K 先生将大家引至按照英国风格布置的俱

---

① 自由撰稿人镰田慧（Kamata Satoshi, 1938—   ）曾于一九八三年出版《汽车绝望工厂——一个季节工的日记》。

乐部玄关,他认为当年让 P.P 先生发现自己的,不是从巴黎回国时日尚浅的杂志记者,而是他同年级同学的年轻作家。他表示,尽管知道这一切,直至目前一同筹备反对再启核电站的大集会之前,却从不曾与这个作家直接说话。

且说用过实在简便(记不得那是鱼肉还是猪肉,吃下的确实是如同白板一样的东西)的午餐,最终请 U 先生、即那位为筹备将于四天后在代代木公园举办的集会而奔走的经济评论家 U 先生加入进来后,记者招待会便结束了。尽管如此,过量服用的镇静剂和啤酒的叠加效果所带来的影响仍然存在,在记者招待会结束后的会场,我与一个强行过来搭话的、自称在千叶县属的大学当教师的意大利人发生了争执。

意大利青年说,他曾听刚刚创建新党派的著名保守政治家在公开场合表示,日本已经拥有超过三百件的核武器:"你们这些伦理上的反核派的道德,与那个拥核事实将如何整合?"我不接受他的说法,认为"那种信息的传达方法令人难以相信,这种暧昧的谈论难道也被日本外国特派记者协会所允许吗?"可是对方却说,"这是全世界都知道的事情。"我便询问道:"说出你听到这位政治家讲述以上话语的场所!另外,你是通过什么方法获得那个列席资格的?"对方却不予回答。虽然他的话语毫无条理且语无伦次,却坚持认为是我的认识缺乏"世界性"。

在此期间,出现一个与这位青年相抗衡的女性,帮我一举收拾了这个麻烦局面,轰走了这位青年。其实,我在中午就餐的人群中就曾发现并注意上这位女性。她当然是用英语讲述的,每当说到重要之处,便使用连我也能听懂的、语速缓慢的意大利语,辅以初步的语法,为确认而叮问道:你所说的,是日本和日本人悄然拥有了核攻击的能力?还是某国拥有了利用搭载核武器的导弹攻击日本和日本人的能力？你在理解时颠倒了前后顺序。如果你说的是后者的事例，那确实是全世界都知道的。

接着，这位女性把只想与她说话的我让给新的提问者，自己则消失了身影。在继续与接连上前的提问者站着对话之后，我与先前一同坐在讲台上的众人寒暄告别，正往出口处走去之际，刚才那位女性再度出现，她在这里坚定地等待着我。

2

记者招待会期间，我和其他出席者怀有共同的想法，我们立足于"三一一后"的情况一路走来，想要一同走向前方，这是非常重要的工作。另一方面，我再度遇见自少年时代以来对于自己就是特殊存在之人的、恐怕也是最后同伴者的女性。

我们并排坐在台上，面前的地板上直接排列着餐桌，五人并列的横向座位一排排地向后面延伸，在那最深处，则是站立着的人群。也就是说，超出预想的诸多新闻工作者紧贴墙壁，以摩肩接踵的站立姿势挤在一起。较之于日本这个国家的记者们，倒是来自于外国的采访者更多。我们能够回答他们的，是在去年九月成功举办的市民们的大集会上说过的内容。尽管我们说是不认可重启核电站，可是政府和地方自治体恐怕会强行重启吧。作为市民，该如何制止这一切呢？坐在餐桌上的那些人都非常清楚地知道这种事态，却也不打算追问这个问题。

毋宁说，在散会后的楼层里，焦急地等待已久、已从墙壁上解脱出来的那些持有各种看法的记者，都在试图抓住自己想要采访的出席者。在我而言，一位身材高大、穿着宽松的印花布连衣裙的女性，帮我赶走了这种采访者。其实在会议期间，她就引起了我的注意。

这位青春尚存的女性,在她更为年轻的大约十五年前,曾带着问题前来我家与千樫讨论现实可行的解决方法。今天,此人在帮我结束与意大利人的问答之际显现出她的成熟。对于我低头表示的谢意,她回应时自报姓名说道:"我是岛浦。"

然后像是约好的那样,她与我并肩而行,绕开已经形成人潮的电梯大厅,在西餐馆面对面地坐了下来。

"我是在四国见了阿亮后过来的。到达日本那天,我给千樫夫人打了电话……听说因着这场记者招待会,您会从盛冈绕道仙台返回东京……所以我先独自去了四国。我对报社相关人员表示,希望前往东京的记者招待会并拜会长江先生,请他们为我写了书面保证,并让其寄给这里的接待处,于是照例得到了十分周到的安排。

"一如千樫夫人所说的'过来看看吧!'那样,阿亮晒黑了,生气勃勃地四处活动。只是与阿亮在一起的真木表示,刚开始的时候,阿亮并非像对东京报告的那样身体状况良好,说是这其中也有忧郁的缘故。不过她愉快地说:'总之,阿亮晒黑了吧。'"

"真木现在就想说关于阿亮晒黑了的话题。"

"而且,她说这个原委,就存在于长江先生让她看的书籍之中。从年龄上来讲,据说不清楚那已是什么时候的事了,只说是'被父亲强制看了桑达克的《在那遥远的地方》①中的特殊页码,一直没能忘记此事'。戈布林们前来盗窃新生婴儿,然后把他们自己同伙的一个老头替换上那个婴儿。您本人在自己的书里,把这个情景写为'一个白色的丑陋婴儿则被留在摇篮中……'。

"被您强制着看了绘本中被翻开的那个页码……她当时还不了解绘本内容,被您如此强制看书,于是哭了起来。听了这一切,我也

---

① 原文为 *Outside Over There*。

确切地想起了那个页码的可怕内容。戈布林们为偷换婴儿而用冰块制作的、显得发白的老头正在融化……爱达此前一直紧紧抱着以为是婴儿的那老头。听真木说，假如阿亮陷于被那正在融化的老头偷换的情况，自己就要变身于爱达去防范于那一切。

"所以她还说：每当与目前被晒黑且能生气勃勃地活动的阿亮并肩走在森林里，东京的父亲就会以正在融化的冰块老人的形象浮现在自己眼前。我于是想起，自己生下孩子的时候曾下定决心，绝不让那冰块老头把自己的婴儿换走。

"据说从那时起过了长达十年之后，真木读了您将那一页写入自己小说里的那部分内容，她再度考虑，自己必须要作为爱达而努力。她说，那是一个契机，是她决心把阿亮从父亲的压制中解救出来，自己也要和阿亮一同自立生活的契机。相对于此，当年我决心反抗让我杀死孩子的那位父亲，千樫夫人则帮助我实现了那一切。

"起初，我知道您是吾良君自孩童时代以来的朋友，因为我从吾良君那里听说过。其次，通过您写在《南德意志报》上的小随笔，我对您产生了好感。由于读了那篇随笔，在自己处于困境之中、只能返回东京之际，就联系了我所仅知的您这位吾良君的朋友。即便如此呀，当时我也在怀疑，由于您是日本的成年人，该不会赞成我父亲的想法吧。

"不过，将我吸引到府上的，是您那里的一幅画作，吾良君在柏林和我待在一起期间，他画出后送给他妹妹的……用彩色铅笔先绘出来，再以湿毛笔溶染成水彩画的那幅画作。我觉得府上肯定存有这幅画，就想让你们给我看看。当时我想起了已经亡故的吾良君那些优雅的时日。

"然而，拜访您府上并与主人（不是与您，而是与吾良君的妹妹千樫夫人）谈话期间，却承蒙对方用那样实际的方法帮助了我和我的婴儿。我那时一度感到不安,不知千樫夫人在内心里会如何看待我和我的孩子,还曾任性地刁难对方,对千樫夫人说出非常刻薄的抱怨话语:您要前往柏林帮助我,那合适吗?

"如此一来呀,千樫夫人就说了:我做的这些,也是长江所承诺的,毋宁说,正是长江为我打下了能够这样做的基础。……这么说来,是长江先生您把自己孩童时代在森林里的情景写成若干小故事,再配以千樫夫人的插图后出版了那些随笔集。听说呀,长江先生的女性熟人们都认为,那些随笔集之所以畅销,是得益于千樫夫人所画的插图。

"千樫夫人曾说:由于身为吾良妹妹的我正在努力构建温馨的家庭,长江因而那样地疼爱阿亮,我认为他是出于真心的,不过我觉得,那也是因为阿亮是吾良的妹妹的孩子的缘故。对于长江而言,从孩童时代起,他最为珍视的就是朋友(首先是义兄嘛),那些朋友的其中之一人,就是我的哥哥。

"这次在森林边缘见了真木,在我对她讲述以上内容之际,听她说起美国的电视节目制作人要对长江先生做长时间采访,与吾良君相关的事情肯定也会作为重要元素列入其中。于是,我请真木帮我介绍,从而与义·二世商量了此事。当我表示希望他帮我列席对您的这场采访……如果那时我还在日本的话……时,他便让我先取得长江先生您的同意,这次我来到这里,也有当面向您请求同意的意思。"

3

回到家里后,我对千樫说起今天见到岛浦之事,千樫告诉我,已经接听了她直接打过来的电话:

"浦女士在寒暄时表示歉意,说是自己承蒙了那般关照,却在此前很长一段时间内几乎未通音讯。我回答说,不过呀,浦女士为给我们全家,更准确地说,为给长江写信之事感到为难,我认为这很自然。

"因为在《被偷换的孩子》一书中,关于吾良和浦女士,你把那样的事也给写了出来。可是,那并不意味你对浦女士就存有恶意,你只是原样写了吾良对你所说的得意往事。

"今天我还说,在她和你之间提起那个话题虽然也不无道理(之所以说是今后,是因为浦女士表示在她旅居日本期间,希望多次前来访问),可我觉得还是略去那部小说的话题为好。于是,浦女士在回答时就说了与我一直以来的所思所考完全相同的话语。

"她说:最初阅读的时候,觉得书中写了有关自己的一些令人震惊的内容,却又感觉到原本吾良君曾开诚布公地说起过的那种微妙再现的状态。而且,正是在那样一种、吾良君与自己的性关系中,怀念着吾良君的宽大(坦率地说,如果那是与德国年轻人之间的,或是与来到柏林的日本男人之间的事,那么我们之间有关性事的约定大概是无法得到遵守的吧),借助重新阅读那部分内容,确实感受到吾良君的优雅。可是,我不认为能够用可以获得他人理解的方法来讲述那一切。我明白这一点。"

4

接下来那一周的周六,岛浦出现在我家,说是在银座的洋货店里,看到与吾良君曾用过的垫子相同花样的靠垫,就以此当作了伴手礼,只是吾良君那个要更大一些,让自己为之怀念。

"吾良君下榻在电影节接待方安排的、供中短期旅居者使用的公寓,却不喜欢配置的家具,他就自费购买了一些。"

　　千樫立即看出,那是父亲病房里的靠垫上也有的、因大范围的艺术活动而知名的威廉·莫里斯①设计的图案。在战争进行到一半时,父亲曾邀请纳粹德国的电影导演来到日本并合作拍摄了电影,却由于对制作出来的电影感到不满,就没让自己的名字列入演职员表,也没有收取报酬。在那之后,对方得知他卧病在床便赠送了靠垫,当时父亲喜欢并经常使用那个靠垫,可是战后不久,有个前来探视的客人看到在用阳光消毒的那个靠垫,就劝诫道,倘若那是德国产品的话,是会受到占领军责难的。父亲表示莫里斯是英国人,他还告知莫里斯诗集在书架上的具体位置,从而让母亲放下心来。

　　"这个布料上细小的花样漂亮吧?这是把藏青色、蓝色和黄色的……还有略带金色的茶色鸟儿被花草围拥着的纹样,给放到靠垫上来了吧。这个大块的很从容,真是漂亮!"

　　"图案中的鸟是鹈,这种鸟经常独霸长江在院子里投放给野鸟的饵料,于是他就用孩童时代在森林边缘制作的套索,捉住了一对鹈,给放到前面那条河上游的林子里去了。可是,由于他在报纸上的随笔里写了这事,这就招来了抗议,说是即便放生了鸟儿,那也是违反法律的。"

　　"浦女士可不是来说这种琐事的。"我想要截住这个话头。

　　"不,我认为,假如吾良君在这里的话,会进一步展开这个话题吧。"

　　话虽如此,当我刚一收拾书籍,岛浦便开始说起了自己的话题:

　　"有个说是在柏林和我见过面的人与我联系,他说在不久前的记者招待会上,看到我与长江先生您在一起。因为在与会者的名簿

① 威廉·莫里斯(William Morris,1834—1896),英国诗人、工艺设计家,曾为装饰美术的普及做出贡献,著有叙事诗《地上乐园》等。

上，写有入住饭店的名称。

"今天上午，此人前来与我见了面，说是因着吾良君最后想要制作的那部电影，相关谣言还在流传。他好像是个与电影业界有着长久联系的周刊记者。为了那部想要制作的电影而被委托摄影的那位摄影师与吾良君之间产生了问题，这位记者曾为此询问过吾良君。

"他就问道：可是，那部电影的构想内容都已经清晰了吗？姑娘从幼年时代到少女时期，经历过性方面的不幸，未能从那个心理创伤中逃脱出来，可是即便如此，却仍然不忘自立和努力，面向未来地生活过来。那种女性的重新做人的故事，在电影里有很多。不过，预热宣传里说的，这是个在外国工作的知性姑娘的……

"正要着手拍摄之际，塙导演和摄影师之间发生了冲突，拍摄工作也就中止了。然后，就是导演的自杀。《被偷换的孩子》出版时，曾有一种传闻，说是长江先生这部小说里的女主人公原型，该不是塙导演在电影里想要拍摄的那位女性吧？我本人曾为此去柏林做过采访，您还记得采访您的事吧？当时，您听了内容后，就拒绝了采访。

"那是个礼数周全的记者，听说我来日本是为了收集有关塙导演的电影的国际性评价的书，他还给予了鼓励。

"这真是太好了，不过我本人却开始担心起另一件事来。塙导演在即将开拍电影前的碰头会上与摄影师争吵起来的传闻，听说周刊杂志详细地刊载出来了呀。

"塙导演高度评价那位摄影师拍出的映像，想要吸引到自己的电影中来，便带上一幅素描前去会谈。导演在谈到自己的要求时说，年轻姑娘内心里的东西，无论那是想法还是情感，都可以从身体上，尤其是皮肤上微妙的颤动看出来，希望能用摄影机将这一切拍出来。然后，导演在分镜头示意图专用纸上，迅疾画出张开双臂仰面躺着的裸体女人,导演说,我们都是日常性地看待这种女性的身体上具体部位的运动,我想要清晰地将其表现出来。他接着说道:这倒不是用摄影机对那个细部近摄,而是要让凝视着银幕的我们的心胸里,铭刻上这样一种感觉——啊啊、就是这个颤动!我希望能捕捉到这样的效果。……

"面对那位怒火中烧却沉默不语的摄影师,导演热切地继续解说自己所思考的摄影手法的独特之处。然后,这两人就决裂了。"

"可是,那位发怒的摄影师在四五年前就去世了,被他说得已成了老一套说辞的内容,记者早已耳熟能详。是这么一回事吧。"我插进话头。

"比谁都更详尽地从吾良那里听到这些内容的,我认为是长江。"千樫安静地、却是表明某种决心地接着说道,"那位摄影师与吾良的冲突之事,确实一如刚才所说的内容。电影界人士之间的话语中的逗笑之处,像是吾良所用单词的那种露骨程度。

"你担心在这种情况下,真不知道还会闹出什么传闻,吾良的素描呀分镜头示意图什么的,肯定会出现在周刊杂志上。你是觉察到记者的这些图谋后心绪不宁(倒也不是没有道理),从而前来对长江和我述说……是这样的吧?"

岛浦没有予以否认。

"如果是这样的话,浦女士,你不用担心。刚才话语中提到的物证,全都在我们手里。首先,吾良画的那幅素描,的确是一幅漂亮的画作。我有那幅原画和彩色复印件。

"而且,关于现在仍被电影界人士当作话题的那部电影的构想,记得与摄影师决裂的当天晚上,吾良来到家里说了此事。那是很认真的讲述。而且,只要是吾良所说的这种话语,长江都会当场记录下来,这是他的'人生习惯'。那天晚上,吾良也没有放弃那部电影(临回家之际,他把写人物对白的工作委托给了长江),还把那幅素描和分镜头示意图也给留了下来,然后就回家去了。"

随后,千樫把我昨晚事先从书库里搬下来的、标有"塙吾良相关资料"的瓦楞纸箱放在我们围坐在其周围的桌面上。首先取出来的,是约莫 A5 规格的浅蓝色纸面上的素描,是用显出鹅毛笔般效果的画具画出的裸体女人。

"吾良总是带着装在皮盒里的特殊蘸水笔和装有金属扣的墨水壶四处走动。那是他从父亲那里继承的东西,只要用那支笔画图,就会有一种古旧版画的感觉。

"这些是吾良的分镜头示意图,有五六张之多吧。就放在那边,听长江说说吧。总之,这些示意图显示出吾良想要制作的那部电影的构想……所以,我想和浦女士一起听听。

"这一切结束后,就把分镜头示意图放在后院的油桶里烧了吧。至于吾良的素描原画和彩色复印件,就由我和浦女士持有,不让任何人观看。"

虽说那天晚上我将吾良的话记录在了笔记本上,却充满不便面对两位女性朗读并让其倾听的单词,正当我因此而为难之际,却找到自己用吾良当时的口吻试着写出的一节诗的那个页码。这是我接受吾良的委托后,为完成委托事项设法做的尝试之一,在那个阶段,我尊重吾良所使用的单词。这样做或许更合适吧,我向两位女性出示了那个页码,请她们自己阅读那个笔记。

> 少年时代以来的友人——
> 那位已入老境的电影导演现身眼前,
> 出示巴塞尔的高级宾馆的信封。
> 其表面和背面
> 是用软芯铅笔勾勒出的素描。

约莫二十五岁的女性，
将内裤,勾在支起的一条腿的膝弯
正在假寐。
素描将视点,聚焦于如此仰卧的
下半身。
从静寂的肛门　越过会阴
直至宛若昆虫巢一般的阴道口,
细微纠缠着的线条　相接相连。
某种氛围　将这里　传向前方。
我还听到了惹人怜爱般的　叹息呀……
初会时尚为少女
现在却已成熟,
与瑞士的市民共有家庭,
基于(与其不同的)"宗教",
不允许性器的侵入。
一年数度的幽会,
赤裸相拥着长久接吻。
一旦疲惫,便用手掌覆盖这里使其入眠
(因为她说如此才能心安)。
这一带　整年都是得不到满足的冬天,可是
当下却在萌动　那只右手掌里
经常　感受到官能的余波……
(经过相当久远的岁月　第一次)
看到了让不可思议　冰雪消融的情景,
唯有这个氛围　为我们
共同拥有。

请将摄影机无法摄录的那种

氛围和 颤动，

化为姑娘的台词。

接着，我从紧挨着的页码中，为她们原样朗读了吾良的话语：

"在那里，无法作为映像表现出来的那转瞬间持续着的内容，咱呀，想要将其化为话语，化为紧接着那个镜头之后，睡醒的姑娘说出的短短台词的那种话语。就是这么回事呀。

"我要拜托你的，不是描写皮肤某个部位微妙的颤动，而是具有实质的话语，在她的肉体内部生发的那独特的颤动平静下来，尽管还有余波，姑娘那微不可闻的喃喃自语，要使电影观众能够理解在那里刚刚出现过的景象。也就是说，这个画面表现出来的景象的原型，就是曾被咱看在眼里的、沉睡中那姑娘身体上的颤动，咱看到了在这段岁月里，与姑娘的关系中未能如愿的那个却实现了……并成为那一切的表现。

"我希望你捕捉到尚未完全醒来的姑娘的意识，用不超过两行或三行的文字，清晰写出刚才所说的经历到和感受到的内容。要把刚才咱所说的一切都包含进去，姑娘在所有感觉上理解了那仅仅一瞬间的成就，用不知咱这里能否听到的声音发了出声来。那个话语是必要的。咱完美无缺地听清了那话语，却无法转化为自己的语言。

"就像刚才所说的那样，这是咱这导演个人有意识和无意识的审查……超越自我这一水准的自我审查。不仅如此，摄影师也应当受到了他本人那种审查的妨碍。所以，咱希望通过你借助小说练就的推敲，将那些在总体上暧昧化了的东西，化为具体的声音表现出来……"

5

我们在这一天的长时间谈话（可是话语的量却是非常之少）就算告一段落，用咖啡和千樫制作的三明治小吃稍事休息后，我在这里想再引述一下岛浦围绕《被偷换的孩子》所作的解读：

"在柏林时，在我而言有必要去做的事，就是弄到并阅读已在东京发行的《被偷换的孩子》。不知不觉间，读了书后被引发好奇心的那些人，在我那狭小的生活范围内居然也出现了不少。我会感到，啊、这人正在读，那人也听说过此书。我被日本领事馆那些人介绍去的打工处，开始交往的那些人中，也有不少人通过航空公司的朋友很快就弄到手，好像在互相传阅。

"在那期间，因着千樫夫人从东京寄来的《被偷换的孩子》，我得以读到此书。在小说里，首先提到吾良君初次邂逅在旅居柏林期间为他作口译兼陪同工作的女主人公，小说还写了她与吾良君的交往日渐亲密的情形。当时我想，这肯定会勾起柏林那些人的好奇心。

"不过，那是直至吾良君出发前的往事，而在那之后经过两年，吾良君每次再度前往欧洲旅行之际，我们都要相会，形成这种关系之后的事情，小说里没有写。这既是一种拯救，也是美中不足。即便只是阅读表面文字，对我来说，也已是强烈的震撼。可是，每当重新阅读之时，那种眷念之情就会更加炽烈……随着持续阅读时间的积累，相关描述便让我鲜活地回想起自己与吾良君之间情感浓厚起来的过程，觉得'啊，正是这样的！'，从而生发出新的感动。

"在那部小说里，吾良君直率地说起性事。所谓直率，是说他既是出色的父亲和母亲养育成人的、具有良好修养的好人，同时他也是在特意使用直率的表述方式。我自己也在不知不觉间勇敢地讲述那种话语，进入此前不曾接触的话语环境之中。我清晰地回想起了这一切。

"我感到，循着吾良君的表现，读着自己曾说过并存有记忆的那些话语，觉得从此时起，自己很快就在人性（是说自己这个人性之整体）意义上获得了解放。

"不过，书中'田龟'那一章最后部分的场面不是事实。如何与事实不符呢？在小说里，那是吾良君从柏林回国时的往事，可实际上并不是那样。

"为什么不把真实的事情写入小说呢？阅读小说的大部分读者都会将其理解为虚构吧，然而，即便只有'田龟'并非原样描述，那小说也的确是长江先生依据事实写出来的。可是，吾良君并未对长江先生讲述那一处的实际情况。吾良君为何不说出真情呢？那是因为吾良君本人怀有将其拍成电影的构想，而且，他将那部电影最为理想的场面，表现在了素描的画面上。

"请仔细观看这里的画！年轻姑娘，全裸。可是，那样的事情在那次旅居柏林的最后一天里是不可能的。那不是在柏林，而是在那八年之后，在日内瓦的旅馆（只有那天，才是吾良君与我最后幽会的日子）里实际发生过的事情。那天，我像是偶然似的一丝不挂，不过除了这一点以外，两人在柏林那段时期的约定，即便在日内瓦也得到了遵守。

"身穿丝绸衬衫、解开纽扣的吾良君，与我的身体相互缠绕着接吻，他用力爱抚着我，不过阴茎并没有插进来。在那期间，吾良君在我的掌心里射精之后，他的身体就在床铺的下方离去。于是，这幅画作所描绘的、已是独自一人的我的身体就留了下来……

"……然后，我就睡了过去，于是梦见刚才已经结束的性事仍在继续。在我的内心里，那种感觉远在做爱之上，却又不是做爱，然而确实进入了此前从不曾达到的那种最高境界的愉悦，我说了出来……从短暂的睡眠中醒来,而吾良君此时正从床尾那边俯卧着将这种状态中的我画入素描,从吾良君的衬衫那里可以窥见胸脯,我看向他那清晰可见的头顶,讲述发生在自己身上的情形……接着,我又熟睡过去,再度醒来时,如果不立即起床,就将赶不上我们各自的火车。吾良君已经扣好衬衫纽扣,长裤和鞋子也都穿在了身上。"

"……吾良录音在'田龟'里送来的内容,在柏林的体验当然是其核心,所以,《被偷换的孩子》在那里结束就显得洗练,这挺好……倘若这样的话,那个场面倒也不能算作谎言,不是吗?而且,我认为哥哥已经构思了那部电影,作为一个'姑娘'逐渐自我解放的故事,他构思了那部肯定已将日内瓦那段新颖体验置于最高端的电影。然而,吾良因着那样的自杀身亡,破坏了电影计划本身。得知这一切的长江啊,实际上他把日内瓦的往事移作了吾良与你在柏林期间的故事,并以此完成了《被偷换的孩子》,我不认为这是在说谎。

"浦女士充分讲述了自己独自持续思考的问题。听了你的话,我想说说在自己内心里越发清晰的事情。听说,真木打算用包括她本人在内的必要人员在场见证的形式来安排义·二世对我的采访。就像是抢先一步似的,我现在想请浦女士和长江一同听我讲述。

"吾良渐渐地不积极前来与长江见面,最终,在其延长线上,就出现了吾良之死。即便如此,在这期间,一如《被偷换的孩子》里的描述那样,吾良借助'田龟'这个联络装置,至少是在单方面地对长江说话,无论在吾良生前还是死后,长江都一直在思考吾良的事情,如同小说里的描述那样。

"可是,总之那时,吾良近年来罕见地、频繁地和持续地前来与长江见面并谈得入迷,然而当长江给出结论,表示无法提供电影所要求的东西时,吾良与长江之间的关系,便因此而终结性地被切断了。

"……在吾良为谈论那部电影而持续前来这里期间,有一天,吾良刚一出现,长江就向他出示了一页稿纸,吾良只在瞬间看了那稿纸一眼(我也在无意中看到那文字寥寥、只是恍若一张白纸样的东西)——我还记得当时在想,吾良的侧脸越来越像父亲大人了——便平静地将其折为四开,装入长江一同递上的信封后,那个爱打扮的吾良就像随手放置什么东西似的把信封放入上衣口袋,我好像有生以来第一次看到眼前这种景象,可是吾良却越发平静地说道:'是这样的啊?'随后就回去了。

"由于长江原样坐着不动,我就一直把吾良送到停在附近的宾利那里,他在方向盘前刚坐下来,便一副主持仪式般的神态,令人不好接近,我目送这种状态下的吾良开车离去。

"后来,《被偷换的孩子》出版,读了吾良与浦女士之间的事情借由'田龟'讲述出来的场面,我觉得写在那里的台词,是长江被哥哥所要求的摸索尝试失败后的未了余情。

"我认为,对于受吾良委托的内容,长江依循自己写文章时精心推敲这个'人生习惯',不断修改再修改,却仍然无法写出吾良所要求的话语,想要让吾良理解自己从中退出的苦衷,这才显出了那样的态度。在把那页稿纸交给吾良的同时,为使自己清楚记得并未放弃本人曾做过的工作,在哥哥死去后,长江便将自己尝试失败的案例写入了《被偷换的孩子》。假如死去之人真有灵魂的话,那个计划肯定会被吾良本人给驳回的,可是……

"今天早晨,我预先取出哥哥将其构思明确绘在纸面上的那幅素描的彩色复印件。原本打算把那份复印件赠送给浦女士的,可是,与此前那幅柏林冬日风景水彩画一样,我还是把复印件留给自己,就请你带走原画吧。"

千樫闭上嘴巴,仿佛瞬间沉入深思一般(那是她先前说到的吾良面容更为生动的再现),确认了我的赞同和浦女士的欢悦。

"三个女人"开始说已没有时间了

1

与阿亮移居到四国的森林边缘并推进新生活的真木，带着亚沙的信件出现在成城的家里。虽说也曾从岛浦那里听说真木似乎有些抑郁，可是千樫仅仅表示通过亚沙知道现在相隔许久才复发一次，其他就没再多说。

然而，我却推测这次复发的诱因在于真木与我的往来书信之中。可是，我们的"家庭规则"之一，就是我的干预不得超过那个界限，即便那个问题涉及自己，毋宁说，也正因为如此，这已是习惯了。总是在那里能够看到恢复的兆头时，千樫便会提及以往的风暴的话题。实际上，我们只能询问与阿亮和真木同住峡谷里的亚沙，总之，因在东京也有工作而回来的真木捎来的亚沙那封长长的信函，便发挥了这个作用。

那么，就只写已发生的事情吧。在大型集会上曾多次见面、已成为我的年轻新朋友的市民运动团体，提出想与我谈谈参众两院中的小党派联合体发起的去核电法。我这里正有些问题想要请教，便出门前往，临近拂晓时分回到家里。眼下只有我们夫妇俩一起生活，进门时却在玄关发现多出一双女鞋。起居室的灯光虽说还亮着,整个家里却是一片静寂,于是我径直上了二楼,在考虑喝上一杯睡前酒时,又觉得没那个必要,因着疲乏,便倒在床铺上睡去。

临近中午时分起床后下楼来到餐厅,看到餐桌旁的千樫还是老样子,而看似并不特别拘谨的真木,则一如最近每天早晨都是如此的姿势面对着餐桌。"阿亮也回到家里,正待在音乐室里用低音试听CD 的什么曲子吗?"千樫抢先回答我的提问:"在阿律的照顾下,阿亮留在了天涯的家里。"于是,真木将被阳光晒得有些发黑、紧绷着的面孔转向我,用似乎并不寻常的腔调说道:

"我和阿亮的生活,依然顺利,每天都给妈妈打电话。尽管如此,还是回家重新跟妈妈痛痛快快地说了一通,请妈妈听了方方面面的情况。义·二世已先一步来东京见客人,从中午开始,我要前去陪同,所以很快就将出发,因而把应办之事向你汇而报之。

"首先,是与爸爸之间出了问题的《〈晚年样式集〉+a》。本来我已提出建议,要在这里稍事休息,可是因着亚沙姑妈的强烈要求,就又继续工作了。因此,编辑和发行人的工作,要请妈妈接替下来。听说爸爸表示那工作的连续性非常重要,所以除了下一期'三个女人'的稿件仍需继续之外,还要请亚沙姑妈按照致爸爸信函的形式撰写。去核电大型集会上的报告,姑妈也要撰写。在那份报告里,混杂着针对爸爸的批评。即便对我……总之,也光明正大地一同批评了。爸爸的稿子如果已经完成,就请像以往那样提交出来。

"下一期,由义·二世围绕他父亲之事,再次对爸爸作长时间采访。最近,爸爸在持续着有关吾良舅舅的回想,尽管我认为那本身是好文章,不过我也讲述了自己的不满——'三个女人'加入杂志之事的积极意义又将如何? 等等……义·二世这个新读者也在期待更为紧迫的内容。所以,就策划了一个方案——想要请爸爸接受义·二世那个甚至含有纠缠不清之处的采访。义·二世正因此而意气风发,所以至少要采访两天或三天。听说,会将他那亡父之事置于采访的中心。请爸爸让他的整个采访团队住入成城的家里。"

真木的话语短促且不管不顾,在我食用以咖啡和水果组成的早餐时,她已经出门去了。在她来说,真正想要述说的事项,想必早已委托给了千樫。毋宁说,我在她身上得到的印象,是没有感受到抑郁的迹象。我对千樫说了这个感觉,于是千樫慎重地说道:

"或许,未必就已经彻底安全了。不过,就算真木处于抑郁状态而且变得具有攻击性,既然她把你当作靶标,其时其地你只要不让她看到,也就平安无事了,就像现在你也看到的那样,这一次的高峰已经过去了。

"较之于真木,因着被强加的工作,我这里倒是眼看就要抑郁了……从今天一大早开始,我就在读此前由真木编辑和发行的内容,实际上,那是即便复印下来,也没有余裕装订成册的东西,不过,真木那孩子一直在默默处理着的那些工作,是相当了不起的。"

于是,我将真木带来的、装有身为编辑兼发行人所需的一切工作用具以及下一期稿件的小提箱送到音乐室,再从书库里搬出侧几和金属管靠背椅,把那里整理成千樫所需的工作场所。然后,我决定从真木带来的邮件等物件中,阅读包括自己的书信在内的、显现出这次交涉过程的文字。

自不待言,问题在于这个杂志,在于正在连载我和"三个女人"都参与并发行的、难以成为我这个作家"最后的小说"之作品的这个杂志。我的小说虽然在开初几章里表现出了相应的紧张度,却逐渐转变为家庭成员之间的"私小说性质的文章"。于是,真木表示自己的热情和劳作都白费了,提出要停办这个刊物。现于这里原样引用亚沙为下一期杂志撰写的两篇文章。

2

　　我在梳理目前存在于哥哥跟真木之间的问题。这是哥哥在"开场白"中曾说过的事情,把结合"三一一后"的情况写下去的作品,跟发生相同情况的"三个女人"所写的文章同时登载出来、互相阅读并互相讲述感想的私家版,由于真木那献身般的努力而持续至今。现在,已到了编发《〈晚年样式集〉+a》这个题目下的第十期的时候了。

　　只有第一期,哥哥从我寄达的稿件中选出部分内容,与他自己的小说装订在了一起,其后,则由真木作为专职编辑,把哥哥那难以辨读的笔记用文字处理机誊清,由于我们的稿件原本就是用文字处理机作成的,她就原样复制下来,再把所有处理过的稿件一共制成五册(因为义·二世已加入进来),直至发送出去,都是由她独自一人运作过来的。

　　就这样,每一期里哥哥的文章另作别论(那其中也屡屡包括他直接跟"三个女人"互通的书信,相互间的关系开始复杂起来),尤其是我的文章,本来就是写后留存下来的存稿。那是我依靠自己力量写下的有关自己的文章,想要抗拒哥哥这个小说家把所有家庭成员都作为他小说人物原型的做法,这就是写作的缘起。哥哥知道这件事之后,向我赠送了"丸善帆布皮笔记本"。

　　哥哥决心把无望公开发表的女人们的文章,与自己写作的《晚年样式集》合二为一,编成家庭里的杂志,再分发给直接相关者。一直以来,我们几个女人被哥哥单方面当作人物原型写进小说,我们当然不能白白了事,而这个家庭杂志,就是体谅我们这种心情的产物。这该不是"三一一后"哥哥(坦率地说,是意识到余生日短而)开始转变的标志吧?! 如此说来,虽说缘起于笔记本存货,不过真木表示这是因为"三一一后",现实性考虑后期高龄老人之前景的人多了起来,关于哥哥的良好心愿,她认为即是其中一例。

然而,刚刚试着阅读《〈晚年样式集〉+a》第一期,身为"三个女人"成员,就不得不因着哥哥的文章而忧心,其后,以我的文章为首,哥哥反驳了"三个女人"的文章。话虽如此,总之,杂志是准时编发出来了,上一期的编辑者真木依据她本人的判断,在送达的信封写上"第一期·完结"字样,这让其余三人感到困惑。哥哥很快就发来询问,于是我给真木打了电话,再把她这样做的意图转达给哥哥和千樫嫂。当然,我会把自己当时的说明在这里再重复一遍。

真木用确信自己正确的态度在等待着我,她说了以下这些话语:

"很久以前,爸爸把《汤姆的午夜花园》①的译本和平装本原著一同交给我的时候说:要记住'已经没有时间了'、就是'time no longer'这句话语。在那之后过了好几年,他又在与此前所言相同的意味上对我说:艾略特的这一句也很重要,你还是把这两句组合在一起记下来才好。然后,他递给我一张卡片,上面写着'到时间了,请快些'、即'Hurry up please it's time'……

"在这次编辑的最后一页上,我甚至都想原样写上那两组诗句!而且,我希望借这诗句对钻了牛角尖的编辑兼发行人的爸爸发出呼吁,然而最终,却成了信封上'致读者的通知'式的东西。于是,爸爸非但没能从中读出那是针对自己的'已经没有时间了'、'到时间了,请快些'的警告,反而摆出一副了不起的模样,询问亚沙姑妈'这是怎么回事?'。唯其如此,才正是'怎么回事?'!

"迄今为止,爸爸不接受教训,三十年、四十年地持续写作,几乎失去了读者关注的老作家那陈旧的重复甚至屡屡惹人不快。若说因

---

① 英国女作家菲莉帕·皮尔斯(Philippa Pearce,1920—2006)于一九五八年创作的童话小说。

着'三一一后'的非常时期而终于有所介意,试图借助让女儿编辑私家版杂志先观察亲属反应的话,这又是什么保身之术呀?

"我已下定决心,如果下一期的小说稿件、那个因加写、改写、订正和再修改而黑黢黢的笔记本送到这里,我倒是可以先大致判读一下,假如连内容都与上一期的感觉相同的话,我将原封退回。即便不如此,也希望能让爸爸醒悟到,我要奉还编辑兼发行人的职责!"

真木像是发出了反击压制的骂声,然而唯其如此,才是注入了真情的悲鸣。真木说:

"在'三一一后',社会整体处于怎样的危机之中啊! 可无论对你文章的评述,还是关于'三个女人'的文章,都没有反映出普通市民的情感。上一期的内容,像是吾良舅舅晚年的恋爱物语,文章抓住了那人生活方式中的独特之处,当时我在想,这大概是分析吾良舅舅之死的开场白吧,可是哎呀,却似乎就那么闭合上了大幕。对于爸爸来说,难道搞吾良仅仅就是那么一个人物吗?!

"就这样,把整个家族都卷入其中,还吞吞吐吐地说印刷会延误时间,就把复印件装订在了一起。假如制成这样的杂志,倒是很想请其表现出想要紧急传达的事项。现在加上义·二世,大家不都是很好的读者吗?! 再以这个反响为基础,爸爸唯有如此,才能迈步走向'最终的作品',难道不正该如此吗?!"

对于我那煞费苦心的信函,哥哥是如何回应的呢? 真木的内心所想,我肯定已经传达给了他。哥哥的回信里有回复我的以下内容,还有跟真木和解的意向。无论是小说还是电影,性方面露骨的表现都让真木感到为难,我也能够理解在她编辑的杂志中,讲述的吾良最后那部电影的构想还被摄影师所拒绝的故事。哥哥大概存有这么个想法吧:吾良热衷于那电影画面并怀有美好期待,自己却无法予以协助,却又不让说那是个笑话。

的确,我曾期待你或许会写来这样的信函:围绕"FUDAO"的未来,将会如何思考、如何期盼、如何行动下去,唯有这些才是你想要传达跟编辑的,而那种事情让如此进行编辑的你感到失望也是理所当然,自己也会反省此前太过沉溺于个人情感之事,今后就算在一些小事上,也将会设法朝向积极的方向……

然而,哥哥却直接发起火来,在信里否定了真木这个人。那是一封信手疾书的信函。你在信中写道:

"你说第二部将从下一期开始,打算让咱的本性觉醒过来。如此说来,你指望'FUDAO'将如何得到完全解决呢?说说你本人的方案吧!你给咱如此这般地砸碎经团联①式的构想看看!

"……咱也耳闻目睹了那种鲜活的萌芽在市民游行队伍里显现出来,可咱自己还无法开始那样地写作。咱在写着自己并不清晰的、看不到意义的思绪,摸索着由其产生的关联。吾良是因什么道理而致死的呢?倘若设法推开因此而起的诱惑之征兆曾是可行的话,那又是什么呢?对于自己难以理解的吾良的最后时期,刚刚出现有可能提供哪怕一星半点信息的女性,就听你说起在你看来连积极性的碎片也不见半分的话语。这是为什么?塙吾良之事是要闭幕了吗?

"那样一种事情,也被自己作为生活在'三一一后'的实际状态而写入《晚年样式集》。假如看透那是无意义的,你此前干吗要为编辑那无意义的东西而倾注徒劳之力呢?请去寻找能够与你共同制作那与众不同的第二部的人吧!咱要向你们赠送这个杂志!"

也算是被称为七十过半的"知识分子"的人了,这像个什么样子呀?你向那么认真地持续工作至今的真木说出了这种话语。远不是

---

① 经团联为经济团体联合会之略称,创建于一九四六年,是日本四大经济团体之一,承担对内外财政、经济进行研究并提出建议等工作。

一杯或两杯,你大概灌了很多酒吧? 目前我所清楚的是,你的这个任性磨人,把真木给逼进了忧郁之中。

而且,用你年轻时的说法,你这是带来了毫无生产性的苦恼。即使我去天洼造访义兄遗下的那座重新启用的屋子,她也照样是躺在暗处。在真木的枕旁,阿亮十分小心地调节了台灯的光亮,不让灯光照射到她的脸上,以备她想要读什么时的需要。他用很小音量听着CD,不时将恭敬且戒备的目光投向真木……

就阿亮来说,他还是一如既往地安安静静,可他内心里却一定前所未有地感到苦恼。尽管他自己并未说出口,可他知道真木为何会被逼入忧郁之中,那是因为她遭到爸爸用拒绝般任性施加的报复。若论起真木那个跟阿亮交流的实力,我认为她是能够正确传达这一切的……

目前,义·二世也在考虑对于预定的采访很有必要的、来之真木的协助,他仍然感到困惑。当然,真木是不会忘记这个重要约定的,我认为,她在此期间是能够缓过神来的吧。也是为了义·二世正式展开的对义兄的调查,真木另行安排了好几个在东京的会面。也是为了这些安排,假如行动起来的话,真木首先就肯定会前往东京进行磋商。我是打算届时委托真木捎去,这才写下这信函的。

只是我想说,对于哥哥在《晚年样式集》里所写的事情,我没像真木那样强烈感受到失望。我在想,假如能被哥哥当作预防自己陷入忧郁的对策就好了,所以我这里会提出积极的读后感。哥哥写了跟外国特派记者围绕"FUDAO"问题对话之际,跟岛浦小姐再次见面的事。对于那位小姐,真木是抱有好感的。我希望岛浦小姐这次重访日本不同于她在德国和瑞士所从事的工作,期待她出现在《晚年样式集》里。

我很清楚,你之所以不认为自己跟吾良的事情已经结束,是因为没忘记少年时代的哥哥你跟吾良这对二人组合的面影。我从义·二世那里听说,在他将要正式展开的采访期间,岛浦小姐希望能够在场,尤其是在采访千樫嫂的时候。我觉得她是在期待千樫嫂那直截了当的发言。

这里还有一件事,那就是目前在森林边缘开始生活的阿亮呀,跟他苦恼于这种突发之事不同,"空中怪物阿桂"……就是约莫袋鼠那么大、婴儿穿着睡衣飞翔在天空的那个亲如骨肉般的存在……好像越发现实了。由于视力得到飞跃般的改善,阿亮逐渐能在户外四处走动,好像他在东京非常频繁地跟他最要好的朋友在一起,于是,真木早在陷入忧郁之前所传达的所有印象,都让义·二世兴奋不已。

义·二世有意制作阿亮跟阿桂的微电影。至于他是模仿詹姆斯·斯图尔特①的电影《迷离世界》中观众看不见的存在来拍摄阿桂,还是起用身穿包缝戏装的演员,好像还没确定下来,不过无论是幻影还是作为实体的阿桂,他都设想为让其跟阿亮并肩走在森林里的道路上,为此已经上山来到森林里,正勤奋地制作分镜头剧本。

阿亮带来了从自己作品录制下来的很多录音带跟盒式录音机。有一阵子,本地当选的议员在森林里大力修建了一条少有车辆往来的林道,这对阿亮倒是合适了,他走在这条林道上,那录音机就一直在登山用的帆布背包里响着,不过放出来的声音倒是不太高。那其中,就有只有真木听得到的、用更低声音播放的"物语",像是"森林中不可思议的音乐"的故事。真木说,此前只有她跟音乐教师阿律这两个听众,可现在,义·二世的关心倒是更加强烈。

哥哥,你曾在报纸上的随笔里,写了千樫嫂跟你之间的这种对

---

① 詹姆斯·斯图尔特(James Stewart, 1908—1997),美国著名电影演员,因《费城故事》获第十三届奥斯卡金像奖最佳男主角奖。

话吧?

　　"阿亮在十来岁、不到十五岁时开始作曲,在那以前,虽说是用他那种表述方式,却也经常说话,后来怎么变成总是沉默不语的人了?"

　　"该不是他认为,创作成音乐更能表现自己真正想要说的话吧……"

　　"假如能在你们和阿亮本人的帮助下,把阿亮在这三十年间写的乐谱翻译成语言的话,他的传记或许就能写出来了。"我说道,"哪怕那是一件重大工作。"

　　哥哥,在这片森林边缘的土地上,以刚才说到的阿律为核心,实际上已经出现了着手于你所说的重大工作的人们。不久,义·二世将成为其中最能干的人吧。

<h1 style="text-align:center">3</h1>

　　那么,出于把真木陷于忧郁之事告知你的必要而写了先前那些内容。在此之前,为了那《〈晚年样式集〉+a》,手中就有了自己写下的"作品",所以把那"作品"也合并在一起。现在看起来,两者是相互关联的主题。在向哥哥发出的呼唤这一点上,也都是相同的。

　　七月十六日,参加了在代代木公园举行的、哥哥也是召集人之一的"十万人大集会"①。我预先向千樫嫂说了后来对你沉默不语做出

――――――――――

　　①　二〇一二年七月十六日,由大江健三郎发起的"永远告别核电站十万人大集会"在东京都涩谷区代代木公园举行,实际参加者多达十七万人。集会结束后,与会者冒着三十二摄氏度酷暑从代代木公园出发,分三路在市中心示威游行。

的这件事，是因为我考虑到自己这次与其说是你的亲戚，更是作为来自于四国的民众与会者。我有一些同伴，在这十五个女人组成的自发性团体里，我是个分外显眼的老人。直至集会的前一天晚上，我才跟各自到达东京的伙伴们会合，从集会到游行都在一起行动，直到搭乘最后一个航班飞回松山，一直都没有离开。在实际上有十五万以上的与会者参加的主要集会上，像豆粒般大小的哥哥所作的那五分钟讲话，也被我这样的人听了下来。哥哥的讲话在中途受到采访直升机的噪音干扰，那帮家伙理应从直升机上拍下的照片并没有出现在翌日早晨的任何报纸上。

对于哥哥的讲话，我大致抱有同感，唯有一点却总觉得比较毛糙，就感到担心。哥哥该不是过度疲劳了吧？这跟你应是集会前几天终于得空写下的、上一期稿件里感觉到的毛糙有相通之处，所以就担心起来。回来后，把自己打电话跟千樫嫂的，还有跟真木（阿亮在森林边缘的土地上正充满活力地四处行走以准备自己的音乐作品，而真木则竭尽全力地陪护在他身边，还是稍微有些过度疲劳。）的谈话内容也给补写进去。（为慎重起见，特作注记：此为忧郁以前之事！）

在代代木公园，哥哥引用了战前的（也就是说，是抵抗这个国家的军国主义体制的）中野重治写的《初春的风》的部分内容："三月十五日被抓住的人里面，有一个婴儿。"小说讲述了婴儿被母亲抱着，关进了所谓"保护槛"的牢房，然后开始发烧、最终死去的原委。在监狱里目睹这一切、尚未被判决的父亲给妻子写了一封信，而这位妻子给丈夫的回信，就是这部短篇小说的结尾。

在那么宏大的集会上听到中野那篇文章的意外，让我铭感于心，向周围一眼望去，这铭感在一般市民与会者中，也跟涟漪那样扩展开去。谨写下这一处：

这已是春风了。

它夜以继日地将沙尘和煤烟卷往大东京的上空。

在风声中，母亲想着死去的婴儿之事。

看上去，那就如同小芥子般微小。

母亲写下了最后一行：

"我们生活在侮辱之中。"

然后，母亲睡去。

作为自己正思考的问题，哥哥接着说了下面这些内容。老年小说家的你呀，在感觉上如此不成熟的文章，也是不会写入《晚年样式集》里的，所以我就在传单背面记录了与会者予以鼓掌的部分，现在就引用这些内容：

这位母亲的话语之所以强烈打动了我，是因为，在核爆炸大事故尚未结束之际，就让大饭核电站再次启动的政府，更将广泛启动更多核电站的政府，让我感觉到我们受到了侮辱。

我们生活在侮辱之中。现在，正是抱着这个想法，我们才汇集在这里。我们十多万人，难道就这样在侮辱之中生活下去吗？或是更为糟糕，就这样因下一场核电站事故而在侮辱之中被杀死吗？

绝不能容忍那样的事情！必须打碎那样的体制！而且，我们确实能够打倒，我们要走出核电站体制带来的恐怖和侮辱，我们肯定能自由地生活下去。现在，我站在大家面前，从内心里相信所说的这一切。毫不动摇地继续干下去吧！

我也赞成这个号召。不过，在这话语的前半段，也就是哥哥说明中野重治小说的那段话里，却给我留下了"那是？"的诧异，随着讲话的进行，我在共鸣的同时却也在挂念，其后就确认了先前的挂念之处。

你在引用《初春的风》之前，说起作品中那位丈夫的时候，表示"中野先生本人是原型"。我从其中感觉到了毛糙。之所以这么说，也是出于以下原因：新版的中野重治全集出版之际，我曾从哥哥那里得到旧版的年谱，我查阅了那个年谱，得知这个婴儿被抓的那次镇压，发生于有名的"三·一五事件"，那是一九二八年的事情，中野重治也是因此而在二十六岁时被羁押的。不过，那时他还没结婚，当然也就不会有孩子。哥哥以为人数极为庞大的、大多是在战后出生的听众容易接受此事，这才说出"中野先生本人是原型"的话来的。这就是毛糙。

而且与此相关，你在《晚年样式集》的上一期里，取用了很大分量写了进去，我觉得，写出来的东西不仍然毛糙吗？

看了那篇长长的文章，真木将其作为自己拥有编辑权的《〈晚年样式集〉+a》第一部的结尾，之所以这样，不就是因为我们杂志存有松懈现象，继而以这个心绪为伏线，因着哥哥的"力作"而爆发开来的吗？哥哥得到岛浦小姐这个求之不得的证言人后，精心写着吾良最后那段时期的电影计划。从中一眼就可以看出，出现在文章里的那位老资格摄影师是头一个，这个国家电影界的伙伴们，是如何盛情款待了生涯结束期的搞吾良导演的。

在哥哥的文章里，吾良最后的恋爱物语（对于故事中哀伤的表现，没有丝毫恶意地）被写了出来，并不是其电影计划被取消后的吾良风格的作品，只让读者联想到那悲惨之死还在持续。可是，假如你打算因此而结束有关吾良的记述，我就会说那将是最恶劣的毛糙。你认为千樫嫂将会如何感受？

我从没主动对千樫嫂说起吾良之死。之所以对哥哥也从没说起那样的事，是担心把哥哥身旁的千樫嫂给卷入到话题中来。你大概不会因此而认为,那是因为我对于吾良之死(当然也是对于吾良之生)并未抱有强烈思念的缘故吧?不仅仅是 High+teen① 的俊美,那是无论在任何方面都超独特的少年……看起来甚至有些像大人,而哥哥当年那种乡下人的幼稚却格外显眼。

所以现在我所考虑的,是在义·二世对千樫嫂的采访中,吾良之事会如何发展。尽管我没有理由说出任何多嘴多舌的话……

可是哥哥又将如何?义·二世的目标是你!假如哥哥打算说到《晚年样式集》那个程度就打住的话,我就不得不再次说起那个毛糙了。我独自躺在床铺上,躺在森林边缘黑黢黢的空间里,反复思考着在代代木公园那十多万人的集会上从内心涌上来的不安。

因着哥哥(还有千樫嫂)最终结束第一部的这部分文章,你会被赞许为是从正面应对那一切的吗?现在,我把哥哥和千樫嫂并列在了一起,只是惧怕千樫嫂对于吾良死后这十五年以来的、哥哥行事方式中的毛糙之处进行批判。

其实,我一面这么写着,一面在想着无论跟哥哥还是跟吾良毫无疑问都很重要的义兄。义兄死得比谁都早,对于说出的这句话,哥哥也只是毛糙地回顾一下吧?

哥哥,我们现在都是后期高龄者了,正因为如此,不就更应该采用适合自己情况的机敏的生活方式吗?为什么呢?因为我们已经没有时间了,必须要抓紧时间。就这一点而言,义兄算是头一个,唯有亡故的那些人,才应该更加着急(假如你认为死去的那些人托付给我们这些活着的人的话),因此必须进入到理解的态势中去。

---

① 十至十九岁这个年龄段中的十六至十九岁的少年男女。

出现溺死者的胆小鬼游戏

1

义·二世本人直接打来电话,说是关于以我为对象的采访,已调整此前的预备性方案,集中进行了汇总。尽管早已用摄像机拍了视频,却仍然毫不惜力干着的,是用放置在胸袋里的商务用品级别的录音机,长期精细地采集信息。现在,他结束了以真木为助手的编辑工作,要在此基础上重新确定主题,让真木调整他前来与我会面的日程。这是关照到我将参加由自立的人们分别在东京和外地主办的反核电集会。

于是,他们暂且在森林边缘集合起来,然后来到了成城的家里。义·二世在"FUDAO"拍摄而成的作品有两部,这个团队在"三一一后"周年之际将其刊载于欧洲的媒体上并获得了好评。真木也会给我送来各地报纸的复印件。在他们于"FUDAO"工作、还因参加志愿者活动而奔忙的时期,作为计算团队成员遭受辐射的剂量并让他们休假的基地,义·二世将义兄建在天湟大池边缘处的两栋房屋中的一栋用作了基地。

多年以来,那里的两栋房屋都是亚沙在管理。义兄死去后,在当地,除了与亚沙的关系,阿雪便孤单地养育着遗孤,在她进入义兄早已准备好的、在美国的生活之际,她在经济上做了清算。义兄早已整理了大部分资产,唯有这两栋房屋就那么留了下来,实际管理工作则是一直由亚沙负责的。

早在前期活动阶段,真木就承担了义·二世的秘书工作,对于这次采访,她积极安排整体结构,比如这就通知了我,说是要加大亚沙担负的任务。义·二世则安排对我的采访程序,他要指挥摄影师及其助手,至于采访者,当然是由他本人担任,无论对于摄影还是录音,在技术领域,他都是最有经验的领导者。

最初,千樫期待阿亮与采访团队同行,可这次采访却成了正式工作,对阿亮在生活上的照顾,又有原本也要放暑假的音乐教师阿律住了进来。真木告诉我们,阿亮将留下来看家。她说明道:这也是考虑到唯有如此,阿亮才能习惯于自立的生活。坦率地说,在商量阶段,无论千樫还是我本人,都以为采访期间亚沙会守护在阿亮身边。然而我们却得知,这个亚沙呀,作为义·二世采访计划里的重要协助者,将与摄制团队一同前来。

乘坐上午八时的航班抵达羽田机场的团队,就那么径直来到成城开始了摄影前的准备。亚沙去厨房给正在那里为他们准备餐事的千樫打下手,然后给我端来茶水,她唐突地问道:

“哥哥,你说过是跟义兄学了‘play chicken’这个新词吧?这句话很有意思,不过,你说今天又被逼着陪他做了一场“play chicken”,从而感到了疲惫,好像不太开心……”

“是的,那是义兄从因病中途退学的旧制高中同学那里辗转得到的《先驱者论坛报》上发现的词语。”

“那并不只是在这个国家的乡下知道那句外国词语,想要在生活中运用那词语的,是义兄跟哥哥你。而且,义兄请以往的佃户疏通了天湟大池的小岛背面,以此等待暑假返乡探亲的哥哥,是这样的吧?哥哥非常疲惫地回到家里,连母亲用辛苦找来的食材做的晚饭也没吃就睡了。第二天你笑着说,一大早就全都没了……

"到了秋天,哥哥就去了东京,此后义兄根本没邀请当地年轻人去玩那游戏,只是得意地对我说:两人潜到沉入湖水深处的老松树的树桩那里,各用一只手抓住那树桩,另一只手臂搅住对方肩头,憋住气忍耐着,无法再忍下去的人就离开对方浮上水面。害怕淹死而先浮上去的人,就是'胆小鬼'。自己总是存有余裕,其后才浮出水面,这让他感到灰心丧气……"

亚沙还说起峡谷里初中的学生们也是因为放了暑假,来到 NHK 前来摄影之际重建的小船码头游玩。学生中大多是女生,若是发生事故什么的……亚沙便去初中商量此事,却被回以"希望小船持有人能够管理"。于是,亚沙就让各个班级的年长同学将那天参加者的名字写在纸上并送到真木和阿亮的家里。

"学生们从一大清早就登上大扁柏所在的小岛,唱起了因电视节目而广为人知的那首歌,所以义·二世的伙伴就开始抱怨,我呀,就前去劝导。从小船码头下来后,我刚开口招呼,轮唱部分就开始了:

"'从令人眷念之年寄出的、回信到了吗? /回信到了吗? /到了吗? /到了吗? /从令人眷念之年寄出的、回信到了吗?'

"'哎,到了呀,回信到了呀,所以不用担心啦。'我这么说着,让学生们安静下来。"

"……你真的相信,从令人眷念之年寄出的、回信到了吗?"千樫询问道。

"我也一直在考虑那回信是到了还是仍未寄到,无意间就说了那个谎话……

"义·二世仔细阅读了《致令人眷念之年的信》。比如他可能会这么说：在小说里，结束刑期后前来你家造访的义兄，以你跟千樫嫂为对象相互对话，其中就有当时还活着的义兄的话，包括说是去了'令人眷念之年'后会撰写并寄来回信这类看似很好的话……

"在飞来这里的飞机里，真木跟我作了以下约定：有关《令人眷念之年……》的内容和实际所发生事件的具体情况，这两者将重叠出现在义·二世对爸爸提出的询问里。而熟知这两者的，只有爸爸和亚沙姑妈，所以希望先温习一下小说里的相关部分在现实中是怎样的……"

2

在采访中，我和义·二世所坐的沙发和扶手椅，面对着固定机位的摄像机，因此义·二世、亚沙和我这三人可以互相交换位置，根据协调人真木发出的提示，还必须注意或挨近我们或与我们拉开距离的、控制着可移动摄像机的摄制团队。在摄影时间内，安装在我的衬衫领口、亚沙的粗斜纹运动夹克衫胸口、真木那又宽又大的花纹图案短外套肩头的麦克始终打开。"请意识到这麦克。"在帮我照料麦克的同时，真木对我叮嘱道。义·二世在我的椅子前面那张可以自由移动的沙发上坐了下来，往眼前的桌面摆上了《致令人眷念之年的信》及其法译本 *Lettres aux années de nostalgie*。

义·二世示意我将视线投向那里，同时开始了对话：

"说起令人眷念，这倒也不像是强烈祈祷想要回到那一年去，可是若说到 nostalgie，想要回归这个愿望可就强烈显现出来了，我觉得还是这个词语要好一些。"

　　"日语中用片假名表示的ノスタルジー①，倒是更有柔和的氛围吧。我认为，在日语世界里，这个词语在被作为片假名而使用的过程中，已渗入这个国家的人的情绪里去了。该词语在翻译之前的原语，不就是表达痛苦心愿的 nostalgie 吗？"

　　在义·二世开始考虑我的询问之前，真木便把话题给顶回到具体方向上去了：

　　"少年时代的义·二世，在家里接受的是母亲的日语，出了家门是洛杉矶的英语，在大学里读的则是法国文学系。听说他在升入研究生院之际，决心转系去学日语。在那之后，尽管热衷于学习，可是要用日语通读这么长的小说似乎也很辛苦，这才依赖法译本的吧。"

　　亚沙按照自己舒适的姿势挪了挪沙发位置，然后开始发言：

　　"总之，对于理解义兄的情况，虽然是小说……却也是唯一的书。我们就依赖《致令人眷念之年的信》吧。这部小说，是这么讲述故事的：义兄深深扎根于日本的村庄，是个试图跟当地青年们共同创造新生活（而且是用超越人生大转折点的方法……尽管转折点再度到来……却还要干下去）的自学型知识分子，这么说也未尝不可。今天的采访主题，就是这位义兄的半辈生涯。

　　"义兄放手让第一位弟子、青年古义人去了都市之后，在根据地运动中，他给当地的青年们带来了影响。那是说正巧赶上宏大且高涨的反日美安全保障条约的示威游行，他担心弟子，便去了东京，在那里受了重伤。东京某新剧②剧团的女性把他从示威游行的混乱中救了出来。义兄就把她带回森林的边缘，嗯，要说是偶然也确实是偶然，循着这个经纬，他跟那个女性扎根于当地并发起戏剧运动。新的

---

① 日语中的片假名单词ノスタルジー源于法语 nostalgie，意为乡愁、乡情等。
② 日本明治末期兴起的现代剧之一，有别于旧剧的能、狂言、歌舞伎等传统剧种，吸收了欧洲现代剧运动的影响，以现实主义手法反映现代生活。

悲剧就发生在其中……

"义·二世把根据地已经上了年岁、却仍存活于世的老人们的证言都录了音。我认为对于义·二世来说,听到有关自己父亲的讲述,这其中是有快乐的。可是,关于那位父亲成为杀人者的原委,尽管读了书从而知晓,却仍然肯定会感到难过。至于那是何种过程的结果,小说在讲述中作了各种各样的保留,不过对于义兄是女性戏剧伙伴之死的责任人一事,却未表示怀疑。

"赎罪之后已届中年的义兄复归森林边缘那座村庄的社会,想要重新召集青年们,却反而被孤立了。终于,他被村庄社会里的对立者们所杀害……至少是被追逼为事故之死。

"且说结束十年牢狱生活的义兄为什么会落到如此下场呢?

"我来朗读揭示出小说的问题核心的场面。"

亚沙打开义·二世递过来的书,首先对直至故事那一段的、自己所熟悉的内容作了说明:

"服完杀人罪的刑期不久,义兄就像流浪一般在国内四处走动,然后返回到森林边缘的村子里来。细说起来,他是素封之家的继承人,直至作为事故般发生的杀人事件的犯人被逮捕,他都是这片森林边缘的土地和居民们的'活性化'的指导者,所以刚刚恢复自由之身,他就试图实现曾在狱中持续思考的革命性计划。

"出狱后,他第一次访问了曾在墨西哥的大学担任教职后回国的小说叙述者(后为作家 K①)在东京的家,在那里,他说了那个想法。接下来是大段引用……我会在中途接连不断地跳过去,所以请你们自己把我的朗读内容连接起来。

---

① 大江健三郎的日语发音为 Oe Kenzaburo,这里的"作家 K",喻示其为文本外的作者本人大江健三郎。

"义兄虽然已经出狱,却在日本全国四处走动,并未轻易出现在K的家里。在K出门之际来到他家,吃了饭后便睡去。K回到家后,看到自己的长篇小说草稿被放在义兄正睡着的书房那张床铺旁边,尽管为之介意,却仍让义兄照样沉睡。义兄睡醒之后焦急等待,然后吃晚饭,开始喝酒……在这样一种连续场景之中,会话开始了:

> 总之,自己想尝试着在那片森林中的土地上、而且是在"宅邸"的地皮上,建造自己风格的现实世界的样板啊,小K。在根据地运动中想要创建的"美丽乡村",就是其样板之一啊。……我去了彼侧十年,回到村子里一看,就算以那条绕河堤坝为例,也能明显看出,它完全变了样子嘛。(中略)曾一起创建根据地的家伙,也是一度显出像是要回到咱那里去的模样,却又没那么做。那同样是自然趋势吧。(中略)经过就是这样,今后想要创建自己独自构想的样板,就是这么一种想法呀。

"义兄读了K的小说,跟少年时期和青年时期身为K的指导者时那样开始了批评。即使在狱中,他也照样熟读了但丁的《神曲》。那是他进行批评的立足点。他认为,作家K跟妻子共同支撑着阿亮这个患有智障的儿子,K把这样的生活作为自己的幽暗森林①之体验,这或许是理所当然的,可是认为自己已然超越那幽暗森林从而开始工作,这不是为时过早吗?

> (前略)立足于那个想法,写作那部把我推到前景去的小说。你惧怕自己的登山失败和徒劳无功。小K的写作正指向自己回心转意的、死与再生的故事,这很明显嘛。然而,那其中

---

① 原文在日语"暗い森"旁加注了片假名"セルバ·オスクラ",由SELVA(森林)和OSCURA(幽暗)组合而成,典出但丁《神曲》第一部《地狱篇》第一章之开首处。

却有时间。小 K 呀,在你的内心里,写作自己回心转意的、死与再生的故事的时间成熟了吗?(中略)倘若你虽然自觉到时间尚未满足,却认为如不写出那些,身为作家就无法生活——较之于经济上,更是作为在文坛上的生活感情嘛——的话,那就离开东京,回到森林中的那块土地上去,如何?我会把你视为终生的合作经营者,欢迎你加入新的工作嘛。

"K 接受了这个发自内心的劝告(不过,只接受了其前半段),把执笔中的草稿放入身旁的暖炉里焚烧。然而,他并未接受回到义兄在森林边缘的土地并跟他一同工作的请求。

"关于这一点,义·二世另有我没能想到的读法。我要请义·二世给说说。"

3

义·二世被亚沙让到沙发的中央位置,他把 A4 尺寸的笔记本放上笔直挺出的膝头,并未注意到自己的笔记本已进入我的视野。毋宁说,在他读出笔记本里的日语文章的同时,在其空出一行的上方写着的英文却像是要将我的视线引往那里。义·二世朗读着自己先用英文写出,再把真木译出的日文抄写在其下方的内容……

义·二世提问道:

"您对义兄承认,自己花费很长时间一直写着的小说遭到了强烈否定。而且,您烧掉了草稿。我一直在读着您的小说论。您重视改写小说和他人的改写意见。在您来说,书写就是改写。那不会是烧掉已写出的稿子之事吧。您之所以烧掉倾注心血写出的草稿,是因为知道那部作品无法改写。

"您进而拒绝了义兄发出的、回到森林边缘、开始新生活这个邀请。那是为什么?"

"那是因为他逼迫我,用恩赐的态度、对年过四十的男人表示,他不让我二选一,而是只提供一个选项。我甚至感觉到一种憎恶,我可想起了当时的情形。在那种情况下,就拒绝了……不,请在录音中修改为'怀有只能被称为憎恶的那种情感'。"

"录音就保持原样也行吧,"义·二世说,"因为如此改变说法,也能显现出长江先生内在的东西。您对义兄的憎恶就是这样记忆下来的吧。"

"是的。"

我看到亚沙那张比年轻时当然变小了的、却依然圆润的面庞,因我对话语的选择而越发紧绷起来。

"我也曾怀疑,义兄这是存心找你麻烦,而且不是无意之中,而是有计划那么做的。即使这样,'宅邸'那边的人只要一来招呼'来玩吧',我就会兴冲冲地赶过去。自从哥哥跟义兄一起让我为学习而前往'宅邸',虽说当时我还幼小,却还是感到了不可思议。

"哥哥刚才的话语,并未让我感受到冲击。

"我认为,自己似乎有理由参加这里的这个采访活动。"

"那么,录音就保持原样,采访请就这样进行。(千樫多次送来咖啡,而且这次更是把热水瓶式的保温瓶放在桌面上,然后停下手来站在那里。我对她说道)你也过来听听,亚沙是预备好了该说的内容的。先喝了这特意备下的咖啡吧,在谈论或将更为紧迫的内容之前,稍微休息一会儿吧。"

4

饮用咖啡休息一会儿的提议,被千樫从正面接受。环顾咖啡不断续杯的光景又花了一些时间，义·二世告知采访再度开始。正等候着的亚沙便开口说道：

"就像登在上一期《〈晚年样式集〉+a》的我那信函里说的一样，我们已经没有时间了，必须要抓紧时间，所以我继续说义兄的话题。

"接下去要说的，是自从义兄去世以来，一直存留在我的心里、对谁也没讲过的事。话虽如此，今天我之所以想要讲出来，是因为我独自一人打听至今的事情，因着义·二世跟真木此前所作的听取调查，请本地的初中生以及高中生的母亲们父亲们把积存在心里的东西给说了出来。

"我要讲的是，那时，这座森林的边缘曾有过甚至可称其为强烈情绪的氛围。大雨下个不停，快要涨满大水的天湮大池假如出现万一，这一大片地区都会受到波及。对那个言及爆破堤坝的人物可以放任不管吗？前往消防署以及警察那里谈判的人群也有了好几股，由于有人申告，县政府已经派出堤坝建设专家前来观察。

"各种可怕的传说越发骚然不止，义兄在'宅邸'里闭门不出、并不露面。一个幸存的、当年一起创建根据地的成员因着跟义兄稍微维系着关系而前去见他，'天湮大池的安全怎么了？'义兄反而感到不安的这句回复激怒了对方。虽然我觉得哥哥不会跟镇子上直接交涉，可是难道不能跟我们镇子里那些有影响力的人商量，以让义兄跟镇子之间为了和解而协商吗？于是我给东京打了电话。

"哥哥马上就回到了森林的边缘。然而，义兄却根本不响应你的劝导。他让哥哥你去看村里那些年轻人在那一带四处张贴的 黑水 和 杀人 字样的传单（听说一面走动着观看，义兄自己一面用力扯下并一张一张地撕碎），他说，由于咱在天湮大池干下的反社会性质的那些事的缘故，水变得发黑混浊，那黑水流出去会给孩子们带来有害影响……他还说，当然，虽然这都不是真心话，却严重地刺激了对方。

　　"于是，哥哥在老家滞留期间，去往'宅邸'访问义兄之事，说是白天因着那帮家伙在建于森林里的监视台上监视而无法前往，所以只能入夜后陪伴从大池游下去的义兄。哥哥没能做出任何促进和解的事，于是回到东京去了。

　　"就这样过了年，山樱把天溪的斜坡给染白的时候，义兄的尸体漂浮在大池上……我跟阿雪用小船把尸体拖上岸，安置在了大扁柏之岛上。我还记得，当时我提心吊胆地想着，假如在哥哥尚未离开的那段时间发生此事，该是多么严重呀。

　　"那时，我发现了另一个自我——义兄终于死去……之所以这么想，是因为此前我就认为迟早会发生这样的事……了，虽然我为义兄之死而悲伤，却发现在比悲伤更深的深处，我为哥哥没被牵连进来而感到喜悦。当时丝毫没有考虑此事就踏入水中干起了力气活，把沉重的义兄拖拽到了岛上。

　　"在很长一段时期里，我已设法忘了此事，最近却又重新回想起来，那是在《〈晚年样式集〉+a》第一期上，读到哥哥写的有关三一一大地震的经历之时。你写了这样的'诗'吧？——在拾掇书库里倾倒的书山期间，感到困倦就睡了过去……把梦境写在纸片上，再用身旁的陶制镇纸重重压住。

　　"被有意识地摁压在我内部的奇怪的一时之念外露到表面来了。这就是我眼下在哥哥的这场采访中想要提供证言的直接理由。当然，这是在森林边缘独自生活过来的、甚至被孩子们也称为奇怪的老太婆的人物的妄想。只是我想当着哥哥的面，让义·二世听到这些。

　　"哥哥为什么会用陶制镇纸压住？那是因为对于哥哥来说，这镇纸是能够让他想起无可替代之物的仿制品。

"记得哥哥那时五十来岁,实地参观备前烧①陶艺大家的窑口时请予烧制的。因着出版社的讲演会而同行的批评家在大盘上写了字,在那口窑里加工处理,可是那批评家却做坏了。于是趁他在其他盘子上重新写字之际,陶艺家的儿子把那做坏了的盘子的土坯另行糅合成几个土块,然后询问需要为大家制作什么,哥哥就说自己失去了曾常年间赏玩的物件,描画出某物的形状让对方端详。不久之后,就烧制完毕送了过来。

"本来,那是哥哥从镇上的新制高中转学到同样继承了旧制中学一些陋习的松山的高中时,义兄说是自卫用而赠送的'铁拳'。所谓'铁拳',是一种把手指插入铁框内、继而握成拳头的武器。'三一一后',已知道以那形状烧制成的陶器还在书库里。这是我要说的第一件事。

"第二件事,今天、已经向哥哥确认过了吧?就是'胆小鬼游戏'之事。哥哥因着天湟大池的纠纷回来,每天都去'宅邸'跟义兄谈话。也曾一度从镇上请来纷争对手一方的人,却没有取得任何进展。入夜后回到我们家睡觉的哥哥疲惫不堪,头发湿漉漉的。问及这是怎么了时,就答以'以往那个令人眷念的胆小鬼游戏'。

"所以,在义兄溺死之后,日渐缠住我不放的,就是这么一个妄想。调停失败以后,哥哥就离开了森林的边缘,可是村里那些年轻人却说起了义兄跟哥哥在天湟大池的游戏,不是有个聪明人说出了这样的话吗:那好像是长江觉得眷念才跟义兄做的游戏,那就让长江再做一次这游戏,怎么样?

"让他们赌吧!假如长江输了这场游戏,就会让他陷入困境。

---

① 备前烧为日本冈山县备前地区烧制的陶器之总称,其特点在于不挂釉面,器皿表面多有变化。

可那游戏是他长年间玩过来的,这最后一次也有可能会是义兄输掉。作为这一次的规则,就是'胆小鬼'无条件地服从胜利者。长江曾在调停中提出如下提案——把天湟大池曾经过良好管理的排水及其管理权,委托给镇上的年轻人。

"哥哥接受了那个计划。但是,哥哥不得不细作思考,因为他就是那样的性格。哥哥假如胜利,那就可喜可贺、可喜可贺。但是哥哥知道,自己不敌对手的体力。于是哥哥该不是决定让穿着泳衣的腹部瘪凹下去,再把'铁拳'暗藏在那里吧?假如察觉到输掉赌局将不可避免,哥哥就忍着痛苦的憋气,取出'铁拳',然后给予义兄头部一击。让那沉重的东西从手中落入水底,再用另一只手臂划水上浮……

"那些年轻人手法巧妙地迎接浮上水面的哥哥。他们不考虑或许会随后浮上来的人。哥哥再度前来商量的事,连我都没有通知。就算哥哥让人用汽车送自己越过四国山脉,继而在高知的机场搭乘最后一个航班回到东京,也不会有人为此提供证言。翌日清晨,当地有人发现漂浮在大池水面上的义兄,就向阿雪跟我通知了此事……

"我的这种妄想即使生了根,也没有长到表面上来,在这样的岁月里,哥哥为了不忘那埋在黑浊水底淤泥中的'铁拳',就请人烧制了'陶制铁拳'并藏匿至今。那个在义兄心术不正的游戏中,自己将计就计、反击取胜,只是不让义兄说出'胆小鬼',要让他深刻明白这一点的、具有纪念意义的'陶制铁拳'。或者说,出于哥哥的性格,这是要把唯有自己才是'胆小鬼',才是杀害朋友之人等事宜镌刻在胸?

"接下来,发生了'FUDAO'大地震的灾害,哥哥所做的,是在担心那陶器该不会在地震中掉落到地板上从而被损毁吧?继而在书籍跟资料什么的倾倒下来层层叠压的书库地板上四处寻找。刚一发现其形状并没受损的目标,随即就那么卧倒在地板上睡去,其间哥哥写了首诗,是为自己跟阿亮将怎样存活下去的、忧思而烦恼的诗。听到阿亮所说'放心吧……'的声音后,就形成了诗,把'陶制铁拳'重重压在写了那诗的纸片上,就沉沉熟睡过去了。"

确认亚沙讲完事先准备好的话语,将白发脑袋凭依在沙发靠背上闭合上眼睛之后,我留神着不被摄制影像所用的粗线缆、录音所用的细线缆绊住腿脚,迂回着向书库门口走去,从工作用写字台最下面那个抽屉里,抓出意外沉重的、装有'铁拳'的袋子。我回到音乐室,真木搂抱着眼下像是睡去一般面庞朝下的亚沙,我把那铁块放置在真木身旁,便回书库去了。

义·二世没有抬眼看向我,他在检查固定机位的那台摄像机的成果。

<h2 style="text-align:center">5</h2>

书库门扉被象征性地叩响,我猜不出随即走进书库的这人是谁……是希望解释先前一度让现场气氛热烈的雄辩和其后委顿下去的虎头蛇尾的亚沙吗?还是前来商量意料之外的、再度开始采访的方法的真木?我躺倒在床铺上,读着从枕边书架取来的六隅先生的《战败日记》,并未抬起头来。

来人自己将工作用写字台前的椅子挪到近旁(这是千樫),充其量也就耽搁了俯视我在读着的那本书的一会儿工夫,随即便开始说起话来:

"做出那般以自己为本位的举止,然后就到这里来了? 我惦记着你在读什么以让自己平静下来。看到现在打开的、你自己曾誊写(我纠正道:由于集会等等而忙碌起来,因此后半部分是彩色复印)

的书,我就在想,你要依赖这书到何时呢?先生过世时的年龄,你也已经超过了,却还……

"那么,关于采访的第二单元,我是来传达实际运作的真木和义·二世商量的情况。这也是真木的建议:我们三人组合的女人,目前遇到了困难之处,因此在与伙伴之外的人交谈时,就用这个小东西录下谈话,再与其他两人分享。如果被要求的话,也可以让你和义·二世听听嘛。

"义·二世正在检查采访的最初部分。真木在与亚沙说着先前的话题,她也像我一样边谈话边录像。在这里我和你之间理应要说的话,也是没有时间上的余裕了,我要将其传达给亚沙和真木,还要听她们已经录下的内容,再准备接下来的采访。你不要认为今天的工作因先前的采访第一单元而结束了,就算感到疲惫,也要请你到音乐室去。

"在义·二世的采访活动中,无论对于哪位出席活动并讲话的人,只要对其言及的内容有不同看法,那么都是允许发表看法的。这个录像与先前被录音和录像的那部分光盘一样,都将被存储在文件夹里。已经出现对立的争论不用急着得出结论。'因为双方的内容都很有意思',这似乎是义·二世的想法。

"你以为自己已经恢复平静了吧,可你脸上还是有些迹象。在先前的义·二世的采访中,亚沙的发言和你的应答(尽管没有付诸话语),就像刚才说到的那样,两者都将得到尊重。亚沙当时说了很多,对此,你只用一个行为予以对应,就连义·二世也承认,他明白了那个行为的意义。可是作为讨论之间的对立那就是对立,双方记录下来,不要急于作出胜负的评价,这是义·二世的推进方式。

"今天尤其是亚沙所说的内容让你为之兴奋,我感到你似乎还为之失去了平静。而且,那是理所当然的。可是,面对亚沙所说的内容,我并未就那么被说服。从她的话语里感觉到了沉重,这也是事实。今后必须继续思考下去,这还是理所当然。亚沙首先说了那是自己的'妄想',然后才开始了她的讲述,因此要将其作为事实而原样采信,那就是滑稽。可是,从一开始就持续拒绝那么认真讲述的内容,这能被允许吗?这种想法目前就存在于我的心里。

"这是在讲述我们熟知之人的、有关其生死的事。而且,这是在'想象'与他的死有牵连的人是你。虽然其讲述者亚沙表示那是'妄想',我却是无法予以无视。目前,那一切因着你出示的证据而被否定了,大致能够平定下来。可是,我觉得那个'妄想'将会继续存活。

"你当即作出的反驳,那也不是运用话语,而是以形体动作和布袋里的物件,推翻了亚沙的'妄想',然后就那么闭门待在书库里,亚沙则成了似乎被打倒了的人。而且,为你而作的采访,至少其第一单元就算完了。

"对于你那撒身走人、扬长而去的态度,我是排斥的。对于委顿无力的亚沙,则是同情的。因此我对义·二世说了,自己不是很明白。义·二世耐心地告诉我,他本人在听取调查中,也曾接触到一些言及这种事的人。他还说,亚沙先前所说的'妄想',在当地似乎曾数度成为议论的话题……"

听到这里,我对千樫确认道:

"你要求我冷静下来,是要让已经发怒的我镇定下来,可我之所以还是感到心悸,那是由于刚才忘了后期高龄者的身份,从狭窄的走廊上跑过来的缘故。如此跑过来,从这间书库取了那物件回去,这就显示出理当被埋在那淤泥中的'铁拳'一直就在我的手边。与你被亚沙的'妄想'带来的心悸可不一样,我这只是身体上的反应。不过,心悸就是心悸啊,仅仅这样出声说话,那来回摇晃的感觉就又来了……"

"你刚离开音乐室,亚沙就说自己仿佛也在兴奋。她还说,这是因为头脑里想的虽然完全不同,可是血缘相连的兄妹在性格上还是有相似之处的。现在,真木在陪伴着她。

"在这种时候,亚沙仍在考虑着义·二世的工作。提议进入采访第二单元的话,就是从她口里说出来的,说是今天的采访第一单元开始的早,加上中断了的时间也不很长,因此如果把第二单元设定为两小时的话,是可以赶上全日空最晚那个航班的……

"她说,要是那样的话,就请你忘掉采访中的事,赶紧起身去现场吧。由于自己的证言带来了这么复杂的事态,为了纠正这个过失,就算再少,自己也要想起并说出一些有效的东西。她说,今天夜晚之所以要赶回老家,是因为阿亮第一次单独在那栋屋子的二楼过夜,虽说已请阿律住在楼下,可树木如果因着刮风而发出声响,阿亮该不会以为是阿桂前来招呼而从窗口探出身子吧……她还说,对于接下来的采访,真木无论如何都是必要的,所以,总之,假如赋予自己的工作已经结束,就独自一人回去吧。

"对这位为了阿亮之事如此考虑的亚沙,你今天这个态度算怎么回事?'铁拳'之事刚从亚沙口里说出,你不就激动起来了吗?当时我在想,已是七十过半的年龄了,却还是这么孩子气。如果你认为,你被亚沙把杀死义兄的犯罪行为强加在身,自己想要洗刷掉这个冤屈,那你可就自以为是地造成了错误。亚沙不是预先就说了吗——不知不觉间,自己就有了这个妄想。

"可是,你却拿出装入那个成为反证物件的布袋……在这种做法收到效果后,我来这里露面时,你的面孔还是那么红彤彤的。义·二世平静地说,那个'铁拳'的插曲在《致令人眷念之年的信》中,可以与小刀的情节相置换。不过我却认为,'铁拳'之事是有意义的,那是导致你失去平静的直接要素。你对此有着复杂的沉思吧?在我的脑海中,遥远的记忆也已经浮现而出。你持有从义兄那里得到的护身用'铁拳'。细说起来,那应是义兄想到了你必须与欺负自己的家伙进行搏斗。义兄担心将要转学去往松山的你,这才把'铁拳'送给你的吧?

"就像义·二世所说的那样,在《致令人眷念之年的信》里,你把它处理为小刀,可是小说里却这样写道:校阅者指出,战后初期的、年轻人之间粗野风习之一的'铁拳',在出版这部小说的时点上已经被淡忘了,该不是因此才写成了小刀吧?

"当年,高中的伙伴为你这个离开森林边缘去往松山的、淳朴的乡下人,起了个纯真无邪(亦即 naive)和携带武器(knife)者的绰号。在你就读的高中里,我比你低一年级。因此,曾为那时的学生们能够熟练使用英语和法语的单词而感到不可思议。

"你因着亚沙所说之事而表情严肃地跑进书库,抓住那物件就折返回来。尽管亚沙已经表示那是作为自己的'妄想'而说出的话,你还是热衷于推翻那个说法。而且,那个推翻的方法,也会让人'哎?'地心生疑惑。

"之所以如此呀,也是因为你应该还是那种能够把'铁拳'用于可怕的事情,认真清洗了完整带回来的物件后将其装入布袋里的那种人……

"我从吾良那里曾经听说过。你和吾良在松山的高中里因着同为转校生就相互熟悉了。吾良是在你转校前一年从京都转过来的。他是那种姿容非常惹人注意的人,我认为那虽不是傲慢,他却也是个独立自尊的人。出现对此感到碍眼的硬派小团伙,这也是自然的吧?那个学生从南予转校而来,他和同是怪人的你联手,与其他学生们拉开了距离。其后就演变成了要'惩戒那帮家伙',而攻击的目标好像首先就是吾良,据说,叫他出去的传令被送到了班里,说是被叫到了从旧制中学时就被冠以颇有渊源的名字的建筑物背面。

"'然而,古义却跟了上来。等候在那里的五六个人向我围拢过来。面对那帮家伙,这家伙独自走上前去,好像在贴近那帮人里体格最棒的家伙。这是小狗在向大家伙表示恭顺之意?咱仿佛看到了低级物种。

"'古义用头顶在对手的胸前,像是在赔礼道歉。对手一副害羞的模样。然而,古义此时却用不知何时取出的铁拳,猛击那家伙的肩头和脖颈之间的部位。古义用力抱住一点点瘫软下去的对手,踢向瘫到自己膝头来的那家伙的嘴角……

"'然后,他就一动不动地站在躺于地面的对手身旁。于是,硬派小团伙的小阿飞头头……这种称谓在当时的普通高中生里尚未出现,那头头就挥着手对古义和咱说道:你们回去吧!像是在驱赶非常粗野和肮脏的家伙们那样啊。在那之后,咱们在学校里就再没遇上麻烦事。不过,毋宁说,对于古义的那种不快感却留在了咱心里……'"

我终于抬起上身,对千樫说道:

"那个陶制镇纸,还原封不动地作为重物压在那写着诗的纸片上,能给我取过来看看吗?"

在我的声音里,千樫像是觉察到业已恢复的余裕,尽管如此,却仍然前去取那镇纸。

"你打开并观看我放在亚沙身旁的布袋了吗?曾在吾良那里听了那么不祥的往事,若说是我这里的'陶制铁拳',你应该已经留神看过了,不过还没看过义兄送给我的铁制'铁拳'。你只看过依据我将这物件描绘成的图样制作的这个'陶制铁拳'。

"那么,你现在把手指塞进镶嵌在护圈上的抓手,再把它拿起来。不过,如果打开放在音乐室沙发上的布袋,就会发现那铁质'铁拳'的抓手已被铁锤砸毁,也就是说,使其无法作为武器使用的那家伙就会出现。

"我在松山上学的那个时期,的确是民主主义的时代,可是根本不可能允许手持大型刀具在高中校园里走动,在《致令人眷念之年的信》里写着的小刀之事则是虚构。就像你所说的那样,我构思出naive和knife那种洒脱并将其导入了小说之中。可这并不意味义兄送给我的铁质'铁拳'就不存在。为了在高中的硬派那些家伙手下得以自卫,我将其带进了学校。并不是说我使用了那物件,我持有'铁拳'的传说(唯其如此才是为了自卫)其本身就流传开了。然而上体育课时,在泳池旁需要对持有物品一一检查,于是被没收了。我再说一遍,那是民主主义时代,教师在嘱咐'不许带到学校来'之后,就返还给了我。可是还回来的物件上,把手指插进去的那框架却被用铁锤给砸毁了,因此那已经不再是武器了。

"刚才你对我说的是:吾良对老实敦厚的妹妹说了从森林边缘来的那怪异朋友的往事,在那期间很快便成就其电影导演兼脚本作家之名的吾良,该不是在对妹妹表现他那广受欢迎的才能吧。那么,直至接下来的采访之前,我就先打个盹吧。"

6

"义·二世说他在重新观看采访第一单元的录像。"真木移坐在义·二世先前坐过的位置上,开始了采访的第二单元,"亚沙姑妈针对我父亲的那些说法,较之迄今自己接触过来的亚沙姑妈,具有令人吃惊的攻击性,那是怎么回事啊?我母亲对此感到不可思议,我也有同感。

"义·二世在这里领导并推进的采访,不是为了揭发我父亲的活动。对于义兄之死,谁该负有责任呢?发现义兄的尸体,在看热闹人群的围观下,亚沙姑妈和阿雪将其从水中打捞上来。警察在天溻的大扁柏之岛上验尸,非常重视义兄喝了酒的事。虽说义兄在水温很低的黎明时分出来游泳也不是常有之事,可他在精神方面并不健康的状态却是持续已久。对于这一点,有不少人提供了证言。于是,就被视为发生了事故。

"这次义·二世呀,由于这是他父亲的事嘛,关于被视为因事故而死之事,据说还有其他传闻,他就从当地人中间收集了那些内容。在这过程中,就出现了义兄是被杀而死的说法。

"义·二世原本的意图,是研究义兄、塙吾良还有我父亲这些知识分子或是失败了的知识分子,后来也就成了研究长江古义人的小说。再后来,就加进了长江那些因事故而死的友人和自杀了的友人之研究。义·二世从中发现,在他们三个同年代的日本人……只有义兄年长十岁……作为知识分子曾活过,或是还活着的他们各自的晚年里,却有共通的悲惨结局。他的研究就在这种构思上启动了。

"义·二世说,长江虽然还活着,可他那些私小说性质的长篇,却是全都预感到了悲惨结局。我之所以如此预先打招呼,是由于如下原因——在采访第一单元中,亚沙姑妈讲述了她下决心说出来的内容,在这种时候,父亲原本是那种以幽默加以应付的人,此时却动了肝火加以应对……因为现场毕竟演变成了那样的事态。我想请亚沙姑妈把其后对我说过的内容在大家面前再重复一遍。"

亚沙依然精疲力竭地坐在位于沙发中央的真木身旁一动不动,靠着背闭着眼。在这种状态中,她抬起坚毅的面孔回答道:

"在刚才的采访中我说出那样的话,真木却没有生我的气,更是担心其后流着眼泪的我,来到身旁陪伴着我。而且,还给了我拍摄修改讲话的机会。

"我之所以说了早先那些话，是因为曾听说这样的传闻：该不是长江在担心，假如义兄犯下过错，那么自己的责任也将被追究，这才干下那事的吧？我曾经为'假如是那样的话，哥哥或许是干下了那种事'而烦恼，就说出了那个'妄想'之事。然后，我就开始了恐惧，越发惧怕我刚刚说完，哥哥该不会马上取过麦克风说'就像亚沙刚才讲的那样，那就是咱干下的'吧？

"我担心哥哥说出'咱正在通过义兄无法通过的处所，必须设法做点什么。而且，咱在被逼无奈之下，正因为他是对自己最为重要的义兄，这才干下了那样的事……'，就越发惧怕了。而且，无论是义兄之事还是古义哥哥之事，都让我感到哀伤，就流出了眼泪。

"我认为自己的'妄想'超出了常规，使得事态出现了混乱。下次到东京来的时候，要等到平静下来之后再来。那么，我已经做了现在我所能做的事，真木还有工作在身，千樫嫂，请帮我约出租车到这里来送我去机场。"

"不，可以请亚沙姑妈暂时留在这里，听听我的心情吗？我们'三个女人'组建成小团队，以《〈晚年样式集〉+a》为根据地，不断提出对爸爸的批判。这是我们迄今不曾有过的事情。在爸爸的小说里，我们只是被作为驯养的人物加以描写。不过，我实现了下定决心的自我和阿亮的'自立'，还提出想要让杂志焕然一新的提案，更是因着亚沙姑妈的发言而产生了洞察能力。我觉得，如果能在第二单元中使这一点得以发展，那就更理想了。

"为了不浪费这个午休时间，妈妈下了决心，与亚沙姑妈的发言动机相同，她似乎把自己那已经钻入牛角尖的想法，直接对爸爸说了出来。妈妈指出，亚沙姑妈在第一单元的发言，是我们'三个女人'的一场胜利，爸爸试图挽回那一切，可是妈妈认为，就算'铁拳'没有沉没在天湟大池的湖底，那也不能成为爸爸无罪的证据。妈妈对爸爸坦率地说了这些,爸爸则对此作了抗辩。吾良舅舅说是看到存在于爸爸性格里的粗暴,这个证言却被有效地否定了。而且,这是我从妈妈那里刚刚听说的。

"我们得知,在第一单元的批判期间,亚沙姑妈也未必只是对爸爸进行批判。而且,我仔细听了妈妈讲述的内容,少年时代的吾良舅舅针对爸爸的批评未必值得信赖,这种看法似乎也是有道理的。

"包括这种整体关系在内,现在我了解到,在爸爸和妈妈的谈话中,一个在他们俩之间从不曾言及的侧面浮现而出。那不就是'三个女人'已经收获在《〈晚年样式集〉+a》里所追求的转换之果实吗?也就是说,现在,我们'三个女人'第一次在和爸爸认真对话。

"另外还有一个,那就是我在这次采访中重新认定,义・二世是有原则的。他毫不走样地重复记录在采访中所作的发言,不会说'这已经听过了,所以就……'并中断那发言。而且,旁听者如果表示'那是错误的'并进行反驳的话……要求发言的当事人就此进行修正的场合也是这样……他便会公平地摄入到录像中来。

"而且在那个场合,他会让最初那位发言者的意见和被其引出来的批判性意见两相对照,却并不就哪方正确做出价值判断。无论意见相左的发言持续多久,他都不去判断哪一方正确或是不正确,一直持续着将其录入画面之中。这就是义・二世的原则。

"接下来,要说说我从摄制团队、从今天仍在协助大家的摄制团队那里听到的内容。义・二世根据那个原理,譬如说,一旦进展到把今天的采访内容和我们在准备过程中已录下的记录都编辑并结构为作品的阶段,听说义・二世就会对此发挥他独自的缜密性。希望即便在那个方向上,我也能为他发挥作用。"

自杀者能够加入魂灵们的聚会吗？

1

在成城的家里所作的采访结束之后，那采访显示出其对亚沙来说是个特殊的活动，回到峡谷里的她并未随即与这里联系。说是由真木取代亚沙向千樫传递森林边缘的消息，可又不像有特别紧迫需要办理的事项。然而，真木却挂来了"事情演变为没意料到的趋势"这种表达方式的电话：

"岛浦小姐要来东京。说是'接受了一个职位——为从柏林来日本和韩国出差的实业家担任陪同。不过，东京的工作结束后，在实业家前往首尔期间，自己会留在东京还将前往四国，想要准备目前已经开始的计划。因为最为重要的，是要参加义·二世对千樫夫人所作的采访。当然，千樫夫人所作的（与其相关联，长江先生肯定也将出场）、围绕墙导演的发言是中心。不过，自己好像也会获得提问机会。

"'自己想要确定那个日程，就从瑞士给千樫夫人挂了电话，却打不通。起初因为是时差的缘故，就错开时间又试了两次、三次，可还是只能听到呼叫铃声，却无人应答。听说真木担任义·二世的采

访活动的事务助理,于是决定尝试着与真木联系。'

"成城的家里的电话之所以谁都不予应答,是因为母亲千樫在防范来自陌生号码的呼叫。总之,我会把听到的情况传达给父亲。"据说真木如此回答过后,岛浦的留言就传到了我这里。然而,此后还不到十天工夫,这次是从亚沙那里(对于将近两个月期间未予联系之事竟然不做一句辩解,便直接)传来了有关岛浦的报告:"估计你已从真木那里知道岛浦来了日本,现在,她已来到松山观看堝吾良纪念馆。

"她说,'在日本办完事之后,雇主启程去了韩国,所以我马上来到了松山,可是有关堝导演的展示被限制了展出量,没有设备可以调查自己所期待的堝导演的电影作品整体,似乎也没有专家级人员为我讲授尤其是吾良君初期的、没被录像制品化的电影信息。因此,今天晚上在松山的旅馆里住一宿。明天就去观看天湟大池,如果您有时间的话,我希望能与您会面,如果还能与阿亮和真木再会的话……'"亚沙如此传达之后作出决定——自己将为岛浦尽己所能。

"……'那么,乘车有一个小时也就到了,所以今晚就住到这边来吧。'我这样劝了她。由于吾良君在松山的高中跟哥哥成为朋友后很快就来家里住过,所以我记起了当天的情形。在那之后,除了电视以外,我再也没有遇见过导演,可是……总觉得岛浦小姐好像是位开始喜欢那个吾良少年的女性。听说已经四十来岁了,可那声音就像姑娘似的……反对重启核电站的巨大集会上,有一场为召集人而举行的记者招待会,岛浦小姐曾在那里见了哥哥你,据说她以此为契机,产生了各种各样的想法。她还生发了这样一个心愿:希望见上在日本能够遇到且能记住吾良的那些人。如此看来,她因工作而来日本的申请时间还有不少,因此制定了有充裕时间滞留于东京的计划。

"我曾询问岛浦小姐目前考虑想干些什么? 她表示,'吾良君之死已经过去了十五年,由于自己也积累了与年龄相称的经验,或许已经可以写写吾良之事了。因为这次似乎可以与长江先生更长时间地见面,而千樫夫人和自己这两者间也存有稳固的关系',所以她岛浦小姐下了决心,请求让她更多地听取迄今一直没有听说过的哥哥你的情况。

"正当我照料早餐之际,真木露了面,说是义·二世也对从岛浦小姐那里听取吾良君的情况产生了兴趣。她理应在今天之内折回松山机场,再从那里飞往东京,却在得知阿亮跟阿律的森林漫步这项每天必做之事后,表示要参加这漫步。在阿亮跟岛浦小姐之间,阿律做了出色的撮合。岛浦小姐说,她与吾良君最经常说到的内容就是音乐,阿亮对音乐似乎真正产生了兴趣之事,也曾进入两人间的话题。

"我的大儿子协助了岛浦小姐、阿亮跟阿律的森林漫步。妈妈第一次听了阿亮的'森林中不可思议的音乐'后曾说,她在很久以前就在森林深处听到过。大儿子把千樫嫂从东京用飞机运来后就原样放置的'便携式钢琴'呀,一直给搬上妈妈所说的那个场所。至于阿亮跟阿律在那里的演奏,使得岛浦小姐多么兴奋啊?! 这要请哥哥询问她本人。

"也是因为如此,希望你们在成城的家里招待岛浦小姐,并且让她旁听千樫嫂的采访。随着应答的深入,岛浦小姐或许会向哥哥提出以下质询——为什么没有防范吾良君之死? ……总之,请让岛浦小姐也进入现场,假如千樫嫂跟哥哥的采访能够进行的话,当然,义·二世和真木会为了记录而前往东京。"

这天黄昏时分,一个装有订购书籍的瓦楞纸箱送到家里,在将其从玄关搬入起居室之际,上身出现了不稳定现象。是闪腰的前兆?刚把这有着相当重量的纸箱放在地板上,眼前书架上的书便随即水平晃动起来。是地震!茶几那镶嵌着玻璃台板的铁制框架也开始咔嗒咔嗒地响了起来。千樫从餐厅的椅子上直起一半腰身,以这种姿势看着我这里。已入老境的夫妇相互间意识到,他们已看清对方身体上出现的尽管微小却还是有别于日常的颤动。接着,依然是相互间都在犹豫,是否要把这变化告诉对方……

而且,我现在之所以感到失落,是这种时候会立即从旁边的卧室里现身、将他感知到的震度告诉我们的阿亮没在家里。像是要弥补这缺失一般,千樫打开的电视机不断发出"立即避难"的声音。就在这警告仍在持续期间,电话铃声响起,千樫接起电话,用口唇的动作告诉我,这是来自亚沙的电话,然后向对方说明:就像电视播报的那样,自己并未感到东京会有海啸危险。四国怎样了?这不是地震之后的问候,在一番对话之后,千樫表现出了紧张,这是被对方告知阿亮身上出现了些微异变。接听完电话后,千樫随即向我汇而报之:

"是与地震不同的事情。在松山的医院里,阿亮像是稍微出了点问题。由于那是亚沙给介绍的医院,可能已经通知真木了。"她说明道。

与此不同的是,倘若明确地把采访之日定为这个周六的话,义·二世会前来这里参加岛浦的采访,可是因着阿亮之事,真木表示自己将留在森林的边缘,亚沙也同样如此。看来,亚沙似乎仍在为最近那事感到发窘。

"你是说,阿亮稍微出了点问题?"

"去作健康诊断,首先要测量血压吧,于是阿亮好像就惊慌起来。不知是医生还是护士、不知是哪一方操作的,看样子是对伸入机器里的胳膊施加了很强压力,说是发出了奇怪的声音,阿亮就从椅子上滚落下来……在阿亮来说,他那是打算从机器的攻击中逃出来吧。

"而且不管怎么说,都要重新操作一遍,再次把阿亮的手臂给塞进去,这是一项费劲的工作吧,听说计量仪上显示的读数,高压都超过了二百六十。莫如说,阿亮是个被认为有些低血压的人,我觉得这是因为先前的刺激而导致血压升高了。说是医院开了处方,让他连续服用降压剂。"

就眼前的情况来说,这该不是由于我在相当长的期间内与阿亮分开生活的缘故吧?在那样一种状态中,阿亮陷入惊慌,更是被捉住手臂不容分说地强行塞进机械的箱子里!我站起身来,心慌意乱地转来转去。

千樫打开后没再关上的电视机在说,刚才发生于东北地区、在东京也有震感的地震,是"三一一"的余震之一。也就是说,我把阿亮一人扔在了余震不断、自己力所不能及的场所。在东京的这一年半期间,我本人现在只是不再数那些余震,仍然屡屡感觉到摇晃。可是对地震非常敏感的阿亮,却将那些大大小小的地震的每一个都确切地作为"三一一"的余震来感知,在与最初的体验结合之后,就惧怕不止地说道:啊啊,又摇晃起来了。

我曾把"三一一后"随即梦到的(那肯定是在更为剧烈、频繁发生的余震之一中,自己的身体被摇晃的同时梦到的)噩梦写成一个像诗那样的东西,可我自己将要该不是也已经失去实际感受了吧?经验的记忆其本身正在暧昧化。阿亮前去四国,较之于应真木的邀请,该不是讨厌那样一种父亲才离东京而去的吧?仿佛受这个想法所催逼,我试图想起自己那个像诗那样的东西,然而其细部却已是模糊不清了。

2

从翌日开始,我便着手具体准备自己将要接受的采访活动。与昨天心慌意乱地转来转去相同,我尝试着作了少量应答,可只要一停下脚步,倒也不是面对出现在眼前的一切都会那样,不过多半都会半侧过身子……在此期间,我捡起因着昨天的摇晃而从书架上掉落在地的物件,正要将其重新放置回去,却感到了一阵惊奇。那是件与塙吾良曾说过的岛浦的形象有关的东西。

不久前,我从前往法兰克福参加书展回来的年轻编辑那里,收到一件作为礼品的小物件,从书架的下方可以看到这礼品。那大尺寸的绘图明信片被加上了些微创意。金色的卡片上,是黑色短发的露易丝·布鲁克斯①的眼睛周缘和口唇,还有强调珍珠首饰的素描。我也曾在书店里买到一本将其肖像画印在封面上的大开本廉价书(《露露在好莱坞》②),就那么站在书店里读了这位女演员的评传。有了这个经历,塙吾良在说起那位与人生也是接近终点的露易丝·布鲁克斯相似的年轻女性时,我才能够予以对应。远方的同时代影星还曾言及吾良的父亲、那位导演。刚把这卡片捏在手指上,便感到有些重量。反过来一看,附着一枚将卡片上的画像原样用黑白瓷漆描画于其中的胸针……

由于这个缘故,得以将其作为再度见面时的问候,赠送给了三天后来到家里的岛浦。岛浦将胸针佩戴在淡蓝色牛仔布上衣的衣领上,随即就把自己预备好了的提问项目用英语对义·二世及其助手作了说明,再改用日语对千樫又说了一遍:

"我想询问长江先生,吾良君是如何死去的?我还想订正您的大作第一版里对于我的错误理解。在《被偷换的孩子》里,我拜访了长江先生的家……是在吾良君刚死不久时……表示自己是在三年前

---

① 露易丝·布鲁克斯(Louise Brooks,1906—1985),美国女影星,她的童花头短发为风靡一时的时尚发型。其主演的代表作有《寻找露露》和《潘多拉的盒子》等。
② 由露易丝·布鲁克斯于一九四四年主演的电影。

的电影节上与那人相遇的。可是实际上，那是在八年前。这是您身为作者在有意识地模糊原型的真实面目吗？

"吾良君的《吊唁》①和《蒲公英》②在美国和欧洲受到关注的时期，我在十八岁时与吾良君邂逅相识。在我们交往的最后时期，我已经二十六岁了。我想撰写的书，是塙吾良其人其电影的故事，可最终却决定要写有关吾良君晚年的情形。

"这已经是对千樫夫人和长江先生您讲述过的事了。写在小说里的那位姑娘与吾良君相遇那年，在柏林一别之后就再没见面，可实际中的我在那之后，还曾在相当长的时期内与那位先生相会。从柏林开始，我和塙吾良导演隔上一段时间，就在欧洲各色各样的都会城市里相聚。无论是现在回想起来，还是空想今后的未来，我都觉得这是自己人生中最为美好的时期。

"这是在吾良君在世时我就已经明白了的。因此当吾良君与我相会过后返回日本时，我总会回想起相聚期间从那位先生处听到的话语，再努力将其写下来。吾良君过世后，我一直在整理此前写在笔记本里的那些内容。如此书写和整理过来的笔记，是为我自己而作，不是为了让他人阅读。我曾说过今后想要写书，却不是要把那么多本笔记从开始直至结束的所有内容全都誊写出来。因为我觉得，除了我之外，那些内容对别人没有意思。

"不过我相信，如果请大家垂读一如自己从那人处听到的那样写下的内容，就会觉得那人是有价值的。尽管在我的笔记中，那也只是很少一点内容，长江先生，那其中却也有与您相关的部分。

"若问那是怎么回事呀？那部分内容则是这样的：当时吾良君

---

① 塙吾良在文本外的原型伊丹十三曾于一九八四年摄制电影《葬礼》。
② 塙吾良在文本外的原型伊丹十三曾于一九八五年摄制电影《蒲公英》。

说,咱对长江说了这样一些话……吾良君对我说那些话语,大概是他本人需要重新理解吧,就用那种方式对我讲述了那部分内容。而且,他不是在对长江先生如此说过之后,随即就来对我讲述的,而是很久之后回想起曾一度对长江先生说过的内容,到了那个年龄才自觉到这是重要的话语。于是,出于亲自传递给我的打算对我说了那些。这是我在这十五年间才明白过来的。

"而且我要说的是,吾良君在对我讲述之前表示:'这是咱郑重其事地对长江所说的话——自己将如何考虑今后的人生?'也就是说,吾良君是在叮嘱我,他要说的是特别的话语。他还说,'虽然你是在目前这个年龄上听,可我想请你把它记忆至很久远的未来。

"'我们年轻的时候另作他论,长江与自己围绕生和死而展开的谈话,可能只有这么一次。自己认真思考了这种事情。在其中显现而出的自己人生的终点这个想法,以你现在的青春和朝气听起来,一定会觉得滑稽可笑。不过,你将来也是要上年岁的,所以给我好好地倾听并记住这一切。'他这样说道。您如此意识到了吗?即便没有意识到,您也能记起吾良君以那种特别的心情对自己讲述相关话语的事情吧?"

"恐怕这就是我记住的东西了。吾良以我为对象显出那样的说话状态,事后考虑一下,还真是只有那么一次,我自己是将其作为那种状态而记忆过来的。"

"若是那样的话,与其由我来叙述自己从吾良君那里听来的内容,不如请您面对这台摄影机和录音机,原样讲述您直接从吾良君那里听到的话语?吾良君曾经得意地说,'且不说那家伙的思考能力,他的记忆力更是有着特别之处。'现在之所以想起这样的事,是因为我对自己的记忆力没有自信。请把我恳请您想起并原样讲述的话语记录下来……因为我听说事后可以得到光盘……以便借此确认对我是否已正确记忆下来之事缺乏自信的地方,更重要的是,我想欣赏那位先生的讲话样态。"

虽说是奇异的开局,我却从这种对话开始,一如自己记住的那样叙述起来。义·二世对此最为热心,他等此前一直对着岛浦的摄影机改而从正面对向我之后,催促我开始讲述。因为这种缘由……从这里开始,由我取代岛浦说出的话语便成为摄制内容。

3

"这件事千樫你也还记得吧? 吾良去世的时候,我曾叹息着对你说:不记得是哪年的事了,他曾来家里讲过那样一些话。你还说,为我和吾良准备饭菜的同时,自己在厨房里听到了。当时,我们家这座房屋按照建筑家的设计修建起来后尚未布置,大书架还没被固定安装在起居室的墙壁上,吾良于是悠闲自得地站在墙壁前说了那番话。所以,那是何时之事是可以明白的,吾良的话语本身提及的他当时的年龄,也就清晰地显现出来了。如果他是原样对岛浦讲述的话,你不是还曾为他那种讲话样态不同于他在电视节目里形成的塙吾良式独特特征的风格而吃惊吗?"

他的讲话样态,尤其是被现场采访的电视节目采用的讲话样态,渐渐失去了年轻时以来的独特风格,我和千樫对此都曾觉得可惜。吾良对岛浦所说的话语,若是曾以我为谈话对象的内容,那不就恢复成他年轻时的口吻了吗? 如同我在他死后曾多次回顾的那样,用他原本的独特口吻尝试着说起来:

  所谓晚年这事呀(我开始代替吾良讲述。当然,实际上这笔记包括吞吞吐吐、话不通畅、说话重复、改口重说、更有日后回想起来又补充上去的部分,是以文章体的形式誊写的),咱在思考自己将如何增年添岁,就会逼真和实际地感受到终将到来的那痛苦的老年。而且,咱可无法忍受那个老年自我的老态啊。想象一下在当下的实际年龄上再增加十岁后的境界中身在彼处的自己,咱就意志消沉!作为自己的事情,咱把六十岁这个年龄想定为门槛。对于那个步入老年之境的自我形象,咱确实厌倦,甚至感到耻辱。

就连你不也这样吗?如果让你列举很好想象的具体例子的话,作为目前生活于老年阶段的人物的理想形象,你大概会考虑六隅先生吧?可是,当你认知到在自己的人生中、啊、自己现在正跨越老师已经跨越了的老年之境,你将会有怎样的自我认识?假如借用你年轻时的口吻,那不就是"绝望般的认知"吗?

为什么?这是因为在那些人与咱们之间,个人的特质全然不同,除此之外再无其他。咱们为此而忧虑,最起码,必须要创造出具有自己个性的晚年。咱呀,就自己的身体和精神而言,老年的境界会在六十岁时出现,咱对此已经绝望了。咱们对其要领先一段时间,要清清楚楚、目不转睛地看着它,预先决定好自己老年期的生活方式。

然后,自己要牢牢地偎靠在老年的入口,指望你作为咱的伴跑者、将开始那并无明显丑态之工作的伴跑者。你在决定升入法国文学专业之际,却已在考虑自学自己所喜欢的奥登和艾略特了。而且,虽说同在此前未曾学习法语的班级里,仍然决定要请将来肯定会成为英国文学专家的秀才 Y 君指导自己。你不是这样写着的吗?

当然,Y 君现在已是出色的英国文学专家,而你,不过是业余的艾略特爱好者而已。不过一直以来,这已经给了咱很大帮助。咱认为,读了你的那些东西后,也决定将古义作为自己的伴跑者。咱回想起在松山的高中时代，自己留级在二年级的班里，在这个班上邂逅了从南予的高中转校过来的你，当时咱立即就这样决定了。

于是，咱作为就要踏上即将到来的老年门槛之人，仍想将这标志镌刻在电影制作上。如此一来，你就逃无可逃，就成为写作那部剧本的人。现在咱要预先告诉你，从出生年份算起来，你将比咱晚上两年跨入老年之境，那时你可要毫无顾虑地予以决断。

为什么、是现在？那是因为咱作为比你早两年踏入老年境界之人，已开始早早地作起那个准备。

咱一直在关注你所从事的工作。咱就看着你与咱从事的工作呀，明显是循着不同路线走过来的，不过咱觉得这倒是挺好。咱们彼此都在为自己的老年即将到来而战栗，意识到只好齐心协力应对这个问题的时候就要来临。咱曾这样想：莫如说，在那个时候来临之前，咱们暂且摸索着行走的、相悖的路线倒是距离远些更好。

首先，在自己开始转换之前的那十年间，咱抬脚迈向了电影导演那条路，设法制作属于咱自己的电影，在日本这个国家大受欢迎，还会收到来自国外的片约询价。于是，咱就在期待，围绕自己的境界，你何时会说出真正的必要之事呢？现在正是那种状态！在今后的几年间，咱将一举展开态势，制造出一个场所，让你终于作为咱跑往最终之终点的伴跑者而参与进来的场所。实际上呀，咱已经完成了咱们对抗咱俩老年之苦难所需的必要的经济基础。咱要借此达成最后的工作，即便是你，也将成为那些工作中的一部分吧。

这就是咱目前能说的事。

尽管这只能说是大概之意,却也是吾良饱含着气势说出的话语。然而,如同被置放在这里的休止符突然弹跳出来一般,要将这演说告一段落而截口说出"那么"的人,是千樫。当时她说道:喂,大家开始吃饭吧,阿亮为了与阔别已久的吾良舅舅讨论古典音乐CD 的话题,已经等候很久了! 然后,这可是平日里千樫不会去干的事情啊,她竟然把出版社送给我的高级葡萄酒里的红葡萄酒一次打开两瓶放在餐桌上。事后细想起来,该不是当时千樫从我与吾良的对话趋势中预感到某些难以逾越的僵局,便改而设了这个平淡无奇的酒宴吧……

如此讲述过后,我便噤口不言(千樫一直默不作声),岛浦归拢闪现出黑色光泽的短发,两颊突出的脸庞上,黑色大眼睛里黑乌乌地充满力量,恰似露易丝·布鲁克在胸针里的面影。

"就是那样,那大致就是吾良君的表述方式。吾良君对您如此说了那些话语,然后,那个讲述口吻就原样存留下来,吾良君的话语在您这里持续回响。事情就是这样的嘛。"

"也未必就是如此,"千樫说道,"吾良即使抱有那个期待,不也知道这个意图在长江身上是不可能实现的吗? 他只是想要不忘那场对话并能长久记住而已,在他与我的谈话中,他曾说到这一点。对于长江的做法,我采取了不即不离的态度。因为吾良知道,长江从一开始就对此保持距离的做法是认真的。"

"听吾良君说起此事时,我也曾问道:您认为长江先生会忠实地接受您的托付吗? 当时意识到不可以提出这个疑问,在那之后就再也没有做过这种尝试。所以,目前吾良君故去已经有一段时间了,我就前来拜会,希望从您这里充分了解吾良君的事情。假如我在此前更早一些时候向您提出同样的疑问,您会如何回答呢?"

我没能立即回应这个询问,也不打算断言"这只能是个复杂的回答"……可是这个询问,却是我迄今曾数度在自己内心里唤醒的问题,而且现在正好趁着千樫也在认真倾听,我觉得必须再度予以确认……

然而,就像岛浦不曾向吾良再度提出询问似的,她对我也是未能坚持自己的质疑。岛浦从放置在身旁的纸袋里取出厚厚的文库本,随即变换了提问内容:

"这是在松山的塙吾良纪念馆购买的旅游指南,与其说是吾良君的晚年信息,不如说其内容更加广泛,是从先生的中年时期开始,面向他的人生终点,集友人们的助力汇编而成的,是由熟悉吾良君之工作之日常生活的朋友们写出的读物,引人入胜,也可以说是一本好书。只是像我这样关注长江先生和吾良君之关系的人,就要大失所望了。

"具体说来,其中有一章题为'父亲的故乡·在松山的高中时代',文字里丝毫没有提及在那期间发生的……这两人的邂逅相识。即便在其后,关于千樫夫人是吾良君的妹妹和长江先生的夫人、吾良君把长江先生的《静静的生活》搬上银幕之事,也只是各用一行文字敷衍了事! 也就是说,什么重要内容都没写进去。刚才请长江先生讲述了记忆中的……更准确地说,讲述了无论如何都难以忘却的、吾良君讲演时的语调等等,这些内容是写作这本书的那些人所无法想象的。"

"与其说那是编辑这本书的那些人的作为,毋宁说是自然的推移过程吧。坦率地说,在制作这本书的那些人与吾良交往期间,我从不曾被叫到他们和吾良相聚的场所。就他与那些意气相投的年轻朋友相交往的水平而言,我已是过时之人了吧。

"因为,我岂止未被吾良介绍给他们,甚至等同于断绝了与他本人的往来。至于以这本书里也出现了的、扮演重要角色的那位心理学者为首的几位知识分子,我也是一无所知。"

"另一方面,在这一时期,从将近五十岁直至整个五十来岁,你和其他新领域的学者们亲近起来,与文化人类学家呀建筑家们一同创办了杂志。"千樫说道,"音乐家篁先生他们,即使在电影音乐方面也是广为人知的人物,不可思议的是,吾良却没有接触你这批交往已久的老朋友。

"而且,当时我也不好去见吾良的新夫人以及他和那人之间的孩子们。只是吾良偶尔独自……总是驾驶那辆宾利……前来看望我和阿亮,顺便也见见你。"

"……现在细想起来,已经跨入五十来岁或正要跨入五十来岁的吾良和我之间,当时倘若发生那么一两次特殊谈话,或许,我就会同他再现最为亲近的时期,其后的交往甚至会彻底改观。然而,当时这一切并未出现。如果回到岛浦刚才的询问,那就是:最终,我没有应承吾良的托付。

"而且,这个时期是身为电影导演的吾良取得显赫成功的时期。从那里开始,通往他死亡的道路便延伸开去,这也是我对于那个时期的印象。吾良死亡之后,宣传媒体有一种论调,说是他那时处于深深的抑郁状态。因此,我一直在想,假如自己积极着手于同吾良的那场谈话,吾良或许就不会出现抑郁状态了(不过,由于并未出现假设的状况,因而以上话语毫无意义),坦率地说,当时我自己都陷入了抑郁状态。

"在那漆黑一片的内心里,还曾浮现出另一个其他想法。千樫刚才说过,在与吾良进行那场谈话的当天,她积极地为吾良和我劝酒。由于随后醉酒了的吾良对我说出的话语,我便产生一种心情,怀疑我和吾良之间的、逐渐呈现到表面来的决裂,该不是因为吾良的那一句话而决定下来了吧? 我要在这里说出……那句话。

"在那个持续很长时间的酒宴上，吾良未能成为阿亮期待已久的谈论音乐的对象，千樫接连劝饮葡萄酒造成的醉酒是显而易见的，吾良突然把脑袋凑到我的鼻尖处，显出在十六七岁邂逅相识之后，数年间或会见到一次的那种全然无从下手的表情，他这样说道：

"'你应该会考虑咱的提案，不过你的大作《同时代的游戏》改编为电影剧本之事，可是不可能的。那种东西跟咱的电影风格互不相容！'"

4

我说的这番话语使得岛浦一时陷入了沉默，这是事实。像是"暂且不提这个"一般，岛浦改换了话题：

"我要把话题转换到带来的另一个题目上去。得知吾良君的死讯时……那是此前从不曾想到的、遭到雷电袭击的感觉。当时只是一个劲地哭泣……就像随着时光的流逝而浮现于皮肤的褐斑那样，内心里逐渐有了越发清晰的东西，于是我就开始极其认真地阅读您那部小说。

"这也是我已经说过了的。在得知《被偷换的孩子》是以我为原型的时候，我只是个寻着写有吾良君和自己的内容进行阅读的、幼稚的读者。

"在那样一种阅读过程中，却逐渐觉得小说围绕吾良君，写出了真正的状态。这并不是说在长江先生的小说里，吾良君或积极讲述或积极行动的事项得到了描写，而是用以下这种形式做了描写——那位只是沉默不语、凝止不动的吾良君就在那其中！

"在《别了，我的书！》里，出现了早在长江先生的孩童时代就相识相知的繁这个人物。他原本在美国的大学里担任建筑专业的教授,后来辞去教职,买下长江先生位于北轻井泽的别墅的一半房产,从而成为邻居……这个繁先生也是后期高龄老人,却发生了非同寻常的车祸。我这里带来了文库本,就为大家朗读一下吧。繁先生在事故中幸存下来,在他对长江先生所说的话语中,就像刚才说到的那样,出现了吾良君。

"在轻井泽与他人见面从而耽误了时间(也是因为醉酒的缘故吧),他驾车经由浅间山的山麓往北轻井泽驶去。在行驶过程中,繁恍若做梦一般,在前方看到故去的长年老友们欢聚的情景。而且,他仿佛想起从长江先生那里借来的艾略特研究专著中刚刚读过的那一页似的看到了眼前的情景。我就从这里开始引用:

> 所谓研究专著,指的是海伦·嘉德纳的书。书中有一段引自于艾略特笔记的记述(古义人点了点头),是关于死去的人与其他类型的存在之间可以进行意志的传达……作者以其中一个共有的聚会①为例,也就是地上的教会的代表与天上的圣者以及炼狱中的那些魂灵所共有的聚会。在那里,大家发出的声音汇集到了一起,形成朝向圣灵的 invocation。说是艾略特就是这么写的。

> 咱呀,被这个叫作 invocation 的单词给刺了一下。如果置换成日语,不就是希求这个词语吗?! 古义,不就是在森林里的新制中学,你从刚刚颁布的教育基本法里学到的希求吗?!

关于岛浦引用的小说中的这一节内容,我在这里插了一句话。

---

① 作者在引文中含有"聚会"等语义的日语单词"集まり"旁,意味深长且无一遗漏地标注上源于英语单词"communion"(含有共享、共有、交际、交流和圣餐等语义)的片假名"コンミュニオン"。

虽说这让正在转动摄影机的义·二世不高兴,这却是我的"人生习惯":

"小说里是这样写的,所以我这里负有责任,不过我要稍微加个注释。繁表示如果将艾略特的 invocation 这个英语单词置换成日语的话,可对应为希求这个汉语单词。可是作为连接着艾略特的信仰的话语,繁将 invocation 作如此翻译未尝不可,只是我所使用的希求这个话语,却与基督教毫无关系。

"在写小说里的这个部分时,由于放心不下,就查阅了辞书。在 Invocation 中,确实也有希求这个译词。就像繁说的那样,十二岁的我学到了教育基本法和宪法里出现的希求这个词语,不过无论教育基本法还是宪法,在其正式的英语原文中,也就是在作为资料法令的文字中,却是 aspire①,aspiring②。"

"长江先生为此做了确认。总之,在疾驶的车里,现在出现于自己眼中的,是圣者的情景,是那些杰出人士的聚会。这种想法浮现于繁的心里。我继续朗读这一处:

> 然而,一个想法突然出现在头脑里——那条道路是通往极高处的飞机跑道!假如继续踩住油门,咱就会呈直线状地被推送出去。在前方,那些被选择的人组成了一个圆阵。

> 他们每个人都发出自己的声音,随后汇集到了一起。包括吾良、篁、六隅先生等人在内的圆圈,是在痛苦中希求得到救赎的、炼狱中那些魂灵的圆圈。向着与那光芒的连接处,咱车子的直线以一百英里时速被推送了过去……

---

① 在英语中有渴望、立志、追求等语义。
② 在英语中有立志、有抱负的、追求等语义。

　　然后,当咱醒过神来时,发现自己被安全带吊在翻倒在宽沟中的汽车里。尽管如此,咱还是隔着发暗的车窗东张西望地打探那个光圈现在正处于哪个方位……

　　"小说的场景,以长江先生风格的渐降法式幽默拉下帷幕。可是我读到这里,却失声痛哭起来。假如繁先生的车子并未离开公路并倾覆,而是被推往极高处所的话,簧先生、六隅先生和刚刚加入的繁先生他们的安详欢聚……聚会不就能够实现了吗?!"

　　如此状态下的岛浦已经不再流泪,现出与露易丝·布鲁克斯的黑白素描一般无二的面庞,大眼睛黑乌乌地越发深邃。不过,首先从昂扬中清醒过来的也是岛浦,她继续说道:

　　"这种情景的梦想,无论在梦中反复多少次,也只不过是梦想罢了。尽管如此呀,在把这个场景写入小说里的长江先生的心中……却离开宪法和教育基本法……存有圣书的梦想,不就是这样的吗?

　　"于是,我就想请教一个问题。与吾良君对你的影响力大致相同的另一人是义兄,我在阅读您的小说过程中,还读了义兄喜欢读的《神曲》。参加这次聚会的那些魂灵,是得到了拯救的魂灵吗?在《神曲》里,自杀之人的遗体被挂在森林中的树木上,其灵魂不得拯救,是要坠于地狱的。然而在您的笔下,吾良君的灵魂却是在炼狱里,您还让他参加了这个聚会,是这样的吧? 难道说,这是因为在写作这部小说的您的心目中,把吾良君视为并非自杀了的死者?

　　"仍然是在这部小说里,从大厦楼顶跳下来的吾良君的遗体被运回汤河原的家里时,当未亡人向您问及'要看一眼吗?'之际,千樫却阻挡了这个提议,不让您过去看。在现实中,果真就是这样的吧。该不是因为这个缘故,您现在还认为吾良君并不是自杀而死,从而得以写出那个场景来的吧?"

"老实说,我在内心里是有一种感觉,觉得吾良并不是执着于确信①而犯下罪行之人。"我回答道,对吾良所认可的晚年间的女友岛浦产生出强烈共鸣,我继续说道,"我是这样认为的:就这个意义而言,吾良并不是自杀者。在下午的采访中,我将说到这一点。"

5

千樫吩咐去楼下的厨房里用午餐,义·二世和摄制团队的两个人随即站起身来,我则是用了即使简单的早餐后,也不需要再用午餐的人。千樫嘱咐道,要从为义·二世他们制作的三明治里稍微分出一些,说是权当咖啡的替代之物,让他们给送到我这里来。岛浦也是这种安排,如此一来,除了义·二世他们,其他人都将留在二楼,义·二世等人就可以无所顾忌地抽烟了。岛浦如做了如此提议。接下来,在把重新注满的咖啡壶送来之际,她没让腿脚情况似乎不佳的千樫做任何事。

"在下午的单元里,长江先生自不待言,千樫夫人也将讲述重要内容。不过,听说夫人今天全身肌肉疼痛,以致早晨在床上都无法起身。在下午的单元开始之前,我真想请您躺下休息,可这却是不可能的,我就陪伴在您身边吧。"岛浦说道。

"我的职业是护师,这是缘于自己还是年轻姑娘时将要生孩子,千樫夫人就一直赶到柏林郊外来照顾我生产,我对此感动不已,希望有朝一日能够回报千樫夫人,于是就改变了发展方向。这次也是作为护师,随着韩裔德国富翁来到日本的。听说亚沙女士曾长年从事

---

① 确信犯(又名信仰犯)是指基于道德、宗教、政治上的信仰而实行的犯罪,此类行为者既是"确信犯罪者",是由德国的法学者古斯塔夫·拉德布鲁赫所提出的法律用语。

护师工作,我曾联系过亚沙,希望能够从容地拜访她。

"这次前往松山有了一些时间,就试着打了电话,询问可否前往拜访,于是亚沙女士就像是不当一回事似的邀请我'来这里住吧'。

"从松山乘上特快列车,我在镇上的车站一下车,就见甚至停有两辆出租车,告知是邻镇沿河的长江家后,就顺利来到目的地,司机刚向家里深处出声喊叫,亚沙女士就走了出来,我感到这就是在古老街市上一代代生活过来的门第里的人啊。"

"亚沙呀,在天窪大池原为义兄所有的土地上修建的家宅里照料我们的态度,与我离开东京顺道去她家里时是相同的。前往沿河老屋里亚沙的生活之所一看,发现她奇妙且规矩地继承了早已亡故的母亲的生活。"

"亚沙女士将我迎入一条通道,那是面街的两间屋子宽的正面用卷帘门锁闭起来的建筑物东端的通道。她说,从此处向里走到尽头,就是从仓库和工作间截开来的生活区域,自己就在那里生活。

"漂亮的文几被放置在六铺席①房间的中央,其深处则排列着书架。亚沙女士告诉我,后院的树木,无论山荔枝还是杨梅,甚至就连糙叶树,也跟森林里的品种不一样了,这大概是因着被修整成行道树形状而导致的吧。她又说:还是哥哥在少年时代采集并培育了这全都由实生苗长成的小树的,那人就是如此精心培育树木的孩子。

"亚沙女士一面说着这些话,一面在厨房里为我烹制咖啡,我在等待期间,注意到放在文几旁边的'红皮箱'。收存于其中的、写给长江先生父亲的诸多信函!您当时肯定想要以那些信函为素材,写

---

① 日式房间铺有被称为榻榻米的草垫子,人们通常以铺席(草垫子)作为量词来表示房间面积。

出长篇小说的吧？然而一旦准备使用，才知道那些信函中像是重要的部分全都只剩下信封，长江先生由此发现那些资料根本不具备任何参考价值，从而放弃了多年以来的创作构想……

"遗存的空信封被送回后就原样存放在'红皮箱'里，亚沙女士从这箱子里取出另一件物品放在文几上，然后她说道：

"'与商家的账簿不同，这是记载家里零碎琐事的日历簿。在母亲掌管家务的时候，这好像是标记跟我家主业黄瑞香业务并不相关的邮件记录什么的，不过在父亲去世后，听说就当作记事本了。比如这里，就认定也许会有需要存留的、具有资料价值的目标。'

"亚沙女士从文几上取下并推送到我面前的，是三本'日历簿'。战败那一年及其翌年的部分，几乎都是没写任何内容的页码，在这三本'日历簿'接二连三的空白页码间，却夹放着用千代纸①剪成的标记。在留有那种标记的页码上，除了日期和星期之外，还有用尖细硬笔写下的记录。那是用片假名书写的古义，在其下方或标上〇（就是圆圈）的记号，或标上×（叉子）的记号。也就是说，只要去看留有标记的页码，无论哪一页都会有古义〇或是古义×的备忘纪要。在亚沙女士的指导下汇总起来重新解读之下，发现'日历簿'上标注的日期，始于昭和二十年②，历经三年，至昭和二十二年四月结束。

"首先，在'日历簿'昭和二十年那部分里一齐出现的，全都是古义×。那是因着父亲水死，从那一天起，古义就没去当时仍被称为国民学校这个名称的小学。×这个记号，是表示没去上学的记录。入冬之后，虽说隔三岔五，却也开始出现了古义〇的记录。这表示古义

---

① 亦称千代色纸，是用木版印制出各种彩色花纹的和纸，缘起于江户时代的版画。

② 昭和元年为公历一九二五年，昭和二十年便是一九四五年。

少年已经在设法去学校上学了。

"尽管如此,也不是说每天都是古义○,是间隔着古义×而反复出现的。此前长期不去学校的古义,终于渐渐开始上学了,可也不是每天都是这样。因为有些日子,他会做出前往学校的模样走出家门,却从学校东侧那条沿着峡谷河流的道路转而进入森林,在树木间度过一天,直到日暮时分再回到家里。于是,母亲就让亚沙确认哥哥是进了教室还是逃学旷课。

"亚沙女士记得尤其清楚的日子,是昭和二十二年四月里的一天,从那天开始,在母亲的'日历簿'上,一直都标记着古义○。除了星期天,不、有时甚至连星期天也是如此。在那个四月间,峡谷里创建了新制中学,喜悦且振奋的哥哥每天都往来于那里!

"然而事态并不那么简单。麻烦始于被称为国民学校的小学,在那座小学的五六年级期间,古义由于长期缺课,即使恢复上学,仍然被班主任视为累赘,只能算作不彻底的上学,这种状态下的古义在昭和二十二年四月初,为何能够由于峡谷里新制中学的建成招生,从而顺利升入这座中学的呢?

"亚沙女士自己回答了这个问题:'那是托了义兄的福!新制中学的英语教师人手不足,从旧制高中辍学了的义兄就成了那里的临时教员,所以就发挥了那种作用。而且,义兄说是自己要预作讲课准备,每天都把古义给叫到宅邸去。星期天也画上○,就是出于这个缘故。

"'因着这种程度的热情,很快就把古义当作年少的朋友加以援护,其后就成了一直都很亲近的关系,只是当义兄在天瀑大池水死之际,有关哥哥跟这场事故有所干系的谣传,不仅在峡谷间,甚至流传到了〈在〉跟镇子上,哥哥跟义兄之间的关系甚至冷淡到了这种程度……那是怎么回事呀? 自己一直在思考,可是……'

"亚沙女士说了这番话后,就像孩童似的做出举手认输的姿势。这件事,让我也抵近思考……义兄这个、只能在小说叙述的范围内才能为人所知的人物。我认为,即便对于思考长江先生和吾良君事宜,这也是个关键人物。我打算请教有关义兄的详细情况。"

6

看样子,即便在吸着饭后烟的期间,义·二世和摄影团队的伙伴们也在围绕下午的采访单元展开热烈讨论。

千樫的腿脚似乎有些痛苦,甚至难以走到受访者的位置上去,她无法顺利落座,坚强地忍耐着等候座椅状况调整完毕,义·二世却开始了采访:

"这是长江先生构思的小说起首部分,伙伴们说,如果提出'那是否就是事实'这个问题,就会显得不自然,不过还要请您原谅我对于小说是个外行。吾良对古义人说今后会自杀,那是借助预先录音了的磁带表示的。古义人反复听了那段声音,接下去甚至听到沉重物体坠地的声响。他养成了每天在床上倾听录音然后入眠的习惯。可他迎来了新的局面。千樫在电话里被告知实际发生了的事情,她来到长江的寝室转告。这是现实中的真实情况吗?由于那是复杂的写作方式,为了更好地进行探讨,我要大段地引用原作。"

> 在书库里的行军床上,古义人正倾听着耳机中传出的声音。
> "……就是这么回事,咱要动身移往彼界了。"话音刚落,便传来"嗵——"的很大声响,然后便是一阵静寂,"但是,咱并不是要切断与你的通讯联络,"吾良接着说,"所以特地备下了这台田龟装置。不过,就你那边的时间而言,现在已经很晚了。休息吧!"

在这不得要领的状态中,古义人感到一股悲哀的痛楚,仿佛从耳朵直至眼底都被撕裂一般的痛楚。他在这种状态中沉浸了一会儿,随后将田龟放回书架,便想要设法入睡。也是因为服用下去的感冒药的药效,他终于小睡了一会儿,却又觉察到身边的动静而睁开眼睛,只见妻子正站在书库斜顶天花板的日光灯下,头部泛着淡淡的光晕。

刚把读过的书放在膝头,义·二世就说道:

"妻子告诉古义:吾良自杀了。由于这是小说的开首部分,长江先生就让书中人物使用了易于理解的自杀这个词语。"

"那天晚上,我所记住的现实中发生了的事情,是把被电话告知的内容转达给古义人,告诉他由于吾良的夫人要求我确认遗体,所以我要与她同去,为了不让媒体打来的询问电话惊吓到阿亮,就让古义人留下来看守电话机。"千樫说道,"而我,则根据吾良的电影制作公司打来的电话,一切都从这里开始了。首先,把我的理解传达给了古义人。他在沉入短暂睡眠的前一刻,应该还在听着像是笑话一样的实况播放的录音,现在这事却实际发生了,这就使得事态一下子深刻起来。

"所谓田龟,是用来听吾良录了音的磁带的老式便携录放机。在田圃和小河里,这种名字的昆虫捕食小鱼或是其他水生昆虫。由于它的前肢与录音机的备用品相似,在把这录音机连同磁带一起送给古义人的时候,吾良就给起了这个绰号。他那人的性格是无论做什么,都用不知是当真还是开玩笑的方法做准备,其后也未必就规规矩矩地按如此准备了的事项实施。结果,以一事无成而告终的场合居多……

"另一方面,如果收到那样一种东西,长江是不可能视而不见的,这是他的性格。长江用头戴式耳机……也就是用田龟倾听来自吾良的磁带，同时嘟囔着自己的应答。每晚都是如此。录音的内容似乎都很简短，听一遍后就倒带回去并暂停，再讲出自己想要回应的话语。由于这人为了催眠，会在睡前饮上不少酒，往往就会喝醉。磁带里的声音就算听不到，长江的话语声，却仍会像滴漏的水珠一样从天花板传到阿亮还有我的寝室里。记得我曾表示不满，让他'为了阿亮，请把声音弄小一些'。

"就在这种戏剧般情景持续着的期间，磁带内容与实际事件同步发生的，就是那天晚间的情况。虽说把这种事情录入磁带并送过来的吾良非同小可，可每天夜晚都非要听上一段内容不可的长江也是非同小可。吾良知道，如果把这些数量的磁带送过来，长江会一直听下去的。而且，不知是看准了那个最佳时机，还是恰好赶上那天晚上，吾良决定实施他的计划，从而死去了。那天夜晚，长江在更早一些的时间里把磁带听到那里后就入睡了，我则带着吾良的电影制作公司那些人打来的电话内容前往他的房间，就是这么个过程。有人从楼上跳到柏油路上死去，这就引发了混乱，总之，由于死者是名人，在调查那幢大厦里的电影制作公司之际，警察并未花费很长时间吧……

"长江无意自责听了来自吾良的磁带后，为什么没有认真对待。使用信函甚至磁带的应答模仿，是长江和吾良之间多年以来的游戏。

"其实，即便在吾良死后，长江也没有很快就告诉我关于磁带里的内容。

"在吾良死去一年多之后，长江才对我具体说起最后那盘磁带中的事情（因为他开始考虑将吾良之死写入小说里去），他把头戴式耳机交给我，随后开始放音。当然，我因着那嗵——的声响而受到了刺激。在其后那段静寂的时间里，我向长江示意，想让他关闭田龟的开关。长江没有照办。吾良的声音再次响起，游戏到此结束。

"而且，我认为长江即使听了磁带里的这个内容（那也是反复多次地倾听、睡觉、翌日清晨睁开睡眼，当然不觉得吾良已经死去），也只会认为这是司空见惯的吾良那种奇特的虚构故事的精心再现。后来，我有一次、仅有这一次（其他磁带不言而喻，就连那一盘磁带最后部分以外的内容，我也没这么做），请长江为我播放了磁带结尾处那一段内容。

　　但是，咱并不是要切断与你的通讯联络，……所以特地备下了这台田龟装置。不过，就你那边的时间而言，现在已经很晚了。休息吧！

"吾良正是用那个呼吸……总是对长江如此这般地讲述着。而且，长江从孩童时代起就是、或许即使长大成人之后也是吾良说话时较之任何人都更称职的听众。

"为了慎重起见，我还要说一件事。从很久以前开始，吾良就一直对长江做这种自杀的婉转暗示。长江讨厌受其威胁，自己就抢先下手，实际是以吾良为模特儿，在小说里写了这个人物的自杀。那是他的初期作品，估计你还没读过。这里有我用彩色铅笔做了记号的《日常生活的冒险》，需要读一下吗？年轻的长江唯有借助写作这样一部小说，才能反抗吾良那婉转暗示的可怕自杀……也就是说，他是吾良的小弟的资格。小说的开首部分不够成熟，可能会让你感到惊愕，不过倒也写出了对兄长资格的那个人物的真情。

　　你曾否尝试着想象收到一封来信时的心酸，收到虽说偶尔也会争打吵闹却是你长久惦念、无可替换的朋友在远若火星某个共和国那样陌生的地方连个确切的理由都没有便意外自杀了的信函时的心酸？（中略）

　　今年年末，我打算去非洲旅行，想要前往布吉那座无人吊唁

206

的墓地凭吊犀吉。

犀吉曾将这首诗歌视为自己的灵魂之歌：

不可认为死者已逝

只要存有生者

死者或可生　死者或可生

我要效法犀吉的这些诗句，来告知他的亡灵，至少还有一个记得他的生者存在，想要为他镇魂。

不得不反复表明的是，像斋木犀吉那样极为惧怕死亡的人自杀身亡，该是多么残酷呀。死亡究竟为何物？死后的世界果真存在吗？所谓死后的虚无、虚无的永恒又是怎么回事？（再次中略）

尽管如此，倘若他真的活着从撒哈拉沙漠传来音信约我前往的话，我这次一定会豁出去舍弃我在日常生活中的一切拖累，疯狂地忘乎所以地乘上飞往非洲的喷气客机吧。斋木犀吉在寄给我的最后一封信里这样写道：

"身体好吗？听说希腊遇难船的船长留下一段话语，他在航海日志的最后部分潦草写下如此文字后就死去了：

危险的感觉不可丧失，

道路确实短而险峻，

尽管从此处望去，恍若徐缓的慢坡。

那么，别了！总之要全速奔跑，然后飞跃而下，摆脱重物般的恐怖心理。

"我在重新阅读这些断片式内容，为这里出现的犀吉与吾良的面影高度重合而吃惊。写下这些断片的年轻作家深深爱着犀吉，仅仅想象一下他的死亡都让他感到深切的悲伤。

"而且，随着时光的流逝，早已成为老人（话虽如此，算起来当时要比现在年轻十五岁①)的长江,听到"动身移往彼界"的告别,随即就被包覆在"嗵——"这个效果音里。在听到这个音响之际,想必因着突然受惊而猛然一怔了吧,从彼界时间一侧发出的声音传了过来,这让他产生了什么感觉呢……进一步说,在这"嗵——"的一声与现实同步之后出现的慌乱进展之中,他又是处于什么状态呢(无法期待来自于彼界的更多呼唤)?而且,更是因着十五年时光的流逝,我觉得请你采访长江本人更合适。"

7

"我知道您很疲惫了,可还是要向千樫女士您请教一个问题,就一个问题。"义·二世说,"在上午的单元里,当长江先生表示他不认为墙导演是确信犯式的自杀时,您是如何反应的呢?我对长江先生如此讲述时的平静留下了印象。当时,我想要捕捉那个沉稳的表情,就无法再注意到您了。

"在刚才的休息时间里,我重新看了团队一个成员摄制的影像。千樫女士当时位于已经闭口不言的长江先生对面,虽然只是一个短镜头,却也映现出千樫女士同样平静的侧脸。倒不是说团队的工作人员也想拍摄千樫女士。他说,自己被正在那样讲述着的长江先生所吸引,才无意中拍下那个镜头的。

"在这十五年间,您从不曾为墙导演自杀之事而怀疑任何人,对于横飞出来的长江先生的这段话,您就没感到惊愕吗?从您的表情上,丝毫不见听到了奇妙事情的神态,这是怎么回事呀?"

---

① 为抗议不良媒体的诽谤报道,电影导演伊丹十三(户籍名为池内义弘)于一九九七年跳楼身亡,享年六十四岁。大江健三郎创作的《晚年样式集》于二〇一三年发表,其间相隔十五年。

　　"我平静地听了那些话。而且，我从不曾与长江说起过那些事情。可是我知道，长江不认为吾良已经自杀了。我是听了长江第一次亲口说出了那一切，就是这样。

　　"我被警察带去现场，看到了上身已然瘫软扁瘪的尸体。作为证人而接受调查的、哥哥的朋友，怀疑'导演是否是被几个暴力团的人抓住抬上楼顶，并从那里抛下去的？'，可我认为，终究是哥哥独自一人在那里停留了大约三十秒，然后做了决心要做的事。我还认为，不能说这就是缘于确信的自杀。电视台的女记者混入装载着吾良遗体的车辆外运的通道，问我想要对自杀了的导演说点什么？对于这个愚蠢的提问，我一言不发，等待着车辆启动。

　　"而且，即使回到长江和阿亮都已经起床了的成城的家里，我也没有询问长江为何会想到吾良已经自杀，而且迄今一直都是如此。最初，我也认为，就像你先前说到的那样，作者在《被偷换的孩子》开首部分使用了自杀这个词语，是为了让读者易于领会。

　　"只是哥哥死去了，无论是自杀之死还是自然之死，由于一个无可取代的人死去了，因而我感到悲伤，也相信有数的那几个人在与我同悲。即使长江把吾良之死当作偶然事件，他也是在悲伤、悲伤，这是事实。

　　"……最近，我发现自己误解了。让我意识到这一点的，是岛浦小姐。她这次旅行的目的，当然也包括有关吾良的调查，所以带着大范围摘录下的笔记采访了我，于是指出了我的这种误解。

　　"在长江的母亲生前最后那年，我去那座从森林边缘倾斜到河边的镇子上的医院探望她。每次去看望婆母，都会觉得她瘦小一些（作为农村的女性，她以前罕见地身宽骨大、壮实丰满），在五人病房最里面的病床上，婆母闭合着双眼，把看上去显小了的脑袋举向天花板。即使我在亚沙的引领下走进了病房，白发稀薄的脑袋也是丝毫不为所动。婆母脑袋前半部分的骨骼与长江相似。听说在孩童时代,长江介意自己那狭小的额头,于是婆母就鼓励说:可是你的头顶却充分扩展开来了,跟你外祖父很相似,所以放心吧……

"我刚在婆母的病床旁站下,说是曾在县里医院受过亚沙指导的那位护士姑娘就特地露出上臂诉说道:'这就是老婆婆抓挠出来的伤!'亚沙却不予听取,反驳说:'还不是因为你让老太太更衣的法子粗鲁?!'。婆母因着这争论睁开眼睛,这就注意到了我,她目不转睛地凝视着我,说出了一番懊悔的话……我是这样记忆下来的。

"首先,说了那个场合的应答话语,婆母说:'你家哥哥真是可怜。'我就还礼致谢,于是她继续说道:'今天也是呀,古义没来吧?我讨厌被那些护士诉说我的暴力。'

"然后,她又说道:'古义受到那样亲切的对待,可就那么眼睁睁地看着吾良死去而见死不救了吧? 由于古义知恩不报……所以实在是对不住。'说这话时,她的眼睛一片赤红。随后,就那么像是滑动着沉入薄毛毯中一样再度沉入睡眠。

"我说了这番话后,岛浦小姐暂且摁停录音机,在大笔记本里查阅着。然后说道:吾良君之死是一九九七年的十二月二十日,而长江先生母亲的亡故之日虽是同年,却是在十二月五日。

"也就是说,长江先生的母亲是先亡故的,所以她向我哀悼吾良之事,是不可能发生的。不过,即使我重新回忆那个事实,也不想承认听错了存在于我这十四年以上的记忆之中的、婆母那最后的话语。"

"能让我稍微说几句吗?"我说道,"无论是针对我的批判,还是当时吾良仍然活着,把义兄和搞吾良连在一起想出来的母亲的头脑,那时可并没有恍惚昏聩啊。"

"那么,连同上午的单元,我想这就总结下午的采访。"义·二世说道。

"长江先生,对于间接证据如此齐全的塙吾良导演之死,您却说是并非自杀,请讲讲您这么说的理由。虽然从千樫女士那里听到了周全的讲述,却还是要拜托您。"

"吾良死后,该说是对他的'自杀'进行解说还是分析呢?所有的周刊杂志其实都刊载了大量报道。当时,我途经把那种周刊杂志平铺在店面显眼处的书店,把封面上印有塙吾良这几个铅字的印刷物全都买到手,全都读了,读过的杂志堆放在起居室的桌上。这是考虑到千樫倘若想读的话,就能随手拿起。然而,她一本也没去读。

"喝过烈酒后,被某个想法缠住,就从大楼的楼顶跳下去。在这个主意和采取行动之间,应该间隔着某种长度的时间。大家肯定都会这么考虑。然而我必须说,对于达到某个年龄以后的吾良,这种思考却是不可信的。他是把'坚定而难以撼动之决意'当作最为紧要之事的那种类型的人。

"因此,当脑袋里突然出现一片阴云,在其尚未消散期间,如果打开制片公司自己办公室的房门,便是直升式电梯了,上去就是楼顶,假如那里没有上锁的话,走上两三步就可以跳下去。倒也不是说钻牛角尖,而是作为能干得出这种事情的人,我认为这不是'自杀',而是'事故'。我还在这样考虑——因'事故'而去了彼界的魂灵,在那个聚会上,必须要与'自杀'了的魂灵区别开来。

"哎呀,一直在殚精竭虑地不断讲述这个话题,送来实施自杀的实况转播的录音,弄得连'嘭——'的声响都能听到。也不知是第几次听了那录音之后,你就收到了已然成为现实的自杀了的通知。倘若你说'不都如此这般地写进了《被偷换的孩子》里了吗',那你就错了。

"如果仔细阅读那小说的话,就会知道吾良借助那'嘭——'的声响,宣告这次的游戏结束了。如此这番之后他提出的建议是:今后我们参加那聚会(不论生死,这是要点)吧,要增加作为其手段的'田龟'数量,此前咱对你那些业已亡故的友人是敬而远之,不过今后请让我与他们亲近。然而,却发生了事故。

"也是因为父亲早早故去的缘故,与我同样,吾良惧怕死亡。在战争结束后已能从事工作的阶段,他那著名的父亲病故了,而我这里,没有名气的父亲则是奇妙而亡,我们在班级里对谁也没说起此事,却只在两人间仔细讲述了那些往事。或许是这个缘故而让我们那样地亲近起来了。而且,吾良曾借助自己擅长的解说图描绘并让我观看了他自杀时的情景。此事达到顶点,是在我作为小说家崭露头角,他则作为电影演员开始了国内外的工作的那个时期,当时他说,我的小说可以说是一片灰暗,而自己从事的工作更是没有将来性。于是,我就写出了千樫先前所说的、让人联想到吾良的那个年轻人原因不明地自杀,生者为之悲伤的小说。我不打算说是由于那效果,不过我却实现了一个超越,他也同样如此。在这次的'田龟'里,吾良大肆谈论老年的那些话语,其实也不是第一次说了。有过这样的先例(虽说唯有老年不是那时的主题)。可是,他把那种心境摄制成题为《吊唁》的电影,曾一举再现辉煌。

"最初听到那'嗵——'的声响,我是受到了冲击,不过那其中也有如同喜剧般悉心钻研的自我批评,加之其后吾良那淡然的述评,我也就放心了。然而,'事故'却发生了。就是这么个过程。"

说了以上这番话之后,我从受访者的椅子上站起身来。我这里倒是已经站起来了,可是还那样如同垂悬状态般的千樫却说道:

"我的想法也和长江的相同。"

可是这个声音也罢,她那朝向我此前对着说话的麦克想要略微挺起上身的脑袋也罢,都明显有异于寻常。千樫在人前从不曾有过这种举止,我为之感到焦虑,为防止她倒下而揽住她肩头的手臂被推了回来。与此同时,我同样第一次听到她发出粗涩的呻吟,难以看出是因为生气还是因为疼痛而发出的粗涩的呻吟。

我想要寻找先前自称是受过职业训练的护师的人物。这个岛浦已退到摄制团队背后,此时正看着这里。岛浦是在注视千樫的反应——每当我设法支撑住千樫(她的身体竟是如此沉重!),用手臂圈住她倾斜过来的上半身时,她都试图避开由此而引发的剧痛。我也回想起了数年前发作风湿症时,她那极为罕见的焦虑。现在,该不是比那次更是大幅增加了强度的发作攫住了她吧?!

岛浦跑过来推开我,试图缓慢、再缓慢地将千樫放倒在沙发上。千樫肯定仍在尽力控制着自己,却还是发出我不曾听过的大声哀鸣。

相隔五十年的"森林里的奇异"的音乐

1

由于千樫的发病，我的生活发生了变化。其具体的标志，就是我离开东京的生活，去往森林边缘加入阿亮的生活之中。若是没有因为千樫发病的冲击造成的改变这一波动，很可能会迎来我晚年间最大的转折吧！

关于抵达那里之前的详细事情，我没有余裕将其记录下来。目前，已在森林边缘稳定下来，想要再度开始《〈晚年样式集〉+a》的工作，意识到此前屡屡引用的来自"三个女人"的信函事宜仍然有效（这是始于不久前的事，在最初三人的基础上，现在自然新增了一人）。在轮到我独自留守成城的家中期间，由于不接电话，她们便各自根据需要给我邮来信函，这些被夹在仍然簇新的"丸善帆布笔记本"里的信函，现在就发挥了作用。

首先，是来自岛浦的报告，来自无论在千樫被从发病现场运到医院之际，还是其后也一直陪护在身边发挥看护师熟练技能的岛浦的报告，还有附加的、有关躺在病床上的千樫所说话语的记录：是剧痛波及全身的风湿性多肌痛症。由于这是到达医院后随即进行的血液检查所确认的病症,于是院方作了副肾皮质荷尔蒙用药处理,症状很快得到缓解。可是千樫上了年岁,有可能引发种种并发症,就让她住进了医院。千樫已经得知阿亮从真木那里听了有关母亲病情的说明而显现的反应。

起居室深处的阿亮寝室的窗口,以从北至西的广阔角度面向森林。阿亮一直凝视着窗外,真木即便上前搭话,他也是没有反应。焦急的真木从阿亮身旁探出脑袋窥视过去,只见正下方的天洼大池反映着落日残霞的西方天际,黑黢黢的森林恍若漂浮在黑红色水面上一般。翌日,阿亮誊写完所作之曲,因而请阿律弹奏。真木感到阿亮这是想到了母亲的病痛……

> 请你重新讲讲老祖母曾对阿亮说起的《森林里的奇异》的音乐。阿亮该不是想起新作曲的主题(还想出此前曾作的曲子)了吧?另外,你肯定会独自饮酒至深夜的,因此要提醒你注意健康。

这里要写一下以千樫这个告诫为契机而开始的我那切实且滑稽的戒酒过程。起初,我设定了一个目标——戒酒至千樫出院。然而出于常年以来的睡前习惯,不喝酒便无法入眠。由于无法应付,就在去惯了的医院请医生给开了安眠药。在我痛苦的记忆里,我从二十来岁开始写小说,因为年轻轻地就上了媒体而难以入眠,自此依赖商店里销售的安眠药催眠。睡前饮酒的习惯,就是从那时开始的。刚刚说了这个经历,医生就来了劲头,说是安眠药最近的进步可是日新月异。很快,我便得以实际感受到了医生的上述话语。

在这过程中,片剂日渐减少,于是我前去补开这片剂,碰巧赶上感冒流行,于坐满病人的候诊室长久坐等之后,就在被喊到自己名字而移步走出之际,大约四年前初发的、视界从边际开始猛然失稳(自那以来,由于第二次、第三次地连续发作,因而一直称为大眩晕)的症状突然袭来。而且,在恢复意识的时候,自己已在第一次光顾的大医院"东京医疗中心"给做了 X 线、CT、MRI 这多种检查(完全没有意识!)。

然后,我就携着那不习惯的点滴装置来到医生面前,被告知并不认为有异常。从医生那里得到的说明是:虽有长年间摄取酒精的习惯,不过由于急切间戒酒,于是出现了"戒断症状"。这个说明动摇了我的自尊心,我决定一直继续戒酒。

2

目前,我在天涯大池的家里(隔壁则是义·二世和制作人员们的家,我却有一种隐居于森林边缘的心绪)与阿亮共同生活,此时,他正在起居室的音响设备前,直接躺卧在铺垫物上,以较低音量倾听着古典音乐。

最重要的是有亚沙的助力,还有阿律的协助,我迁居到了从其与真木的共同生活中独自留下的阿亮的家里。暂且不论阿亮,与此有关的所有人都存有"无论如何这都是暂时的"这种保留心态,可是细想起来,这正是长年间数度浮现于我心头、虽然还有其他真心考虑此事之人却一直未曾实现的生活改革计划。

在谈到现状的那次商量中,真木说了这样的话语:此前,偶尔也会夸张地传达自己与阿亮在森林边缘的新生活很顺利。阿亮因着眼镜的改善而明朗起来,这是事实,当然,却也不是一切全都非常好、非常好。自己始于少女时代的、每月一次都成为其俘虏的抑郁症状,目前依然。实际上,自己不得不反复考虑,假如因附近的核电站事故而泄漏的放射性物质导致这整座森林被覆盖的话……

伊方核电站位于距天湮大池三十公里处。真木和阿亮住入森林边缘后不久,在亚沙的介绍下,当地推动反核电运动的人们便前来说明实际情况。从那时起,真木自不待言,对于反复考虑阿桂的阿亮来说,这就成了每一天的课题。我与阿亮在天湮一同生活以来,首先共同拥有的,就是因着他那独自的想象而引发的恐惧。阿亮寝室的墙面上(在东京的家里,我也曾这么干过),展开一幅以他那个风格用各种彩色铅笔分层图画出的二十五万分之一的"松山"地图。在这附近的伊方倘若发生核事故,能够如何应对呢?

较之于在东京的时候,阿亮本身确实积极说话了,在包括真木在内的、第一次的商量中,也是由于她的护理,阿亮积极地对我率先提出了这个话题。阿亮绝对不离开这里的理由,是为了在伊方核电站发生事故之际,他要保护从森林上空降落下来的阿桂。可是阿桂的危险不也是同样住在这里的阿亮的危险吗?即便我如此说明,他也是因为已从真木那里经历过同样旨趣的劝导,这时就说道:

"不,我不能离开这里。当阿桂从森林上面降落下来的时候,能够帮上阿桂的,只有我!能够看到阿桂降落下来的,只有我一人啊!"

真木一直以来都在听着阿亮的这个坚信不疑的说法,可正是因为如此,说是我也与阿亮同在这里,真木就没把一直以来作为自选项目的表态,在这次的协商中表示出来。我先是说了袭击千樫的剧烈病痛,表示她目前需要真木。真木则没有无视与病痛同在的千樫之意。而且,阿亮同样没有从阿桂将要降临的森林边缘离开的意思,参与谈话的三人实际上都很清楚地知道这一点。

那么,既然我和阿亮的共同生活就这样开始了,在我重新开始《〈晚年样式集〉+a》方面,阿亮将会发挥独特的作用吧。于是,我想讲述同在这里的另一个人物,讲述对于阿亮和我在森林边缘的生活中,甚至开始取代真木而发挥作用的义·二世这个人物。

义·二世屡屡出现在这本笔记里。然而,现在他却展现出甚至出乎我的意料的新个性。占据先前的采访中大部分内容的、有关义兄与我之间的关系,在迄今为止的、从我的中期工作开始的多次描述过后,一举让意识之外的事实苏醒过来。

事情的经纬如下:我和阿亮这两人的新体制暂且就是这样,关于在森林边缘的生活,我感到还需要从东京的家里的起居室和书库兼工作间的书架上,取来一定数量的书籍。我花了几天时间写出这份清单,用传真向真木发出了全部清单(除了一些书籍外,还有各种辞书类图书,再加上六隅先生的著作文集,就这样一点点地增加了数量),建议她通过送货上门的方式邮送这批书籍。

然而,真木却看出那都是些包括作者签名书在内的、书库中最为珍贵(至少是为我个人所珍惜)的书籍,说出"塞在瓦楞纸箱里邮过去真的合适吗? 我难以照办"的话来。这种时候,真木就有了成熟的想法:义·二世说是想把一直存放在东京事务所的摄影器材和资料,送往松山事务所里统合起来。他为此计划从朋友那里借来美国制轿车,所以就把爸爸的书也宽绰地堆放在柔软的座席上,如何?

在松山卸下义·二世的货物后,如果让那辆车就那么转到天漥大池去,爸爸就可以用自己的手从容地把书排列在与阿亮共同生活的家里了。汽车的驾驶,由采访计划结束后有了余裕的义·二世本人承担,因此,届时等候在松山事务所旁的爸爸只要坐进车子,尽管不如吾良舅舅的宾利(这是一辆卡迪拉克),不过直至森林边缘,爸爸也是可以悠闲享受坐车兜风的乐趣的。

义·二世也像是在等候着真木的计划,随即便付诸实际行动了。一辆大型轿车轻快地停靠在楼上就是义·二世事务所的旅游问讯处前,车子的后排座席和地板上都堆放着书籍,我刚坐进副驾驶座,义·二世便只沉默着向我轻轻点头致意,可是离开市区、驶上一直是上坡路的国道后,他就不停口地开始了说起话来:

"这是在连续采访期间没有说到的事,不过你与法国作家做了公开对谈吧?('是与帕特里克·夏穆瓦佐①的对谈',我回应道。)是这个作家,我就去了新宿的纪伊国屋听这场对谈。电梯前拥挤不堪,我通过阶梯下楼的中途,顺便到外国文学的单元,在也是从会场出来的很多人之间,大部头图书仿佛往来飞跃般地被销售着。是《加勒比海伪典》②。一旁的这本书,也是厚厚的 *Biblique des derniers gestes* 袖珍本,当时封面朝上地平放在那里,刚取到手里,由于我从外貌上看像是日本人,就被对方提醒'这可是法文的',不过我还是把这两本书都买了下来。因为,那么沉重的日语版书对我来说是个包袱……

"我是在看到长江先生与夏穆瓦佐对谈的广告后,这才知道、也只知道他是用克里奥尔语写作的作家,之所以想要去听对谈,是因为您自己也曾写过,您虽是日本作家,文字里却糅杂着四国地区的方言。夏穆瓦佐出生于法国海外省之一的马提尼克岛,他是用法语写作的克里奥尔作家吧?

"我取得同声传译的耳机后,就插入日语的插孔里,却由于语速太快,最终决定直接去听能够听清的法语。说实话,听不出其中有多少是克里奥尔语。长江先生也在中途摘下耳机了嘛。"

"起先,我也是依赖那同声传译。如果把耳机音量调小一些,就听不清楚,把音量调高一些吧,又有杂音,听起来很是辛苦。所以,我

---

① 帕特里克·夏穆瓦佐(Patrick Chamoiseau,1953—),南美洲法属马提尼克岛法语作家,著有《梦魇的后代》(1986)和《加勒比海伪典》(2002)等小说。

② 此书法文原名为 *Biblique des derniers gestes*,《加勒比海伪典》是日译本书名。

也直接去听夏穆瓦佐就在眼前所说的话了。

"不过,来自国外的这位作家,加之或是因为我这一方年长的缘故吧,在刚开始的那段时间里,说的似乎是恭维话,这可让我不太愉快啊。"

"'曾借助译文扎扎实实地读过《广岛札记》,可要对其作出评价却会让自己感到羞怯'。您指的是这段话吧。可是在那个时间点上,对于此前尚未读过夏穆瓦佐作品的我而言,莫如说那些话语却存留在了我的记忆里。他把长江先生您称为'guerrier'了吧?"

"是那么称呼的,而且反复如此,于是用同声传译的日语确认了一下,是作为战士……我之所以在意夏穆瓦佐的表述方式,是因为在对谈前一天终于读完的、那本大部头小说的最后一页上呀,有'un grand guerrier'这段话语。

"既是小说主人公也是叙述者之一的那位濒死的老人,就是这么呼唤的。而且,还因为就我而言,我认为自己迄今为止还不是个'战士'。他对我这人呀,恰恰没有冠以'un grand',却称为'guerrier',所以在情感上好像就疏远了……"

"可是他两度说到为《广岛札记》而感动,赞誉您描绘了在广岛遭原子弹轰炸的人们'思考所不能达之事'和'难以接受之事'的经历。这将与自己这些人的先祖曾遭受苦难的'奴隶贸易'这个确实难以考虑的经历结合起来。他还说,通过您的描述方法,得以思考自己这些人的本质性经历和如何才能表现这一切。我觉得,那位克里奥尔作家理解您的工作。虽然对话的难度逐渐增加,我还是专心致志地听到结束。"

"你是认真且听懂了我们对话的听众,我觉得这样的听众可是不太多呀。"我开玩笑式地说道,却也感到自己即便在文学上也开始接近义·二世了。

"实际上,由于夏穆瓦佐借助法译仔细阅读我年轻时的评论,我已经对他敞开了心扉。日本这个国家的新作家中能够接受这种理解方式的,倒不是我发牢骚诉说不满,当今却真是罕见了。不过,较之于此更为决定性的,是我读了他的小说后产生的共鸣。我被完全吸引到作家对少年时代的他成长于斯的马提尼克岛上的、森林世界的描绘之中……

"我们小说家呀,在思考其他小说家是怎样之人这个根本性问题上,最重要的是借助其小说来进行了解……可以说,这是职业性毛病。尤其这个场合呀,坦率地说,由于阅读夏穆瓦佐的那本大部头小说,我为最近未曾感受到类似体验而被震撼。而且呀,我发现可将自己少年时代的……也就是说,在眼下咱们正面对的这座森林中的……宝贵经历,使用绘画来简明易懂地辅助说明。我已经有了这个感觉。从东京帮我运来的书里面,还有你也买到手的夏穆瓦佐的那本厚书……又是色彩丰富的封面,把它找出来,稍微读上一段吧。"

我们的车子从沿着四国山脉延展开去的高速公路上驶出,再转入我记忆中沿河的那条县道,在阔叶树的繁茂枝叶逼拥过来的路边停下车来,义·二世便去寻找后排座椅上的书捆,从中找出了《加勒比海伪典》。

我循着自己用彩色铅笔画出的印记想要找到引用过的页码,同时围绕义·二世先前问及的公开对谈中的、与这部小说相关的部分进行说明。如果他已经通读过整部小说,当然就无须再作说明了……

"刚才说到的濒死老人包杜拉-于勒曾是个虚弱的孩子,当时父母为之担心,想要请医生以及祈祷师为他诊断。他们把孩子托付给了为当地居民进行医治……而且不仅肉体上的疾病,还能医治精神病患的、被称为心灵导师的其中一人、名为被遗忘之人①的女性,并同她一起生活。也就是说,与这个包孕着‘被遗忘’之意的名字的心灵导师中的一人,隐居于马提尼克岛上的森林之中……

　　"我本人生长在四国山地中被森林围拥着的峡谷里,从开始读书以前起,我这个孩子就在听阿婆和母亲讲述当地……也就是森林里的传说。这书里说是在某个时期,孩子会被教授进入森林并在那里生活的最为重要的技能,我对包杜拉-于勒曾接受过的这个教育怀有亲近感。虽然我在小说里反复写过自己曾如何进入森林并在那里生活,可是读了这部《加勒比海伪典》之后,却对书中少年的生活,实际感觉到了深切的类似感。

　　"而且呀,我曾一厢情愿的认为,当年虽说是孩子,我却独自发现了可以如此存活的场所,用自己的方法在那里生活。然而,现在我却重新认识到,其实是某个人物在帮助我实现那一切的呀。这个人物非常理解那个孩子的心愿,我每逢想起此事,都为他用很节制的方法提供庇护而为之感佩。我以夏穆瓦佐的小说为契机回想下去,细说起来,教会我进入森林后,在如同家里一般的树木群丛里度过白天的,也是那个人。

　　"还曾有过这么一件事:在习惯如此开始了的生活期间,不知不觉间天色就晚了,要在夜幕降临的森林里下山是很危险的,不得已只好在那里过夜,由于帮我预置了蜡烛和火柴,这时从‘宅邸’看到我点起的灯火,他就带着食物前来看望我。

　　"你一听到‘宅邸’,即知道那个人物就是义兄了吧?虽然已习惯于从自己口中说出‘我在那个年龄上,曾独自在森林里生活',其

---

　　①　被遗忘之人(Man L'Oubliée)这个名字由英文 Man 和法文 L'Oubliée 所构成,其中的 L'Oubliée 是由形容词 oubliée 转换成的名词,意为"被遗忘之人"。

实很多时间正是与这位义兄一起度过的。就这样,他告诉我关于森林里的树木的知识,让我听到了方方面面的话语,岂止从他那里借到并阅读了有趣的书,还曾在义兄的帮助下用他使用过的几何教科书自习……

"然而(哎呀,也是有理由的)很快我就硬说自己是独自待在森林里的,可这次在夏穆瓦佐的小说里接触到描绘相同情景的场面,便深切地想到,这可正是孩童时代的我爬上树木,躺卧在高大树枝分叉处的那些时日嘛。而且,自己的心灵导师当然就是义兄。

"细说起来,虽说是义兄与我的相遇,可若是没有义兄,我就是个可怜的小饿鬼,而他则从对面发现了我这个小饿鬼。

"我要把话题岔开一下。我在想呀,一个经历,在轻轨列车上读书,发生了特别之事的经历。这是画家弗朗西斯·培根①的话语:看到现实的人体,还看到其正确的表现,自己内里深处的'神经组织'……用你所习惯的词语来说就是 nervous system②,则会被刺透。再用文字来表述这相同之事:将目光投向窗外,风景便被赋予自己不曾有过的观察之能量,便显得生动起来。这样的情况是存在的吧?

"这是说,小说里一段段文章中的、作家的观察力被牵引,被挤出,即便是瞬间性感受,在自己的眼睛里和头脑中,此前一直沉睡着的能力却苏醒过来。就是这么一回事。而且,将超越观察力被强化之事,也就是说,你的 nervous system 之全部,将焕然一新……"

"我想,自己似乎体验过相似之事。而且,存在于我记忆里的,是在开始阅读长江先生的小说最初那段时期,为连续不断的读不习惯的语言所困惑……猛一下子呀,就仿佛清晰看到了孩童时代的自己曾生

① 弗朗西斯·培根(Francis Bacon,1909—1992),出生于爱尔兰的英国画家。
② 英文,为"神经系统"之意。

活过的那森林边缘的一部分。因此,就热切地开始阅读当初并不感兴趣的《致令人眷念之年的信》,还曾告诉妈妈,感到因此而忆起天洼大池周围的诸事,由此在读完这本书的时候,说起要访问东京的长江先生的家,很快就得到您的响应,获得了您赠送的机票……"

"就是这么一回事。"我越发来了劲头,继续说道:"这次在阅读夏穆瓦佐小说的过程中,我本身也是如此,又是森林边缘的风景,又是各种事情,全都清晰起来了。在这期间,连我在森林里第一次与义兄相遇的场景,都清楚地回想起来了。"

3

"有一天,我去探寻让穿过森林抄近道上学的那帮家伙发现不了的场所。这里说的是没升入高一级学校而接受职业训练课程的高年级学生。他们之所以把森林当作通道,是因为要从'在'那里下山,可是当我以亚沙为伴进山对抗森林里那种瘆人的感觉之际,却经常被他们所追赶。他们欺负人地喊道:跟妹妹淫乱给我们看看……

"总之,由于这种情由,我站在峡谷间的河岸上,抬头打量森林斜坡上的这儿那儿,于是,我们当地那种人原本不多见,此时却有个穿着山野漫步服、脚蹬系带长筒靴的青年过来打招呼。此人原在叫做旅顺的地方上工业学校,因结核病休学在家,后在这种状态中遇上战败,无法再返回学校。这个人是去送交已开始收获的栗子的,已在'宅邸'的便门处交付完毕……

"'你小子(自己除了父亲以外,这还是第一次被称为你小子!)是长江家的孩子吧?我看到'在'的那帮家伙四处追赶你,这是出于什么原因呢?

"'假如你想寻找不被那帮家伙打扰的隐蔽处,我倒是有个曾经用过的场所。沿着这条河上山,就在森林茂密得好像往河中间探过去似的地方。连香树里有好几棵长得很茂盛。

"'我想,是叫连香树群落吧,可是……'

"上山干活的人说是'破坏人'的连香树之地。"

"'对!以前,河边一带的孩子们也深入那里玩过。不过,你家外祖父已经过世,打理森林里活计的人没了,所以也没能对长起来的树木进行间伐,倒木也就那么躺着没人管,眼下连走到那附近都难了。你们上山爬到这里,不也以为那里看上去已经是尽头了吗?

"'可是呀,从对岸的山坡下来,就能看到我用过的那个场所了。在那块连香树群落正中间的大树干分为三岔的处所,就很方便嘛。从那里爬上去,就能到达在下面更难以看到的处所。

"'从河的这边岸上抬头看那里,由于粗大的连香树中有四五棵也很茂盛,所以分为三岔的处所就被遮挡住了嘛。为了把那里弄得可以午睡,我就去掉细枝,在上面铺了木板。'

"像不下树之人弄出的家那样……"

"'对!只要修整一下,还是可以用的嘛。只是上面那个隐蔽处所有十公尺高,所以可不能掉下来呦。在那棵连香树旁边,还有一棵掌叶枫,树干上开了个很大的树洞,在下雨的时候可就起作用了。'

"归纳一下义兄花费时间为我所作的说明,那就是我如此这般地把那里当成了自己的隐蔽处。义兄经过森林时会顺便从三岔那里打招呼,我一旦应声,他就攀到我这里来。

"之所以详细讲述这情景,是夏穆瓦佐在这部小说里描绘的、孩子与那位心灵导师攀上高大树木的场景,唤醒了自己攀上连香树群落的记忆……来读一下那一页吧,是塚本昌则先生的译本。

被遗忘之人对那一个个事物全都知道,她有节制地表现出惊讶——只是长时间地凝视并变换着瞳孔的睁大程度,向各种树木上开放的花儿送去问候。(中略)她不曾摘下那些花儿。一直攀爬到树枝分叉的处所,会经常仔细观看微小的芽苞,除了让自己的手挨近芽苞,然后凝望、嗅香之外,孩子从不曾见她试图做其他任何动作。她经常在那里度过一天中最初的时光。每天都是这样。孩子攀到她的身旁,自己也是凝望着这种独特的树木。他所惦记的起因,只是需要坐在自己的保护者身旁。有时也会是这样——在被遗忘之人与树木中的某一棵树进行无可捉摸的交流期间,他则在大树枝的凹坑里只管睡觉。

"这只是在年龄上有些差异,可我们就这样成为朋友,我让被告知的处所得以复活,我唤起光临连香树群落间隐蔽处的义兄的注意……

"'这个花,寄生在树干的高处,是聚集在一起开花的兰花呀。'

"'少年不久后将长大成人,在全世界的场面上四处活动期间,被敌人穷追不舍从而衰弱之时,这个兰花的记忆将会助你恢复生命力'……弥留之际的包杜拉-于勒躺在病床上想起这些……不记得是什么时候,我曾对真木说'如果自己也有这样际遇的话……',却遭到她的批判,表示'细说起来,你并未采用那种生活方式'……"

"这并不意味真木对您的整个人生都持批判态度吧,她只是针对您这十来年的……晚期作品而言,而且是针对'私小说'性质叙事方式的长篇小说进行的批判。那是她在作为证言提交的'报告书'里,根据我们的主题而讲述的。在'日本战后民主主义那一代人的悲惨结局'这个主题里,真木强调了您作品中的这么一种侧面。"

"对于真木所说的'私小说'性质的……这个定义,我想说,也不仅仅如此吧。不过小说主人公身份的那个人物是作家,在小说的叙事将他置于主格这一点上,则一如她之所说。而且,那些小说中有好几部,其主人公谋划的、以'半途而废'告终这一点,在美国和欧洲的二十世纪小说里不也是不多见吗？她本人也是作为作家＝叙事者＝主人公这个家族中的一员，换句话说，她本人作为与'私小说'性质的模特密切相关的人物，则是可悲可叹的。"

"可是，要说真木是不是在否定您晚年期的所有工作，也并非就是那样吧。其实，她与您把夏穆瓦佐小说里那位濒死的主人公有关兰花的内容当作话题，是在最终期待您的'兰花'，情况不就是这样吗？真木说，您终于下决心替代自己在森林边缘与阿亮共同生活，这至少让她对此怀有期待。"

"其实，好像这也是千樫的感受。她告诉我，希望我把已故家母的'森林里的奇异'那些话语传给阿亮。她还嘱咐'不要喝酒'，我可是首先就执行了这一点呀。"

"……迄今为止，真木一直在这里与阿亮一同生活，然后，您现在开始接替真木。我也有个心愿，想要借此机会充分聆听您的话语。

"目前，我要让'报告书'事宜告一段落，相应地梳理此前自己干过来的工作，尤其想要了解有关自己父亲的情况。在'报告书'里，因着与您关联，我将父亲视为坠入日本知识分子悲惨结局的那种极端类型加以处理。他没能与长江先生和墙导演并列形成三人组合。因此，我打算尝试着重新撰写《义兄评传》。

"说实话，我父亲这一生呀，该说是各种事故呢还是挫折呢，充满了不可思议般的、极端的奇闻逸事。他与您的关系也是这样，譬如说在您和我父亲之间，虽然先是恍若亲近般的特殊关系，可我从亚沙那里听说，后来也曾有过好几段绝交期。

"这在日本人社会里是常见之事吗？正是由于另有始于绝交的复交，也就有了那好几段的反反复复。我想知道每次都是由什么具体契机而引发的？父亲的人生，发展得显然并不顺利。由于这接二连三的不走运、好像任何个人都不会如此遭遇的这接二连三的不走运,他终于落得个说不好是自杀还是被杀的死法。

"这次我接受运送书籍的任务,由于这是与您仅在两人间进行谈话的机会,原本想聆听您是如何看待我父亲那悲惨人生的。然而,您却慷慨大方地为我讲述了内容丰富的话语,使得我甚至不可思议地感到:父亲是个让人拥有这么美好回忆的人啊。"

"这对我来说,也是很宝贵的。我也得以把你当作谈话对象,通过谈论夏穆瓦佐的小说,随即面向自己的孩童时代,而且说起迄今自己一人不曾想到的、在森林里隐蔽处的那些往事。这其中也有夏穆瓦佐的力量啊。不过自不待言,那是因为这场谈话的倾听者,也就是正和我一同驶往森林边缘的你,恰好是义兄的儿子。其实,我是愉快地说着这些话的……"

"我有种感觉,那就是既然长江先生这么说,我可要抓住机会。这也是我和真木在把您这些书装进车里时说到的。在东京,先是在医院里,千樫女士出院后又在您家里,身为看护师的专职人员岛浦小姐在出色地护理着。真木也是如此,在帮助岛浦小姐的同时,出色地回应着以出版社和报社为主的诸多打过来的电话。她坦率地告知'长江目前不在家里',仅仅让对方相信这个说法,就已经相当辛苦了。

"而且那些朝向你的、约请你参加反核电大会呀示威游行呀、小规模的地方性集会的场合,除了只能当场婉拒之外还要维持住关系,真木就是如此这般地承担着周到的联络。而且真木对我说,目前我的本职工作空闲,在天漥定居下来后,能接过这一类工作吗?

"譬如说,现在我作为你的驾驶员在做的事情,此前一直都是真木在做的。而且在天漥,该说是照顾阿亮呢,抑或说当你的谈话对象呢,即便无法像真木那么称职,难道还不能替代她做些事吗?在此之前,我在这里工作期间,自以为与真木还有阿亮都已结为良好关系。"

"阿亮没有忘记,你二十刚出头那阵子住在我们家时就与他关系很好。当你返回美国之际,把我装镶进画框里的《堂吉诃德》插图给带走了。由于那是阿亮的喜爱之物,你就返还回来了。接到那个通知时,阿亮感到非常亲切,说出'义·二世住家里时真有趣啊'这话来,让大家都吃了一惊……"

"真木也说了这件事,说是天澄那里已由我继承的家,又是与阿亮的住处相邻,在她待在东京期间,我能否替代她照顾阿亮?如果长江先生同意的话,从这辆车子到达天澄大池的那个瞬间,我就打算开始这一切。明天早晨,我想先帮您卸下书籍,然后就融入您和阿亮的共同生活。怎么样?"

"那可是求之不得啊。"我说道,"若说是'那就马上开始吧!',似乎就有些轻飘飘了。可是,不要过前面这座桥,沿着老旧的县道行驶下去,就能看到左侧有一条去往森林的上坡路。从那里上去,再从沿河大街抬头仰视,就可以绕行到森林突出部的、我们称为阵之森林那里的背面。

"在此处往东行驶相当于沿河大街的长度,就与沿着涧流下行的道路交叉。如果往那个方向下行而去,便会遇到先前说起的连香树群落。在义兄的帮助下,我曾在那里建起不为人知的小家。从那时算起来,实际上已经有六十年了,连香树群落肯定成了规模更大的巨树群。仰视那片连香树群落之后,就进入我们的新生活之处吧。"

"……可是,如果慢悠悠地上行到那里的话,天可就很快黑下来了。"比我更熟悉当地日头变化的义·二世制止道,"要看那一大片连香树群落,还是请阿亮领我们去吧。离开东京时,真木让我捎来CD等物品,当时阿亮和阿律在整理所作的曲子,正是创作'森林里的奇异'这个传承故事的组曲之际。我觉得其中好像有连香树的曲子。"

义·二世的劝告是正确的,我们的车子通过森林里形成豁口的地方时,尽管其深处还在夕阳返照,仔细一看,却发现宛如行驶在黑暗的森林中央一般,假如我们经由涧流沿岸的连香树群落侧旁走过去的话,相互缠绕的巨树的根部就不啻于黑黢黢的墙壁了吧。

所有房屋都沉浸在寂静的夜色中,穿过这些房屋所在的沿河村落后,车子便停在天洼大池堰堤下的混凝土小广场上了,我抱着装入六隅先生遗物而非书籍的、皮革柔软的皮包下车刚刚站住,用手电筒照向这里的亚沙就从黑暗里现身而出。

"义·二世,欢迎欢迎。哥哥,你累了吧,阿亮服用了晚间药物后已经睡下了。关于千樫嫂的情况,明天再跟阿亮一起听你的介绍。假如把车子一直开到家门口,可能会惊醒阿亮,就请哥哥悄悄走进家里,再去用放在起居室的夜宵。我把哥哥送到玄关,然后回到这里来,还要麻烦义·二世用车子把我送到沿河的家里去。"

就是这么个情况,于是我走入家中,只有起居室榻榻米小桌上的灯光在亮着,我没去吃夜宵(桌旁立着一瓶日本酒),借着阿亮寝室前彻夜不熄的灯光洗了脸,牙膏和毛巾内里的消毒药箱和杯子早已准备妥当,我只将卸下的义齿放入其中,随后返回起居室,从衣袋里取出安眠药(无视那瓶日本酒!),端着注入矿泉水的水杯去了二楼的寝室。

然后,我在自己的床铺上躺了下来,却听到楼下传来或是因为阿亮醒来后弄出的声响,便放下服用安眠药之事,在森林边缘独特的宁静底层躺卧了一会儿,而后起身下楼查探,发现装有义齿的容器被覆上了盖子。

在东京期间,即便我回到自己寝室,阿亮仍会继续倾听 FM 的深夜广播,待其听完之后,则会将药剂放入装有父亲义齿的容器,看清楚冒上水泡并发出声响的模样后才会上床歇息。一直以来,他将那个声响对我们说成"咕嘟咕嘟",不过在冬季里,当我走进阿亮的寝室为其整理毛毯之际,他却会说"'咕嘟咕嘟',被做过了!",因着我先于他做了此事而流露出愤懑之色,这已是惯例了。此时我悄悄看向阿亮的寝室,他正在毛毯下窃笑的动静便传了出来……

我用相当于阿亮笑声大小的声音说道:

"明天,可要到老祖母说的、倾听'森林里的奇异'之声的森林里那处地方去。真木把新编辑的 CD 交给我带了过来,那就听听那 CD 吧。今天夜里,请好好睡觉。"

"……隔了五十年啊。"阿亮用仍然压低着嗓音、不过发音却很清晰的声音说道。

"隔了五十年?"

"……我出生的时候,老祖母在森林中听到了'森林里的奇异'的音乐。那不是 CD,而是原作。"

"这么说来,确实是隔了五十年啊。你妈妈说,今年她连给你过生日的余裕都没有。那么,今天晚上休息吧,谢谢你帮我'咕嘟咕嘟'。"

五十年!我茫然地在心里说道。借着从二楼下来时打开的灯光,小桌旁那一升装酒瓶显示着存在感。在茫然之后我又感到愤然,将亚沙早已打开瓶塞做好饮前准备的那瓶酒,倾倒在仍被称为咕嘟咕嘟的义齿容器旁。直至将其倾倒一空,意外地花费了一些时间,于是我越发感到愤然,回到放有我所依赖的安眠药的床铺旁边。

4

这天早晨也是如此,我早早便睁开了睡眼。楼下传来窸窸窣窣的动静,预定播放 FM 的电源已经插入。尽管音量很低,此时正是并非寻常的"人的声音"(这就成了失礼的说法,是从年轻时带来的、源自于无知的说法,说的是能乐播放)之时,虽然无法理解其意思,阿亮仍然十分留神地倾听。与其说这是为了不耽搁很快就将开始广播(虽说星期日会有些许变化)的古典音乐节目,毋宁说似乎是由于那发音本身有趣。

就这样,我的职责暂且就算结束了,却也不能因此而立即恢复到睡眠状态。为了延长这哪怕只有片刻的时光,无奈之余继续做下去的,是我自己设计出的怪异体操。

我抬起早已习惯于黑暗的眼睛仰视,同时将注入力量的右手笔直地伸展开去。这是用老人那直截了当的自觉,发现身体某一部分的形态正在崩溃的情况。然而,甚至都不能说是青年时代的沿袭,而是以大致沿袭自己记忆的形式残余的,(如果说那是皮肤上不见皱褶呀斑块的光润状态)则是从手腕开始延伸向前,尤其是手背和指骨。仰视着这些,嘟囔着"我仍然活着,仍将继续存活下去吧"的咒语,再把这套动作移至左手,然后反复如此直到舒心如意。虽说是附带的功效,在床上阅读书籍造成的颈部僵硬却也在消除……

当阿亮被指出因运动不足而肥胖、患上睡眠时无呼吸症候群的时候,医生让他穿戴犹如欧洲往昔的甲胄般器具,却是不出所料,他未能长久持续下来。于是千樫或是真木,有时则会是我,就形成一个习惯——深夜前去倾听阿亮睡眠时的呼吸。在意识到"倘若发生事故可就晚了"的同时,在天溻大池的生活中,我独自在做这件被托付之事。

阿亮的日常生活,基本就是学习音乐理论(虽说总是处于初步阶段,不过真木却说在这种状态里将得以深化)。他将乐谱和习题集放在画板上预习,等待阿律前来教授。在这以外的时间里,则或是倾听 NHK‑FM 播送的节目，或是倾听自己的 CD，如此度过每天的时光。

自从搬到森林边缘来之后，父亲经常在同一个房间里读书、写笔记和整理卡片，阿亮播放的音量并没有妨碍父亲集中精力。毋宁说，倒是父亲这一方经常提出要求，希望阿亮提高音量。在东京的家里，每逢有 NHK 交响乐团演奏会的电视转播节目，千樫或是真木都会预先嘱托阿亮。

最重要的是，阿亮在听觉上拥有与生俱来的敏感。对于长年间如此生活过来的阿亮来说，在 FM 里错过初次听到的音乐则是罕见的（如此一来，倒是让他觉得有趣），他会以对自己最为合适的良好条件倾听预测的演奏节目。

且说我听到了始于七点二十五分的、一如阿亮定期选听的"FM CLUB"程序上的节目。夹杂着女播音员简短的介绍话语，古典音乐曲目传了过来。于是我翻了个身，想着倘若可能的话，希望再度进入睡眠状态，就在这时，钢琴的大音响却突然响起。

与其说那是音乐，莫如说那完全是常规之外的声响。即便如此，我还是听出，那是舒伯特即兴曲作品 142 降 B 大调最开始的主题。我意识到，虽然我抗拒地认为"这不是音乐"，却不知自己为何记住了这个主题。"阿亮还是没有忘记我们之间的冲突……没有忘记咱曾责难他的话语！"

我来了劲头，这让我进入了交锋状态，倾听着这个主题接下来的一个个变奏。总之，当耳朵习惯之后，只听那无疑为天籁之音般的终曲部在回响。是丹尼尔·巴伦鲍伊姆在弹奏！然后，FM 的播音其本身便消失了……

我一动不动地躺卧着。为设法排解愤怒，我花费了一些时间整理衣装，其后便走下楼去。义·二世虽说仍将那副受了打击的面孔朝向我,却是依旧沉默不语。在餐桌边坐在义·二世邻席的阿亮无视我的存在。一旦用餐,他随即就会一心一意,在他身前的蔬菜炒肉尚未动用。

义·二世将咖啡壶和杯子依次传送到我这里来,于是我将咖啡注入自己的杯中。阿亮尽管看到了这个动作,今天在这里却是视若无睹。我喝下那杯咖啡,阿亮此时站起身来,走向起居室隔壁的自己房间,啪的一声关上了房门。

我为自己重新倒入一杯咖啡,试着将咖啡壶递向义·二世,他却摇了摇头。

"由于你在这里被迫听那可怕的声响,所以作为父亲,我必须向你作出解释。"我说道,"阿亮这是表明,对于舒伯特那个作品,自己存有一个心结。有关于此的变故,我已经写在《水死》里了,你正在读着那小说。因此,这会对你造成两重困窘,我想说说这是怎么一回事。如果你不想听的话,就算你从这里走出去,我也是无可奈何。"

"不,我洗耳恭听。"义·二世用依然沉闷的声音说道。

我知道自己所说之事终将传到阿亮那里,自然无法沉默不语:

"就像你知道的那样,阿亮是个通过音乐构成记忆思路的特殊之人。对此,我倒不是不能理解。他为何要让父亲听刚才那段广播?而且,为何想到用那么大声的音量来播放?这当中自然有其缘由。阿亮想要表示他并没有忘记。只是我不明白,这一切为何要用那么一种方式表现出来。就连他本人不也不太明白吗?可是,总之他这么做自然是有其缘由的。

"你当然知道文化理论家爱德华·W.萨义德(义·二世点点头)。那个萨义德,就与刚才那支曲子有着关联……而且是让阿亮并不愉快的回忆。可以确定的是,他是想要了解父亲是否已经忘了那件事。"

"虽然没有出现萨义德这个名字,可在《〈晚年样式集〉+a》第一期里却出现了相关内容。您在其中写道,这部小说的命名缘起于他的直接启示。我还知道,萨义德的著作里就有关于音乐的好书。"

"当他因自己一直与之搏斗的白血病而亡故之时,在纽约举行了告别仪式,我们共同的朋友向我通报了告别仪式的情况。我在接听电话时,阿亮就在我的身旁。你所说的萨义德的好书之一、对话集①中的谈话伙伴巴伦鲍伊姆,弹奏了贝多芬的奏鸣曲和舒伯特的即兴曲……是非常令人感动的演奏。我尤其难以记住使用英语的电话,因而转向阿亮,让他把听到的内容多次重复。因为,他对于音乐的记忆是准确无误的。

"其后不久便去了银座的乐器店,阿亮为我找到了巴伦鲍伊姆弹奏的 CD……尽管不是告别仪式上的录音。那是非常出色的弹奏,所以我给先前提到的朋友写了封致谢信,表示'感到自己也得以出席了追悼仪式'。于是,她说那是萨义德在自己家里弹奏钢琴时的所用之物……萨义德曾半开玩笑地表示自己在钢琴演奏方面是个专业人员,而且具有实力……把他曾使用的乐谱送给了我。

"乐谱的谱纸比较软,是上乘之物,因而为了易于用橡皮擦去,萨义德用更软的铅笔,在演奏的紧要处写上了备忘要点……阿亮却淘气地用圆珠笔把那上面描画得黑乎乎的……"

就在这时,阿亮气势十足地现身而出。他是手握门扉把手在等候着的。亚沙则跟随在他身后背着手(并非试图劝阻)。看准我之后,阿亮分开亚沙,向前踏出一步。

"我不是淘气才描画的。那是贝多芬的第二号奏鸣曲。因为有跟莫扎特相同的地方,就注上了 K550 的标记。"

---

① 这里所说的对话集应是《在音乐与社会中探寻:巴伦博依姆、萨义德谈话录》。

"当时我不知道两者间是相通的,你这才要告诉我。可是你用圆珠笔把那弥足珍贵的乐谱给圈画起来,写上克歇尔目录第几号等字样。这可就是所说的淘气地描画了乐谱!"

"这不是淘气地描画。可是,长江先生,"阿亮说道,"当时你还说:'你,混蛋!'。"

"当时说'你,混蛋!'是不对的。"

"长江先生总是用不同的话说事。根本不听我说的话。而且,用跟我说的话不同的话说事。那是完全不行的。真木妹妹和妈妈也都是这么说的。"

"的确,真木也好,妈妈也好,都说我不太注意倾听别人说的话。不过,难道我没仔细听你说的话吗?一直以来,我都很注意地听你说的话。我把你说的有趣的话,给原样写进了小说里,印刷时还用了字体粗黑的黑体字。你本人从书里把那些内容给找了出来,说那是'自己的台词',并为此而感到有趣。你不是大声读出来,让妈妈和真木也感到开心了吗?你说'这是自己的台词呀',还读给老祖母听,让她也为之而高兴了。"

"我在说我的台词时,用的是跟书里不同的话。真木说了,那书里的话跟阿亮真正的话不一样。

"然后我看了书,知道了写的是不同的话。大家都说我的'自己的台词'有趣,我就读给大家听了,可是真木看了书后,她说在书里变成了不同的话。所以,我就没继续读给大家听,自己也没继续在书里寻找。真木说,在书里已经看不出是阿亮的台词了。"

"阿亮,那已经是很久以前的事了吧?还记得在你跟真木到这里生活之前不久编出的《〈晚年样式集〉+a》里,长江先生(亚沙也是用这种措辞)写的诗吗?真木让你看了,确认这是否就是阿亮的台词……接着发现了是'不同的话'。说的就是那件事吧。"

"那是以'把阿亮藏匿在哪里呢？我被逼得走投无路'而开首的诗。那首诗说的是：由于东北大震灾，就是东京也出现强烈晃动，书架给震得翻倒下来。主人公因恢复书架这项工作而疲惫不堪，在书库的地板上睡了过去，然后就做了梦。"毋宁说，亚沙是在向义·二世讲述：

"长江先生，自从核电站爆炸以来……'FUDAO'以来，已经过去了两年，目前没有发生下一次爆炸，这是大好事。可是，上次爆炸的原因没能查明，还不知道何时会发生下次爆炸，长江先生围绕这一点做了个现实的梦……带上阿亮逃到哪里去才好呢？他被逼得走投无路。那首诗写的就是这个梦境。

"真木读了那首诗之后，曾询问'阿亮这台词不奇怪吗?'，可是长江先生却回答道，'那是以梦境为素材写作的诗，所以那么写也可以'。于是真木说道，'假如真是在梦境中，就应该是阿亮在说自己的台词呀。'她问了阿亮，得到的答复则是'我记得自己没那么说'，真木就抗议道：'即使是梦境里的话，由于存在读者，所以还是要正确地写阿亮的话语。'阿亮因着真木这么为自己说话，感到了高兴吧？长江先生的诗到底是怎么写的，就变成不同的话了?"

"写的是'放心吧，放心吧，因为阿桂会来救我们的!'"

"真木叮问'这句话写得对吗?'之时，听说阿亮回答的是'放心吧，放心吧，因为阿亮会救你的!'"

"我这么说了。真木妹妹告诉了长江先生，可是他没把我的话改过来。阿桂虽然大，不过他是婴儿嘛，所以我要救阿桂。阿桂是不能救长江先生的。

"我想救爸爸。我想救在梦里为放射能而苦恼的爸爸。

"诗里写的是阿桂。即使真木妹妹说了，爸爸也不修改。"

"哥哥（或许是因着阿亮称呼我为爸爸，所以亚沙也改变了称谓),阿亮在用那么可怕的音量播放 FM 期间,也在遗憾地想着:自己所说的话……就算是在你的梦境中……由于那是自己的台词,却被你写成了不同的话语。"

随后,亚沙满脸涨得通红,她流下了眼泪。老祖母是我们共同的母亲,亚沙奇怪而鲜明地记得,母亲曾说"那人是生性好强之人,不习惯哭泣,所以他不知道擦眼泪的方法",不过亚沙此时却也是将脑袋横向一甩,甩掉了脸上的泪水。

"就这样,他经常独自思考,总之,由于知道自己被人们称为智障,他就担心自己是否存在谬误之处。哥哥你或是写作或是讲述,是个以自己的台词生活过来的人,可是你像阿亮那样反省过自己的台词吗?"

义·二世站起身来,把阿亮扔下不管的餐具归拢到自己身旁,重新摆正了他的椅子,还从咖啡壶里倒出咖啡,然后,义·二世轮番注视着我和亚沙,同时说道:

"您说是字体粗黑的字……假如您经常使用哥特体字或是黑体字的铅字的话,阿亮由此找到并阅读自己的台词,这当然很好,不过若是与此不同的……我看了送来的《〈晚年样式集〉+a》新出的这一期,觉得阿亮尤为惦念的,岂止是黑体字之处,就算是用普通铅字印出的部分,也没有写得很详细。这里说的是千樫夫人发病之事,还有其后的病情之事。

"其实那是重大的变故。在采访之际,不仅那个期间,在其前后也是如此,录音机的开关一直被我设定为打开状态,可是千樫夫人被病痛所袭发出的惨叫却超出了录音的极限,以致不能播放出来。这也是因为那叫声太凄惨了,我没有反复尝试的缘故。

"当时在场的长江先生,我不知道这种表述是否合适,长江先生笔触轻快地描写了当时的情景,其后也没有很好地追踪报道,可我却以为这是日本式'家庭情由'的写作方式。而且,我想起了与此相对应的话,是《〈晚年样式集〉+a》第一期中的、也是由阿亮对真木所说的话。我感到阿亮的观察力是敏锐的。那句话是'发出呜呜的声音哭了起来'。

"在那句话数行之前,还有长江先生本人所做的这个,注释为借助鲁迅小说的日文译本记住的表述。可是,难道不是这样的吗?——首先是有阿亮的话语,长江先生从真木那里听到此话,从而想起鲁迅的小说。真木确实是从阿亮那里听到呜呜这个词语的。

"阿亮鼓励长江先生的话语,也深深地镌刻在了我的内心。这是长江先生本人的证言。阿亮曾鼓励因做噩梦而发出痛苦呻吟的长江先生说:这是梦。阿亮他是在听到刚才提及的哭声后说起这番话语的——'放心吧! 放心吧! 因为是梦,因为正在做梦! 所有的一切、完全不可怕! 因为是梦!'"

"阿亮,在书里面,长江先生把这里也写成不同的话了吧?"

"这里是按照我说的话写的。是用粗黑的字写出来的。"

"在读的时候,我也觉得一定是那样。我认为在长江先生写的文章里,正确表达阿亮话语的地方有很多。而且,为此而感动的读者……我也是那样……肯定有很多。'经常用错误的语言进行写作'之事并不存在吧。"

"我表示'经常那样'是不合适的,谨致歉意并予改正!"

阿亮用他所熟知的 NHK 女播音员(现在未必是在作秀)的语调,缓解了我们所有人的紧张。

"不,你这么说并非'不合适'。在我写文章的方法里,确实会出现迥异于你的表现之处,你对此感到不满也是理所当然嘛。原本就有很多人认为我的文章里呀,存有表现上的生硬以及难以理解的地方(阿亮向义·二世显露出的表情带有显而易见的意图,却遭到了义·二世的无视）。

"对于我今天向义·二世所做说明的措辞其本身,阿亮听了后感到不满是当然的。因此,我决定再次改变说法,那就是:无论是生硬之处还是难以理解之处,自己都要努力消除。

"你能记得那一切,而且勾连着萨义德之死、巴伦鲍伊姆在其葬礼上弹奏贝多芬的奏鸣曲和舒伯特的即兴曲之记忆,这可了不得呀。不过义·二世肯定也记得小说,只是萨义德本人为了给那么亲近的朋友们演奏,从而奔放地记录下要点的那部乐谱,归根结底也是非常宝贵的,那可是珍贵的东西呀。听说朋友也特别喜欢这一处……使用的是莫扎特的曲子之处?……为使萨义德不忘此处,从而请他标上了记号。正因为有这处标记,这才赠送给我的。"

"是贝多芬《献给约瑟夫·海顿的三个奏鸣曲》。"阿亮说道,"在跟莫扎特的交响曲相同的地方,就有那个记号。为了能够清楚地看到那里,我就描画得很粗,这是不好的。"

"你用圆珠笔、橡皮也无法擦去的圆珠笔描画了那里,看到这个情景,当时我被气得发昏,大声斥骂道'你,混蛋!'。妈妈和真木感到震撼……你也在生气,因此,我们重归于好可真不容易。那时的关系甚至是前所未有地恶化。不过,在不知不觉之间,我觉得你已经忘掉那一切了。

"可是,你却还记得……今天早晨,听到你发出那么大的声响,我就明白了。你为了听舒伯特的即兴曲,就联想起巴伦鲍伊姆和萨义德以及这个那个的……"

"那是阿亮钻了牛角尖,认为自己当时做了错事。正因为如此,虽说已经过去了好几年,可是今天早晨,FM上一出现舒伯特的即兴曲,他就想让正在二楼睡觉的哥哥你知道。如果哥哥真的理解到这一点,那就好了。那个声响是过于大了,这是事实。哥哥从其中看到了恶意。难道说，阿亮是因多年前的挨骂之事耿耿于怀，就用向义·二世诉说的表述方式说了出来？我可是对哥哥你总是挂在嘴边的'想象力'感到怀疑啊！

"……不过，因着那个苦涩之事引发的结果，阿亮得以对爸爸说出此前不让自己说出口来的往事。'这真是有勇气啊'，当时我可是为之钦佩呀！我在想，你那时该不是没想到会发出那么大的声响吧？不过，那时候你不也正处于苦恼之中吗？你不是讨厌巨大的声响吗？你和爸爸都陷入了痛苦之中。然后，也都朝向了积极的方向。正是现在，请真正地跟父亲重归于好！"

于是，亚沙恢复了日常的那种利落态度：

"请回想出我们今天的日程安排。阿律已经攀上森林，正准备倾听义·二世昨天带来的真木制作的CD。目前只有哥哥还没用餐（好像阿亮那份也罕见地没有吃完？），请你们两人尽快用完早餐。阿亮说了该说的话，哥哥也很好地理解了这些话，那就重归于好吧。阿律正在考虑好事。

"第一次听了你作曲的磁带，老祖母就说，这是从小孩子时代起一直在森林里听到的'森林里的奇异'的音乐，还说了在森林里最合适听这音乐的场所。今天，就请你领爸爸他们去那里。虽说爸爸跟义·二世也都去过那地方，可是真木说，论起在森林里行走，阿亮已经比谁都习惯了。

"真木交给我的CD，是叫《森林里的奇异音乐》的曲名，这是从阿亮此前的CD呀演奏会的录音中，挑选出的与'森林里的奇异'有关的作曲。真木说了，这是不久后阿律将要举办的音乐会上的舞台练习曲，只是真木的朗读跟解说将会贯穿那一个个作品。……她还要对阿律那些参加演出的学生讲述'要求事项'，真是个非常认真的人。

"还有一个打算问阿亮的事情。与其读文章,阿亮你也是询问起来更容易明白吧?今天让爸爸也听了那些情况,我的目的就是想请你说说感想。在音乐会上,钢琴曲都是为高中生们的小小管弦乐队所用,阿律则负责编曲。真木写的文章,也是经过高中生们的种种加工,由大家朗读出来。

"我写了《〈晚年样式集〉+a》,清楚记得阿律跟高中生们共同创作的、同样是以哥哥的小说为背景的合唱曲。当初决定要在 NHK播放的时候,我看了为摄制该节目而作的彩排。

"哥哥,你既没看过电视上播放的节目……或许这也不是在全国播放的节目,也没见到制片人以及跟演出相关的人员。不过,我对这个节目倒是感到满意。而且,他们跟阿律之间的交往也应该开始了。这次由阿律举办的《森林里的奇异音乐》,就是从中衍生而成的。

"还有真木的后援,哥哥决定这次在'森林里的奇异'之处倾听CD,义·二世跟阿亮也一同前往,听说阿律目前喜悦跟紧张相交加。其实我也想前去倾听,只是上了年岁,迈动双脚攀上那森林就很辛苦。阿亮,就请你在前面引导大家直至'森林里的奇异'那里吧。"

5

阿亮从天湟大池的堰堤往下向县道而去,很有气势地在前面引领着大家。似乎这也是因为他与真木这二人在此地生活期间,经常一同向这条长距离路线发起挑战。刚在往阵之森林上行而去的林道入口处停下脚步,他就向我和义·二世略微作出姿势并候在一旁。义·二世当然并非初次来到这里,却是尊重阿亮的具体指示。

那条林道的前方有一处拓宽了的场所,以供车辆或交错会车或掉转方向，一辆大众牌汽车正停放在那里。阿亮站在那汽车旁边，倘若没有这停放着的汽车和站在一旁的阿亮，理应能够毫无遮挡地远眺阔叶树的繁枝茂叶，那里就是通往被视为"森林里的奇异"之处所在地点的入口。

阿亮挺直后背，将面孔转向繁茂的枝叶。这副挺立的身姿，像是年轻时代的吾良。他像是在不断地侧耳倾听着。我和义·二世刚刚挨近，他便看着手表提醒我们予以注意：

"十分钟，早到了十分钟呀。阿律、在调整立体声组合音响，不要干扰她！"

进入从林道通往西边那条草木茂盛的小路时，为防止小杂树刮下阿亮的眼镜，有必要伸出手臂遮挡住枝条。阿亮侧耳倾听着的，是从阔叶树林深处传来的音乐，那是阿亮自己的作品。最初的 CD 是以其他曲名加入进来的、名为"破坏人"的曲子，在我从阿婆和母亲那里听来的这个民间传说最初的开首处，树立了前往这座森林的边缘创造了村庄的那个人物的形象，他就是毁坏了无需之物并培育了有用之人的"破坏人"。

"原来是这么一种感觉呀，试想一下我们久远往昔的先祖'破坏人'。"我的语音刚落，阿亮便纠正道：

"真木妹妹把曲子改成了'森林里的奇异'之一。"

下一首曲子开始响起，仍是初期的钢琴曲、我所喜欢的题为"森林抒情诗"的旋律。

"这是'森林里的奇异'之二。"阿亮说道（他想要使真木重新灌制并命名的曲名得到公认）。

"在你的音乐中，以'森林里的奇异'为主题的曲子，全都冠以'森林里的奇异音乐'而整理好了吧。"

"我想，并不是全部。"阿亮又说道。

　　繁茂枝叶向着我们从胸至脸地压迫过来,我们边伸出双臂挡住那些枝叶边穿行而过,来到一处明亮的地方。周遭林木的景色焕然一变,既没有树木也没有野草,只有少许落叶覆盖着乌黑的地面。这是一处直径约为十五公尺的圆形场地,其中央有一株树。我感受到了震撼。曾是巨大树木的整体外形,已经完全改变了模样。高高的树干原本应是坚挺耸立,此时却奇怪地矮下了树身。原先粗大的树枝伸向四面八方,为绿叶所覆盖,眼下却被彻底砍伐一空,树干如同异常粗大的木桩,被三根剥去了树皮的杉木支撑着……

　　在一根杉木的根基处,将上身朝向树干背阴并置身其中正在作业的、身形矮小的人物,是阿律。她转头看向我们这里,一边站起身来,一边操作手里拿着的东西。阿亮的曲子、目前恐怕已被命名为"森林里的奇异"之四或之五的曲子的声响停了下来。走过来的阿律与我互致问候。至于义·二世,早在当地的初、高中生们在天潢大池拍摄电视节目之际,他就与音乐教师阿律一起工作且建立了交情。

　　我已从亚沙那里巧妙地听说了《森林里的奇异音乐》制作报告,又巧妙地听说了有关试听的方向——有关今天在这里举行的、替代那个台本的 CD 的试听方向。

　　"你跟真木、假如千樫嫂再加入进来就更好了……在成城的家里,你们两人当然已经听过了。真木更是制作的中心人物。这个《森林里的奇异音乐》的话语,是真木从《M/T 和森林里的奇异故事》①中选取出来制成作品的。我想听听长江先生的意见。在小说里,老祖母说,孩童时代在这个场所听到的'森林里的奇异'那段音乐,跟现在从磁带里听到的阿亮的音乐是一样的。真木就是根据小

---

① 　大江健三郎于一九八六年十月在岩波书店出版长篇小说《M/T 和森林里的奇异故事》。

说里的这段情节而改编的。

"真木在 CD 里的朗读,显出作品的整体结构,接连不断地将曲子导入进去,其话语本身则因合唱而得以提高和增强,多姿多彩地向前推进,真是了不起。假如她不是那种性格的人,我都要请她本人登上舞台了。全面地以成为这个音的台本为基础,请阿亮在音乐上给予协助,不断完善这部舞台作品。

"那么,就请听听 CD 吧,一直往上走到这里也累了吧。在前面那个地方,请大家一边喝点冷饮一边休息。"

取过阿律为我们备下的饮料,同时无法不将眼前自己看到的光景与镌刻在记忆里的相对比。我们被引导着坐在替代椅子的那些剥去树皮的粗硕原木上。从其外形看似在仰望、却又让人感到低矮的树木,原本非常好看地伸展开去的上部,被砍伐得缩成眼前的模样(砍下来的树干和也很粗硕的树枝被锯成相同长度,仍以原木的形式当作椅子,我们这才坐在上面)。将剩下的长约五公尺的树干,用三根杉材组成尖顶瞭望楼的形状交叉支撑起来。树干的粗硕给我留下了印象,那里曾经覆盖着非常浓郁白色的、很厚的地衣。

地衣剥落之后彻底显露而出的树皮,也在树干纵向半株位置上全部剥裂落下,呈现出赤裸着的生动形态。再往上看去,只见树干上方生长着诸多细枝,那些细枝伸展开去的枝头,色泽浓郁的嫩叶萌发而出,将一层水灵覆于这个遭受了目不忍睹之创伤的巨人身上……我被一种强大所感动。我想起回到阔别已久的故乡探亲时的往事(依稀觉得那也是父亲的一次法事,若是那样的话,就该是盛夏时节吧),那是一株巨树的光景,与眼下无论如何也不忍正视的细小枝条上的嫩叶相同色彩的存在,使得那株巨树充满气势。

当时,我说起想要再去看看森林中那株巨树,亚沙便要给我领路,母亲却罕见地陪同前往。那时或许说了"我已在从事小说写作工作,想预先确定森林里的风景",现在所记住的,是母亲告知"那个小广场中央的树是红栎"。还有两株从那里偏离开来、并排而立的树木,我知道那是春榆。另外,我无法辨识包括中央那株巨树在内的那些树的种类并予以归纳,母亲便告诉我说:这里的是红栎。她还是老一套的抱怨之词:"你从森林边缘走了出去,习惯了东京的生活也好,要是关于那里的话,写成东京味也没什么,至于村里的事情,因为是小说嘛。"而且,即便被村里有势力的人诘问"府上公子写的东西跟事实相反,不知怎么的,咱们这里被误解成像是不开化的场所似的"之时,母亲也回以"因为是小说嘛",全不把对方当回事。她认为,写了跟事实不同的其他事,那才是小说吧。可要是连森林里有关树木的事都写得很任性,那就是耻辱了!

然后母亲说道:"你外祖父曾经说,在这片森林的边缘,最好看的树就数这棵红栎,因为呀,在相似的栎树跟榆树种类里,都没有这么深的绿色。不管哪个嫩叶,都不能跟它相比!"

圆形小广场被落叶的枯叶色所点缀,我起身走过去,捡起从巨大的红栎树高高的茂密处飘落下来的几片嫩叶,将其装入胸口的衣袋里。看到这一切后,阿亮也敏捷地站起身来做了同样的事。

6

《森林里的奇异音乐》,被布置在红栎树侧后方的两个大扬声器成功地播放出来。在那之后,我和阿律作了如下内容的谈话:

"刚才听了真木挑选并制作的 CD 以及她的序曲,而且还是在森林里那株大红栎树面前听的……先前就已经说了,这株红栎可算是真正巨树的漂亮的大树,还说当下却像残骸一样,该不会给你留下先入之见吧? 不过……那也是有必要说的嘛。

"义·二世表示了感激,阿亮也很高兴,我觉得今天的活动办得挺好。如果你用电子邮件向真木发送汇报的话,就请转达我的这番话语。

"不过呀,真木和阿亮在这森林边缘生活期间,你也是与他们俩交往密切,是能够理解我所说的这番话的,由于真木这个人是个运用复杂心理思路……倒不是说她的所说和所思相反,而是说她是个直率表现所思考和所感受之事的人。当她把事物原样传到我这里来的时候,会是让人心情舒畅的语言,待人接物方面也是个很好的人。然而,如果那其中出现一两个结扣且凝结起来的话,她就会变成难以交往的对手。

"这次的活动,或许就可能存在那样的问题。这是因为呀,我要在这里与阿亮一起把这二人生活过下去,妻子千樫给我寄来一封短信,是附在真木的信里一并寄来的,在上面向我提出了要求。事情的起源呀,是从这样一件事开始的。一直以来,我扎根于这森林边缘的传承写作小说,请你承办的'森林里的奇异'之事也是其中之一。《同时代的游戏》是其第一部作品,出版之后很快就接到抗议,说是'这种传说在本地其实并不存在'。

"可是千樫却觉得那故事比什么都有趣,就向我母亲提出请求,请她把小说中那一个个传承,都为自己重新说上一遍。真木也表示,当我们全家在森林边缘小住时,她羡慕老祖母对阿亮亲切地说话,便想要在一旁听听。不过,除了我们家这个例外,若说起这种传承在当地人中间现在是否还流传?答案却是并非如此。关于因农民暴动而为人所知其名姓的那位领导者,即便是当地人,你这一代人不也是不知道吗?"

"《同时代的游戏》读到中途没能继续下去,"阿律说道,"不过,我也喜欢《M/T和森林里的奇异故事》。有一章说到听了阿亮的音乐后,您母亲非常喜欢。我对这一章很着迷。真木在跟阿亮住在这里期间,经常说起这一点。而且我被告知,在老祖母那些讲述的影响下,阿亮得以创作出曲子,说是自己所喜欢的这个那个的也都同样如此。那,就是今天听到的《森林里的奇异音乐》的开首部分!

"阿亮跟真木一同迁居到这里以后,我得以让他帮助自己学习音乐理论。所以,在形成 CD 的过程中,阿亮被此地的传承所激励,对所作的曲子做了乐曲分析。我认为这个分析对于真木新近编辑的 CD 发挥了作用。对于我这次制作台本也……"

"如果是这样的话,说起话来就容易了。在先前说到的千樫寄给我的短信里,有这么一个内容,要我把从母亲那里听来的当地传承,这次就由我传给阿亮。因为我和阿亮特意在这森林边缘一同生活。她说的就是这样一件事呀。

"真木并未隐藏病中母亲写在短信里的内容,将其原样不动地寄给我了。不过,她却开始担心我是否会当真接受这个任务,过于热切地把事情做过了头。她担心我会每天都把这当地的传承讲给阿亮听,而且在这个红栎树小广场也是那样,把阿亮带到这森林传承的现场,强行要求他作曲。她就是这么担心的。她对于父亲的压制之事本来就敏感,从很小的时候开始,就围绕阿亮的事向我提出抗议。

"而且,她似乎在畏惧我以这次活动为契机变得积极起来。我确实被《森林里的奇异音乐》的 CD 所感动,却不会去做她在担心的事情。你能这么对真木说吗?"

在我这冗长话语说到一半的时候,阿律或许是由于过度疲劳所致吧,在她那恍若白纸一般没有油性的面庞上,浮现出一种困惑般的、像是在抑制着滑稽般的表情。

"长江先生要制作面向孩子们的音乐剧,这是真木的忧虑。为了不让那样的事情发生,我提议优先把阿亮的音乐置于中心,被真木热忱协助的《森林里的奇异音乐》就诞生了。

"可这并不因此而意味着真木不考虑长江先生和阿亮之间的合作呀。真木是长江先生只作了一册的诗集《遗物之歌》的编辑吧？真木说了，若以那诗集中诗歌的原有样式，是难以改为歌曲的，不过……如果能请你考虑阿亮作曲之事而进行改写的话，有一首诗似乎可以改为歌曲。

"是以'我无法重新活上一遍。可是/咱们却能重新活上一遍'结尾的诗。是长江先生您为来自鲁塞尔多夫的指挥家在读卖日本交响乐团指挥的公演中，作为演奏莫扎特《安魂曲》之前的朗诵内容而写下的。她激动地说，如果将其分为若干段，再与阿亮仔细商量的话……

"真木不是那种开口表达内心想法的人，所以她在装 CD 的信封里，放入了在东京举办的那场演奏会的节目单。既然对《森林里的奇异音乐》感到满意，长江先生您在这里的时间也很充裕，那就与阿亮围绕此事继续商量吧，怎么样？"

"我认为很好。"阿亮从一旁探身说道。

"现在要把播音装置和电池箱一同归置到对面去，所以这就把节目单给取过来。"呼应着阿亮有力的声音，阿律轻巧地跑开去。

归来的阿律将纸袋交给阿亮之际，注意到他挺起的胸口衣袋里的红栎树嫩叶，随后也瞥了一眼我的胸前说道：

"两人看起来都很年轻！"

我感到，将七十八岁之人的这种举止说成看起来很年轻，倒是司空见惯的客套话，不过面向五十岁的智障者所说的看起来很年轻这句话语，就含有某种特殊意味了。

然而义·二世却生气了，加之阿亮又补了一句。

"福岛第一核电站内熔融的核燃料，在地底下是什么状态？就连那位置都不知道,污染水在继续增加。即便如此,伊方核电站好像仍要再次运转,国家主义在亚洲被众人厌嫌,宪法也处于危险之中。这倒不是说长江先生看起来很年轻又能如何……"

"爸爸很快就八十岁了。我是五十岁,不能自立。真木妹妹是忧郁症。"

7

《森林里的奇异音乐》CD 的播放,无论在声音的扩散方面,还是在没有过度扩散方面,都显示了准确评估出合适场所的阿律的实力。到了把立体音响装置分解开来搬运至林道旁的大众牌汽车那里的时候,阿律拒绝我的帮助,只将体力活委派给了义·二世。这其中似乎也是存有意图,义·二世对阿律表示自己要与我说话,然后就留了下来。阿亮也走累了,便让他坐到车上去。我和义·二世沿着林道向西寻去,要去看看连香树群落。

只剩下两人时,义·二世马上开始对我说道:

"阿律虽是漫不经心之人,却也不高兴了,就做出了那样的反应。在那以后,阿亮所说的忧虑就占据了我的心胸。我觉得阿律好像也是那样。

"这是真木在回东京前所说的情况,我觉得您也感觉到了。在森林边缘与阿亮共同生活期间,真木每天早晨在两人走上林道时都会说这些内容。这么说的效果,听说眼看就要在阿亮的话语里显现出来了。

"就算今天早晨阿亮的发言比较特别,却也形成了那样的表现能力。受其影响,他还与您言归于好。由于对这个结果过于高兴,阿律先前才会做过了头。"

　　"阿律假如感觉到有责任的话,请你告诉她,不存在那样的事。对于阿亮来说,由于在千樫没住在这里的森林边缘与真木相互支撑着生活之事,使得他有了进步。譬如他前所未有地开始担心起我的老年来。

　　"阿亮所说的'我是五十岁',是我们此前也会经常说出的话题。譬如他妈妈千樫就说:阿亮的感觉永远没有变化,可是他也不得不考虑上了年岁的事了。对于这个问题,他会半开玩笑地显现出深刻的反应。就在刚才,已经发展成正面且认真的话语……

　　"在五十岁这句话中,还有着我们家所独有的一件事。在我家的家系里,男人都是短命,女人则会长寿。女人们被迫承担早早死去的配偶的责任。我的曾外祖父和外祖父也都是年轻轻的就死去了。曾外祖父之死,被卷入到明治维新前后曾两度发生的农民暴动之中。一如孩童时代曾听说并记住的村里的传承那样,我把那一切写进了小说。

　　"另外,我自己直接记忆中的外祖父,从他还很年轻时起就忙碌于当地的树木改良……目前仍持续着的黄瑞香树的生产,就是其中之一……因而被村里人记住了名字。可他却在虚岁五十时死去了,我的父亲也是在那个年龄上以那个死法死去的。

　　"只有我一人长寿,将近八十岁了,根本没想到能活到这个年岁呀。然而,在这里再度与阿亮开始生活以来,我却有了一个发现。现在说起来有点像开玩笑的样子,不过在这以前,我只是每年自觉地在年龄上再加一岁。我当然意识到了这一点。于是我开始使用并非如此的计算年龄的方法。虽然已经为时太晚……

　　"我对年龄认识的变化是这样的:我以日益逼近的八十岁为规范标准,以其作为定点。……在这过程中,我想起塙吾良将他人生晚年的开始之处定点在六十岁。……总之,从自己的定点开始进行逆算,要抓住还有三年、两年可活的现在。亚沙坦然地接受了:哥哥七十八岁了吧? 正确地说,你还有两年,千樫还有三年,我还有四年。如此归纳起来,就相差一个数,而且还是后半期,未来之路是可以预见的。阿亮还有三十年,这是个大数字,然后就是阿律、岛浦小姐、真木这么个顺序,所以他们这些人就是依仗啊……"

阿亮在一旁听了之后,也像是将其深深印在头脑里似的。

"阿亮如果基于这个计算说出那么一番话来,我就要认真对待了。"义·二世说道。

"你还有四十六年呀,是阿亮所依仗的人啊……你们双方当今又感到互相信任,真是太好了。"

说了这番话之后,我想起另一件需要对义·二世说起的事:

"这是没能立刻回答你询问的那个问题。那么重要的事情,为何没能意识到呢? 真是不可思议。可是听了阿亮的音乐后就直接浮现出来了。就说说这个吧。

"是亚沙表示在《〈晚年样式集〉+a》里写到的、她救助了想要自杀的我这个话题。连香树的树枝相互交错更是重叠起来,仍附有树叶的柴枝积存住雨水,我俯伏于其中试图溺死,她抓住我的脚脖子将我硬拽了出来。你读了那篇文章后向亚沙做了确认,问及倘若这是事实,那么如此想不开的原因是什么呢?

"亚沙回答说,在那前一天,我和义兄登上连香树的高处,然后说了很长时间的话。她却不知道,出了什么才导致发生如此之事的呢? 于是你就表示要直接向我询问。我却没能回答上来。

"然而一听到阿亮的音乐,我们长久坐在连香树的粗大树枝与树干结合处的凹坑里说话的情景便浮现而出,就连说了什么话都很清晰。

"关于家父之死,我把在那之前对谁都不曾说过的事情……因为对方是义兄……就鼓足勇气对他说了出来。然而,那位义兄却没有接受我所说的内容。我想方设法地想要让他相信,就对有生以来的第一位年长于我的友人说了又说……

"义兄当时表现出与此前的他截然不同的人格。听倒是在听,不过那更像是为了敲诈我才那么做的,然后终于否定了我所说之事的主旨。我仍在继续讲述那样的事情,而义兄则显露出开始怀疑我的神色。

"从我这里听了所说之事后不久,义兄便从与我家比较亲近的人那里刨根问底地打听出来。于是,当我尽力沉默下来之际,他又追击过来:

"'我知道在发大水那天夜里的河上,你父亲坐上舢板外出而死,可你为什么不阻止你父亲做出那样的事呢?是因为你父亲喝醉了酒,你没有余裕采取那样的行动吗?'

"'不是那样的,只是因为除了自己,父亲还有其他可以发挥作用的人。'我开诚布公地说道,'我从小时候起,就有个叫作古义、如同另一个自己一般的伙伴。那是只有我才能看得见的伙伴,这么说虽然会被嘲弄,可自己一直以来真心地这么认为(如此一说,我觉察到义兄对那个名字感到滑稽)。那个古义已经上了船,就在黑暗河面上的舢板里的父亲身旁看着我。因此,我认为古义这人将会发挥作用,自己就留在了这一侧……'

"听了这话后,义兄就说'有古义在,那就好了'。然后,他用强硬的语调说:'你父亲前往危险之处并死去,你却见死不救,还说出那种谁都明白的诓骗的话,这可不好。为什么不能诚实地说自己是因为害怕而逃走了呢?'

"我一夜未眠,翌日清晨,就要用被那么描述了的连香树,把自己也给溺死。"

8

义·二世和我从阵之森林那里下山,走上面向沿河县道的柏油马路(战后不久,这马路便因为需将木材运往遭受空中轰炸的松山市而扩展。其背后往上去的位置,便是"在"了)。左侧峡谷河流的宽幅也被拓展,其对岸斜坡深处有两栋楼组成的居住区,可以看到为那里的居民服务的商店和邮局,并没有已在森林之中的氛围。

不过在前方,与刚才通过的道路大相径庭的树木形态,而且带有古色般浓烈色泽、枝叶丰茂的高大树木区域却出现了。尤其是三四株山毛榉和两株榉树甚为巨大,仿佛正向着令人眷念的森林深处返回。那里还有显现出与其为伴的形态、一直以来被作为目标的连香树群落。三株树干之间被整理得很是宽敞,走近那里抬头仰望,只见其高处与我和义兄当年攀爬上去时的距离感和高度全然不同,各自的树干形成一幅从地面隔绝开来的风景。现在大概不会再有孩子攀上那里营建被树叶覆盖的隐蔽处了吧……"

"作为'犀川树林用地',这里好像一直受到保护啊。"义·二世示意被树丛半掩着的告示牌。

"这幅地块被当作高尔夫球场和住宅地开发期间,义兄作为镇上有影响的人物,也在现场做过工作,尤其在'根据地'运动那个时期,义兄投入个人财产那么做也是可能的吧。我还记得曾听义兄说起抵抗之事,抵抗因建设这样的场所而使得森林完全毁灭之事。

"原本这一带呀,应该是义兄家拥有的地块吧。因为从这里进入森林的话,就连着他家的'宅邸'了。如此想来,义兄在把隐蔽处告诉我的时候,或许已在他家的地皮上看到了那情景。因为村里人是不可能让河沿的商人家孩子,在其他地方的树丛里又是钉木板又是拉绳子而放任不管的。"

我就用这种方法,重逢了与先前漠然想象的情形并不相同的连香树群落。在我的身旁,义·二世显出对耸立着的巨树群的感动,还因此怀有一种自夸的感觉。我和义·二世经过相当长的时间,才重新走上通往沿河县道的马路,亚沙已经等在这里。

"这一带彻底变样了,让哥哥你吃惊了吧?"亚沙说道,"至今已有很长时间没领哥哥来这里了,这是因为哥哥就算回到森林边缘,也总是有各种各样的事情。而且,在我来说,也是被本地的各种工作所牵扯,特别是义兄的晚年,也是如此。"

"咱们上山前往阵之森林探险那阵子,还没有铺设像现在这样的林道,蔓草就耷拉在细窄的小道上,咱们一边玩着一边下山……跟那时候的峡谷河流对面的风景比较起来,完全不一样了啊。"

"不,哥哥记住的那一带在更西边。义兄把农地解放①之后还剩余的林地的下半部分做了整理,一直到目前的居住区那里,把从这里往东去的区域卖给了松山的开发商。他用这笔资金加固了天湟大池的堰堤什么的,在死前做了各种遭人背后说坏话的项目。

"而且,对于那个时期的义兄,也是有着复杂的回忆……你们已经看到了吧?……连香树群落那一带被隔离开来了。松山的开发商抱怨说,只有那里是开发工程的麻烦。不过,镇子上却把那里冠以'犀川树林用地'之名,欢迎义兄的捐赠。但是并不能因此而说通往

---

① 一九四七年至一九五〇年期间,根据驻日联合国军最高司令官总司令部的指令进行的农业改革,清理不在村地主和拥有大片土地的在村地主的土地,促使佃农转为自耕农,同时改实物地租为现金地租,使得以往的地主制和佃耕制度因此而解体。

那里的通道就是镇子上修建的,他们只是竖了那块告示牌。其实谁都不来看。

　　"我认为在'犀川树林用地'这个问题上,义兄还是考虑到古义哥哥。现在义·二世也一起前来观看,真是太好了。"

我已无法重生。 可是
咱们却能够重生

1

六月的第一个周末,我乘坐头趟航班从松山出发,前往在东京的芝公园举行的反核电集会,还参加了会后的示威游行。这一天,参加各种各样的组织在各式各样的场所举办的集会或示威游行的人群,夜晚将集结起来包围国会议事堂。虽然我也知道这个行动,却是不打算参与,而是顺便去成城探望了千樫,按照预定计划,当天还要返回将阿亮委托给亚沙照看的天湮大池的家里。

集会结束后,示威游行队伍的前队(在那里就算是新闻照片的对象了,总之,作为人们所熟识的召集人之一,我也并列其中)正当开始组织之际,岛浦却意外地出现了。她在汇报里说,千樫的恢复已经上了轨道,由于膝盖处的疼痛,目前还不能登上二楼,不过每天都在帮真木做用餐的准备。因此,岛浦决定暂回欧洲,目前正收拾在东京剩余的工作。这一天,把法兰克福的新闻记者引领到集会上来,也是其剩余工作之一,所以她说道:我已录下你今天在集会上所作的简短发言,整理好后会投递给你,希望你能浏览。而且,我会译成德语,

257

然后交给记者。

由于下面所陈述之事,致使我在东京停留了数日,这就将送到我这里来的文本抄录如下:

在五月十三日的报纸上,我们把"零核电"作为目标的想法,被以整版广告的形式刊载出来。福岛核电站的事故尚未结束之事。大量污染水从地下贮水罐里泄漏,遭受污染区域的除污工程尚无进展之事。另外,确切地归纳了整个日本都将成为受灾之地的危险。目前有必要重新断然决定并实施"零核电",要使自己和他人都痛切感受到这个必要。

同一天的报纸报道了有四家电力公司申请重新启动八座核电站。更有甚者,在其相邻的文章里有一幅照片,是急于输出核电的安倍首相为签署"日印原子能协定"而恰好挺身前往的照片。他的对象,是没有加盟《核不扩散条约》的核武器保有国印度。

这是对广岛和长崎的背叛。重新启动核电站的申请,是对因福岛核电站事故而陷入痛苦的人们的背叛。更进一步说,是对发誓全力实现"零核电"、在日本各地汇集起来并发出声音、示威游行的人们的背叛。而且,那还是对压倒性地持续显现出希望实现"零核电"之意志的各种舆论调查的侮辱。

为何、那样做得以被允许? 为何、我们允许现政权那样做? 考虑到 FUDAO 三一一的悲惨教训,除了"零核电"以外,我们还能有其他选择吗? 从那一刻起,才仅仅过去两年时间。请重新阅读那些日子里的报纸。

三一一后,德国随即开始转变方向,认为"核电之利用,没有伦理性根据"。我国目前不大使用"伦理性"和"道德"这些词语,然而德国的政治家们却是如此定义的:不妨碍下一代人长久生存下去,不将他们得以生存下去的环境问题推诿他人,是人类的根本之伦理。请与日本这个国家的政权将其行动依据只放在政治性和经济性方面的做法对比一下。

已是老人之身的我回想起,有生以来第一次面对重大危机,是在一九四五年战败之际。美军的吉普车甚至来到了四国的山村。无论粮食之难还是生活困难,母子家庭里十岁时的我都非常了解。在那两年之后,新宪法得以实施,村子里宛如沸腾一般欢呼雀跃。

我在内心里认为,自己的人生态度是被"一切国民,作为个人都受到尊重"之第十三条①教会的。在那之后过去了六十六年,我就是以其为原则生活过来的。

虽然所余时光已不长久,却仍打算留下个下一代人能够长久生存下去的世界,并以此为伦理性依据而干下去。为了重新自觉到这一点,我要加入到"零核电"的示威游行中去,要坚定地走下去!

且说法兰克福的记者,为了完整采访夜晚包围国会议事堂的行动,在那之前要返回旅馆睡觉。岛浦刚加入我们的示威游行队伍,就回到一同前行的、也是外国特派记者的伙伴那里。其结果,则是有效支援了那天我所经历的痛苦事态。

其实,在这之前我参加过性质相同的示威游行,虽说不像今天这么激烈,却仍然品味了痛苦,我不打算重复那个愚蠢,是采取了预防措施后才参加今天这个集会的。阿亮非常了解自己听觉的敏锐程度,为了预防万一,出席音乐会之际,他也会戴上耳塞。我便从阿亮那里借来一对耳塞,然后出发去了东京。

①　请参考讲谈社学术文库《日本国宪法》二〇一三年八月版第十七页之内容。

然而,到了现场安装借来的耳塞时,却未能顺利装入。于是,我便担上了苦差事。最让我将其感受为苦差事的,就是在示威游行队伍第一排的横向列队之中,只是突显出我一人的模样。或者说,就像先前提及的那样,阿亮的听觉异常敏感,在遗传上与其相近的我,也是由于老龄的缘故或许明显地外在化了。

总之,平日里会与示威游行队伍的前队保持一段距离的街头宣传车的大喇叭,此时却对着我的头顶(觉得那个喇叭声扩散开来的最下端只有我一人),在大约两个小时期间,我一直被持续覆盖于那喇叭声中。及至示威游行队伍来到东京电力公司的总部大楼前,那喇叭声理所当然地就越发大了……

即便如此,我也没从示威游行队伍中掉队,可是当队伍抵达日比谷公园并依次自动解散之际,便用确切无疑的老人那跟跟跄跄的步履走向长条椅并疲惫不堪地坐了下来。在示威游行期间似乎就注意到我这里异常的岛浦,这时走近身旁,然后伴随我走入恰好就在附近的帝国饭店,将我带到入住期间发病了的客舱乘务员房客正在就诊的医务室。于是,就在躺到床上抑或尚未躺下之际的那个呼吸间,我失去了知觉。

岛浦从我的上衣里发现航空公司的机票,不仅帮我取消了预约的航班,她还说服真木,让我在东京逗留几天为好,再让真木为照顾阿亮而搭乘飞往松山的最后一趟航班出发了。

当天自不用说,翌日我躺在书库的床铺上也是经受着耳鸣之苦,往后一天倒是起了床,却也只能为寄达的各种邮件书写回复。岛浦当然不好中止业已重新开始的工作,因此千樫便设法登上楼梯为我送餐。能够从容地与她交谈,是在出事之后的第三天早晨,决定前往羽田机场之时。

千樫说,将与我交错而过返回成城的真木和阿亮商量过了,为了他和阿律的下一部作品,真木和阿律即便把从《遗物之歌》中选出的一篇作为作曲文本而予以简单化,却仍然让阿亮感到为难。而且,自己已被那首诗给吸引。

"是哪一处?"对于我的这个提问,她回答道:

"总之,希望是可以感觉到的……"

2

回到天洼大池的家里的翌日,我照例躺在二楼的床铺上,听着楼下的 FM。对于耳鸣的处理,把指尖塞入耳朵里是最糟糕的,倒不如什么也不做,让自己习惯于耳鸣中的世界。

到了第二天,我也第一次参加了围绕选自《遗物之歌》的作品所作的讨论。大家围着阿亮(话虽如此,他却是横躺在 FM 前面),阿律自不必说,义·二世也加入进来,首先却是由亚沙开始发言,这是为了向我介绍在我前往东京期间也持续下来的协商的梗概。

"我也认为,正是迄今一直不太发言的阿亮,才是在非常认真地思考这个课题,同时在仔细倾听我们所讲的内容,所以我打算代替阿亮说说。

"我们听了真木跟阿律这对二人组合以《森林里的奇异音乐》为题尝试制作的 CD。当时,已经知道真木跟阿律选择的、当作此后工作素材的诗歌。在那之后,跟哥哥以及义·二世分手后,阿亮跟我还有阿律在从森林下山的汽车里,阿律从长诗的若干诗节中,分别唱给我们听了。那些该说是调呢还是风格呢,都各有不同,当时我钦佩地想到,这可真是个富有才华的人啊!

"不过,阿亮却沉默不语。阿亮可是个无论听到什么歌曲,马上就会和着节奏唱起来的人。这次却一点也没想要唱。从诗歌里摘出来的话语很难吧?(或许是我现出催促默不作声的阿亮的表情了吧,他只说了一句'是很长呀'。)

"是啊,在感觉上,一行是很长,阿律一面惦记着一面唱给我们听……我也感到担心。这不像'森林里的奇异'音乐那样,把老祖母在森林里记住的旋律用钢琴再现出来,这次是打算把真木跟阿律直接谱在诗的话语上的东西给唱出来。

"哥哥,以前在山口县的中原中也①百年诞辰的纪念活动上,你答应让阿亮为中也的诗歌作曲,是有这件事吧?可是由于阿亮还没开始作曲,哥哥你就选择了七五调、每三行一节持续下去的《成长历程之歌》。阿亮只为其中几行诗作了曲,可是没法连贯起来唱下去。因此无奈之下,哥哥又选用了他的其他诗歌。那是叫作什么的诗歌来着(亚沙想要把阿亮拉入话题里来,他却是默不作声)。

"是'春天会再来……'。……那是中原中也先生写爱子夭折的、悲惨的诗。演奏钢琴的先生弹奏着虽说司空见惯、却也颇有气氛的旋律,阿亮用推敲这种方式的方法作了曲子。"

"是啊,"我用原样记住的阿亮的曲子继续哼唱道:"'人云春天会再来/吾心依然苦/春天来了又如何/吾儿绝归途'。不过,由于直至曲终都很平淡,男中音歌手就提出了要求:这歌当然要在中也百年诞辰的大舞台上演唱,能请你哪怕只在结尾的地方给加强一下吗?

"阿亮立刻接受了对方的请求,把最后那节提高了一个八度并予以反复,也就是'无疑汝其时/亦于此世光亮间/挺身眺望中……'。"

"我觉得阿亮是个可以通过音乐表达自己情感的人。"义·二世

---

① 中原中也(1907—1937),日本诗人,诞生于日本山口县,著有《山羊之歌》和《往日的歌》等诗集。

说道，"听了《森林里的奇异音乐》，就能清楚地了解这一点。即使这次由真木和阿律组合提出的新构想，不妨在长江先生真正想说的内容里选出几行短诗，再交由阿亮自由地作曲，怎么样？

"至于阿律和真木选编的部分，则借助女高中生的朗读，来表现长江先生诗歌的全貌。

"我想问问阿亮，这个所谓过长……并不是'即便如此也很困难'的意思吧……在那个诗里面，含有你能够作曲的、短小的、好用的话语吗？"

阿亮对义·二世所说之事显现出关注神色，却是依然沉默不语。于是我便想到，他这种具有实在感的沉默，会给亚沙赋予勇气。

"我从千樫嫂那里收到了来信。"亚沙说，"我们一直在商量着的主题，是昨天返回千樫嫂那里去的真木跟阿律新近构想出的东西。由阿律完成并经我们听了的《森林里的奇异音乐》，只是基于其中一个乐旨……那是让我们的老母亲一直放在心中的东西复苏过来的乐旨……的作品。

"这一次，真木她们想要从此处走向前去，就以哥哥你的诗歌为线索作了选择。哥哥的诗啊，唯其如此才能算得上遗物，据说千樫嫂借助上了年岁的哥哥写出的诗，表示感觉到了希望。我也认为，假如那诗歌跟阿亮的音乐一同发出声响的话，那该多好呀。

"可是，看着阿亮尽管在拼命倾听大家的商议却仍然默不作声的样子，我就感到这样下去是不行的。在这里所做的商议已是第三次了，只有阿亮一直沉默不语，我对此感到忧虑。

"为什么阿亮不参与商议呢？是因为他不明白这个商议。尽管如此，他为什么不提出异议呢？是他觉得这么做的真木跟阿律不对吧。

"真木回了东京，已经不在这里了，即便如此，阿亮还是感到不该讲出自己认为真木想要做的事情不会成功。我知道阿亮是这么想的。他这是对真木跟阿律客气才沉默不语的。

"该说'而且'呢？还是该说'可是'呢？不在那么长的诗句上面谱上曲子就不好办。然而，在我今天早晨收到的传真上，千樫嫂所说的却正好合适，她提出了替代方案。"

说到这里，亚沙读起从胸口那里取出的一页纸。她略去开首处类似寒暄的部分：

……我把长江命名为《遗物之歌》的这首诗里的几行，抄写在了"丸善帆布皮笔记本"上，不过……从七八年前开始，我就觉察到了。他写诗(也曾说是像诗一样的东西，尤其是英国诗歌的翻译也包括在内)之事，我是知道的，一旦将其吸收到小说的散文里去，笔记本其自身就大事了结、被善后处理，这情景我也是经常看到的。

长江十分注意阅读作为同时代作家的未发表作品在其死后发表出来的遗作，可是他却决定自己的那个时刻如果临近，就销毁此前犹豫是否需要发表的所有稿件。我无意违背他的这个意愿。我不认为自己比他更有对其本人作品进行批评的能力。

长江开始创作《遗物之歌》的这个笔记，是因着他相继失去国内外的友人们，我从不曾向长江表示自己想要阅读这部作品。只是当《遗物之歌》真正完成之时，我说了希望他把送阅该作品复印件的那些人的名字制成名单。长江为我将其写在了卡片上。在那上面还同时记载了住址的友人之中，当某人和某人逝世之际("先走一步了"，这是他的说法)，就会看到他花费时间将那张卡片撤销。

就是这么一种性质的《遗物之歌》啊，我读了其中两篇，之所以尤其记住了长诗的那一篇(真木也在相同时期阅读了),是因为长江例外地将那些诗歌发表在了杂志上,刊载于《新潮》杂志二〇〇七年一月号。

长江把自己七十岁时其长孙诞生之事写进了那首诗里。长江说是因兴奋才这么做的,真木就抗议说,自己被涉及已是无可奈何了,但不要连第三代也给卷进去!在那之后,这个原则得到了遵守。这次久违地阅读那诗,我认为总之,希望是可以感觉到的。

其中,我尤其认为战败那天,村里的国民学校的校长叫喊着绝望话语让孩子们为之震惊的场面颇有真实情感。如果是连接在那里的诗句,阿亮不也能真实地感受并运用于作曲吗?

十岁时的长江,因恐惧而独自进入森林思考问题,这时因从后方挨近过来的(感到像是)脚步声而受到惊吓,就从里白①的斜坡上滚落下来。然后……就是这一节:

> 裸露出遍体伤痕的　我,
> 用自己采集之草药的
> 汁液为我涂抹　同时,
> 母亲　叹息:
> 在孩子们亦能听到的处所,
> 说是"咱们已无法重生",
> 如此说合适吗?
> 然后　母亲对我
> 继续着成为永久之谜的　话语:

①　里白科的常绿蕨类植物,其叶背面为白色。

> 我已无法重生。可是
> 咱们却能够重生。

　　这结尾处的两行，又在全诗终结处重复。怎么样？与中原中也的诗也不一样，就以这两行作为乐旨，如何？我是这么想的……

　　亚沙把读完了的传真纸折成小块放入胸口处。到了此时我才注意她的装扮——战后……即便这么说，还是有一种久远时代划分的感觉……常见的、把和服当作西洋风格的上衣那样穿在身上，再将其下摆掖进藏青色碎纹的扎腿式劳动裤①里。

　　尽管已经同意亚沙朗读的千樫提案，却是谁都没有发言，这时义·二世便询问道：

　　"该说是文法呢抑或是语法？我想向大家请教一下。我对长江先生的诗歌感铭于心，不过其中最为关键的一行里有咱们这个表述。孩童时代曾经如何，我已经没有记忆。成人之后来到日本，重新在口语领域体验了这个国家的社会，无论是咱们还是我们，我觉得自己都曾遇到。

　　"即使是这首诗，首先出现的也是校长的发言，因此咱们或许是男性注重规格的说法，而女性在口语表述之际使用我之复数时，不是用我们吗？"

　　"虽说我没有资格谈论诸如语法这样的话题，"亚沙说道，"不过读了这首诗以后我所感受到的，是哥哥真的是一如那天的记忆那样写下的。我们的母亲可不总是这么说的呀，可当她说咱们的时候，从

---

①　第二次世界大战期间，日本全国盛行的扎腿式女子劳动裤穿在腰部以下，其下摆则扎在脚踝处。

某种意义上来讲,是怀有一种思想准备才那么说的。至于哥哥的这个说法,则是出于他的'人生习惯'……

　　"我从小孩子那时起就一直如此,每当从母亲口中听到咱们,就会产生这样的感觉。即使在这首诗里,也有母亲面对校长而下定决心的意思,而且她想要反抗校长,推出自己经思考后的决心。这个决心,就出自于咱们。"

　　此前只是一声不响地倾听周围人发言的阿亮,这时开口说道:

　　"咱们这个说法有意思。在我和咱们之间,我觉得咱们有意思。"

　　"那就是说,阿亮已开始为这两行作曲,是吧。"亚沙说道。

　　"因为这首诗的其他话很长嘛。"阿亮面对我和……阿律说道。

　　迄今一直只是沉默着听讲的阿律,仿佛被如此说话的阿亮的视线给拽了出来,她来了兴致,模仿着亚沙刚才说到"我们的母亲可不总是这么说的呀,可当她说咱们的时候,从某种意义上来讲,是怀有一种思想准备才那么说的"时的语调,开始说道:

　　"咱们,现在正开始做这么一件事。阿亮已经为刚才说到的两行诗句作了曲。是与巴赫的'平均律键盘乐器曲集'第 15 号相同的 G 大调的前奏曲。至于如何将其展开为充满生气的赋格曲,那就是我的工作了。

　　"阿亮正确无比地弹奏了前奏曲,我为此做了种种验证,于是义·二世借千樫女士的'总之,希望是可以感觉到的'这句话语阐述了自己的感想。我刚刚答以'要让其发挥出更大光芒',义·二世就提出了让咱们为之吃惊的方案。"

　　阿律如此说完,就转向亚沙,催促她继续发言:

　　"义·二世希望在他跟真木的订婚仪式会场上,由他们俩来演奏阿亮跟阿律的新作。哥哥你不是正惦记着吗,义·二世在跟真木重逢时,很快就不会称呼她为真木儿了①。不过,这两人长期以来不断地书信往来。新娘子要大上十岁,如今这不会成为问题吧。

"千樫嫂为了出席这个仪式兼而祝贺痊愈,将从东京的家里迁居到哥哥跟阿亮正住着的这个家里来,隔壁屋子就将成为义·二世跟真木这对夫妇的新居。"

我当然为之张口结舌、一时语塞,可是亚沙却更有早已备好要对我说的话:"哥哥如果完成目前正在写作的《晚年样式集》,就将进入为八十岁这个定点而准备的生活了吧? 假如以这种模式开始生活的话,与其在东京参加反核电的运动(也是因着六月里经历过的事),不如请你就在这里参加监视重启伊方核电站的那些人的集会。阿亮也会跟阿桂一起帮着干。

"在集会上,与其讲述自己已经无法看透的将来,还是请你向青年们传达先行离去的伙伴们,是如何把人生之终结成就为你曾多次写到的昆德拉所说的'作品'的。着急也没用,过度悠闲又如何? 虽说不是六隅先生,可还是用'从容的着急'准备起来吧!"

3

那么,我觉得这或将成为《〈晚年样式集〉+a》的最后一期。目前正为这个小杂志的《+a》撰写稿件的成员,有人在患病,其余所有人全都在忙碌,我同时还要外出参加在各地举行的反核电的集会和示威游行,与阿亮在森林边缘的共同生活也不再悠闲自在了。

以我那两行诗句为中心的、真木和阿律这对组合的共同作业已

---

① 按照日本民间习俗,义·二世于其与真木恋爱之初应爱称对方为"真木儿",逐渐亲近起来后便直呼其恋人为"真木"。

经开始,据说阅读和听了其内容的某人和某人说,得知取自《遗物之歌》的诗句并不是"三一一后"写的诗,便为之而吃惊。我本人则感到,诗中我的七十年这句话语,或许是写给我的信,写给一如千樫所言从七十岁的自己面向八十岁这个定点的我(坦率地说,更是写给在日益严酷的"三一一后"幸存下来的我)的信。不过,借着那句话语的气势,千樫说出了总之,希望是可以感觉到的。

　　将其抄写下来,以作终刊号之附录。

　　　　超越了降生于世其本身之暴力的
　　　　小生命
　　　　紧紧闭合着　尚不可见的眼睛。
　　　　在长孙身上　看到了自己的拟姿,
　　　　感觉到贴近的面孔
　　　　小生命便开始哭泣……
　　　　这是老年的　我本身,
　　　　借婴儿的装扮
　　　　在哭泣在叫喊?
　　　　这个孩子存活下去的　岁月,
　　　　在那个严酷环境中
　　　　将超过我这七十年吧。
　　　　小生命,
　　　　只是没有询问的话语,
　　　　却展开精致的小小手指,
　　　　频频地摸索。

　　　　在四国森林的传承里,
　　　　有"自己的树"。

于峡谷中生和死的所有人，

在森林里皆有"自己的树"。

人若死去，

魂灵便　升往高处，

着陆于"自己的树"之根部。

经过一段时间，

魂灵便进入降生于世的婴儿的胸中。

在"自己的树"的下方，

孩子从内心里祈愿：

上了年岁后的自己

要（经常）前来相会。

在我　直至十岁期间，

曾是举国参加的战争。

身为孩子的　咱们歌唱：

甘在大君①身边死，无悔无返顾②。

在大君

用人的声音，

宣告战败之日，

校长在收音机前　站立着叫喊：

咱们无法重生！

晴朗的天空　沉默在回响。

进入森林　穿过杉树和扁柏的混生林，

---

① 日本战败前对天皇的敬称。

② 第二次世界大战期间的日本海军军歌《海行兮》之歌词，谱曲于《万叶集》中诗歌。

阔叶树　便形成明亮的树林。
耸立于其中的冷杉树群落，
便是我家所有人的"自己的树"。
我在一株小树下等待。
希望向上了年岁的　自我
询问……
我能够重生吗？
当日暮的森林里，
响起脚步声之时，
我　因恐怖而悚然，
跑进里白的斜坡，
翻滚着跟头　滑落下去。

裸露出遍体伤痕的　我，
用自己采集之草药的
汁液为我涂抹　同时，
母亲　叹息：
在孩子们亦能听到的处所，
说是"咱们已无法重生"，
如此说合适吗？
然后　母亲对我
继续着成为永久之谜的　话语：
我已无法重生。可是
咱们却能够重生。

共有被强横夺国之　同胞的

不确切的思念并斗争，

亦与白血病斗争的　友人①，

在晚年　研究的主题为

某种艺术家　在死前选择

表现和　生活方式之风格。

他们无需平稳的圆熟，

拒绝传统,亦拒绝与社会和谐相处,

于否定的正中,

独自挺直站立。于是

有些人抵达不曾拥有的独创境界……

从纽约的病房发来最后一份传真:

不要惧怕撕裂老年之内心的矛盾,

看清困难,向其对面

伸出手臂,

从不确切的立足点。

醒觉过来觉察到,

我恰好陷身于老年之困境,

难以伺候、形单影只,

只对否定之感情　觉得亲近。

若是关于自己这个世纪累积的

破坏世界的装置,

即便否定亦无不可思议,却也

---

① 这里所说的友人为大江健三郎的老友、文艺理论家和钢琴演奏家爱德华·W. 萨义德。

对使其解体的　大多尝试

存有怀疑。

"诸如自己的想象力之工作

又有何了不起?"

摇摇晃晃地蹲坐于地面。

某一日,在"自己的树"下

姗姗来迟的老人,

当下的我。

答复少年的话语,却是依旧难见……

在诞生已有一年的

长孙身上　曾窥见的

老年之拟姿,已不见踪迹。

紧致肌肤上蓄满光泽

回视着我。

在其身旁蹲坐着　我的

老年之困境。

将其砸碎也好

超越也罢,都已无法做到,

却是能够深化。

友人　于未竟之作里写着:

倘若我亦不断深化　老年的

否定之感情,

从不确切的地面

向高处伸出的手,

碰触到某物

之事　会存在吗？
所谓否定性之确立，
对于巨大希望时自不用说，
就是面对任何绝望
也绝不赞同……
这里一岁的　无垢小生命，
在一切领域　皆是崭新，
正在热烈地
探索。

在我的心里
母亲的话语，
第一次　渐渐地不再是谜。
老人想要答复　小生命们：
我已无法重生。可是
咱们却能够重生。

大江健三郎文学互文性叙事策略及其意义

——以"奇怪的二人配"后三部曲为分析对象

在大江健三郎文学浩瀚的小说作品中,创作过程历时十多年的"奇怪的二人配"六部曲(《被偷换的孩子》《愁容童子》《别了,我的书!》《优美的安娜贝尔·李　寒彻颤栗早逝去》《水死》和《晚年样式集》)无疑是大江文学的集大成之作,更是其刳肝以为纸、沥血以书辞的巅峰之作。尽管在大江文学的几乎所有小说文本中,都或多或少地存在与其他文本和自己的前文本之间的互文关系,可是较之于"奇怪的二人配"这晚年间创作的六部曲,此前的互文性写作可就算小巫见大巫了。囿于篇幅所限,本文将聚焦于后三部曲(即《优美的安娜贝尔·李　寒彻颤栗早逝去》《水死》和《晚年样式集》)的互文性叙事策略及其意义。

其实,互文性原本是文学批评术语,由文学批评家克里斯蒂娃于一九六七年在《词语,对话与小说》中提出,经由其导师罗兰·巴特的讨论而广泛传播,其拉丁语词源"intertexto"以及由此派生出的英语单词"intertexture"都是与纺织相关的用语,含有"编织、交织、混合"等语义。早在克里斯蒂娃提出互文性这个术语之前大约半个世纪,英国诗人 T.S.艾略特就在诗歌创作中尝试了"编织、交织、混合",并于一九二〇年在《圣林》一书中表示:在一个诗人的作品中,"不仅最好的部分,而且最具有个性的部分都是他前辈诗人最有力地表明他们不朽的地方"①。

在"奇怪的二人配"六部曲中,这种情况亦然:六部长篇小说里"最好的部分,而且最具有个性的部分",照例也是其"编织、交织、混合"了诸多诗人、作家、剧作家、文化人类学家、作曲家等前辈的作品中具有意义的部分后,在生发出新的意义之际,"最有力地"佐证了这些前辈"不朽的地方"。譬如六部曲之第四部《优美的安娜贝尔·李 寒彻颤栗早逝去》与普鲁士剧作家和小说家海因里希·冯·克莱斯特的《米夏埃尔·科尔哈斯》之混糅,六部曲之第五部《水死》与法国启蒙运动时期思想家夏尔·德·塞孔达,孟德斯鸠的《波斯人信札》之混糅,六部曲之第六部《晚年样式集》与大江私淑的"大先生"鲁迅的《孤独者》之混糅,都"最有力地表明他们不朽的地方"。更为重要的是,大江借助如此互文叙事策略,在《优美的安娜贝尔·李 寒彻颤栗早逝去》中建构出一片跨越人种、民族和时空的场域,在这个场域里,无关人种和时空,社会底层贫民总是在经受着林林总总的苛捐杂税、巧取豪夺、强奸/轮奸、压榨和杀戮等梦魇式的各种苦难,当然,贫民们也总是在用其微弱的暴力反抗给他们带来巨大苦难的藩主和容克,尽管这种向死而生的反抗经常伴随着惨重的牺牲;在《水死》中,借用弗雷泽有关"杀王"记述,对自己的精神史进行解剖,从而发现日本社会种种危险征兆的根源皆在于绝对天皇制社会伦

---

① 李应志著《互文性》(*Intertextuality*),收录于《文化研究关键词》,译林出版社,二〇〇七年,第 117 页。

理,进而呼吁人们奋起斩杀存留于诸多日本人精神底层的绝对天皇制社会伦理这个庞大无比、无处不在的王,迎接将给日本带来和平与安详的民主主义的这个新王;在《晚年样式集》里,爱德华·萨义德之"作为意志行为的乐观主义"与鲁迅之"绝望之为虚妄,正与希望相同"的叠加作用,使得大江在文本内的分身长江古义人得以在"三一一"东日本大地震、大海啸、福岛核电站大爆炸导致的核泄漏这一末日景象中挣扎着站立起来,为孩子们写下了"我无法重新活上一遍,可是/咱们却能重新活上一遍"……

如何与过往的历史进行对话,如何了解历史事件在其发生之时意味着什么,如何理解该历史事件对于当下甚或未来具有怎样的意义。"反省"是上述话语的关键词,也是大江从人文主义者渡边一夫那里继承、坚守并内化了的道德和伦理——"保持具有人性的反省……因为我们已经决定将这种反省置于正面而去思考"①。

这种从边缘和历史出发的叙事策略显然与"马克思主义批评理论一直在努力使文学批评具有历史维度"的主张高度契合,因为这种主张"认为需要返回历史,把历史当作重要的出发点来理解文化生产、批评概念、意识形态、政治和社会的范畴"②。就这个意义而言,大江在小说文本中频频引入暴动历史以展开边缘叙事也就不难理解了。

一、人文主义的审美指向——向死而生的战斗精神

晚年六部曲之第四部长篇小说《优美的安娜贝尔·李　寒彻颤

① 大江健三郎著《解读日本当代的人文主义者渡边一夫》,岩波书店,一九八四年,第79—80页。
② 张京媛著《新历史主义与文学批评·前言》,引自《新历史主义与文学批评》,北京大学出版社,一九九七年,第2—3页。

栗早逝去》出版于二〇〇七年十一月,这部小说里也有一位如同爱伦·坡笔下那位安娜贝尔·李一般纯洁的美丽少女,这位被称为"永远的处女"的女主人公樱身世悲惨,在惨烈的二战末期,除了她本人被疏散至农村而侥幸存活下来,其余家人均在东京大轰炸中身亡。美军占领日本后,她被一个美国军人收养,身穿让邻居羡慕的漂亮裙子,似乎从此过上了幸福生活,并在那个美国军人摄制的电影《安娜贝尔·李》中饰演身穿"白色宽衣"的少女安娜贝尔·李,樱由此被电影界所关注,很快便成为著名童星,最终活跃以好莱坞为中心的国际影坛。

为纪念普鲁士著名剧作家、小说家克莱斯特二百周年诞辰,一些国家的电影制作团队计划将其小说《米夏埃尔·科尔哈斯》制成不同版本的电影,樱被这个"M计划"选定为亚洲版电影的女主角。电影即将开机之际,由于摄影师偷拍近似裸体的少女这一丑闻而被迫中止,制片人木守为迫使樱中止摄制计划,便心怀叵测地让其观看她少女时代出演的《安娜贝尔·李》原版电影,由此她才知道每夜所做噩梦的真相——拍摄那部电影时,自己被诱骗服下安眠药后,收养了自己的那个美国军人(后成为其丈夫)便在草地上残忍地将"粗大的拇指转动着强行戳进狭小的小穴"①……然而,当樱与其后变身为"马加尔沙克教授"的那个美国人结婚后,这位教授却从不曾与宁芙特征日渐消逝的樱发生真正意义上的性爱关系,只是在研究室里珍藏着当年拍下的《安娜贝尔·李》原版电影,或者说,珍藏着躺在草地上的那具白色的"小小裸体",至死都没有对樱说出这个秘密。当然,目睹自己幼时惨遭蹂躏的镜头所带来的刺激并不是惟一的打

---

① 大江健三郎著,许金龙译《优美的安娜贝尔·李 寒彻颤栗早逝去》,人民文学出版社,二〇〇九年一月,第167页。

击——制片人木守不久前还在京都的旅馆里与樱同宿一床,为迫使她退出原计划摄制的电影,现在不惜用这个"卑劣"手段把她送进了精神病院……樱处于巅峰期的演员生涯至此不得不画上句号,从此沉寂了三十年之久。在这种令人绝望的状态中,樱始终抱持着一个不曾破灭的希望——回到日本那片森林里去,亲自出演发生在那里的两次农民暴动中的女英雄。就在这边缘地带的故乡森林里,在以边缘人物"母亲"为中心的历代农村女人的帮助下,樱振作起来回到日本,"……摄影机分开被枫叶浓烈的红色映照着的树林所围拥着的女人们进入。樱那感叹和愤怒的'述怀'高涨起来,呼应着歌谣虚词的人们如波浪般摇晃。在那声浪的高潮点上,沉默和静止突如其来。'小咏叹调'充溢其间,此时,樱的喊叫声起,作为没有声音的回音,银幕上群星在闪烁……"①

在大江的文学地形学图版上,故乡村外那座由阿婆和母亲长年供养的庚申堂这座小祠堂是个极为重要的符号,直接指涉其供养者阿婆和母亲。当然,在这个文本里也不例外,我们可以很容易地根据这个符号的相关指涉推演出这样一幅线路图:阿婆和母亲供养的小祠堂收藏着母亲演出用的戏服→母亲曾演出"铭助妈妈"并激昂"述怀"→"铭助妈妈"协助并实际参加了森林里的暴动→暴动胜利后,暴动领袖"铭助的转世之人"惨遭官方势力活埋,"铭助妈妈"则被藩府的打手们残忍轮奸→被救下山时,面对富商不怀好意的嘲弄,原本全身瘫软的"铭助妈妈"却"从门板上扬起头来大声答道:'如果你想知道心里好受吗,老爷,下次就该轮到你了吧!'"②→这种激越的台词与悲剧性情节形成悲苦、激愤和不屈的"述怀",借助"母亲"的吟

---

① 大江健三郎著,许金龙译《优美的安娜贝尔·李 寒彻颤栗早逝去》,人民文学出版社,二〇〇九年一月,第209页。
② 同上,第156页。

唱和樱的演出,"铭助妈妈"连同那段暴动历史被森林内外的女人们传承下来→"银幕上群星在闪烁"……

显然,这个源自大江故乡暴动历史的戏剧演出,使得不甘遭受藩府苛捐以及种种欺辱从而领导暴动的"铭助妈妈"母子噩梦般的苦难经历具有了广泛的社会性,森林内外的女人们尽管并未亲身经历那场苦难,却认同、接受了这个创伤记忆并感同身受地与之共情,再经由阿婆和母亲等女人们的戏剧演出一代代地传承开来。出于偶然也是必然,深陷绝望三十年之久的樱将"铭助妈妈"这个"女英雄"向死而生的战斗精神内化为自己的审美取向,从而成功饰演了这位"女英雄",在群星闪烁的银幕下,樱仿佛早已化身为那位"女英雄",在为自己找到希望的同时,也为更多处于绝望困境中的人们带来了希望……

这里的"群星在闪烁"无疑是个关键词组,使得我们立刻联想到《神曲》的《地狱篇》《炼狱篇》和《天国篇》各卷最后一个单词"群星"。在《神曲》原著中,但丁在此处特意且精准地使用了表示复数的 stelle 而非表示单数的 stella。《神曲》的中文译者田德望教授特意为我们指出,"地狱是痛苦和绝望的境界,色调是阴暗的或者浓淡不匀的;炼狱是宁静和希望的境界,色调是柔和的和爽目的;天国是幸福和喜悦的境界,色调是光辉耀眼的"[1],由此可以得知,樱在绝望境地里始终抱持着希望并为之不懈努力,终于在偏僻森林里的农村女人们的帮助下,从文化和地理意义上的边缘之地的边缘人物的记忆和传承中汲取力量,到达了"群星在闪烁"的"光辉耀眼"且"幸福和喜悦"的天国。

---

[1] 田德望著《译本序·但丁和他的〈神曲〉》,引自《神曲·地狱篇》,人民文学出版社 2002 年版,第 21 页。

令人扼腕的是,尽管樱在群星闪烁的银幕下为自己找到了希望并获得了新生,大江在这个文本里平行安排的另一个暴动领袖科尔哈斯却被代表容克贵族利益的选帝侯送上了绞刑架。这里提及的科尔哈斯是克莱斯特发表于一八○八至一八一○年间的中篇小说里的主人公,也是樱原本计划饰演亚洲版《米夏埃尔·科尔哈斯》电影中女主人公丽丝珀的丈夫。这部小说源于十六世纪发生在普鲁士的真实暴动事件,大江如此概述了故事的缘起:

> 科尔哈斯和仆役赫尔泽一同领着几匹马渡过易北河,进入邻国萨克森时,在一座漂亮的城堡旁被横在路面上的、从不曾出现过的木栅拦住去路。科尔哈斯被守关人告知,曾是自己故知的那位老城主已经死去,名叫温策尔·封·容克的幼主继承了城主的地位,根据他的命令,需要拥有通行证才能通过城堡前的关卡。

> 科尔哈斯要求向新城主直接陈述意见,恰巧这里缺少农耕的马匹,在管事的怂恿下,新城主对健壮的黑马表现出兴趣,商洽却未能成功。科尔哈斯与对方约定,自己路过德累斯顿之际,办好通行证后即来这里,并以黑马为抵押,留下照料马匹的仆役后,科尔哈斯便继续前往马市大集所在地莱比锡。

> 然而到了目的地后,科尔哈斯被告知通行证之说只是一个谎言。他还听说,旅客们在特隆肯堡受到了非法待遇。在回去的路上,他刚走进城堡就听说自己的仆役被打走、黑马遭受酷役而变得不成模样……

> 科尔哈斯办妥了在萨克森州德累斯顿的法院起诉容克少爷的手续,却由于容克有很多贵族亲戚在高层活动而遭致驳回。

> 于是科尔哈斯出卖了自己在勃兰登堡和萨克森的所有财产以筹措资金,决定用武力抗拒接连不断的各种非法迫害。为了阻止科尔哈斯的行动,妻子丽丝珀提议由自己代替丈夫,亲自前去将请愿书送到勃兰登堡的选帝侯手里。在实施这一计划的过程中,丽丝珀被阻止其接近国王的护卫所伤,不久后因此而死去。在葬礼这一天,冷酷无情的裁决书送

到了。

　　……那时,她以深情的眼神看着丈夫,握紧他的手,就这样咽气身亡了。科尔哈斯在心里想道:"我向上帝发誓,绝不原谅这个土财主!"他扑簌簌地流着眼泪,同时亲吻着妻子,将她的眼睛闭合上后,便离开了房间。

　　这时,大江不失时机地让文本中的角色木守有插上一句"这与幕府末年动乱期的社会气氛比较相似呀,应该会发展为皇帝无法控制的内乱"。这里的前一句话语将十六世纪发生于普鲁士的暴动与十九世纪发生于日本那座森林里的暴动巧妙地勾连起来,后一句话语则为大江在文本里思考暴动/革命的意义提供了空间,也为克莱斯特展开暴动/革命的叙事埋下了伏笔。与此同时,如此互文叙事策略还为其构建跨越时空和人种的历史场域提供了方便,这就使得文本中的历史维度具有越来越开阔的空间和越来越厚重的分量。他的这种从边缘和历史出发的叙事策略显然与"马克思主义批评理论一直在努力使文学批评具有历史维度"的主张高度契合,因为这种主张"认为需要返回历史,把历史当作重要的出发点来理解文化生产、批评概念、意识形态、政治和社会的范畴"①。就这个意义而言,大江在小说文本中频频引入暴动历史以展开边缘叙事也就不难理解了。

　　木守有所言"应该会发展为皇帝无法控制的内乱"这句话语,还预示了马贩子科尔哈斯为报复容克而发起的暴动将不断升级,最终发展至撼动国家政治秩序的暴烈程度。事实上也确实如此:遭受容克以及与之沆瀣一气的贵族们种种盘剥和欺辱并因此失去爱妻丽丝珀之后,"绝不原谅这个土财主!"的马贩子科尔哈斯变卖所有家财,拉起队伍

---

　　①　张京媛著《新历史主义与文学批评·前言》,引自《新历史主义与文学批评》,北京大学出版社,一九九七年,第2—3页。

走上了为自己和爱妻讨回公道的暴力维权之路。这种伴随着极端暴力的维权行动不断升级,从纵火焚烧整座城市直至与"萨克森选帝侯集结起两千人马的大军"进行战斗,逐渐演变为暴动队伍与国家军队之间的正面战争。在酣畅淋漓地接连赢得胜利并获得底层民众的同情之际,科尔哈斯却也受到诸多指责和恶骂,被视为大奸大恶的残暴之人,"德高望重"的宗教改革家马丁·路德在张贴在柱子上的文告结尾处甚至如此怒骂:"汝当自知,汝所持之剑,为掠夺之剑,杀戮之剑,汝则为逆反之徒,而非正义之上帝的战士。汝之下场,今生当遭车裂与斩首之极刑,彼世则因恶行与渎神而遭诅咒。"①

由于既有政治架构的卫道士马丁·路德的介入,事态很快便发生了巨大转折:在马丁·路德的所谓"调停"下,科尔哈斯解散了暴动队伍,"他本人则为等待约定好了的公正审理而进入德累斯顿",最终在柏林将要接受"处刑之际,勃兰登堡选帝侯宣布,科尔哈斯通过军事行动所要求的一切权利都得到了满足。科尔哈斯满意地走向死亡"前,"当着萨克森选帝侯的面将写有占卜结果的纸片吞进肚里,实现了最后的复仇"②。

遭到科尔哈斯"最后的报复"的萨克森选帝侯是个对下属营私舞弊置之不理且生性冷酷之人,正是在他本人及其属下贵族与容克的联手迫害之下,才致使科尔哈斯在四处申诉无门之后,只能以非正义的极端暴力手段来伸张正义。理性、廉洁且温和的勃兰登堡选帝侯接手案子后,由两匹黑马引发的这桩惊天大血案很快便得到公正审理:一、满足科尔哈斯通过极端暴力手段追求的一切正当权益,由政府抚养科尔哈斯将要遗下的一对儿女;二、科尔哈斯也必须对其造

---

① 大江健三郎著,许金龙译《优美的安娜贝尔·李 寒彻颤栗早逝去》,人民文学出版社,二〇〇九年一月,第56页。
② 同上,第49页。

成的杀戮行为付出生命代价。小说写到此处时,克莱斯特安排了一个吉普赛女人将一张写有"为萨克森和勃兰登堡这两位选帝侯占卜命运并在纸上写出他们各自国家前途"①的纸条交给科尔哈斯,并告知萨克森选帝侯为获得这张纸条而化妆来到现场,等待科尔哈斯受刑并下葬后再掘开墓穴取出纸条。得知这一切后,面对永不能原谅的萨克森选帝侯,科尔哈斯在绞刑架下微笑着将纸条吞入肚里,带着报复的爽快被悬挂在绞架之上。

  发生在亚洲和欧洲的这两场时隔约三百年的暴动就这样落下了帷幕,在大江的互文性叙事构建出的这个时空统一体中,尽管"铭助妈妈"和科尔哈斯这两位暴动领袖最终都遭到官方的毁灭性打击,他们向死而生的反抗意志却是依旧如一,譬如刚刚经历儿子惨遭活埋、自己亦被轮奸的"铭助妈妈"被救下山时,"面对眼前这个因绝望而瘫倒在门板上的女人,却有人试图打听出'罢休了没有'",而"'铭助妈妈'猛然挡开那个长柄水杓,从门板上扬起头来大声答道:'如果你想知道心里好受吗,老爷,下次就该轮到你了吧!'";再譬如在绞刑架上即将被绞死的科尔哈斯尽管已无力对屡屡迫害自己的萨克森选帝侯进行实质性复仇,却在生命的最后时刻吞下那张写有萨克森选帝侯个人及其国家命运的纸条,以杜绝这位选帝侯盗取纸条的图谋,从而带着爽快的微笑离开人世。显然,大江和克莱斯特这两位作家是想借此告诉他们的读者:为反抗暴政,暴动可以失败,人亦可以死亡,惟反抗精神永远不灭!这两位作家是在将人文主义思想化为武器,唤醒贫困民众的战斗精神,鼓舞他们用自身的微弱暴力反抗给他们带来巨大苦难的藩主和容克,尽管这种向死而生的反抗经常

---

① 大江健三郎著,许金龙译《优美的安娜贝尔·李 寒彻颤栗早逝去》,人民文学出版社,二〇〇九年一月,第48页。

伴随着惨痛的牺牲。与此同时,两位作家也在呼吁暴动者需要有限且适当和必要地使用暴力,以制止来自于藩主和容克乃至国家强权对弱势者的巨大暴力压迫。显然,这便是人道主义的大慈悲和大悲鸣,也是两位作家的伟大人格使然。

二、民主主义的价值取向——大江在《水死》中追求的时代精神

绝对天皇制也称为近代天皇制,在战败后被象征天皇制所取代,然而战前和战争期间支撑着绝对天皇制的社会伦理并没有因此而消灭,近年来反而显现出越发活跃的势头,成为复活国家主义的沃土。大江健三郎在六部曲之第五部长篇小说《水死》中的互文性叙事,不啻于对自己的精神史进行了一场彻底解剖,发现日本社会种种危险征兆的根源皆在于绝对天皇制社会伦理,从而借用弗雷泽在《金枝》中的"杀王"记述,呼吁人们奋起斩杀存留于诸多日本人精神底层的绝对天皇制社会伦理这个庞大无比、无处不在的王,迎接将给日本带来和平与安详的民主主义的这个新王! 毫无疑问,这也是大江借助《水死》所追求和传播的时代精神——"坚守和平宪法中的反战、非武装思想"的重要组成部分。

(一)"天皇陛下万岁"引发的有关时代精神的思考

如果说,社会伦理是有关社会共同生活的道德规范之总称,那么绝对天皇制社会伦理当然是指涉围绕绝对天皇制的社会共同生活道德之规范。近年来,日本社会越发显现出由这种绝对天皇制社会伦理引发的种种危险征兆,比如一九九九年通过《国旗国歌法》法案;翌年五月,时任首相的森喜朗公然声称"日本是以天皇为中心的神国";二〇〇五年以《冲绳札记》"严重侵害原告的名誉和人格权"为

由,右翼势力将其作者大江健三郎及发行商岩波书店送上法庭被告席;二〇〇六年更为特别:小泉纯一郎最后一次以总理大臣的公职身份于八月十五日参拜靖国神社,当天进行的舆论调查表明,超过半数的被调查对象认可小泉的参拜,这在战后尚属首次;同年十二月,日本政府不顾在野党和市民团体的强烈反对,强行修改了一九四七年颁布的《教育基本法》,为今后修改宪法第九条打下了基础;二〇〇七年一月,防卫厅被升格为防卫省……

在谈到有关上述诸问题的冲绳诉讼案时,大江健三郎在《来自"晚期工作"之现场》①的演讲里,讲述了日本保守势力把他送上法庭的经纬:

这是一起由图谋复活引发太平洋战争(贯穿整个近代直至战败)的超国家主义,并且强暴干涉现今中等教育的人士提起的诉讼。在持续阅读由这些人士幕后指使的原告方的材料时,我开始思考对自己而言的"时代精神"……究竟是什么?

……

当时的这种思考,影响了这五年来我持续创作的两部长篇小说。第一部是截至目前为止我的最新长篇小说《优美的安娜贝尔·李 寒彻颤栗早逝去》……为什么我要在《优美的安娜贝尔·李 寒彻颤栗早逝去》后,即刻开始创作《水死》呢?这是因为我决心思考刚才提到的两种"时代精神"的前一种,并且采用表现内心思考的根本手段——小说这一形式进行。②

---

① 二〇〇九年十月十七日,中国社会科学院外国文学研究所与台湾相关研究机构在台北举办"大江健三郎文学学术研讨会",《来自"晚期工作"之现场》是大江健三郎为研讨会所做的主题演讲,全文请参阅《作家》杂志二〇一〇年八月号相关译文。
② 大江健三郎著,熊淑娥译《来自"晚期工作"之现场》。

从以上引文中可以看出,《优美的安娜贝尔·李　寒彻颤栗早逝去》的姐妹篇《水死》与前者一样,也是大江作为冲绳诉讼案的被告对时代精神进行思索的产物。如果说这两者有什么不同的话,那就是"《优美的安娜贝尔·李　寒彻颤栗早逝去》这部小说,表现了我所经历过的、战后的'时代精神'。而且,这是一种与权力相抗争的民众精神"①。这里所说的时代精神,是指"从我十岁那年的战败直至七十四岁的今天,这六十多年间我一直生活在其中。这种'时代精神',在我们国家的宪法里表现尤为突出的,是战败之后追求新生的时代精神"②。

《水死》则是这种思考的进一步延伸,为了表现"我十岁之前一直生活于其中的'时代精神'……",为了检验自己"还能否抵抗'天皇陛下万岁'的'时代精神'的再次来袭"③,大江借助文化人类学家詹·弗雷泽的巨著《金枝》中的"杀王"表述,在《水死》中构成多重对应关系,用以表现包括父亲/长江先生、父亲的弟子大黄和"我"在内的各种人物及其时代精神,以及这些人物面对错综复杂的时代精神进行的必然选择。

在进入文本分析之前,我们需要了解先前提及的冲绳集体自杀诉讼案的由来。日本的"自由主义史观研究会"和"新历史教科书编撰会"是分别成立于一九九五年和一九九七年的右翼团体,前者的发起人暨后者的副会长藤冈信胜将日本战后的历史教育视为"自虐史观"和"黑暗史观",于二〇〇五年四月声称要在"战败六十年之际,揭开'冲绳战集体自杀事件'的真相"④。为了达到"通过编写中

---

① 大江健三郎著,熊淑娥译《来自"晚期工作"之现场》。
② 同上。
③ 同上。
④ 陈言著《代译后记　当内心的法庭遭遇世俗的法庭》,引自《冲绳札记》,三联书店,二〇一〇年,第181页。

学历史教科书向日本青少年灌输修正主义史观作为其战略"①的目的,这些右翼团体把"南京大屠杀、随军慰安妇(军队性暴力受害者)、冲绳战概括为'侮辱日本国家和军队的名誉'的'三件套'"②。在他们的策划和怂恿下,曾在冲绳担任守备队长的梅泽裕少佐与另一位同为守备队长的赤松嘉次大尉的弟弟于二〇〇五年八月五日提起的冲绳集体自杀诉讼案,便是这三件套中的冲绳问题之一。

此案被告大江健三郎如此介绍了那场集体自杀惨案和诉讼案的背景:

这起诉讼源于第二次世界大战即将结束之际,日本的两座小岛上……发生了岛民被强制集体自杀的悲惨事件,而强制岛民集体自杀的正是日本军队,我在三十九年前的文章③中如是批判。对此,惨剧发生时的守备队长以及另一位已故队长的遗属提起了诉讼。在这两座小岛上,渡嘉敷岛的三百二十九名岛民,座间味岛的一百七十七名岛民,均被强制集体自杀死亡。

但是,图谋复活日本超国家主义的那些人士,企图将这幕由日本军队强制造成的集体自杀惨剧美化成为国殉死的义举。在他们策划的接二连三的事件中,就包括这起诉讼案。日本的文部科学省也参与其中,从高中生的教科书中删除这一历史事实的图谋已经公开化。我正为此奋力抗争。④

由以上叙述中可以得知,日本文部科学省作为主管教育的政府机构也参与其中。早在二〇〇一年四月三日,文部科学省便宣布藤

---

① 董炳月著《平成时代的小森阳一》,引自《天皇的玉音放送》,三联书店,二〇〇四年,第289页。

② 胡冬竹著,引自《南风窗》杂志社官方网站文化栏,二〇〇九年三月十一日。

③ 大江健三郎曾于一九七〇年发表随笔《文学家的冲绳责任》,同年由岩波书店出版《冲绳札记》。引自熊淑娥注,《作家》,二〇一〇年第八期。

④ 大江健三郎著,熊淑娥译《来自"晚期工作"之现场》。

冈信胜等人编撰的、严重歪曲史实的《新历史教科书》"检定合格"，更于二〇〇七年三月"在审查高中历史教科书时，删去有关日军在冲绳之战中强制当地居民集体自杀的表述。在遭到冲绳十一万民众于当年九月二十九日举行大规模集会抗议后，仅仅将'强制'置换为'参与'这种极其暧昧的字眼"①。这部经删改的教科书很快就被原告方作为证据出示在二审的法庭上，以表示文部科学省所代表的政府立场同样否定了集体自杀的真实性。显然，这是文部科学省在运用国家权力遮蔽那段同样是由国家权力造成的历史悲剧，以为复活国家主义排除所谓的干扰。

（二）失败的杀王尝试——"父亲"的时代精神

在晚年六部曲之第五部长篇小说《水死》中，为少年古义人的早期世界观带来重大影响的，便是主人公"我"的父亲了。战争进入最后的惨烈阶段时，父亲以酒肉招待手持高知县一位"先生"的介绍信函来到村里的年轻军官，席间听他们说起"必须改变维新以来的历史进程"以避开即将到来的战败结局。于是，父亲带领弟子大黄越过四国山脉拜访高知的"先生"，受其教诲之后得到大部头《金枝》全集中的三卷。尤其在第三卷 *The Dying God*（《走向衰亡的神》）相关处，将书借给父亲的那位"先生"特意在应予重点阅读处一一画上记号。其中一页的内容是这样的：

> ……不管如何予以注意和给予关怀，都无法防止人神变老、衰弱以致最终死去。他的崇拜者们不得不关心这个悲哀且必然之事，必须竭尽最好的努力进行应对。这个危难是非常可怕的……为了避开这个危难，只有一个方法。一旦人神的力量开始显现出衰弱的征兆，就必须立即杀死这个人神，在他的灵魂尚未因可怕的衰弱而导致严重损害之前，便将

---

① 引自《作家》二〇一〇年第八期第3页熊淑娥之注。

其转移至强健的继任者身上。如此杀死人神而不使其因年老和疾病而死的优点，在野蛮人来说确实是非常明显的……崇拜者们一旦杀死人神，首先，能够在他的灵魂逃出之际准确地捕捉到并将其转移至合适的继任者；第二，在人神的自然精力衰减之前将其杀死，能够借此确切无误地防止世界与人神的衰弱同步走向崩溃。像这样杀死人神，趁他的灵魂尚留存于全盛期之际，将其转移至强健的继任者身上，由此而使得所有目的都能够达到，一切危难全都能避免。①

弗雷泽在这篇调查报告中还表示，王/人神之所以拥有超人的力量，只是因为寄宿在他体内的灵魂/神在发挥着作用，保佑着人、畜、庄稼的繁盛和丰收。然而，任何人都会生病、衰老和死亡，寄宿于王/人神体内的神也会随着宿主/王/人神的衰弱和死亡而衰弱和死亡，因此，就像内米湖畔阿里奇亚丛林中那位守候在圣树下的森林之王那样，只要"体力或防身技巧稍微减弱一些"，便会有人将其杀死后取而代之。换句话说，为了保证人畜兴旺，庄稼丰收，人们有必要在王显现出衰弱迹象后便将其杀死。

我们必须注意到四国那位"先生"非常明确的政治意图——面对不可避免的战败前景，先是把青年军官介绍给信奉国家主义的"父亲"，随后耳提面命，让其重点阅读《金枝》全集中有关杀王描述的三卷，使其"向青年军官们传达'为了避免国家的危难而杀死人神！'，从而一度把他们引往那个方向"，探讨"会在多大程度上现实性和政治性地将贯穿三卷本的'杀死人神'并给国家带来巨大恢复的神话构想……与这个国家的天皇制直接联系在一起进行解读"②。于是，"在最后那次会议上，大家情绪激昂，认为战争好像将比此前

---

① 大江健三郎著，许金龙译《水死》。
② 同上。

一直议论的时间更早地以失败而告终,因而必须立即实施长江先生的一贯主张——安排特攻队的飞机飞往帝都的中心"①。这里所说帝国之都的中心正是皇宫,不言而喻,轰炸皇宫的目的当然是杀死天皇,以此防止战败以及由此引发的国运衰微。然而,当一位与会军官提出为了掩藏秘密弄来的载有炸弹的飞机,需要在森林中因陨石撞击而产生的开阔地修建临时机场并炸掉那块巨大陨石时,"长江先生"却激烈地大声反对,认为外人不可以踏入森林中那块名为"鞘"的开阔地,因为那里"从非常古远的时代起就是非常重要的场所,绝不是可以让你们为修建临时机场而大兴土木工程的地方",因而"怎么能让你们这些外人的脚踏入'鞘'呢?!"。显而易见,以森林这个边缘场域的神话和传说为核心的边缘文化的影响,远远超过国家主义思想以及杀王/杀天皇的计划对父亲/长江先生的诱惑。尽管他并非出生于此地,却仍然无法容忍因修建临时机场而破坏那座拥有暴动历史之记忆的森林,同样无法容忍青年军官们踏入森林中那片神话和传说的空间,哪怕这样做是为了杀死天皇这个现人神进而"给国家带来巨大恢复"。

父亲/长江先生的下场是悲惨的,为了在保住这座森林的同时设法杀死天皇,他只能先行为天皇殉死以明志,从而激励青年军官们起飞特攻队的飞机轰炸帝都中心。翌日晚间,他独自乘坐舢板在洪水中顺流而下,带着那三卷《金枝》和永远都不可能实现的杀王/杀天皇的宏愿,溺死在不远处的下游。

(三)东施效颦的"杀王"——大黄的时代精神

父亲/长江先生的思想倾向和行事风格不可避免地影响了其弟子大黄。当年,大黄目睹恩师在青年军官们的胁迫下为了自己的时

---

① 大江健三郎著,许金龙译《水死》。

代精神而殉死。其后,大黄为继承遗志而在深山里组建国家主义团体,多年以来在当地的右翼分子心目中拥有很大影响力,且与各种右翼人物有着不同程度的交往,这些人中就包括曾任日本文部省某局长要职、在日本"这个国家的教育行政领域留下了成就"的小河。

关于小河及其妻子的政治取向,其侄女髻发子说得非常清楚:伯母的"丈夫是文部省土生土长的官吏,也不知道是被丈夫所感化,还是反过来被伯母所影响,这对夫妇都是右派……"十七年前,小河的妻子带着髻发子参拜靖国神社,髻发子多年后如此回忆了当时的情形:

> 从不曾见过的那么巨大的旗帜在迎风飘扬,白布的正中央是鲜红的圆圈。虽说知道这是"太阳旗",那种巨大还是很特别,让我感到害怕……那面旗子之所以飘动,是一个将旗杆举在身前、身穿黑色服装的男人在操弄。巨大白布中央有着红色圆圈的旗子猎猎翻卷,完全占据了我的全部视野……
>
> 旗子在移动,一个穿戴着旧军队的军服、军帽(从军帽后沿垂下的帽裾披展在肩头)的男人站立于其后,拔出长长的军刀高高捧举着,然后说着像是誓言的话。那些话语虽然被缓慢地反复说着,我却不明白其意思……
>
> 然后,我就呕吐起来。伯母试图用从胸口掏出来的东西摁住我的半截脸面,可我却以冲开这东西的势头一直不停地呕吐着。伯母就脱下短外罩,包裹被呕吐物弄脏了的我的上半身,冷酷无情地将我押解出去。那个挥舞着军刀的军人于是追赶着犯下如此不敬之过的我,不仅仅是我,伯母好像也有这种想法,我们拼命地奔逃而去……①

在伯母的逼问下,十七岁的少女说出了十四岁以来被伯父长期

---

① 大江健三郎著,许金龙译《水死》。

猥亵,最后惨遭强奸以致怀孕的隐情,随即被伯母训诫道:

> 伯父从文部省的高位上……退下来,为了努力完成他的事业刚刚调
> 动到另一个工作岗位。这是比任何时候都重要的时刻,因此不能对任何
> 人说起怀孕之事,也许你不明白,那将成为国家性的丑闻……①

伯母当天便将少女送到医院秘密堕胎,于堕胎后的三天内将少女独自赶回大阪老家。此后两年间,少女只在家中思考遭到强奸和堕胎这件事对自己的意义而没能去上大学,在二十二岁时参加剧团"穴居人",同时继续思考遭致强奸和被迫堕胎的经历。十多年后,髻发子为了进行自己的抵抗和批判,决定排除当地右翼势力的各种干扰和破坏,在拥有暴动历史记忆的当地女人们帮助下,编排和饰演古义人剧本里的暴动女英雄"铭助妈妈",把女英雄惨遭藩府武士们轮奸、儿子则被对方用石子活埋等受难场面,与自己遭强奸和被强迫堕胎的不幸经历连接起来,认为"由于文部科学省就是国家……",因而是国家强奸了自己,便打算将这段不堪回首的往事编入话剧,在公演的舞台上展示被强奸时留下的沾满血渍的内裤以及堕胎后经过处理的实物,用当年参加暴动的女人们吟唱的曲调,勇敢地唱出"……出来参加暴动呀/咱们女人　出来参加暴动呀/男人强奸咱们,国家强奸咱们/咱们女人　出来参加暴动呀/不要被骗呀、不要被骗呀!……"②意在警示观看节目的中学生,一百四十年以来,日本的女人们一直在遭受着男人的强奸,国家的强奸。由此可见,被任文部省高官的亲伯父猥亵、强奸并怀孕的髻发子对惨遭藩府武士轮奸的暴动女英雄"铭助妈妈"的苦难感同身受,一百四十年的漫长时间也因为国家权力施加在她们身上的苦难而停止流动,髻发子打算将这

---

① 大江健三郎著,许金龙译《水死》。
② 同上。

两者的梦魇般苦难用戏剧艺术形式再现出来,从而使得这些苦难在具有社会性的同时产生意义。

作者大江健三郎借此向我们喻示,在这条浸染着女人们和儿子们鲜血的连线的暗影里,还有一条极为隐秘的、与此平行的连线——用绝对天皇制、靖国神社、皇国史观,甚或各种右翼组织混糅而成的平行线。这里说到的绝对天皇制也可以称之近代天皇制,东京大学教授小森阳一指出:"'天皇制'实质上指的是明治维新之后成立的、经《大日本帝国宪法》以法律方式予以确立的绝对主义性质的政权机构。"①那位"神权天授"的明治天皇除了身为陆军和海军的最高统帅并总揽统治权,还是国家神道的绝对权威,代表皇家和国家进行祭祀,把为天皇而战死的士兵升格为国家的英灵,普通士兵完全可以通过为天皇战死来获得神格并受到天皇和国家的祭祀。于是,国家神道因这种忠君爱国的思想而成为政教合一的绝对天皇制思想体系的重要支柱。小森就这个问题回答记者时表示:"支撑象征天皇制之情感结构的其实就是靖国神社。一九四五年十一月,日本宣布投降不久,当时尚未发表《人间宣言》,也就是依然号称具有神格的昭和天皇裕仁……参拜了靖国神社。正是在这次参拜中,天皇裕仁把从'满洲事变'开始到日本投降为止的十五年中战死的二百五十万日本人一起作为'英灵'加以祭祀……。这确实是一个用意深远的政治谋略,用另一位日本学者高桥哲哉的话说就是'情感的炼金术',通过号称具有'神格'的天皇对靖国神社的参拜,把二百五十万死者的遗属的悲哀转化成似乎沐浴着'神'的光辉的欣悦。"②

---

① 小森阳一著,陈多友译《天皇的玉音放送》中文版序言,三联书店,二〇〇四年八月,第5页。
② 小森阳一著,赵京华译《靖国神社问题与现时代的语言运动》,《博览群书》,二〇〇六年第十期,第6页。

另一方面,右翼学者中西辉政则从"忧国之士"的角度做了这样的表述:要"将靖国神社作为为国家献出生命的、即阵亡者慰灵的核心设施,今后也永远守护下去,这也是国家安全保障政策上占首位的重大课题"。"对于发挥为国家的存在而奉献生命这种无与伦比的、高尚的自我牺牲精神的人们,国家必须全力予以表彰,使之传诸后世。否则,此精神作为国家对道义心即告崩溃,在将来的危机中挺身而出的日本人当然也就不可期待。"①从而"用赤裸裸的语言印证了子安宣邦阐述的'祭祀之国即战争之国'的逻辑,并且使小泉纯一郎参拜靖国神社这一行为的政治神学意义再次显现出来"②。正是在中西辉政们的这种政治神学、更是在绝对天皇制社会伦理的影响下,穿着各种制服的右翼人员、穿着日军军服的旧军人、穿着笔挺西服的政府阁僚、当然,也包括《水死》中穿着和服的小河夫人等等便络绎不绝地走进靖国神社"沐浴着'神'的光辉"并感受着这种"欣悦"……

至于第二条连线中的皇国史观,《广辞苑》的相关词条是这样表述的:"基于国家神道,将日本历史描绘为万世一系的、由现人神天皇永远君临之万邦无比的神国的历史观。"如果以这一表述为参照系,日本文部省于一九八九年四月对《学习指导要领》进行战后最大规模的修改,规定小学、初中和高中在举行入学、毕业等重要仪式时,要像战前和战争时期那样升太阳旗和唱国歌《君之代》之行政命令应该是这种皇国史观的体现;小渊惠三内阁于一九九九年八月通过的《国旗国歌法》法案体现了这种皇国史观;翌年五月,继任首相森

① 中西辉政著《靖国神社与日本人的精神》,引自《国家与祭祀》,三联书店,二〇〇七年,第 166—167 页。

② 董炳月著《子安宣邦的政治神学批判》,引自《国家与祭祀》,三联书店,二〇〇七年,第 189 页。

喜朗声称"日本是以天皇为中心的神国"等言论体现了这种皇国史观;自一九八〇年铃木善幸首相率内阁成员参拜靖国神社以来,多届继任首相及其阁僚以及诸多右翼政客相继正式参拜靖国神社体现了这种皇国史观;罄发子的伯母对靖国神社的虔诚参拜,无疑同样体现了这种皇国史观。由此可以看出,战后的日本保守势力继承了皇国史观,在《水死》文本内外制造了无以计数的各种事件,其共同特点便是企图恢复皇统,以绝对天皇制社会伦理为中心并奉为至高无上的价值观。由此我们可以确定,处于这第二条连线末端和外缘的战后国家主义组织以及《水死》中形形色色的右翼组织和人物,便是构成这条连线的基本材料。

让我们回到文本中并继续此前的叙述。通过当地右翼势力打探到公演内容后,同为右翼分子的伯父和伯母带着律师和保镖等人马很快赶到当地,先由伯母出面阻止,失败后再由伯父小河出面,干脆动用当地右翼势力以暴力将罄发子连同古义人等人一同绑架到右翼分子位于深山老林里的巢穴,威逼不成后,在雷电交加、风雨大作的长夜里再次彻夜强奸罄发子,以摧残她的身体,摧毁她的意志,使得她无法参加翌日的公演……如果说,十八年前对亲侄女儿的强奸只是出于兽欲的话,那么十八年后的强奸就是兽欲加政治迫害了,这一切确确无误地印证了罄发子所要唱出的"男人强奸咱们,国家强奸咱们"。更加令人惊悚的是,"曾是这个国家的教育界拥有实权的人物、获得过很多勋章"的这位文部省前官员在自传里自诩"在这个国家的教育领域里构建了目前的支柱"。换句话说,这个代表自己和国家多次强奸亲侄女的实权人物,通过构建这个国家教育领域的支柱,确切无误地在教育领域里强奸了和将继续强奸日本的一代代大中小学的学生!不难想见,那杆"支柱"倘若继续耸立在日本这个国家的话,无疑会以越来越快的速度侵蚀战后民主主义的教育体制及其成果。

　　彻夜未眠的大黄见证了小河再度强奸亲侄女駖发子,终于用两声枪响结束了小河的可耻生命。在潜入森林之前,大黄表示这样做是为了追随恩师而去,因为"长江先生最得意的弟子,还是俺大黄啊!"当然,我们不会因此而忽视森林中的边缘文化在大黄的潜意识里发挥的重要作用。就像他对小河以及古义人和駖发子所清晰表明的那样,"俺认为这台戏剧是应该上演的",因为这能让当地人回想起历史上的暴动以及暴动者们遭受的种种苦难。如同他的恩师"长江先生"一般,当他发现小河的所作所为只能给复活国家主义之大业的教育带来灾难时,便模仿恩师开始了自己的"杀王"行动并以此为恩师殉死。意味深长的是,杀死小河所用的武器是他于六十年前从美国军官皮特手中抢夺来的手枪。联想到历史和当下的日美关系,作者的这种安排便有了颇为深刻的内涵和广泛的外延。同样意味深长的是,"杀王"成功后,大黄没有像恩师那样在暴风雨中顺流而下,而是带着那把手枪潜入曾多次发生暴动的森林深处,潜入追捕的警察队伍无法进入的场所⋯⋯

　　大黄的所为给我们留下了思考的若干空间:首先,大黄在恩师死后继承其遗志,数十年间一直发展坚持皇国史观的国家主义团体,甚至与身处日本文部省某局局长高位的小河多有合作,并且协助小河将駖发子、恩师的儿子长江古义人、女儿亚沙、孙子阿亮等多人绑架至自己位于深山中的巢穴,胁迫駖发子按照小河的意愿修改剧本。在所谓"调和"不成并目睹小河彻夜强奸駖发子后,或许是觉察到依靠这种人更有可能给复活国家主义之大业带来消极影响,同样是"为了避免国家的危难",大黄只能像他的恩师一样杀死这个已不能发挥"王"之作用的"王"。其次,大黄是少年时代被恩师从中国带到那片森林里去的。然而,数十年间在森林中的生活,使得他像恩师那样深深接受了当地边缘文化的影响,正是在这种影响之下,他才明确地表示"俺认为这台戏是应该演的",在那个风雨交加的夜晚,这个认识终于超越了他的国家主义史观,促使他用两颗子弹结束了小河的生命。再其次,杀死小河后,大黄并未像恩师那样乘坐小船死于风雨之夜的洪水中,而是在暴风雨中携带手枪潜入曾多次发生暴动的森林深处,潜入追捕的警察队伍无法进入的场所……在作者的写作预期中,大黄可能会"将面孔埋入树木里最繁茂的枝叶上积攒的雨水中,站立着溺水而死吧"。与此同时,我们或许无法否定另一种可能,那就是仿效森林中历代暴动的先民,以手中的美制手枪为武器,将再次暴动的枪口指向愈发右倾化的权力中心甚或政府的盟友美国……或许,这也是作者的一种写作预期?

(四)与绝对天皇制社会伦理的对决——"古义人"的时代精神

　　皇国史观的一个重要特征,就是围绕针对天皇的立场和态度来评判相关人物或事件之于天皇是忠诚或是叛逆。有关长江古义人的评判当然也不可能例外,右翼人物大黄是如此界定古义人这个人物的:"古义人,十五年前,据说你表示自己是战后民主主义者,因而不能接受天皇陛下的褒奖,所以你就成了俺的修炼道场那些年轻人不共戴天的仇敌……"①这里所说的修炼道场,是古义人的父亲长江先生初创、其大弟子大黄继承的国家主义分子的巢穴。数十年来,一代代右翼分子从这里长大成人、走向社会,形成一股不容忽视的保守政

---

① 大江健三郎著,许金龙译《水死》。文本外的大江健三郎于一九九四年十月获得诺贝尔文学奖后,文部科学省依循惯例,建议向尚未获得文化勋章的大江健三郎颁发这一勋章。每年的授勋仪式应于十一月三日在皇宫"松之间"举行,由天皇颁发文化勋章。在此前的一九九四年十月十五日,大江便表示自己作为"战后的一位民主主义者",他无法接受天皇授予的"国家荣誉"——文化勋章。他还表示,天皇坐在从第二次世界大战前遗留下来的社会等级制度的顶端,他接受这项奖就等于接受他所拒绝的日本等级制度。

治势力。由于获得国际文学大奖后竟然"不接受天皇陛下的褒奖"之"大逆不道",在《被偷换的孩子》和《愁容童子》等诸多前文本里,无论是在参加国际文学大奖颁奖仪式前的斯德哥尔摩、在从东京飞回故乡的机舱里,还是在东京自家的宅院中、在故乡的菜馆里等诸多地方,古义人这个右翼人物眼中的叛逆者一直遭到"家乡人"如附骨之疽般的盯梢(包括长途甚或跨国盯梢)、各种直接和间接的威胁以及式样翻新的殴打,即便回到家乡,古义人仍然会是各种右翼势力围堵和挑衅的头号对象。面对这一切公开的和隐蔽的威胁,长江古义人这位曾获得国际文学大奖的著名作家认为,对于自己来说最重要的,便是表现具有积极价值的时代精神,即便因此而失去所有读者也在所不惜,如果由于这个原因而死去的话,那就是在为时代精神而殉死了。

然而,即便是如此追求民主主义时代精神且不惜为之殉死的长江古义人,在他来到故乡的森林中,观看"穴居人"演员们彩排的、由自己的同名小说改编的话剧《请亲自拭去我的泪水之日》时,当演员们演唱《请亲自拭去我的泪水之日》之际,古义人被战争时期改自于巴赫"康塔塔"作品第六十五号中四、五两节的歌词①所打动,开始情不自禁地在内心里附和着歌曲,及至演唱发展为合唱时,"原本在观众席上的我",也开始用德语怀着激情大声歌唱起来:"天皇陛下,请您亲自用手,拭去我的泪水。死亡呀,快点儿到来!永眠了的兄弟之死呀,快点儿到来!天皇陛下,请您亲自用手,拭去我的泪水。他们

---

① 巴赫"康塔塔"作品第六十五号四、五两节内容如下:第四节:我已经准备好/带着向往和渴念/从耶稣的手中/接受我至乐的遗产。/如果我能看见宁静的港口,/我会多么地幸福。/那时我将忧愁埋入坟墓,/救世主会拭去我的泪水。第五节:来吧,啊死亡,你睡眠的兄弟,/来吧,只带我离去。/请解开我的船桨,/带我去往安全的港湾!/可能有谁会害怕你,/而你却让我快乐,/因为通过你,我来到/最漂亮的小耶稣的身旁。(李永平译)

正在唱着的是,盼望天皇陛下亲自用手指擦去他们的泪水。"①

    显然,古义人这个民主主义作家的儿时记忆被激活了！儿时所接受的皇国史观教育的影响被激活了！以"天皇陛下万岁"为象征的绝对天皇制之遗传基因被激活了！这使得古义人意识到,绝对天皇制的幽灵仍然存活于包括自己在内的诸多日本人的精神底层。换句话说,诸多日本人的精神底层都不同程度地存留着以"天皇陛下万岁"为象征的时代精神,这是连接着战争、死亡和毁灭的时代精神。令人担忧的是,一旦外部环境出现所谓的消极变化时,包括文本内外的长江古义人和大江健三郎在内的诸多日本人"还能否抵抗‘天皇陛下万岁'的‘时代精神'的再次来袭"？一如大黄指出的那样,古义人身上确实存在着两种时代精神,第一种是直至一九四五年战败,作为军国少年而接受的、以皇国史观教育为主体的时代精神。大江曾如此表述这种时代精神:

    ……村长高声三呼"天皇陛下万岁",聚集的村民也随声附和。手榴弹引爆后仍然活着的人,则由家人代为绞首断头,一共死亡三百二十九人。此番强制集体自杀的行动,是由"天皇陛下万岁"这句话引发的,这种情形令我感到异常恐惧。

    因为,这句话当时也曾支配着我这个年仅十岁的日本山村少年的国家观、社会观和人类观。如果我所在的村子也被强制集体自杀的话,它无疑将成为鼓动我走向死亡的话语。这句象征性话语,对遭受侵略或殖民的亚洲人民来说,是为自身带来死亡威胁的呼喊声。这句象征性话语,我在人生的最初十年间也曾呼喊过,如今是否依旧在我的内心深处具有操控力呢?②

---

①   大江健三郎著,许金龙译《水死》。
②   大江健三郎著,熊淑娥译《来自"晚期工作"之现场》。

　　由此可见,至少在十岁之前,以"天皇陛下万岁"为象征的时代精神"曾支配着我这个年仅十岁的日本山村少年",而且六十余年来一直积极提倡民主主义之时代精神的大江本人现今仍在怀疑,"天皇陛下万岁……这句象征性话语……如今是否依旧在我的内心深处具有操控力呢?"进而反省:"在不远的将来……我还能否抵抗'天皇陛下万岁'之'时代精神'的再次来袭呢? 或者,它将成为撼动老年的我内心世界的、复活的'时代精神'?"

　　令人感到惊悚的是,无论在少年大江健三郎本人的实际生活经历中,还是在作家大江健三郎创作的诸多小说里,我们都可以发现皇国史观教育留下的痕迹——以"天皇陛下万岁"为象征的时代精神。

　　促使大江意识到潜隐在自己精神底层的这种时代精神的,无疑是冲绳集体自杀诉讼案,引发其"也在思考,如果让出现在我小说中且热烈拥护'天皇陛下万岁'的角色们在此法庭上作证的话,反方询问将会如何进行? 如果作者被要求提供相关证言,那么我小说中隐藏的部分将会揭露出什么?"显然,揭露出的真相让所有人为之震惊和颤栗——林林总总的右翼团体和人物自不必说,他们极力提倡的皇国史观和绝对天皇制社会伦理,不仅存活于渡嘉敷岛的纪念碑上刻下"一家人,或围坐一圈拉响手榴弹,或由身体强健的父亲以及兄长,中断柔弱无力的母亲以及妹妹的生命……存在于其中的,则是爱"①这段文字的女作家曾野绫子的心中;存活于冲绳集体自杀诉讼案的法庭上为原告方作证的、表示"毋宁说,我所感到不可思议的是,以那般为国捐躯的美好心灵赴死的那些人的事迹,为什么到了战后,却被说成是在命令之下受到了强制? 这样的说法,是自己在玷污

---

　　①　大江健三郎著,许金龙译《面向"作为意志行为的乐观主义"》,《作家》,二〇〇八年第七期,第3页。

慨然赴死的清纯之心。对于这种说法,我无法理解"的、在渡嘉敷岛之战中幸存下来的前日军军官的心中;存活于《水死》里曾获得国际文学大奖的民主主义作家长江古义人的精神底层;存活于这个文本外的诺贝尔文学奖获得者、民主主义作家大江健三郎的精神底层;存活于无以计数的普普通通的日本人的精神底层!

至于大江健三郎及其《水死》中的分身长江古义人的第二种时代精神,大江本人是这样界定的:

> 一九四五年夏天之前,倘若身处冲绳强制集体自杀的现场,毫无疑问,我将成为奋起响应"天皇陛下万岁"的号召并引爆手榴弹自决的少年。此后,日本战败,在被占领两年后,我成为一名热情支持民主主义宪法的年轻人,站在与主张绝对天皇制的超国家主义截然相反的另一端。现在,我是由全国近八千个市民团体组成的宪法"九条会"的一员,坚持和平宪法中的反战、非武装思想。

> 说起我所经历的"时代精神",即《优美的安娜贝尔·李 寒彻颤栗早逝去》中描绘的"时代精神",对我来说,从我十岁那年的战败直至七十四岁的今天,在这六十多年间,我一直生活在其中。这种"时代精神"在我们国家的宪法里表现得尤为突出,是一种战败之后追求新生的时代精神。①

在这种追求新生之时代精神的影响下,大江意识到"至高无上的天皇制社会伦理,也如同一根棒子般从上往下地扎了下来。……儿时所感惧怕的那种具有沉重压力的社会伦理的纵向大棒,现在仍然扎在这个国家的每一处。战争期间,我们的精神和肉体都被扎着那个纵向的棒子。从那时到现在,我们真的获得了解放吗?"②这里

---

① 大江健三郎著,熊淑娥译《来自"晚期工作"之现场》。
② 大江健三郎著,李均洋译《致君特·格拉斯》,引自《小说的方法》,二〇〇一年,第253页。

表述得已经非常清楚了,绝对天皇制社会伦理这根大棒子至今"仍然扎在这个国家的每一处",也不可避免地扎在《水死》的作者大江健三郎的"精神和肉体"里,扎在《水死》的诸多主人公——大江在文本内的分身古义人、鹲发子和律子等青年演员、文部省前高官小河夫妇、大黄及其培养出来的一代代国家主义弟子——的"精神和肉体"里。

被"从上往下地扎了"绝对天皇制社会伦理这根大棒子的大江早在青少年时代便开始痛苦地思考和反省"日本人是什么?能不能变成不是那样的日本人的日本人?"①等问题。这种思考和反省是他从导师渡边一夫那里继承、坚守并内化了的道德和伦理——"保持具有人性的反省……因为我们已经决定将这种反省置于正面而去思考。"②在长期的思考和反省中,大江在文本内外不断通过创作和走上街头以强调自己的主张——斩杀绝对天皇制社会伦理这个庞大无比、无处不在的王,迎接一定会给日本带来和平与安详的民主主义这个新王!在大江的认知中,其文学文本周围的社会存在与文学文本中的社会存在显然是同质的,故而大江的文学创作和社会抗议活动从来都是并行的,在创作晚年六部曲之后三部曲的同时,与加藤周一、井上厦、小田实、泽地久枝等贤达结成"九条会",在东京、在北京、在首尔等地到处演讲,以呼吁更多人共同维护放弃战争的宪法第九条。大江的这些文学活动和社会活动不可避免地接连冲撞绝对天皇制社会伦理的禁忌。于是,长江古义人因为"蔑视故乡,重写自虐般的近现代史",更是因为竟然"不接受天皇陛下的褒奖"而越发成为故乡各种右翼势力的攻击对象,现实生活中的大江健三郎同样不可避免地遭致各种右翼分子长期的攻击和迫害,前面提及的冲绳集

---

① 大江健三郎著,陈言译《冲绳札记》,三联书店,二○一○年,第45页。
② 大江健三郎著《解读日本当代的人文主义者渡边一夫》,岩波书店,一九八四年,第79—80页。

体自杀诉讼案,便是这形形色色的攻击和迫害中最具代表性的案例。

不过,也正是因为这起诉讼案,使得大江更清晰地意识到,如果任由绝对天皇制社会伦理在日本列岛上肆意蔓延,"倘若这个国家的文化朝向复活大规模的、超国家主义的方向扭曲,朝向我们的祖先,甚至孩童时代的我们自己都曾经历过其悲惨的大规模的、超国家主义的方向扭曲,我们的下一代,以及下一代的下一代,都将不会再有希望"①。

二○○七年一月十二日,大江在给笔者发来的传真中曾这样写着他内心里的苦楚和担忧:"祝愿中国和日本的文化交流在这个新年里取得进展。去年,我访问了中国,以此为中心,我还访问了法兰克福和弗洛伦萨,确实是收获丰盛的一年。在国内却在围绕教育基本法的较量上吃了败仗,是痛苦和辛酸的一年。"②

这里说的是日本政府依仗执政优势,于二○○六年十二月强行修改战后基于和平宪法而制定、实施了将近六十年的《教育基本法》,重新提出战争期间曾灌输的"爱国心"。大江之所以如此感到"苦涩和痛苦",是因为他"已经预见到,很快就将通过全国的教育委员会的全力运作,使得这个国家的初中等教育出现异常显著的巨大变化……这与面向修改宪法而开始实施的具体手续相连相接"③,因而"无论怎么说,现在这种修改教育基本法的意见,都是有百害而无一利的"④。大江没在这份传真里说出的另一件令他为之苦涩和痛

---

① 大江健三郎著,许金龙译《面向"作为意志行为的乐观主义"》,《作家》,二○○八年第七期。
② 大江健三郎著,许金龙译《优美的安娜贝尔·李 寒彻颤栗早逝去》,人民文学出版社,二○○九年一月,第7页,译者序《我无法从头再活一遍,可是我们却能够从头再活一遍》。
③ 大江健三郎著「教育力にまつべきものである」、『なぜ変えるか? 教育基本法』,岩波书店,二○○六年,第24页。
④ 辻井乔著「ほんとうの伝統とは何か」、『なぜ変えるか? 教育基本法』,岩波书店,二○○六年,第11页。

苦的事,则是在修改《教育基本法》的同时,防卫厅被升格为防卫省,由此一举完成了"事实改宪","和平宪法"随之成为一纸空文。而在此前四个月,"日本的政治领导人不愿意重新认识侵略中国和对中国人民干下极为残暴之事的历史并毫无谢罪之意。岂止如此,他们的行为还显示出与承认历史和进行谢罪完全相悖的思维。小泉首相在八月十五日进行的参拜,就显示出了这种思维。其实,较之于小泉首相本人一意孤行的行为,我觉得更可怕的,是在小泉首相参拜靖国神社之后,由日本几家大报所做的舆论调查报告显示,认为小泉首相参拜靖国神社挺好的声音竟占了将近百分之五十"①,"这是战后最大的历史转折点"!②

面对这种令人绝望的严峻局面,为了抵御"'天皇陛下万岁'之'时代精神'的再次来袭",为了避免"我们的下一代,以及下一代的下一代,都将不会再有希望"的、野蛮的穴居人社会的恐怖景象成为现实,大江首先抓住了"在那危险的时刻闪现在心头的某种记忆"③——祖辈代代相传,却被强势者改写(或正在改写)抑或抹杀的传说,并对这些故事进行叙述或重述,以唤醒在更多人内心底里沉睡不醒的相关传统和记忆,从而重构"故乡"的边缘性特征,在黑暗中发出些微的光亮。之所以选择叙述或重述,是因为"与叙述恰当的故事比较起来,没有什么哲学、没有什么分析、没有什么格言在寓言的强度和丰厚上能够如此地意味深长"④。

为此,长江古义人和大江健三郎这两个虚拟和实在的人物都把希望放在了远离文化中心的边缘之地以及拥有暴动历史之记忆的边

---

① 大江健三郎著,许金龙译《走的人多了,也便成了路!》。
② 大江健三郎著,李薇译《北京讲演二〇〇六》。
③ 本雅明著,《历史哲学论纲》。
④ 《法律现代主义》,中国政法大学出版社,第 246 页。

缘人物身上。面对小河的恶行"不屈不挠"的妹妹亚沙是这种边缘人物,再度遭到亲伯父彻夜强奸的鬐发子当然也是这种边缘人物。如果说,"父亲"是"为了回避国家的危难,向青年军官们传达杀死人神的指令并将他们引往那个方向"的话,长江古义人则是为了避免"我们的下一代,以及下一代的下一代,都将不会再有希望"的恐怖景象成为现实,而向那些边缘人物乃至更多被唤醒的日本人"传达杀死人神的指令并将他们引往那个方向",而且同样"将贯穿三卷本的'杀死人神'并给国家带来巨大恢复的神话构想,……与这个国家的天皇制直接联系在一起进行解读"。当然,与"父亲"所不同的是,古义人宁死与之对决进而试图杀死的,是存留于诸多日本人精神底层的、以"天皇陛下万岁"为象征的绝对天皇制社会伦理这个庞大无比、无处不在的王。这应该是"杀王"意象在《水死》中的最大隐喻,也应该是《水死》的互文性叙事策略的意义之所在,还应该是大江在当下的绝望中寻求新的时代精神的最大之希望!

三、幽暗意识的肯定性转向——大江在《晚年样式集》中与鲁迅的对话

"奇怪的二人配"六部曲之最后一部长篇小说《晚年样式集》中文版问世的二〇二一年,恰逢鲁迅先生诞辰一百四十周年。如同毛泽东主席于一九三七年在延安发表讲演时对鲁迅在新文化运动中作出的重大贡献所评价的那样:"鲁迅的方向,就是中华民族新文化的方向。"当然,这位新文化运动健将还是伟大的文学家和思想家,其留下的巨大文化遗产和精神资源不仅为一代代中国人所继承,也为包括日本作家大江健三郎在内的亚洲乃至全世界的诸多作家、诗人、政治家甚或普通民众所继承和珍惜。

在大江的整个创作生涯中，鲁迅不仅是其文学创作的重要参照系，更是其重要的精神资源，正如其本人于二〇〇九年一月十九日在北京大学讲演时所言："我这一生都在思考鲁迅，换言之，在我思考文学的时候我总是会想到鲁迅。"①从其不见希望的处女作《奇妙的工作》(1957)，直到在末日景象中寻找希望并展开反本质叙事的封笔之作《晚年样式集》(2013)，从他早年间为反对日美安全保障条约而走上街头示威游行，直到晚年间为反对日本试图构建"潜在核威慑力"而四处组织大规模群众集会……从这些文学创作以及社会活动，大江的行动主义(activism)无不彰显其对鲁迅"勇敢战斗的人文主义、果敢前行的悲观主义"精神的继承和呈现。聚焦大江的晚期作品群，尤其可见这两者间的张力，譬如大江的晚期集大成之作"奇怪的二人配"六部曲之第六部长篇小说《晚年样式集》，就处处充溢着这种"勇敢战斗"与"悲观主义"之间的巨大张力。我们不妨以大江书写日本福岛核电站泄漏灾难及其可怕前景的这部《晚年样式集》为例，分析大江在日本的末日景象中与鲁迅"幽暗意识"的对话，并阐释其从绝望出发转而寻求肯定性(affirmative)力量的精神机制。

(一)后灾难语境中，大江与鲁迅"幽暗意识"的互文性

"幽暗意识"的提法源自学者张灏对于中西宗教、哲学中怀疑精神之比较研究②。在高歌猛进的五四新文化乐观主义思潮之中，在文化现代化进程的昂扬话语中，鲁迅的绝望气质形成了一股逆流，这种冷峻的孤独处境，使其得以在深刻洞察现实的过程中，"直面乱世中逃无可逃的现实，……表现出对于人性恶的潜能以及虚妄的敏锐

---

① 大江健三郎著，翁家慧译《真正的小说是写给我们的亲密的信》，《文汇报》，二〇〇九年一月二十二日。
② 张灏著《幽暗意识与时代探索》，广东人民出版社，二〇一六年。

感知"①。至于其在五四新文化革命高亢进程中对于现代性的失败之体认,亦为对文学革命之未完成性的体认。在五四精英的理想主义进步话语和令人绝望的国民文化现状的错位之间,鲁迅的幽暗意识当然不能被片面理解为单一的消极主义或西方虚无主义,它在与一种向上的肯定性力量间发生着复杂的纠葛。这种纠葛体现为鲁迅在文学创作和言论批判上的行动主义,以摩罗诗力的反叛性想象和现代哲学的批判性质疑来介入现实,王德威将这两者形象地阐释为"神思"和"悬想":

> 在鲁迅的视野里,"神思"神游物外,以匪夷之所思引领叛逆想象;"悬想"则出虚入实,搁置视为当然的成见,重新发掘事物的真相。这两者都强调历史当下的无明与因循,无法以理所当然的科学启蒙来解脱,而必须涉及想象力的介入,以辩证否定的方式演绎人与世界的密切关系。这一介入的方法付诸实践,就是"文学"。②

如上所述,鲁迅将文学作为幽暗意识在绝望凝视与行动主义间的辩证媒介,他的这一文艺思想亦暗合了大江在日本战后复杂社会生态中以想象性、批判性的写作介入现实的姿态。大江早在少年时期阅读"孔乙己"时,鲁迅的幽暗意识就已深深触动和刺激着他的想象。从早年的创作实践一直贯穿到《被偷换的孩子》《愁容童子》《别了,我的书!》《优美的安娜贝尔·李 寒彻颤栗早逝去》《水死》和《晚年样式集》这"晚年六部曲"之中,社会批判与文学诗思的辩证已显著地表现为绝望与希望并行的主线。然而,正如鲁迅的幽暗意识中亦潜藏着行动主义的动因,大江的文学世界亦构筑于对光明愿景

---

① 应磊著《鲁迅与批判性的佛教:佛乘的怪兽》,引自《中国文学与文化》,杜克大学出版社,二〇一六年,第 420 页。
② 王德威著《鲁迅,韩松与未完成的文学革命》,《探索与争鸣》,二〇一九年五月号。

的向往至上。

在后灾难时代的末日景象中,黑暗中的绝望感愈发使大江的创作契近鲁迅文学中暗境前行的意味。大江将其与鲁迅的互文作为肯定性精神支柱,正如弗兰兹·卡夫卡在黑暗中传达出对光明的展望那般:"在黑暗中苏醒着的,终将获得更灿烂的生活。"然而,经历了创作生涯中的万般艰辛后,在"深不见底的、黑暗的绝望之海上",大江寻找到的这束光亮,在历史的风暴中却是那般微弱,仿佛随时都可能被无尽黑暗所吞噬。就在《优美的安娜贝尔·李 寒彻颤栗早逝去》(2007)问世大约三年半后的二〇一一年三月十一日,日本东部发生九级强震并引发特大海啸,导致福岛第一核电站发生极为严重的核泄漏事故,在福岛以及周边地区造成后患无穷的次生灾害。这次巨大的灾难直接导致二点二万余人遇难、失踪,以及在避难过程中去世。在其后的漫长岁月中,核泄漏事故造成的次生灾害则不断夺去因此而罹患各种疾病的儿童、青年和老年人的生命,因这次核泄漏事故而造成的动植物和海产品那些光怪陆离的各种变异更是触目惊心,如果联想到日本政府拟将严重污染的大量核废水直接排入大海以及因此必将产生的严重后果,那就越发令人不寒而栗了。

这种惨淡的末日景象几乎立即就遮蔽了大江刚刚在《优美的安娜贝尔·李 寒彻颤栗早逝去》和《水死》等晚期作品群中为孩子们寻找到的那束微弱光亮,无可避免地使得大江再度螺旋形地陷入不安、恐惧和绝望。当然,也同样无可避免地使得大江越发振作起来,继续"为了光和全世界的孩子们寻找希望,用创作小说这种方式在那些绝望中寻找希望……"①。在这部继续"寻找希望"的自传体长篇小说《晚年样式集》里,大江这样讲述了他在那些艰难时日留下的

① 许金龙著《大江健三郎与中国》,《传记文学》,二〇二〇年第八期,第67页。

记述：

　　从三——当天深夜开始,我不分昼夜坐在电视机前持续观看东日本大地震和大海啸以及核电站大事故的各种画面……这一天也是如此,直至深夜仍在观看追踪报道因福岛核电站扩散的放射性物质而造成的污染实况的电视特辑。结束以后……再次去往二楼途中,我停步于楼梯中段用于转弯的小平台处,像孩童时代借助译文记住的鲁迅短篇小说中那样,"发出呜呜的声音哭了起来"。①

　　这里所说的"鲁迅短篇小说",正是鲁迅创作于一九二五年十月十七日的《孤独者》,而"发出呜呜的声音哭了起来"这句译文,则是大江本人亲自翻译的"地下忽然有人发出呜呜的声音哭了起来"那句话语。对鲁迅文学有着深刻解读的大江当然知道,《孤独者》与此前和此后创作的《在酒楼上》和《伤逝》等作品一样,讲述了以魏连殳为象征的旧中国知识分子在那个令人绝望的社会里左冲右突、走投无路的窘境乃至绝境。凝视黑暗现实却无法寻见光明进路的挫败与孤独,通过《孤独者》和《在酒楼上》中的叙事勾勒出鲁迅本人系缚于时代暗潮的精神困境。这种知识分子的低潮感,在鲁迅的文本中联结为"幽暗意识"的脉络。魏连殳所象征的乐观主义改革者在最终的碰壁后发出的"呜呜的声音",正是这种"幽暗意识"的孤独呜咽。在大江与鲁迅的互文性叙事中,这一呜咽当然是大江对于鲁迅文学之幽暗意识在日本灾难语境中的复现。那么,使得这位老作家竟至"像孩童时代借助译文记住的鲁迅短篇小说中那样,'发出呜呜的声音哭了起来'"的,究竟是何等可怕的电视画面呢?

　　在小说里,作者大江健三郎及其小说里的分身长江古义人如此讲述了他和他的亲人以及所有日本人在当下所面临的窘境乃至

────────────

　　①　大江健三郎著,许金龙译《晚年样式集》。

绝境：

翌日黄昏，结束了摄制团队的工作后，节目制片人再次登上陡坡，听说马驹已经产了下来。在黑暗的屋内紧挨在一起的母马和马驹浮现而出且一闪而过，紧接着，竖长画面里显露出饲养马匹的主人的侧脸，他一面眺望着屋外一面说着话，其对面是看似正在下雨的牧场。由于照明被调至狭窄区域内，这或许只是傍晚时分的昏暗而已。可是，当马匹主人阴郁的声音说起"无法让刚出生的马驹在那片草原上奔跑，因为那里已经被放射性雨水给污染了"时，便让人切实感受到那就是正在下个不停的霏霏细雨。

人们（至少在咱们存活期间……实际上远不是那种轻松的用语，而是较其极为久远的漫长期间）无法让遭受这些放射性物质污染了的地面恢复到原先状态。了解到这一切的那个表情直接震撼着我，我凝视着显露在并不充分的照明下的马匹主人那上半身、扛着摄像机的节目制片人那肩头。倘若能够用咱们的来加以概括的话，那就是咱们的同时代人干下了这一切。无法在咱们存活期间使其恢复……由于被这个想法所压倒，我，发出了衰弱的哭声。①

在持续观看灾区实况转播的情景和人们的姿容表情时，大江及其分身古义人突然理解了多年来一直无法读懂的《神曲》中的一段诗句——"所以，你就可以想见，未来之门一旦关闭，我们的知识就完全灭绝了"②。这位老作家之所以在楼梯中段的平台上"发出呜呜的声音哭了起来"，正因福岛核电站的大泄漏，使得"咱们的'未来之门'已被关闭，而且我们的知识（尤其是我的知识也将不值一提）将尽皆死去……"③在这个可怕的阴影下，儿子大江光在小说里的分身

---

① 大江健三郎著，许金龙译《晚年样式集》。
② 但丁著，田德望译《神曲·地狱篇》，人民文学出版社，二〇〇二年，第58页。
③ 大江健三郎著，许金龙译《晚年样式集》。

阿亮的动作越发迟缓,话语也越来越少,记忆力更是每况愈下,甚至使得阿亮的妹妹真木为之担心:

> 在爸爸的头脑里,从那段诗句,从那段当城市呀国家的未来一旦丧失,我们自己积累的知识也将如同死物一般的诗句中,他联想到了阿亮的记忆,难道不是这样吗?! 很快,记忆就将从阿亮身上丧失殆尽,他会随着一片黑暗的头脑机能逐渐变老,并在这种状态中走向死亡……在爸爸看来,都市和国家的未来将不复存在,我们积累的知识也将如同死物一般,在爸爸的头脑中,这段诗句或许与阿亮的记忆联系在了一起。不久之后,阿亮将丧失记忆,头脑里一片黑暗,上了年岁后就在这种状态中走向死亡……如果整个国家的所有核电站都因地震而爆炸的话,那么这座城市、这个国家的未来之门就将被关闭。我们大家的知识都将成为死物,该说是国民呢? 还是该说为市民呢? 所有人的头脑里都将一片黑暗并走向毁灭。在这些人中,就有将远比任何人都浑噩无知的阿亮。爸爸大概是联想到这种前景,这才发出呜呜的哭声的吧。①

放射性雨水污染了牧场,以致刚刚出生的小马驹将永远无法"在那片草原上奔跑""咱们的'未来之门'已被关闭,而且我们的知识(尤其是我的知识也将不值一提)将尽皆死去……""不久之后,阿亮将丧失记忆,头脑里一片黑暗,上了年岁后就在这种状态中走向死亡""如果整个国家的所有核电站都因地震而爆炸的话,那么这座城市、这个国家的未来之门就将被关闭。我们大家的知识都将成为死物……所有人的头脑里都将一片黑暗并走向毁灭"……以上这些文字勾勒出一幅极为可怕的末日景象,这幅末日景象无疑为作者及其在文本内的分身带来了无尽恐惧和巨大绝望。尤其令人恐惧和绝望的是,包括智障儿阿亮等亲人在内的所有人并不是立即就灭亡,而是

---

① 大江健三郎著,许金龙译《晚年样式集》。

在肉体毁灭之前,所有人的头脑里都将一片黑暗,然后便在这无尽的黑暗和恐怖以及绝望中缓慢滑向死亡和毁灭。面对这幅末日景象,大江立即联想到《孤独者》主人公魏连殳的悲惨境况——为了"还想活几天",从而"这半年来,我几乎求乞了,实际,也可以算得已经求乞。然而我还有所为,我愿意为此求乞,为此冻馁,为此寂寞,为此辛苦。但灭亡是不愿意的……"①。然而,魏连殳终究还是"失败了。先前,我自以为是失败者,现在知道那并不,现在才真是失败了"②。当然,看清了自己在乱世之中逃无可逃的残酷现实后,在逐渐滑向毁灭深渊的过程中,魏连殳是不甘心的,也曾"流下泪来了,接着就失声,立刻又变成长嚎,像一匹受伤的狼,当深夜在旷野中嗥叫,惨伤里夹杂着愤怒和悲哀"③。即便在即将毁灭的前夕,还在挣扎着"偏要为不愿意我活下去的人们而活下去"……然而,魏连殳终究还是于沉默中在"惨伤里夹杂着愤怒和悲哀"被黑暗所吞噬。好在鲁迅在文本中的分身"我"被这死亡所催发,"仿佛要从一种沉重的东西中冲出,但是不能够。耳朵中有什么挣扎着,久之,久之,终于挣扎出来了,隐约像是长嚎,像一匹受伤的狼,当深夜在旷野中嗥叫,惨伤里夹杂着愤怒和悲哀。我的心地就轻松起来,坦然地在潮湿的石路上走,月光底下"④。由此可见,鲁迅及其分身此时已经选择了要在沉默中爆发而非死亡的求生道路,从而越过终结性临界点并感到"我的心地就轻松起来"。

显然,魏连殳的悲惨际遇引发了大江的共情,电视特辑里的可怕景象叠加了这种共情——福岛核电站大泄漏事故将使阿亮在浑噩无

---

① 鲁迅著《孤独者》,《鲁迅全集》第二卷,人民文学出版社,二〇一九年,第103页。
② 同上。
③ 同上,第90—91页。
④ 同上,第110页。

知中逐渐走向死亡,"而且我们的知识(尤其是我的知识也将不值一提)将尽皆死去",日本的未来之门将被关闭,日本这个国家及其所有民众将逐渐向着死亡和毁灭这个临界点沉沦下去。面对这种末日景象,大江没有过多沉溺于恐惧和绝望之中,或者说,他没有时间沉溺于恐惧和绝望之中,因为他需要借助鲁迅的力量,从眼前这幅颓败和绝望的末日图景中,凝练出超越个体生命的巨大能量,正如托马斯·曼借助《死于威尼斯》这部小说所言:"那座城市的秘密、绝望、灾难、毁灭,就是我的希望。"①这就体现出大江借助与鲁迅的互文,以"幽暗意识"为共情的起点,从而延伸出他所理解的鲁迅对于绝望中置之死地而后生的状态,并以此为日本后灾难时代的寓言赋予肯定性的正面力量。

(二)绝望中的希望:大江文学中肯定性力量的转向

由幽暗意识通往肯定性力量的途中,大江与鲁迅对于时代的批判性思索的互文,正如尼采在否定性的"重新评估"后通往"肯定性道德"(affirmative morality)的思想机制②,这也是大江在其文学生涯中,从早期虚无主义的否定性思考和欧洲人文主义的乐观主义情怀的纠葛中,以"孤独者"中的临界点为元点,在黑暗时刻坚守文学创作和政治活动的积极行动主义的"大肯定"③。一如他的前行者鲁迅和萨义德那样,大江在这"未来之门将要关闭"的危急时刻,通过《晚年样式集》开始了他的反本质叙事,针对日本社会既有的主流价值观和貌似符合逻辑的官方话语以及日本现代性叙事提出质疑和驳

---

① 爱德华·萨义德著,阎嘉译《论晚期风格》,三联书店,二〇〇九年,第160页。

② 克莉丝汀·戴格尔著,韩王韦译《尼采:德性伦理学……德性政治学?》,《现代外国哲学》,上海:三联书店,二〇一八年春季号(总第十四辑)。

③ 宋灏《落实在身体运动上的质:讨论尼采的"大肯定"》,《国立政治大学哲学学报》,二〇一七年一月,第三十七期。

斥。这里将要提及的,甚至使大江为之"因恐惧而发怔"的官方话语,指涉的是在福岛核电站大泄漏之后,面对全国民众强烈要求废除核电站的巨大呼声,日本诸多政治家和主流媒体相继表现出的近似歇斯底里般的疯狂思路——为了保持"潜在核威慑力"乃至实行核武装,决不可以废除核电站! 福岛核电站大泄漏七个月后,大江在"所谓核电站是'潜在性核威慑力'"的文章里引用了日本主流媒体和政治家的如下文字并表达了自己的愤怒:

日本……利用可成为核武器原材料的钚这一权利已被承认。在外交方面,这种现状作为潜在核威慑力而发挥着效用也是事实。

《读卖新闻》社论

二〇一一年九月七日

维持核电站,可转换为想要制造核武器就能在一定期间内制造出来的那种"核的潜在威慑力"……去除核电站则会使我们放弃这种"核的潜在威慑力"……

——石破茂①《SAP IO》

二〇一一年十月五日②

面对主流媒体主张继续维持"潜在核威慑力"的社论以及政府高官坚持借助民用核电站持续保有"核的潜在威慑力"之言论,大江恐惧且愤怒地表示:

我正是为以上两者间所共有的"潜在核威慑力"和"核的潜在威慑力"这种表述方式(虽然使用了貌似极为寻常的措辞方式,却仍然让我)而恐惧而发怔的。

---

① 石破茂(1957—),曾任日本防卫厅长官、防卫大臣、自民党干事长、地方创生担当大臣等职,主张扩充日本军备,突破二战后对日本自卫队规模的限制。
② 大江健三郎著,许金龙译《定义集》,贵州人民出版社,二〇〇九年,第390页。

……威慑,即 deterrence,用己方的攻击能力进行恐吓,以吓阻对手的攻击意图。就此事的性质而言,其态势可即刻逆转,这极其危险且巨大的永无结局的游戏就这样没完没了。所谓"核的潜在威慑力"假如是一种炫耀,是利用日本这个国家的核电站可随时制造出原子弹的那种炫耀,……东亚的紧张情势不也是朝着那个方向不断高涨吗?前面提到的那些论客,在怎么考虑何时、如何使他们信奉那个效力的"潜在性"力量"显在化"之战略,就不得而知了。

因这次大事故而回溯建设核电站时的情景,我们深切醒悟到直至今日的东京电力公司和政府的信息开示方法多么缺乏民主主义精神啊。然而,如这个威慑论般对民主主义的彻底无视,不更是未曾有过先例吗?

极为赤裸裸地表示去除核电站则会使我们放弃那种潜在威慑力的那位以熟识的低眉顺眼的忧愁面容进行威胁的政治家,他以为自己何时获得了国民的同意,这才手握这柄致命的双刃剑的呢?[1]

更有甚者,日本外务省外交政策计划委员会早在一九六九年就在《我国外交政策大纲》中如此表示:

关于核武器,无论是否参加 NPT(核不扩散条约),虽然当前采取不保有核武器的政策,却须经常保持制造核武器之经济与技术的潜力。[2]

由此可见,石破茂等日本诸多政治家之所以违背民意、居心巨测地坚持紧握"潜在核威慑力""这柄致命的双刃剑",也只是日本政府既定核政策的延续而已,他们"试图在目前五十四座核电站基础上再增加十四座以上核电站"[3],进而"将残存的铀和生成于核反应堆中的钚从核废料中提取出来"[4]进行乏燃料后处理,进而"即便在作

---

① 大江健三郎著,许金龙译《定义集》,贵州人民出版社,二〇〇九年,第390—391页。
② 同上,第392—393页。
③ 大江健三郎著,许金龙译《定义集》,贵州人民出版社,二〇〇九年,第357页。
④ 同上,第392页。

为民用设施而建造的铀浓缩工厂里,也能够制造出用于核武器的高浓缩铀。核燃料后处理工厂的制成品钚则可以直接用于核武器"①。大江在这里已经说得非常清楚了——半个世纪以来,在日本政府"须经常保持制造核武器之经济与技术的潜力"这一政策指导下,日本目前所拥有的五十四座核电站和计划在此基础上再予增加的十四座核电站,显然已不是单纯用作民用发电那么简单,长年来从这些核电站已经提取和将继续提取并囤积起来的大量乏燃料以及早已建好的后处理工厂,更不可能是为了民用发电,而只能是打着民用幌子的"潜在核威慑力",更可能是大规模进行核武装而作的精心准备。大江为此担心被称为"和平宪法"的《日本国宪法》第九条被修改之日,便是日本全面复活国家主义之时。当然,也会是日本大规模进行核武装之时,大江同样在担心,日本复活国家主义并大规模进行核武装之日,将会是日本重走战争之路之日,重走死亡之路和毁灭之路之始。大概正是因为想到这个令人绝望的可怕前景,大江在《晚年样式集》中的分身长江古义人这才"停步于楼梯中段用于转弯的小平台处,像孩童时代借助译文记住的鲁迅短篇小说中那样,'发出呜呜的声音哭了起来'"的吧。因为在他的认知中,这一天的到来不啻于日本的未来之门被不可挽回且沉重地关上。

为了文本内外的阿亮和大江光这对永远的孩子的未来之门不被关闭,为了全世界所有孩子的未来之门不被关闭,大江在通过小说于绝望中挣扎着往来寻找希望的同时,也在频繁走上街头大声疾呼,呼吁人们认识到核泄漏的巨大危害,呼吁人们警惕日本政府借核电民用之名为核武装创造条件,呼吁一千万人共同署名以阻止日本政府不顾这种可怕的现实而重启核电站,呼吁人们"救救孩子"。如果

---

① 大江健三郎著,许金龙译《定义集》,贵州人民出版社,二〇〇九年,第392页。

说,《洪水淹没我的灵魂》中的勇鱼对大木靖的关爱,是这部灰色调小说中最有温度的光亮的话,那么在《晚年样式集》这部令人几近绝望的深灰色调小说里,大江在文本中的分身长江古义人于黑暗的绝望之海上寻找到的那一丝光亮及其些微暖意,无疑是投向阿亮、投向亚洲和全世界孩子们的希望。正如弗兰兹·卡夫卡所言:"在黑暗中苏醒着的,终将获得更灿烂的生活。"无论是文本中的阿亮,还是亚洲乃至全世界的孩子们,都将因着"在黑暗中苏醒着的"大江而"获得更灿烂的生活"。因为,大江在《晚年样式集》结尾处向他的所有读者们保证:"我无法重新活上一遍。可是/咱们却能重新活上一遍。"毫无疑问,这正是其复杂的"幽暗意识"被日本后灾难的文化、政治和生态绝境所激发的行动主义之"大肯定"。